Danielle Steel

Wie ein Blitz aus heiterem Himmel

Danielle Steel

Wie ein Blitz aus heiterem Himmel

Roman

Deutsch von Eva Malsch

Blanvalet

Die Originalausgabe erschien unter dem Titel »Lightning«
bei Delacorte Press, Bantam Doubleday Dell Publishing Group, Inc.,
New York.

Umwelthinweis:
Dieses Buch und der Schutzumschlag wurden auf
chlorfrei gebleichtem Papier gedruckt.
Die Einschrumpffolie (zum Schutz vor Verschmutzung) ist aus
umweltschonender und recyclingfähiger PE-Folie.

Der Blanvalet Verlag
ist ein Unternehmen der Verlagsgruppe Bertelsmann

1. Auflage

Satz: Uhl + Massopust, Aalen
Druck und Bindung: Graphischer Großbetrieb Pößneck
Printed in Germany
ISBN 3-7645-0061-1

Für Popeye,
meine erste Chance, meine zweite und einzige Chance.
Möge das Leben dir zulächeln und dich segnen.
Von ganzem Herzen, in Liebe,
Olive

Erstes Kapitel

Während Alexandra Parker ihre langen Beine unter dem großen Mahagonitisch ausstreckte, erfüllte leises Stimmengewirr den Konferenzraum. Sie machte sich Notizen auf gelbem Kanzleipapier. Dann schaute sie kurz zu einem ihrer Partner hinüber. Matthew Billings war ein Dutzend Jahre älter als Alex, Mitte Fünfzig, und zählte zu den angesehensten Teilhabern der Firma.

Nur selten bat er jemanden um Hilfe. Aber hin und wieder ersuchte er Alex um ihre Anwesenheit bei eidesstattlichen Erklärungen. Er bewunderte ihren Intellekt, ihren Stil, ihren scharfen Blick für die fatalen Schwächen des Gegners. Sobald sie solche wunden Punkte gefunden hatte, hackte sie gnadenlos und brillant darauf herum. Sie schien instinktiv zu erkennen, wo die Spitze ihres Dolchs den größten Schaden anrichten würde.

Jetzt lächelte sie ihm zu. Was er in ihren Augen las, gefiel ihm. Sie hatte soeben gehört, worauf es ankam – eine andere Antwort als zuvor. Eine winzige Abweichung. Sie schob ihr Notizblatt zu ihm hinüber. Ernsthaft runzelte er die Stirn und nickte.

Schon jahrelang war der ungewöhnlich komplizierte Fall verhandelt worden, zweimal vor dem Obersten New Yorker Gericht, mit verschiedenen Anträgen. Es ging um hochgiftige Chemikalien, die der größte Konzern des Landes achtlos entsorgt hatte. In diesem Zusammenhang hörte Alex nicht zum erstenmal eine Aussage mit an, und sie atmete stets erleichtert auf, weil der Fall nicht ihr Problem war. Etwa zweihundert Familien aus Poughkeepsie hatten den Prozeß angestrengt, einige Millionen Dollar standen auf dem Spiel. Vor einigen Jahren war Bartlett & Paskin mit dem Fall betraut worden, kurz nachdem sie ihre Partnerschaft in der Kanzlei übernommen hatte.

Sie bevorzugte kleinere, überschaubare Fälle. Mit zweihundert Familien mochte sie sich nicht einlassen, obwohl unter Matthews Leitung ein Dutzend Anwälte an der Sache arbeiteten. Auch Alex war als Anwältin vor Gericht zugelassen, und sie hatte zahlreiche interessante, schwierige Prozesse hinter sich. Wann immer man mit harten Bandagen kämpfen, die Gesetze genau kennen und penibel recherchieren mußte, wurde sie von der Firma an die Front geschickt. Natürlich halfen ihr Kollegen und jüngere Partner. Aber sie wollte möglichst viel selbst erledigen, und mit den meisten Klienten verstand sie sich erstaunlich gut.

Zu ihren Spezialitäten zählten Arbeitsrecht und Verleumdungsklagen. Manchmal einigte man sich gütlich. Wenn nicht, nutzte sie ihre kämpferischen Talente. Sie schreckte nicht vor harten Verhandlungen zurück, sie liebte sie sogar.

Als eine Pause eingelegt wurde und der Angeklagte vom Chemiekonzern mitsamt seinen Anwälten den Raum verließ, kam Matthew um den Tisch herum zu ihr. »Nun, was meinst du?« fragte er und musterte sie gespannt. Von Anfang an hatte er ihre juristischen Fähigkeiten geschätzt. Außerdem war sie eine attraktive, charakterstarke Frau, deren Gesellschaft er stets genoß.

»Jetzt bist du am Ziel deiner Wünsche, Matt. Er hat behauptet, damals habe niemand von der giftigen Wirkung dieser Chemikalien gewußt. Das war eine Lüge. Zum erstenmal haben sie's klar und deutlich ausgesprochen. Aber die Regierungsberichte wurden sechs Monate vor jenem Zeitpunkt datiert.«

»Genau«, bestätigte er freudestrahlend. »Und er ist in die Falle getappt.«

»Allerdings. Nun brauchst du mich nicht mehr.« Sie steckte den Notizblock in ihre Aktentasche und schaute auf ihre Uhr. Halb zwölf. In einer halben Stunde würde die Mittagspause beginnen. Wenn sie jetzt ging, konnte sie vorher noch einen Teil ihrer Arbeit erledigen.

»Danke, daß du hergekommen bist. Ich habe dich immer gern dabei. Angesichts deiner Unschuldsmiene wiegt sich der Gegner in Sicherheit. Und während er deine Beine anstarrt, kann ich die Schlinge um seinen Hals zuziehen.« Er neckte sie gern, das wußte sie. Mit seinem dichten weißen Haar sah der hochgewachsene Matthew Billings sehr gut aus. Früher hatte seine schöne französische Frau als Model in Paris gearbeitet. Er liebte hübsche Frauen, aber er respektierte auch die begabten und klugen.

»Was für ein nettes Kompliment...«, seufzte sie. Ihr rotes Haar war zu einem strengen Knoten hochgesteckt, ihr Gesicht so dezent geschminkt, daß man's kaum bemerkte, und ihr schwarzes Kostüm bildete einen scharfen Kontrast zu der auffälligen Haarfarbe und den grünen Augen. »Deshalb habe ich Jura studiert – um deinen Konferenztisch zu zieren.«

»Wenn's klappt, warum nicht?« erwiderte er belustigt.

In diesem Moment kehrte einer der Verteidiger zurück, und sie senkten ihre Stimmen.

»Macht's dir was aus, wenn ich jetzt verschwinde, Matt?« fragte sie höflich. Immerhin war er einer der Seniorpartner. »Um eins erwarte ich einen neuen Klienten, und ich muß ein paar Dutzend Fälle studieren.«

In gespielter Strenge runzelte er die Stirn. »Hab ich's dir nicht oft genug gesagt? Du bist zu faul, und plötzlich stapeln sich die Papiere auf deinem Schreibtisch bis zur Decke. Los, an die Arbeit! Hier hast du deine Funktion erfüllt.« Grinsend zwinkerte er ihr zu. »Nochmals vielen Dank, Alex.«

»Ich laß meine Notizen abtippen und schick sie dir später ins Büro«, versprach sie, bevor sie ging. Wenn er sein Büro betrat, würde er ihre intelligenten, nützlichen Anmerkungen auf seinem Schreibtisch finden. Daran zweifelte er nicht. Wieder einmal dachte er, daß sie tüchtig *und* schön war, wenn sie auch wenig Wert auf ihr Äußeres legte. Sie schien die Aufmerksamkeit, die sie erregte, gar nicht wahrzunehmen. Gerade deshalb gewann sie viele Sympathien.

Bewundernd schaute ihr einer der Anwälte nach, als sie den Raum verließ, was ihr natürlich entging. Sie eilte durch mehrere Korridore zu ihrem großen, in sanften Grautönen eingerichteten Büro. An den Wänden hingen zwei exquisite Gemälde und einige Fotos, neben einer komfortablen Sitzgarnitur aus hellgrauem Leder stand eine Topfpflanze. Von der achtundzwanzigsten Etage aus genoß Alex eine phantastische Aussicht auf die Park Avenue. Bartlett & Paskin okkupierte acht Stockwerke und beschäftigte etwa zweihundert Anwälte. Nach dem Abschluß ihres Studiums hatte sie in einer kleineren Firma an der Wall Street gearbeitet. Hier gefiel es ihr besser. Damals hatte sie einem Antitrust-Team angehört und wenig Freude an dieser trockenen Materie gefunden, aber gelernt, ihr Augenmerk auf Details zu richten und gründlich zu recherchieren.

Sie setzte sich an den Schreibtisch und sah die telefonischen Mitteilungen durch, die ihre Sekretärin notiert hatte – zwei von Klienten, vier von Anwälten. Zur Zeit bereitete sie sechs Prozesse vor, drei sollten demnächst vor Gericht gehen. Zwei größere Fälle waren soeben abgeschlossen worden. In diesem gewaltigen Arbeitspensum sah sie keine Belastung. Sie liebte das atemberaubende Tempo, den Druck, die Hektik. Aus diesem Grund hatte sie jahrelang auf Kinder verzichtet. Die Mutterschaft paßte nicht zu ihrem Beruf, und sie hatte sich auch gar nicht vorstellen können, daß sie Kinder genauso lieben würde wie die faszinierenden Kämpfe im Gerichtssaal. Hauptsächlich übernahm sie Verteidigungen. Sie bevorzugte schwierige Fälle, und es beglückte sie, wehrlose Leute vor lächerlichen Anklagen zu schützen. Für nichts anderes fand sie Zeit, abgesehen von Sam, ihrem wundervollen Ehemann. Er arbeitete genauso hart wie sie – in der Investment-Branche, als Risikokapitalgeber einer erfolgreichen, noch jungen New Yorker Firma. Schon vor zwanzig Jahren, zu Beginn seiner Laufbahn, hatte er bemerkenswerte Chancen genutzt, mehreren Leuten zum Reichtum verholfen und einige Verluste erlitten. Er genoß einen ausgezeichneten Ruf, beherrschte sein Metier und ging erstaunliche Risiken ein. Fast alles, was er anfaßte, verwandelte sich in Geld. In großes Geld. Früher hatten die Leute behauptet, er sei der einzige Mann in dieser Stadt, der für seine Klienten an der Warenbörse ein Vermögen machen konnte. Inzwischen war er noch cleverer geworden. Er scheute nach wie vor kein Wagnis, und seine Klienten konnten sich nur selten beklagen. In den letzten zwölf Jahren hatte er sich besonders intensiv auf dem Computermarkt engagiert, in Japan und Deutschland investiert und seinen Klienten beträchtliche Holdings im Silicon Valley verschafft. Die ganze Wall Street war einhellig der Meinung, daß Sam Parker wußte, was er tat.

Bei der Hochzeit hatte auch Alex genau gewußt, was sie tat. Kurz nach dem Abschluß ihres Studiums hatte sie ihn auf einer Weihnachtsparty in ihrer ehemaligen Firma kennengelernt. Er erschien mit drei Freunden, hochgewachsen und attraktiv in einem dunkelblauen Anzug, das schwarze Haar voller Schneeflocken, das Gesicht von der Kälte gerötet, lebhaft und fröhlich. Als er Alex anschaute, wurden ihre Knie weich. Sie war fünfundzwanzig, er zweiunddreißig und einer der wenigen unverheirateten Männer, die sie bisher getroffen hatte. An jenem Abend wollte er sich mit ihr unterhalten. Aber ein Anwalt aus ihrer Firma verwickelte sie in ein Gespräch, und Sam wurde von seinen Freunden zu irgendwelchen Bekannten geführt.

Erst sechs Monate später sah sie ihn wieder. Seine Firma konsultierte ihre wegen eines Deals in Kalifornien, und Alex sollte den Fall gemeinsam mit zwei Kollegen und einem Seniorpartner übernehmen. Bald war sie tief von Sams Spontanität und Cleverneß beeindruckt. Er schien nichts und niemanden zu fürchten, lachte oft und gern. Niemals schreckte er vor heiklen Gratwanderungen oder Risiken zurück, obwohl er sich der Gefahren stets bewußt war. Und er setzte nicht nur das Geld seiner Klienten, sondern den ganzen Deal aufs Spiel. Alles oder nichts, so lautete sein Motto. Anfangs hielt Alex ihn für einen tollkühnen Narren. Aber im Lauf der Wochen lernte sie seine Methoden verstehen und schätzen. Sie bewunderte Sams Integrität, seinen Stil und Verstand, vor allem seine Courage, einen Vorzug, den man nur selten fand. Und ihr erster Eindruck sollte sich bestätigen – er fürchtete sich tatsächlich vor nichts.

Auch sie faszinierte ihn, ihre Intelligenz, ihr analytischer Verstand, ihr Bestreben, eine Situation aus allen Blickwinkeln zu betrachten. Sie konnte alle Vor- und Nachteile brillant erklären. Gemeinsam erarbeiteten sie imposante Resultate, legten sie den Klienten vor, und der Deal kam zustande, was das Ansehen der Firma beträchtlich erhöhte. Fünf Jahre später wurde sie für eine astronomische Summe verkauft, und Sam machte sich mit zwei Partnern selbständig.

Als Alex und Sam sich kennenlernten, stand er bereits im Ruf eines Genies. Sie machte ebenfalls Karriere, aber etwas langsamer. Was er an seiner Branche besonders liebte, war der Glamour. Er schwelgte im Highlife, in der enormen Macht und im Reichtum seiner Klienten. Vor seinem ersten Rendezvous mit Alex lieh er sich den Privatjet eines Kunden und flog mit ihr zu den Baseballmeisterschaften in L. A. Sie wohnten im Bel-Air, in getrennten Zimmern, und dinierten im Chasen's oder in L'Orangerie.

Verblüfft über seine zahlreichen Aufmerksamkeiten, fragte sie: »Verwöhnst du alle Leute so maßlos?« Er flößte ihr beinahe Ehrfurcht ein. In Yale war sie nur eine einzige ernsthafte Beziehung mit einem gleichaltrigen Jungen eingegangen. Danach hatte ihr das schwierige Jurastudium nur Zeit für oberflächliche Freundschaften gelassen. Inzwischen war ihre erste Liebe längst verheiratet. Alex' Privatleben war unwichtig, nichts durfte sie von ihrem Ziel ablenken, die beste Kraft in ihrer Kanzlei zu werden. Mit diesen Ambitionen ließ sich Sams Genußfreude nicht in Einklang bringen. Sicher hätte ein ernsthafter Anwalt aus ihrer Firma, ein Yale- oder Harvard-Absolvent, besser zu ihr gepaßt als der lebenslustige Sam Parker. Aber weil er fabelhaft aussah, sich eifrig um sie bemühte und ihr so viele Amüsements bot, vergaß sie, daß ihr eigentlich ein anderer Mann vorschwebte. Und welche Frau hätte den hinreißenden, smarten, humorvollen Sam zurückgewiesen? Alex hätte verrückt sein müssen.

Vor der Abreise aus L. A. fuhren sie nach Malibu, wanderten am Strand entlang, redeten über ihre Familien, ihr Leben, ihre Zukunft. Sam hatte interessante und ganz andere Erfahrungen gesammelt als Alex. Fast beiläufig, aber mit gepreßter Stimme erwähnte er, mit vierzehn Jahren habe er seine Mutter verloren und sei in ein Internat geschickt worden. »Weil mein Vater nichts mit mir anfangen konnte.« In diesem Internat war er sehr unglücklich gewesen, hatte seine Mitschüler gehaßt und Heimweh empfunden. Während der Schulzeit des Sohnes trank sich der Vater offenbar zu Tode und verschleuderte sein letztes Geld. Er war in Sams letztem Schuljahr gestorben – woran, wurde verschwiegen. Danach verwendete Sam das geringe Erbe seiner Großeltern, um Harvard zu besuchen. Ob er sich während seines Wirtschaftsstudiums einsam gefühlt hatte, verriet er nicht. Er erweckte den Eindruck, das wären großartige Zeiten gewesen. Wenn Alex auch annahm, ein siebzehnjähriger Waisenjunge müßte sich mit gewaltigen Problemen herumschlagen, hatte Sam anscheinend nicht darunter gelitten. Schon auf der Universität begeisterte er sich für die Risikokapital-Branche, und nach dem Studienabschluß fand er sofort einen Job. In den acht Jahren, die seither verstrichen waren, hatte er mehreren Klienten zu riesigen Vermögen verholfen.

»Und du selbst?« fragte sie und beobachtete seine Augen im Licht der sinkenden Sonne. »Hat das Leben nicht mehr zu bieten als Risikokapital und Wall-Street-Deals?«

Sie wollte ihn besser kennenlernen. Soeben hatte sie das wunderbarste Wochenende ihres Lebens verbracht und nicht einmal mit Sam geschlafen. Bevor jeder in seine Welt zurückkehrte, mußte sie mehr über ihn erfahren.

»Gibt's was Tolleres als die Wall Street?« konterte er lachend und legte einen Arm um ihre Schultern. »Das hat mir noch niemand erzählt. Was kannst du mir denn empfehlen?« Er blieb stehen, schaute sie an, war bezaubert von ihr. Aber es widerstrebte ihm, seine Gefühle zu zeigen. Ihr langes rotes Haar flatterte im Wind, ihre grünen Augen musterten ihn eindringlich und weckten seltsame, unbekannte Emotionen. Irgendwie machte sie ihm angst.

»Wie wär's mit engeren Beziehungen?« Soviel sie wußte, war er nie verheiratet gewesen. Aber sein Lebensstil hatte zweifellos zu zahlreichen Liebschaften geführt.

»Dafür fehlt mir die Zeit.« Während sie weitergingen, zog er sie etwas fester an sich. »Ich bin zu beschäftigt.«

»Und zu wichtig?« fragte sie unverblümt und fürchtete, er wäre eingebildet. Dazu hätte er allen Grund, aber bisher war ihr nichts dergleichen aufgefallen.

»Wer behauptet das? So wichtig bin ich gar nicht. Eigentlich will ich mich nur amüsieren.«

»Jeder weiß, wer du bist«, entgegnete sie leichthin. »Sogar hier. In Los Angeles, New York, im Silicon Valley, in Tokio. Wo noch? In Paris, London, Rom? Ziemlich imposant …«

»Und nicht ganz richtig. Ich arbeite hart. So wie du.« Lächelnd zuckte er die Achseln, und beide wußten, daß mehr dahintersteckte, als er zugab.

»Leider fliege ich nicht in den Privatjets meiner Klienten nach Kalifornien. Die Leute kommen im Taxi zu mir. Falls sie Glück haben und auf der Sonnenseite des Lebens stehen. Die anderen nehmen die U-Bahn.«

»Okay, dann sind meine Klienten eben besonders glücklich«, erwiderte er und grinste. »Vielleicht gehöre ich auch zu dieser Sorte. Aber wenn das Glück mich eines Tages verläßt, wie meinen Vater …«

»Hast du Angst, du könntest ein ähnliches Schicksal erleiden und alles verlieren?« Jetzt entdeckte sie eine neue, sehr interessante Seite seines Wesens.

»Mag sein. Er war ein Narr, ein netter Narr – trotzdem ein Narr. Wahrscheinlich brachte ihn der Tod meiner Mutter um. Sobald sie krank wurde, verlor er seine Selbstkontrolle. Und als sie starb, konnte er's einfach nicht verkraften, weil er sie so sehr liebte.« So etwas durfte ihm nie passieren. Das hatte er schon vor langer Zeit beschlossen. Niemals würde er jemanden so maßlos lieben, daß er nach dem Verlust seines Glücks zusammenbrechen würde.

»Sicher hast du sehr darunter gelitten«, meinte Alex mitfühlend. »Du warst noch so jung.«

»Wenn man niemanden hat, wird man sehr schnell erwachsen.« Er lächelte traurig. »Oder vielleicht gar nicht. Meine Freunde behaupten, ich sei immer noch ein kleiner Junge. Und das gefällt mir, weil's mich dran hindert, die Dinge allzu ernsthaft zu betrachten. Es ist nicht gut, wenn man das Leben zu ernst nimmt. Dann macht's keinen Spaß mehr.«

Aber Alex nahm das Leben und ihre Arbeit ernst. Auch sie hatte ihre Eltern verloren – allerdings auf weniger dramatische Weise als Sam. Der Verlust stärkte ihr Verantwortungsgefühl und spornte ihren beruflichen Ehrgeiz an. Nach dem Tod der Eltern fühlte sie sich verpflichtet, deren Erwartungen noch gewissenhafter zu erfüllen. Ihr Vater, ebenfalls Anwalt, war überglücklich gewesen, als die Tochter das Jurastudium gewählt hatte. Ihm zuliebe wollte sie eine hervorragende Anwältin werden, obwohl er ihre Erfolge nicht mehr beobachten konnte.

Alex und Sam waren Einzelkinder, machten Karriere, und beide hatten viele Freunde, was ihnen gewissermaßen die Familie ersetzte. Aber während Alex oft mit dem Freundeskreis ihrer Eltern und den Familien ihrer Studienkollegen zusammenkam, pflegte Sam den Umgang mit Klienten, Junggesellen und alleinstehenden Frauen.

Am Strand von Malibu küßte er sie zum erstenmal. Als sie nach New York zurückflogen, schlief er meistens, den Kopf an ihrer Schulter. Nachdenklich betrachtete sie ihn. Er glich einem kleinen Jungen, und sie merkte, wie sehr sie ihn mochte. Vermutlich zu sehr. Würde sie jemals wieder von ihm hören? War das Wochenende ein Anfang für ihn gewesen oder nur ein Zwischenspiel? Sie durchschaute seine Absichten nicht. Und er hatte zugegeben, er würde sich öfter mit einer jungen Schauspielerin treffen, die außerhalb des Broadway auftrat.

»Warum hast du sie nicht nach L. A. mitgenommen?« hatte Alex gefragt – unverblümt und scheu zugleich. Es war ihr etwas peinlich gewesen, darüber zu sprechen. Aber es paßte nicht zu ihrem Wesen, wichtigen Themen auszuweichen.

»Weil sie beschäftigt war. Und ich dachte, es wäre interessanter, dich näher kennenzulernen.« Er zögerte. Dann schenkte er ihr ein Lächeln, das ihr Herz schmelzen ließ, obwohl sie sich dagegen wehrte. »Um die Wahrheit zu gestehen, ich hab sie gar nicht gefragt. Ich wußte, daß sie das ganze Wochenende proben mußte. Und sie haßt Baseball. Außerdem wollte ich wirklich mit dir zusammensein.«

»Warum?« Sie wußte nicht, wie schön er sie in diesem Moment fand.

»Du bist das klügste Mädchen, das ich jemals kannte, ich unterhalte mich gern mit dir, und du bietest wahrlich keinen unangenehmen Anblick.«

Vor dem Eingang ihres Apartmenthauses hatte er sie wieder geküßt. Aber in diesem flüchtigen Kuß lag kein Versprechen. Das Taxi fuhr davon, und Alex fühlte sich seltsam bedrückt, als sie den Koffer in ihre Wohnung trug. Nach dieser Reise, die ihr so wundervoll erschienen war, würde Sam zweifellos zu seiner Schauspielerin zurückkehren. Er hatte einfach nur ein amüsantes Wochenende genossen, eins von vielen.

Für Alex Andrews gibt's wohl nicht viel Platz in Sam Parkers Leben, dachte sie – bis er am nächsten Morgen ein Dutzend roter Rosen in ihr Büro schickte. Am Nachmittag rief er an und lud sie zum Dinner ein, und dann begann eine ernsthafte Romanze. Trotz der schwierigen Prozesse, die sie vorbereiten mußte, konnte sie sich in den nächsten vier Monaten kaum auf ihre Arbeit konzentrieren.

Am Valentinstag machte er ihr einen Heiratsantrag. Inzwischen war sie sechsundzwanzig, er dreiunddreißig. Im Juni heirateten sie. Die Zeremonie fand in einer kleinen Kirche in Southampton statt. Wenn die Braut und der Bräutigam auch keine Familien hatten – zwei Dutzend enge Freunde sorgten für eine nette, herzliche Atmosphäre. Die Hochzeitsreise ging nach Europa. Sie wohnten in Hotels, die Alex nur dem Namen nach kannte, fuhren nach Paris und Monaco. In Saint Tropez erlebten sie ein romantisches Wochenende. Sie trafen einen von Sams Klienten und dessen Freundin, ein Filmsternchen. Mit den beiden feierten sie eine fröhliche Party auf einer Yacht, die nach Italien schipperte und am nächsten Morgen wieder zurückfuhr.

Später besuchten sie San Remo, die Toskana, Venedig, Florenz und Rom und flogen mit einem Klienten nach Athen. Die letzten Urlaubstage genossen sie in London. Sam führte Alex in alle seine Lieblingsrestaurants und -nachtclubs, vor allem ins Annabel's. Im Garrard's besichtigten sie Antiquitäten, und er kaufte ihr extravagante Kleider in Chelsea, obwohl sie betonte, sie wisse nicht, wo sie die Sachen tragen sollte. Im Büro sicher nicht. Es waren perfekte Flitterwochen. Wieder in New York, übersiedelte Alex ins Apartment ihres Mannes. Dort hatte sie schon die letzten Monate verbracht, aber ihre eigene Wohnung bis zur Hochzeit behalten.

Sie lernte für ihn zu kochen, und er kaufte ihr teure

Kleider. Zum dreißigsten Geburtstag schenkte er ihr eine schöne schlichte Halskette aus Diamanten. Er hätte sich's leisten können, seine Frau mit kostbaren Geschenken zu überhäufen. Aber sie wünschte sich nicht viel. Sie genoß das Eheleben, Liebe und Romantik und Freundschaft, den wechselseitigen Respekt und die Begeisterung für ihre Karrieren. Einmal hatte er gefragt, ob sie ihren Beruf aufgeben würde, zumindest vorübergehend, um daheim zu bleiben und ein Baby zu versorgen. Sie starrte ihn an, als wäre er wahnsinnig geworden.

»Und wenn du weiter arbeitest und trotzdem Kinder bekommst?« schlug er vor. Inzwischen waren sie sechs Jahre verheiratet. Mit seinen neununddreißig Jahren erwog er hin und wieder, Vater zu werden. Gewiß, das hätte ihren Lebensstil beeinträchtigt. Trotzdem fand er, es wäre schade, keine Kinder in die Welt zu setzen.

Aber Alex erklärte, dazu sei sie nicht bereit. »Ich kann mir einfach nicht vorstellen, mit kleinen Menschen zusammenzuleben, die völlig von mir abhängig wären – die ganze Zeit. Da ich so hart arbeite, würde ich mich schuldig fühlen und die Kids niemals sehen. Auf diese Weise sollte man keine Kinder großziehen.«

»Würdest du ein bißchen kürzertreten?«

»Möchtest du eine ehrliche Antwort hören? Nein. Eine Teilzeitanwältin? Undenkbar.« Sie beobachtete andere Frauen, die das versuchten und sich selber verrückt machten. Schließlich arbeiteten sie wieder ganztags, vernachlässigten die Kinder und hatten ein schlechtes Gewissen. Oder sie gaben ihren Beruf endgültig auf. Dazu konnte sie sich nicht durchringen.

»Also willst du niemals Kinder bekommen?«

Zum erstenmal dachte sie ernsthaft darüber nach. Niemals? Unbehaglich runzelte sie die Stirn. Und so einigten sie sich auf einen Kompromiß. »Jetzt nicht, vielleicht später.«

Als sie ihren fünfunddreißigjährigen Geburtstag feierte, kam das Thema wieder zur Sprache. Mittlerweile hatten fast alle ihre Bekannten Kinder. Alex und Sam waren seit neun Jahren verheiratet und sehr zufrieden mit ihrem Leben. Nun arbeitete sie bereits bei Bartlett & Paskin, übernahm eine Partnerschaft, und Sam war gewissermaßen eine Legende. Wann immer sie sich ein paar Tage freimachen konnten, flogen sie nach Frankreich, oder sie verbrachten ein Wochenende in Kalifornien. Sam hatte oft in Tokio und den arabischen Staaten zu tun, und seine Erfolge faszinierten Alex. Auch sie machte eine eindrucksvolle Karriere. In diesem Leben war kein Platz für ein Baby.

»Ich weiß nicht – manchmal fühle ich mich schuldig«, gestand sie. »Vielleicht ist es unnatürlich, keine Mutterinstinkte zu entwickeln ... Wie soll ich's erklären? Jedenfalls wäre es nicht das richtige für mich, zumindest nicht jetzt.«

Danach wurde das Thema erst wieder angeschnitten, als sie achtunddreißig und er fünfundvierzig war. Alex' biologische Alarmglocke schrillte. Diesmal begann *sie* davon zu sprechen, nachdem eine Partnerin in der Kanzlei ein Baby zur Welt gebracht hatte – ein süßes Kind, wie Alex versicherte. Offenbar fiel es ihrer Freundin leicht, Karriere und Mutterschaft unter einen Hut zu bringen. Und Alex freundete sich allmählich mit dem Gedanken an.

Aber jetzt protestierte Sam dagegen. Ihr gemeinsames Leben funktionierte viel zu gut, viel zu angenehm, um es mit Kindern zu teilen. Und nach zwölf Ehejahren dachte er, es wäre zu spät und ein Baby keine Bereicherung mehr. Er wollte Alex für sich allein haben, alles sollte so bleiben, wie es war. Zu ihrer eigenen Verblüffung gab sie ihm sofort recht. Allem Anschein nach gehörte die Mutterschaft nicht zu ihrem Lebensprogramm. Kurz danach trat sie in einer sensationellen Gerichtsverhandlung auf und vergaß die Babyfrage – für vier Monate.

Sie kehrten von einer Reise durch Indien zurück, wo Alex nie zuvor gewesen war, und sie fühlte sich elend. Weil sie befürchtete, sie hätte sich mit einer gefährlichen Krankheit angesteckt, ging zu ihrem Arzt. Zum erstenmal seit Jahren war ihr schrecklich übel, und das beunruhigte sie. Aber die Diagnose jagte ihr noch größere Angst ein. Am selben Abend teilte sie ihrem Mann die Neuigkeit mit, in tiefster Verzweiflung – sie war schwanger. Ausgerechnet jetzt, nachdem sie das Thema endgültig begraben hatten. Sie schauten sich an wie zwei Opfer der großen Wirtschaftskrise von 1929.

»Bist du sicher?«

»Völlig sicher«, erwiderte sie unglücklich.

»Keine Cholera oder Malaria?« Beide hätten eine so furchtbare Krankheit vorgezogen.

»Seit sechs Wochen bin ich schwanger, das hat der Arzt festgestellt.« Während der Reise war ihre Periode ausgeblieben, aber sie hatte geglaubt, das läge an der Hitze, an den Malariatabletten oder einfach nur an den Strapazen. Bedrückt starrte sie Sam an. »Dafür bin ich zu alt. Ich will's nicht durchmachen, ich kann's nicht.« Ihre Worte überraschten und erleichterten ihn, denn er wollte das Baby auch nicht haben.

»Möchtest du was dagegen tun?« Ihr energischer Protest verwirrte ihn ein wenig, weil er stets vermutet hatte, eines Tages würde sie sich Kinder wünschen. Und seit einiger Zeit fürchtete er sich sogar davor.

»Nein, das brächte ich nicht übers Herz. Es ist ja nicht so, daß wir uns kein Baby leisten könnten... Aber mir fehlt einfach die Zeit dafür – und die Kraft.« Nachdenklich fügte sie hinzu: »Und ich bin auch nicht daran interessiert. Als wir das letzte Mal darüber sprachen, dachte ich, das Thema wäre erledigt. Und jetzt – *peng!*«

Wehmütig lächelte er sie an. »Welch eine Ironie, nicht wahr? Nachdem wir uns zu einer kinderlosen Ehe entschlossen haben, bist du plötzlich schwanger. Manchmal schlägt das Schicksal seltsame Kapriolen. Also, was wollen wir tun?«

»Keine Ahnung.« Alex brach in Tränen aus. Der Gedanke an eine Abtreibung erschien ihr ebenso gräßlich wie die drohende Mutterschaft. Nach zwei qualvollen Wochen beschlossen sie, das Baby zu bekommen. Alex erklärte, nach moralischen Gesichtspunkten habe sie keine Wahl, und Sam stimmte ihr zu. Und so versuchten sie, die Situation philosophisch zu betrachten. Aber sie brachten keine Begeisterung auf. Wann immer Alex an ihren Zustand dachte, fühlte sie sich deprimiert. Sam schien das Problem zu verdrängen. Wenn sie darüber sprachen, so selten wie nur möglich, gewannen sie den Eindruck, sie würden über eine unheilbare Krankheit diskutieren. Sie freuten sich kein bißchen auf das Baby, aber sie mußten es akzeptieren, und beiden graute vor den Konsequenzen.

Vier Wochen nach der Diagnose kam Alex etwas früher von der Arbeit nach Hause, nachdem sie im Büro erbrochen hatte. Von heftigen Bauchschmerzen geplagt, krümmte sie sich zusammen. Der Pförtner half ihr aus dem Taxi und trug ihren Aktenkoffer ins Haus. Als er sich erkundigte, ob alles okay sei, nickte sie, obwohl sie leichenblaß war. Sie fuhr mit dem Lift nach oben und betrat die Wohnung. Glücklicherweise war die Putzfrau da, denn eine halbe Stunde später erlitt Alex im Bad einen Blutsturz und verlor beinahe die Besinnung. Die Putzfrau brachte sie ins Krankenhaus und rief Sam im Büro an. Wenig später traf er im Lenox Hill ein und erfuhr, Alex würde bereits im Operationssaal liegen. Sie hatten das Baby verloren.

Nun existierte die Ursache ihrer Sorgen nicht mehr, und sie hatten erwartet, sie würden sich maßlos erleichtert fühlen. Aber sobald Alex in einem Privatzimmer der Klinik aus der Narkose erwachte, schluchzte sie verzweifelt. Und da erkannten sie, daß es nicht so einfach war. Beide wurden von Trauer und Gewissensbissen überwältigt. Was sie nie zuvor für das ungeborene Kind empfunden hatte, brach ihr jetzt das Herz – Liebe und Scham und Reue und Sehnsucht. Noch nie war sie so unglücklich gewesen. Diese Erfahrung zeigte ihr eine neue Seite ihres eigenen Wesens, von der sie bisher nichts geahnt hatte. Oder vielleicht waren die sonderbaren Emotionen erst jetzt entstanden. Wie auch immer, sie wollte die schmerzliche Leere füllen, die ihre Fehlgeburt hinterlassen hatte. Und Sam dachte genauso. Beide trauerten um das Baby. Als Alex ein paar Tage später wieder zu arbeiten begann, konnte sie ihren Kummer nicht verbergen.

Sie verreisten für ein verlängertes Wochenende und trafen eine gemeinsame Entscheidung. Ob es nur eine Reaktion auf die Tragödie oder ein echtes Bedürfnis war, wußten sie nicht. Aber sie spürten, daß sich etwas Wesentliches verändert hatte. Plötzlich wünschten sie sich mit aller Macht ein Baby.

Vernünftigerweise beschlossen sie, ein paar Monate zu warten, um zu sehen, ob sie sich anders besinnen würden. Doch dann siegte die Ungeduld. Zwei Monate nach der dramatischen Fehlgeburt verkündete Alex, teils verlegen, teils triumphierend, sie sei schwanger.

Diesmal freuten sie sich unbändig, doch sie wagten noch nicht, an ihr Glück zu glauben, weil die Möglichkeit bestand, Alex würde auch dieses Kind verlieren oder nicht austragen können. Immerhin war sie achtunddreißig und nie zuvor Mutter geworden. Aber der Arzt versicherte ihr, sie sei bei bester Gesundheit und müsse nicht mit irgendwelchen Problemen rechnen.

»Weißt du was? Wir sind verrückt«, sagte sie eines Abends, als sie neben Sam im Bett lag, Oreo-Kekse aß und überall Krümel verstreute. Sie behauptete, nur diese Kekse würden ihren Magen beruhigen, sonst nichts. »Total verrückt. Vor vier Monaten hätten wir uns fast umgebracht, weil ich schwanger war. Und jetzt überlegen wir, wie unser Baby heißen soll. Wenn ich beim Doktor im Wartezimmer sitze, lese ich Frauenzeitschriften, zum Beispiel Artikel über die Mobiles, die man übers Bett hängen kann. Bin ich völlig ausgeflippt?«

»Vielleicht.« Zärtlich lächelte er sie an. »Im Bett bist du jedenfalls eine wahre Plage. Ich hätte nicht daran gedacht, daß diese Krümel auch dazugehören. Glaubst du, deine seltsame Sucht wird mich während der ganzen Schwangerschaft peinigen? Oder nur im ersten Trimester?« Kichernd umarmte sie ihn. In letzter Zeit liebten sie sich so oft wie schon lange nicht mehr. Sie redeten über das Baby, als wäre es bereits ein Teil ihres Lebens. Bei einer Fruchtblasenpunktion hatte sich herausgestellt, sie würden ein Mädchen bekommen, und sie beschlossen, ihre Tochter Annabelle zu nennen, nach ihrem Londoner Lieblingsclub. Der Name hatte Alex schon immer gefallen, und sie verband schöne Erinnerungen damit. Diese Schwangerschaft verlief ganz anders als die erste. Damals hatten sie eine wichtige Lektion gelernt. Ihre Indifferenz und Feindseligkeit dem Baby gegenüber war bitter bestraft worden. Jetzt blickten sie froh und glücklich in die Zukunft.

Nach Neujahr wurde Alex von energischen Kollegen aus der Kanzlei gescheucht. Widerstrebend verließ sie ihr Büro, nur zwei Tage vor dem errechneten Geburtstermin. Sie hatte geplant, bis knapp vor der Fahrt zur Klinik zu arbeiten. Aber es ergab keinen Sinn, Fälle vorzubereiten, die sie nicht abschließen konnte. Und so wartete sie daheim auf ihre Tochter, die sie das kleine Wunder nannte. Statt sich zu langweilen, wie sie befürchtet hatte, richtete sie voller Begeisterung das Kinderzimmer ein, faltete winzige Hemdchen zusammen und verstaute Windeln in den Schubfächern des Wickeltisches. Und das ist die Frau, die so vielen Anwälten Angst einjagt, sobald sie einen Gerichtssaal betritt, dachte sie verwundert. Manchmal fragte sie sich, ob die Mutterschaft ihre beruflichen Fähigkeiten beeinträchtigen würde. Vielleicht könnte sie nicht mehr so hart und konzentriert arbeiten. Doch der Gedanke an das Baby verdrängte diese Sorge. Sie malte sich aus, wie sie ihre Tochter im Arm halten und stillen würde. Und sie überlegte, ob Annabelle rotes Haar haben würde wie sie selbst oder schwarzes wie Sam, blaue oder grüne Augen. Ungeduldig sehnte sie die Geburt herbei, wie das Wiedersehen mit einer lang vermißten Freundin.

Für die Niederkunft hatten sie ein Privatzimmer im New York Hospital reservieren lassen. Alex wünschte sich eine natürliche Geburt, denn sie wollte jede einzelne Sekunde dieses Ereignisses genießen. Mit ihren neununddreißig Jahren würde sie es wohl kein zweites Mal erleben. Deshalb nahm sie nichts für selbstverständlich. Obwohl Sam Krankenhäuser haßte, begleitete er seine Frau zu allen Schwangerschaftsübungen, und er würde ihr auch während der Geburt beistehen.

Drei Tage nach dem errechneten Termin aßen sie im Elaine's zu Abend, als plötzlich die Fruchtblase platzte. In alle Eile fuhren sie zur Klinik und wurden nach Hause geschickt. Dort sollten sie warten, bis die Wehen begannen. Sie taten alles, was man ihnen empfohlen hatte. Zunächst versuchte Alex, ein bißchen zu schlafen, dann wanderte sie umher. Sam massierte ihren Rücken, und sie fühlte sich großartig. Offensichtlich würden keine Probleme auftauchen, die sie nicht meistern konnten. Während sie im Bett lagen, sprachen sie über das Wunder, das ihnen nach dreizehnjähriger Ehe geschenkt wurde. Alle paar Minuten schaute Sam auf die Uhr und versuchte abzuschätzen, wann es endlich soweit sein würde. Schließlich schliefen sie ein. Als Alex von den Wehen geweckt wurde, nahm sie eine warme Dusche, so wie es der Arzt empfohlen hatte. Dabei würden sich die Wehen verstärken oder aufhören. Eine halbe Stunde lang stand sie unter der Dusche und registrierte die Abstände zwischen den Wehen. Bald wurden die Schmerzen unerträglich. Sie stieg aus der Dusche und konnte sich kaum auf den Beinen halten. Mühsam schleppte sie sich zu Sam, der tief und fest schlief. Einer Panik nahe, rüttelte sie ihn wach, und er starrte erschrocken in ihr bleiches Gesicht.

»Jetzt?« fragte er und sprang aus dem Bett. Sein Herz schlug wie rasend. Hektisch suchte er seine Hose, die er über einen Stuhl gelegt hatte. Aber in der Dunkelheit fand er sie nicht, und Alex umklammerte seinen Arm, qualvoll zusammengekrümmt.

»Zu spät… Das Baby kommt gleich…« In ihrer Angst vergaß sie alles, was man ihr in der Klinik erklärt hatte. Sie war zu alt für diese Tortur. Es tat zu weh, und eine natürliche Geburt kam nicht mehr in Frage.

»Hier? Bekommst du das Baby *hier?*« Entsetzt und ungläubig sah er sie an.

»Das weiß ich nicht… O Gott, Sam – es ist so schrecklich. Das schaffe ich nicht…«

»Doch. Im Krankenhaus wird man dir sicher Medikamente geben. Mach dir keine Sorgen, und zieh dich an.«

Letzten Endes mußte er ihr helfen, sich anzukleiden, und ihre Schuhe aufstöbern. Noch nie hatte er sie so verletzlich gesehen, so verzweifelt. Der Pförtner rief ein Taxi. Mittlerweile war es vier Uhr morgens geworden. In der Klinik angekommen, konnte sie kaum gehen. Der Arzt wartete bereits, die Hebammen waren sehr zufrieden mit Alex' Fortschritten. Um so erbitterter haßte sie die Prozedur, die sie beschönigend »Übergang« nannten. Bei allen Wehen schrie sie hysterisch, verlangte Medikamente, und Sam erkannte sie kaum wieder. Schließlich beruhigte sie sich. Zwei Stunden nach der Ankunft im Krankenhaus begann sie, mit aller Kraft zu pressen. Eine Epiduralanästhesie beruhigte sie ein wenig. Von allen Anwesenden ermutigt, preßte sie wieder, und Sam hielt ihre Schultern fest. Eine Ewigkeit schien zu verstreichen. Aber eine halbe Stunde später tauchte Annabelles rothaariger kleiner Kopf auf. Sie schrie wie am Spieß, dann musterte sie ihre Eltern, die Freudentränen vergossen. Mit verschwommenen Augen starrte sie Sam an, als hätte sie ihn lange gesucht und endlich gefunden. Danach wurde sie ihrer Mutter vorgestellt, und Alex drückte sie an die Brust, von Gefühlen überwältigt, die sie zuvor nicht einmal erträumt hatte. Erst in diesem Moment gewann sie den Eindruck, sie wäre ein vollkommener Mensch. Sie hatte einige Mütter von solchen Emotionen reden hören und nie daran geglaubt. Und nun konnte sie sich nicht vorstellen, wie ihr Leben ohne dieses Ereignis verlaufen würde. Glücklich stillte sie ihr Baby und kam so großartig mit ihm zurecht, als hätte sie schon mehrere Kinder zur Welt gebracht. Sam knipste zahllose Fotos und vermochte das Wunder kaum zu fassen, das sie beinahe verpaßt hätten. Doch sie waren von einer klügeren Macht vor ihrer eigenen Dummheit gerettet worden.

Die erste Nacht verbrachte Sam im Krankenhaus. Unverwandt betrachteten sie Annabelle, hielten sie abwechselnd im Arm, zogen sie an und aus, wechselten die Windeln und das Nachthemdchen. Sam beobachtete hingerissen, wie Alex seine Tochter stillte. So etwas Schönes hatte er niemals zuvor gesehen. Beide wünschten sich noch ein Baby, wenn Sam auch nicht verstand, daß seine Frau so kurz nach den schmerzhaften Wehen solche Pläne schmiedete. Aber sie beteuerte, sie würde sich inbrünstig nach einem zweiten Baby sehnen, und küßte ihn über dem Köpfchen der schlafenden Annabelle.

»Das meinst du nicht ernst«, erwiderte er, verblüfft und entzückt zugleich. Ein Sohn wäre wundervoll, doch eine zweite Tochter wäre ihm genauso willkommen. Wie hübsch das kleine Mädchen aussah. Immer wieder berührte er die winzigen Zehen, und Alex küßte die kleinen Finger. Beide waren völlig verzaubert von ihrem Baby.

Auch daheim hielten die überschwenglichen Gefühle an. Von ihren Eltern vergöttert, gedieh Annabelle prächtig. So oft wie möglich kam Sam früher nach Hause. Als das Baby drei Monate alt war, kehrte Alex widerstrebend in die Kanzlei zurück. Sie versuchte immer noch, ihre Tochter zu stillen. Doch darauf mußte sie wegen ihres übervollen Terminkalenders bald verzichten. Wenn es möglich war, fuhr sie in den Mittagspausen nach Hause. Und wenn sie nicht im Gericht zu tun hatte, verließ sie das Büro pünktlich um fünf Uhr nachmittags. Jeden Freitag hörte sie spätestens um eins zu arbeiten auf, ohne Rücksicht auf Verluste. Dankbar für die Liebe und Aufmerksamkeit, die sie genoß, betete Annabelle ihre Mommy und ihren Daddy an. Sie war der Lebensinhalt ihrer Eltern, und auch für sie gab es nichts Wichtigeres als die Zeit, die sie mit ihnen verbrachte. Tagsüber wurde sie von Carmen betreut. Sobald Sam und Alex von der Arbeit nach Hause kamen, kümmerten sie sich selbst um ihre Tochter. Diesem Augenblick fieberte sie jeden Abend entgegen, und wenn sie zur Tür hereinkamen, quietschte sie vor Freude.

Carmen arbeitete gern für Alex und Sam, und sie liebte Annabelle. In ihrem Freundeskreis gab sie mächtig mit den netten Parkers an und verkündete, wie prominent und erfolgreich sie seien. Sam wurde häufig in den Finanzbeilagen der Zeitungen erwähnt. Nach wie vor fädelte er sensationelle Deals für wichtige Klienten ein. Und Alex trat oft im Fernsehen auf, um über interessante Prozesse zu berichten. Das alles entzückte Carmen.

Nach Sams und Alex' Meinung war Annabelle nicht nur bildschön, sondern auch brillant. Mit zehneinhalb Monaten konnte sie gehen. Wenig später lernte sie sprechen und brachte viel früher als erwartet vollständige Sätze zuwege.

»Sicher wird sie Juristin«, hänselte Alex ihren Mann. Doch er bestritt gar nicht, wie erstaunlich Annabelle ihrer Mutter glich, im Äußeren ebenso wie in ihrem Verhalten.

Nur die erfolglosen Bemühungen um eine weitere Schwangerschaft trübten das Glück der Parkers. Als Annabelle sechs Monate alt war, steuerten sie dieses Ziel erneut an, und danach versuchten sie's ein Jahr lang vergeblich. Inzwischen war Alex vierzig. Schließlich ließen sie sich von Spezialisten untersuchen, um herauszufinden, was da nicht stimmte. Aber beide waren gesund und zeugungsfähig. Die Ärzte erklärten, eine Frau in Alex' Alter müsse sich eben etwas länger gedulden, bis es zu einer Empfängnis komme.

Mit einundvierzig nahm sie Serophene, ein Progesteron, das ihren Eisprung »intensivieren« sollte. Anderthalb Jahre lang verstärkte das Medikament den Streß, unter dem sie ohnehin schon stand. Die Parkers liebten sich nach Plan. Jeden Monat nutzten sie den Zeitpunkt, der für eine Empfängnis am günstigsten war. Alex mischte ihren Urin mit verschiedenen Chemikalien. Sobald sie sich blau färbten, eilte Sam aus dem Büro nach Hause. Sie witzelten über ihre »blauen Stunden«. Aber daß sie sich dermaßen unter Druck setzten, vereinfachte ihr Leben, in dem anspruchsvolle Klienten beziehungsweise kampflustige Anwälte wichtige Rollen spielten, keineswegs.

Trotzdem wünschten sie sich nach wie vor ein zweites Kind. Was für eine Ironie, dachten sie. Jahrelang hatten sie sich gegen Kinder gesträubt, und nun taten sie alles, um welche zu bekommen. Sie erwogen sogar, die Serophene-Pillen durch extremere Pergonal-Injektionen zu ersetzen oder eine künstliche Befruchtung zu versuchen. Aber mit ihren zweiundvierzig Jahren hoffte Alex nach wie vor auf eine natürliche Empfängnis, ohne diese drastischen Maßnahmen – insbesondere, weil sie regelmäßig Hormone schluckte. Die Nebenwirkungen der Medikamente belasteten sie zusätzlich. Doch das nahm sie gern auf sich, weil sie sich ebenso wie Sam nach einem Baby sehnte. Annabelle hatte ihnen vor Augen geführt, wie sehr ein Kind das Eheleben bereicherte, wieviel ihnen in all den Jahren entgangen war. Wenn sie ihre beruflichen Erfolge auch genossen – beide fanden, daß sie etwas viel Wichtigeres versäumt hatten.

Inzwischen war Annabelle dreieinhalb Jahre alt geworden. Wann immer Alex und Sam ihre Tochter anschauten, schmolzen ihre Herzen dahin. Die grünen Augen des kleinen Mädchens strahlten, kupferrote Locken umrahmten das Gesicht mit den zarten Sommersprossen, die der stolze Vater »Elfenstaub« nannte.

Auf Alex' Schreibtisch stand ein großes Foto von Annabelle, das sie mit einer kleinen Schaufel in der Hand zeigte, im letzten Sommer am Strand von Quogue geknipst.

Liebevoll betrachtete Alex das Bild. Dann schaute sie wieder auf ihre Uhr. Die eidesstattliche Erklärung hatte sie einen Großteil des Vormittags gekostet. Und in der knappen Stunde vor der Besprechung mit einem neuen Klienten mußte sie noch mehrere Papiere durchsehen. Als Brock Stevens ihr Büro betrat, hob sie den Kopf. Er zählte zu den jüngeren Kollegen, arbeitete ausschließlich für Alex und einen anderen Anwalt, recherchierte und bereitete Prozesse vor. Vor zwei Jahren hatte Bartlett & Paskin ihn eingestellt, und seither beeindruckte er Alex mit seinen erstaunlichen Fähigkeiten.

»Hi, Alex. Haben Sie ein paar Minuten Zeit? Ich weiß, der Vormittag war ziemlich hektisch.«

»Schon gut, setzen Sie sich«, erwiderte sie und lächelte ihn an. Mit seinen zweiunddreißig Jahren, seiner attraktiven Erscheinung und den blonden Haaren sah er wie ein blutjunger Bursche aus – oder wie der ideale große Bruder, den sich jedes kleine Mädchen wünschte. Er hatte in Illinois Jura studiert. Wie sie wußte, stammte er aus einer einfachen, armen Familie. Um sein Studium zu finanzieren, hatte er nebenbei gejobbt. Sein Beruf erfüllte ihn mit jenem bedingungslosen Enthusiasmus, der vor Annabelles Geburt auch Alex' Leben bestimmt hatte. Deshalb bewunderte sie ihn.

Er sank in den Sessel vor ihrem Schreibtisch. Die Stirn ernsthaft gerunzelt, die Hemdsärmel hochgekrempelt, mit verrutschter Krawatte, erschien er ihr jünger denn je. »Wie war die Aussage?«

»Okay. Matt hatte Glück, weil sich der Hauptangeklagte in Widersprüche verwickelte. Trotzdem wird der Prozeß noch endlos lange dauern. Dieser Fall würde mich zum Wahnsinn treiben.«

»Mich auch. Aber es ist ein fabelhafter Präzedenzfall, und so was gefällt mir.«

Manchmal fand sie seinen jugendlichen Idealismus ein bißchen naiv, doch das beeinträchtigte seine Kompetenz nicht. »Nun, was gibt's, Brock? Irgendwas Neues im Fall Schultz?«

»O ja«, bestätigte er freudestrahlend. »Endlich sind wir fündig geworden. Der Kläger hat in den letzten zwei Jahren Steuern hinterzogen. Vor den Geschworenen wird er keine allzu gute Figur machen. Jetzt wissen wir, warum sie seine Akten so widerwillig rausgerückt haben.«

»Wunderbar! Und wie sind Sie dahintergekommen?« Um Unterlagen über die finanzielle Situation des Klägers zu erhalten, hatten sie einen Sonderantrag stellen müssen.

»Das war ein Kinderspiel. Später zeig ich's Ihnen. Nun dürfte einer gütlichen Einigung nichts mehr im Wege stehen. Falls Sie Mr. Schultz dazu kriegen.«

»Daran zweifle ich«, entgegnete sie nachdenklich. Jack Schultz besaß eine kleine Firma, die zweimal unfairerweise von früheren Angestellten verklagt worden war. Mit dieser Methode versuchte man ehemaligen Chefs, die Schwierigkeiten vermeiden wollten, hohe Summen zu entlocken. Bei Schultz' Prozessen waren Präzedenzfälle entstanden. Nun wurde er von einem anderen einstigen Angestellten, der Firmengelder veruntreut und illegale Provisionen eingeheimst hatte, wegen Verleumdung verklagt. Aber diesmal ließ sich Schultz nicht auf einen außergerichtlichen Vergleich ein. Statt dessen beschloß er zu kämpfen und zu siegen.

»Mit der Aussage des Zeugen aus New Jersey über die illegalen Provisionen hauen wir den Kläger in die Pfanne.«

»Ganz sicher«, meinte Alex belustigt.

»Am nächsten Mittwoch beginnt die Verhandlung. Ich

glaube, der Anwalt des Klägers wird Sie im Lauf dieser Woche wegen eines außergerichtlichen Vergleichs anrufen. Was wollen Sie ihm sagen?«

»Daß er sich zum Teufel scheren soll. Der arme Jack hat's verdient, diesen Prozeß zu gewinnen. Außerdem kann man nicht dauernd zahlen, nur um Problemen auszuweichen. Ich wünschte, andere Arbeitgeber wären auch so couragiert wie unser Mandant.«

»Manchmal sind außergerichtliche Vergleiche billiger, und die meisten Chefs wollen ihre Ruhe haben.« Aber der neueste Trend ging nicht mehr zu ungerechtfertigten Zahlungen, sondern zum Kampf. Im Vorjahr hatte Alex mehrere solcher Prozesse gewonnen. »Sind Sie bereit für die Verhandlung?«

Noch während er die Frage aussprach, merkte er, wie idiotisch sie klang. Alex war immer bestens vorbereitet und machte alle ihre Hausaufgaben. Dabei unterstützte er sie, so gut er konnte, um ihr unangenehme Überraschungen im Gerichtssaal zu ersparen. Er arbeitete gern für sie, weil sie anspruchsvoll, aber fair war. Und sie erwartete von niemandem, mehr zu leisten als sie selbst. Die vielen Überstunden störten ihn nicht. Immerhin hatte er von Alex' Strategie schon eine ganze Menge gelernt. Für riskante Manöver entschied sie sich nur, wenn sie wußte, daß sie ihrem Mandanten nicht schaden würden, und sie teilte ihnen immer vorher mit, was sie plante.

Brock hoffte, eines Tages die gleichen Qualitäten zu besitzen wie Alex. Nach ihrer erfolgreichen Kooperation würde sie ihn zweifellos für eine Partnerschaft in der Kanzlei empfehlen, obwohl sie beklagte, daß er ihr dann nicht mehr helfen könnte. Der andere Anwalt, mit dem er zusammenarbeitete, hatte ihm verraten, sie habe bei Matt bereits ein gutes Wort für den jungen Kollegen eingelegt. Doch das würde sie niemals zugeben.

»Wer ist dieser neue Klient, den Sie heute erwarten, Alex?« Alles, was sie tat, interessierte ihn.

»Keine Ahnung. Eine andere Kanzlei hat ihn an uns verwiesen, und ich vermute, er möchte irgendeinen Anwalt verklagen.« Von solchen Fällen hielt sie nichts, es sei denn, die Vorwürfe waren gerechtfertigt. Oft genug saßen ihr Leute gegenüber, die ihren Zorn auf die Welt an Unschuldigen auslassen wollten. Die Verzweifelten, Verbitterten und Habgierigen hofften immer wieder, ein Gerichtsprozeß würde ihre Lage verbessern. Diese Fälle übernahm Alex nur, wenn sie an die Ansprüche der Kläger glaubte. »Morgen früh um halb neun gehen wir die Sache Schultz noch mal durch«, fügte sie hinzu. »Ich werde schon um eins gehen, wie jeden Freitag. Aber die Zeit müßte reichen. Am Wochenende möchte ich alle Aussagen noch mal lesen, um sicherzugehen, daß ich nichts übersehen habe.« Als sie den Termin mit Brock in ihrem Kalender notierte, runzelte sie die Stirn. Für den nächsten Vormittag waren keine anderen Besprechungen geplant, und normalerweise nutzte sie die Freitage, um ihren Papierkram zu erledigen.

»Aus diesem Grund habe ich die Aussagen in dieser Woche gründlich studiert und mir einige Notizen gemacht, die ich Ihnen morgen zeigen will. Da hab ich ein paar interessante Punkte gefunden, auch bei den Videos.« Sie hatte einige Aussagen mit dem Videorecorder aufgezeichnet. Dieser Methode verdankte Alex manchmal nützliche Erkenntnisse. Zumindest konnte man den Gegner damit ärgern.

»Danke, Brock.« Dieser Mann ist ein Himmelsgeschenk, dachte sie. Da sie soviel zu tun hatte, wäre sie ohne einen tüchtigen Anwaltsgehilfen verloren gewesen. Außerdem beschäftigte sie einen kompetenten Assistenten, der eng mit Brock zusammenarbeitete. Sie bildeten ein gutes Team. »Bis morgen. Besten Dank für die ausführlichen Recherchen.« In seinem Fall war die hervorragende Leistung nichts Besonderes, denn sie gehörte einfach zu seinem Stil. Da er nicht verheiratet war, konnte er seinem Job einige Wochenenden und Urlaubstage opfern, was er bereitwillig tat, um seine Karriere zu fördern. Manchmal erinnerte er Alex an ihre eigenen und Sams Ambitionen in früheren Zeiten. Sie arbeiteten jetzt genauso hart, aber anders, und sie saßen nicht mehr bis Mitternacht im Büro, weil sie was vom Leben haben wollten – voneinander und von Annabelle. Glücklicherweise war Brock noch nicht an diesem Punkt angelangt. Eine Zeitlang hatte er sich mit einer attraktiven Kollegin getroffen, die ebenfalls bei Bartlett & Paskin angestellt gewesen und später zu einer anderen Firma gegangen war. Aber er legte viel zu großen Wert auf seine beruflichen Erfolge, um sich ernsthaft mit einer Mitarbeiterin einzulassen. So etwas wurde in der Kanzlei nicht gern gesehen, und das wußte er.

Wenig später erschien Alex' potentieller neuer Klient und erläuterte seinen Fall, der ihr gründlich mißfiel. Nach ihrer Ansicht log der Kläger. Außerdem trat sie lieber als Verteidigerin auf. Sie erklärte dem Mann diplomatisch, sie würde darüber nachdenken und mit ihren Partnern sprechen. Aber da sie zur Zeit mehrere Prozesse vorbereitete, könne sie seinem Fall wohl kaum die Aufmerksamkeit widmen, die er verdiene. In ein paar Tagen würde sie ihn anrufen. Natürlich hatte sie nicht vor, mit irgend jemandem zu diskutieren. Ob sie den Fall übernehmen wollte, würde sie allein entscheiden. Vermutlich würde sie das Mandat ablehnen.

Um fünf schaute sie auf ihre Uhr und teilte ihrer Sekretärin Liz Hascomb, die im Vorzimmer saß, über die Sprechanlage mit, sie würde nun gehen. Wann immer es möglich war, verließ sie das Büro um fünf. Sie machte sich Notizen, unterschrieb einige Briefe, die Liz ihr hingelegt hatte, und drückte noch einmal auf den Knopf der Sprechanlage, um ihr Anweisungen zu geben. Ein paar Minuten später kam Elizabeth Hascomb herein, holte die Notizen ab, und sie lächelten sich an. Die verwitwete Liz, die bald das Pensionsalter erreichen würde, hatte vier Kinder. Seit Alex wegen ihrer kleinen Tochter keine Überstunden mehr machte, genoß sie die grenzenlose Bewunderung ihrer Sekretärin, denn damit bewies sie, daß sie nicht nur eine ausgezeichnete Anwältin, sondern auch eine gute Ehefrau und Mutter war. Liz, eine sechsfache Großmutter, hörte gern Geschichten über Annabelle und schaute sich die Fotos an, die ihre Chefin ins Büro mitbrachte.

»Richten Sie der kleinen Annabelle herzliche Grüße von mir aus. Wie gefällt's ihr im Kindergarten?«

»Oh, sie ist ganz begeistert.« Alex steckte einige Papiere in ihre Aktentasche. »Vergessen Sie bitte nicht, Mr. Billings meine Notizen von heute vormittag zu bringen. Morgen früh um halb neun brauche ich die Schultz-Unterlagen für eine Besprechung mit Brock.« An tausend Dinge mußte sie denken. Am nächsten Mittwoch würde der Schultz-Prozeß beginnen. Wahrscheinlich würde sie eine Woche lang nicht ins Büro kommen. Also gab es vorher noch eine Menge zu erledigen. »Bis morgen.« Lächelnd verabschiedete sie sich von ihrer Sekretärin.

Sollten irgendwelche Notfälle eintreten, konnte Liz sie daheim anrufen oder einen Boten mit Unterlagen zu ihr schicken. So intensiv sich Alex auch um ihr Kind kümmerte, sie war niemals unerreichbar. Im Gerichtssaal trug sie einen Beeper bei sich.

»Gute Nacht, Alex.«

Fünf Minuten später stand Alex am Rand der Park Avenue. Soeben begann die Rush-hour. Man mußte einen gewissen Kampfgeist aufbringen, um anderen Leuten ein Taxi wegzuschnappen, aber es gelang ihr. Während der Fahrt merkte sie erstaunt, wie schön der Oktobertag war, sonnig und mild. Doch die frische Brise kündigte bereits den Herbst an.

An einem so angenehmen Abend war sie früher zu Fuß in den Norden der Stadt gegangen. Jetzt wollte sie keine einzige Minute von der Zeit vergeuden, die sie mit ihrer Tochter verbringen konnte. Im Taxi zurückgelehnt, stellte sie sich Annabelles fröhliches sommersprossiges Gesicht vor und dachte an die Schwangerschaft, die sie vergeblich herbeisehnte. Seit drei Jahren versuchten sie's schon. Sie war noch nicht bereit, dramatischere Maßnahmen zu ergreifen. Würde sie angesichts ihres randvollen Terminkalenders eine künstliche Befruchtung oder Pergonal-Injektionen überhaupt verkraften? Das alles erschien ihr so kompliziert. Jedenfalls wär's viel leichter, wenn's einfach passieren würde. Ihr Progesteronwert war hoch genug, der Follikelhormonwert niedrig genug – aber sie erwartete noch immer kein Baby. Plötzlich entsann sie sich, daß sie daheim sofort einen »blauen« Test vornehmen mußte, sonst würden sie den idealen Zeitpunkt womöglich verpassen. Ihren Berechnungen zufolge mußte der Eisprung irgendwann an diesem Wochenende stattfinden. Wenigstens muß ich dann nicht arbeiten, überlegte sie, während sich der Taxifahrer durch den dichten Verkehr kämpfte. An der Ecke Madison und Seventy-fourth gerieten sie in einen Stau.

Alex stieg aus und legte die restliche Strecke zu Fuß zurück. Nachdem sie den ganzen Tag in der Kanzlei verbracht hatte, genoß sie die frische Luft. Mit federnden Schritten eilte sie dahin. An ihrer Seite schwang der Aktenkoffer hin und her. Vielleicht würde Sam schon daheim sein, bei Annabelle. Als sie an ihn dachte, lächelte sie. Seit siebzehn Jahren war sie seine Frau und immer noch verrückt nach ihm. Eigentlich hatte sie alles, was man sich wünschen konnte – einen phantastischen Job, eine süße kleine Tochter, einen Ehemann, den sie heiß und innig liebte. Sie wußte, wie glücklich sie sich schätzen durfte, hielt nichts für selbstverständlich. Alles, was ihr das Schicksal bot, erfüllte sie mit tiefer Dankbarkeit, jeden Tag. Wenn die angestrebte Schwangerschaft ausblieb, würde die Welt nicht zusammenbrechen. Vielleicht würden sie ein Baby adoptieren. Oder sie begnügten sich mit Annabelle. Alex und Sam waren Einzelkinder, was ihnen gewiß nicht geschadet hatte. Im Gegenteil, Einzelkinder sollten sogar besonders klug sein.

Was immer auch geschehen mochte, sie führten ein wunderbares Leben. Zuversichtlich betrat sie die Eingangshalle des Apartmenthauses und lächelte dem Pförtner zu.

Zweites Kapitel

Als sie die Wohnungstür öffnete, war es seltsam still. Gingen Annabelle und Carmen immer noch im Park spazieren? Normalerweise kamen sie gegen fünf nach Hause, und das kleine Mädchen nahm vor dem Dinner ein Bad. Alex betrat ihr Badezimmer und sah das Kind wie eine Prinzessin in einem weißen Schaumberg sitzen. Am Wannenrand kauerte Carmen und beobachtete, wie ihr Schützling »Meerjungfrau« spielte.

Langsam »schwamm« Annabelle im warmen Wasser hin und her, zwischen den duftenden Wolken fast unsichtbar. Daß sie die große Marmorwanne ihrer Mutter benutzen durfte, war ein besonderes Erlebnis. Deshalb hatte Alex bei ihrer Ankunft nichts gehört. Die Suite der Eltern lag am anderen Ende des langen Flurs.

»Was machst du denn da?« fragte Alex. Entzückt betrachtete sie das rosige, von Kupferlocken umrahmte Gesicht ihrer Tochter.

»Pst!« wisperte Annabelle und legte einen Finger an die Lippen. »Meerjungfrauen reden nicht.«

»Bist du eine Meerjungfrau?«

»Klar. Carmen hat gesagt, ich darf in deiner Wanne baden und dein Schaumbad reinschütten, wenn ich mir heute abend die Haare waschen lasse.«

Resigniert zuckte Carmen die Achseln, und Alex lachte.

Annabelle liebte solche Deals, und das Hausmädchen war ebenso wie die Eltern Wachs in ihren Händen. Daraus zog sie keine unfairen Vorteile, aber sie wußte, wie innig sie geliebt wurde.

»Soll ich mit dir baden, und wir waschen uns beide die Haare?« schlug ihre Mutter vor. Bevor Sam nach Hause kam, wollte sie ohnehin ein Bad nehmen.

Annabelle überlegte kurz. »Okay.« Sie haßte es, wenn Shampoo auf ihrem Kopf verteilt wurde. Diesmal gab es offenbar keinen Ausweg.

Während Alex aus ihrem schwarzen Kostüm und den Pumps schlüpfte, kümmerte sich Carmen um das Dinner. Wenig später saßen Mutter und Kind in der großen Wanne beisammen und erzählten einander, was sie tagsüber erlebt hatten. Es gefiel Annabelle, daß ihre Mommy Anwältin war und ihr Daddy ein »Kapitalist«, wie sie es nannte. Nach ihrer Meinung gab er das Geld anderer Leute aus, und obwohl er seinen Beruf etwas anders beschreiben würde, beharrte sie auf ihrer Überzeugung. Ihre Mutter stritt mit den Richtern. Aber sie schickte niemanden ins Gefängnis, also hatte sie keinen allzu schwierigen Job.

»Wie war's im Kindergarten?« fragte Alex, rekelte sich wohlig im warmen Wasser und gab ihrer Tochter einen Kuß. Jetzt fühlte sie sich selber wie eine Meerjungfrau.

»Ganz lustig.«

»Ist irgendwas Besonderes passiert?«

»Nein, wir haben nur Frösche gegessen.«

»Frösche?« wiederholte Alex fasziniert. Da sie die knappen Auskünfte ihres Kindes kannte, ahnte sie, daß mehr dahintersteckte. »Was für Frösche? Doch keine echten?«

»Grüne, mit schwarzen Augen und Kokosraspelhaaren.« Mit diesen »Kokosraspelhaaren« verriet sich Annabelle, und Alex verstand nicht, wie sie jemals ohne sie hatte leben können.

»Also was Süßes?«

»Ja. Bobby Bronstein hat die Frösche mitgebracht, weil er seinen Geburtstag feiern wollte.«

»Klingt gut.«

»Seine Mutter hat ihm auch Gummiwürmer und Spinnen mitgegeben. Aber die waren eklig.« Annabelle freute sich sichtlich, weil sie das Interesse ihrer Mommy erregte.

»Das kann ich mir vorstellen.« Amüsiert beobachtete Alex, wie ihre Tochter lässig die Schultern zuckte, unbeeindruckt von diesen kulinarischen Spezialitäten.

»Ach, es war schon okay. Deine Süßigkeiten schmecken mir besser. Vor allem der Schokoladenkuchen.«

»Vielleicht backen wir dieses Wochenende einen.« Wenn Daddy und Mommy sich geliebt und versucht haben, dir ein Brüderchen oder Schwesterchen zu schenken, dachte Alex. O Gott, sie durfte den »blauen« Test nicht vergessen.

»Was machen wir an diesem Wochenende?« fragte eine vertraute Stimme. Beide blickten auf und sahen einen belustigten Sam in der Tür stehen. Liebevoll erwiderte er den Blick seiner Frau. Dann beugte er sich hinab, um Alex und Annabelle zu küssen.

Alex hielt ihn an der Krawatte fest, um ihm einen zweiten Kuß zu entlocken, und er hatte nichts dagegen. »Wir wollen einen Schokoladenkuchen backen – unter anderem«, fügte sie in verführerischem Ton hinzu.

Als er von der Wanne zurücktrat und seine Krawatte lockerte, hob er die Brauen. »Hast du für dieses Wochenende was Besonderes geplant?« fragte er beiläufig. Auch er erinnerte sich an den »blauen« Test.

»Allerdings«, erwiderte sie und musterte ihn wohlgefällig. Mit seinen fünfzig Jahren wirkte er immer noch sehr attraktiv. Das Alter sah man ihm nicht an, ebensowenig wie ihr, und die langjährige Ehe hatte die Leidenschaft zwischen ihnen nicht beeinträchtigt.

»Was treibt ihr denn in diesem Schaumgebirge?« wandte er sich an seine Tochter.

»Wir sind Meerjungfrauen, Daddy.«

»Soll euch ein großer Wal Gesellschaft leisten?«

»Kommst du zu uns ins Wasser?« kicherte Annabelle. Lachend zog er sich aus, versperrte die Tür, damit Carmen nicht hereinkommen konnte, und setzte sich zu seinen beiden Meerjungfrauen ins Schaumbad. Nachdem sie eine Weile herumgeplanscht hatten, wusch Alex die Haare ihrer Tochter. Dann stieg sie aus der Wanne und wickelte sie in ein großes rosa Handtuch, während Sam duschte. Ein weißes Badetuch um die Hüften geschlungen, beobachtete er seine zwei rothaarigen Damen.

»Ihr seht wie Zwillinge aus.« Neulich hatte sich Alex über ihre ersten grauen Haare beklagt. Aber er entdeckte kein einziges.

»Was machen wir zu Halloween?« fragte Annabelle, als die Mutter ihr das Haar trockenrieb. Inzwischen schloß Sam die Tür auf und ging ins Schlafzimmer, um Jeans, Pullover und Pantoffeln anzuziehen. Er liebte es, nach Hause zu kommen, mit Annabelle zu spielen und seine glückliche Ehe zu genießen. Wenn Alex abends arbeitete, störte ihn das nicht. Er war froh, wenn er einfach nur mit ihr zusammensein konnte, so wie in all den siebzehn Jahren. Seit der Hochzeit hatte sich nichts geändert, nur daß er sie mit jedem Jahr mehr liebte. Und Annabelle hatte das Band zwischen ihnen noch gefestigt. Nur eins bedauerte er – sie hätten viel früher beschließen sollen, ein Kind in die Welt zu setzen.

»Was willst du denn zu Halloween machen?« fragte Alex und entwirrte die roten Locken ihrer Tochter mit allen zehn Fingern.

»Ich möchte ein Kanarienvogel sein«, erklärte Annabelle entschieden.

»Warum denn das?«

»Die sind so süß. Hilary hat einen. Oder vielleicht bin ich Tinker Bell – oder die kleine Meerjungfrau.«

»Nächste Woche gehe ich in der Mittagspause mal zu F. A. O. Schwarz und sehe, was ich finden kann. Okay?« Dann erinnerte sie sich an den Prozeß. Also mußte sie das Kostüm für ihre Tochter am Montag oder Dienstag besorgen. Oder erst nach der Verhandlung. Vielleicht konnte Liz Hascomb feststellen, was es in Annabelles Größe gab. Wie schwierig es doch war, die Zeit einzuteilen…

»Also, was machen wir zu Halloween?« Sam kam zurück, in einem dunkelgrünen Pullover.

»Am besten laufen wir einfach nur herum so wie letztes Jahr«, schlug Alex vor, und er nickte. Jetzt trug sie einen rosa Bademantel, ein rosa Handtuch um den Kopf geschlungen. Sie streifte ein Nachthemd über Annabelles Kopf und gab sie in die Obhut ihres Vaters, damit sie nach dem Essen schauen konnte.

Im Backofen brutzelte ein Huhn, in der Mikrowelle garten Kartoffeln, und in einer Pfanne wurden grüne Bohnen gedünstet. Carmen wollte gerade aufbrechen. Wenn die Parkers ausgingen, blieb sie länger da. Aber wenn sie daheim waren, verabschiedete sie sich, nachdem sie das Dinner vorbereitet hatte. Manchmal kochten Alex und Sam selbst.

»Danke für alles, Carmen. Nächste Woche brauche ich Ihre Hilfe. Am Mittwoch beginnt mein nächster Prozeß.«

»Natürlich helfe ich Ihnen. Ich kann jeden Abend hierbleiben, solange Sie wollen. Kein Problem.« Carmen wußte, wie sehr sich die Parkers noch ein Baby wünschten, und sie war enttäuscht, weil es bisher nicht geklappt hatte. Auch sie liebte Kinder. Mit ihren siebenundfünfzig Jahren hatte sie sechs Kinder von zwei Ehemännern bekommen und siebzehn Enkel. Obwohl sie in Queens ein ausgefülltes Leben führte, arbeitete sie sehr gern für Sam und Alex.

»Bis morgen!« rief Alex, als Carmen die Wohnung verließ. Der Tisch war gedeckt, das Essen duftete köstlich. Rasch zog Alex Jeans und ein Hemd an. Fünf Minuten später rief sie Annabelle und Sam zum Dinner. Sie saßen in der Küche bei Kerzenlicht, an einem alten rustikalen Tisch, auf dem hübsche Sets lagen. Das Speisezimmer benutzten sie nur selten. Wenn sie nicht zu spät heimkamen oder ausgingen, leistete Annabelle ihnen Gesellschaft, und diese Mahlzeiten waren stets ein besonderer Genuß.

Während des Dinners schwatzte sie unentwegt. Später half Sam seiner Frau, den Tisch abzuräumen. Annabelle spielte noch ein wenig. Als Alex ihr eine Gutenachtgeschichte vorlas, sah er die Fernsehnachrichten. Um acht Uhr schlief das kleine Mädchen, und der Abend gehörte den Eltern. Alex setzte sich zu ihrem Mann auf die Ledercouch in der Bibliothek. Erst jetzt dachte sie wieder an den

»blauen« Test und eilte ins Bad, um ihn vorzunehmen. Wie sich herausstellte, war der Hormonschub, der dem Eisprung vorausging, noch nicht erfolgt. Wann es soweit sein würde, konnte sie nicht voraussehen – vermutlich am Samstag oder Sonntag. Man hatte ihnen empfohlen, unmittelbar vor dem Eisprung auf den Liebesakt zu verzichten. Sonst würde sich die Zahl von Sams zeugungsfähigen Spermien verringern. Diese Regeln raubten dem Sexualleben die Spontanität. Aber sie beglückten einander auf andere Weise. Bei den gemeinsamen Bemühungen um ein Baby tat Sam sein Bestes. In den Tagen vor dem Eisprung trank er keinen Alkohol, ging nicht in die Sauna und nahm keine heißen Bäder, weil die Hitze die Spermien abtöten würde. Manchmal erbot er sich scherzhaft, Eiswürfel in seinen Boxershorts zu tragen. Soviel er wußte, schreckten viele Ehemänner mit Zeugungsproblemen nicht vor solchen Maßnahmen zurück. Aber Sam und Alex hatten kein Problem, mit ihnen stimmte alles. Es brauchte einfach nur seine Zeit, bis sie mit ihren zweiundvierzig Jahren wieder schwanger wurde.

»Nun, werden meine Dienste heute abend benötigt?« fragte er lächelnd, als sie zu ihm zurückkehrte.

»Noch nicht«, erwiderte sie und kam sich ziemlich albern vor. Allmählich zerrten die Tests, die Kalkulationen, Diskussionen und Hoffnungen an ihren Nerven. Doch die Mühe würde sich eines Tages lohnen. Noch gab sie sich nicht geschlagen. »Wahrscheinlich ist's an diesem Wochenende soweit.«

»Fällt dir was Besseres ein, was wir am Samstag nachmittag tun könnten?« Zufrieden legte er einen Arm um ihre Schultern. An Samstagen arbeitete Carmen nur halbtags. Nachmittags waren sie ungestört. Dafür blieb sie an anderen Tagen oft länger. Sie war wirklich eine ideale Haushälterin. Vor allem wußten die Parkers zu schätzen, daß sie Annabelle liebte und daß diese Gefühle erwidert wurden. Auf die gute Carmen konnten sie sich voll und ganz verlassen.

Alex erzählte ihrem Mann vom bevorstehenden Schultz-Prozeß und der eidesstattlichen Aussage, ohne irgendwelche vertraulichen Informationen zu verraten. Dann berichtete er von einem außergewöhnlichen Klienten in Bahrain und einem potentiellen neuen Partner, den ihm seine beiden anderen Teilhaber vorgestellt hatten. Dieser Mann, ein Engländer, genoß in der Finanzwelt einen fabelhaften Ruf. Aber Sam, der ihn schon mehrmals getroffen hatte, fand ihn zu protzig und betrachtete die geplante Partnerschaft mit einiger Skepsis.

»Was hätte er denn zu bieten?« fragte Alex, immer fasziniert von seinen Geschäften. Manchmal erklärte er ihr seine Ideen, um herauszufinden, was sie davon hielt. Er respektierte ihre Meinung und ihr besonderes Gefühl für die Risiken, die zu seinem Beruf gehörten.

»Verdammt viel Geld, großartige internationale Kontakte. In meinen Augen ist er trotzdem ein Arschloch, viel zu sehr von sich selbst überzeugt. Er hat eine Lady Sowieso geheiratet, die Tochter eines vornehmen britischen Lords. Irgendwie erscheint mir das alles zu hochgestochen. Aber Larry und Tom behaupten, er sei eine wandelnde Goldmine.«

»Hast du Erkundigungen über ihn eingezogen?«

»Klar. Alles bestens. Seriös wie eine Schweizer Uhr. Sein erstes großes Geld hat er im Iran gemacht. Offensichtlich stand er dem Schah vor dem Machtwechsel sehr nahe. Danach wickelte er mehrere exotische Deals in Bahrain ab. Er ist immer noch mit dem Nahen Osten verbunden und angeblich eng mit dem Sultan von Brunei befreundet. Ehrlich gesagt, ich glaube das alles nicht. Aber Tom und Larry sind hell von ihm begeistert. Wenn man den beiden zuhört, gewinnt man den Eindruck, diese Partnerschaft müßte uns in die Stratosphäre der Finanzwelt hinaufkatapultieren.«

»Vielleicht solltet ihr eine Probezeit mit diesem Engländer vereinbaren. Arbeitet sechs Monate mit ihm zusammen und wartet ab, was dabei herauskommt.«

»Das habe ich den beiden schon vorgeschlagen, aber sie meinen, das würde einen Mann wie Simon zutiefst beleidigen. Wie auch immer, zu einer festen Partnerschaft bin ich nicht bereit.«

»Dann vertrau deinem Instinkt, der dich noch nie im Stich gelassen hat. An den glaube ich rückhaltlos.«

»Und ich an dich.« Sam neigte sich zu ihr und küßte sie. Nun liebte er sie schon so lange, und er wußte noch immer nicht, was er mehr bewundern sollte – ihren Verstand oder ihren schönen Körper. Eine unschlagbare Kombination ... »Wollen wir heute abend früher ins Bett gehen und fürs Wochenende üben?«

»Klingt verlockend«, sagte Alex und hauchte einen Kuß auf seinen Hals. Bis zum Eisprung hatten sie noch etwas Zeit, und so konnten sie sich den Luxus der Liebe leisten. Am nächsten Tag mußten sie darauf verzichten, um die Chancen einer Schwangerschaft nicht zu verringern. Sicher, das alles war ziemlich kompliziert. Aber Alex fand sich momentan gern damit ab. Außerdem würden die Bemühungen um ein Baby nicht ewig dauern. Irgendwann würde sie ein Kind empfangen. Oder sie gaben die Hoffnung auf und liebten sich wieder so spontan wie in früheren Zeiten.

Sam schaltete das Licht in der Bibliothek und im Wohnzimmer aus. Dann folgte Alex ihm ins Schlafzimmer. Langsam schlüpfte sie aus ihren Jeans und versuchte, ihren Aktenkoffer zu vergessen, der in einer Ecke stand und sie anzustarren schien. Sam erriet ihre Gedanken. Während er seinen Pullover auszog, fragte er mit sanfter Stimme, ob sie arbeiten müsse. Doch sie zuckte nur die Achseln. Im Augenblick war er ihr viel wichtiger.

Wenig später lagen sie zwischen den Pratesi-Laken, die sie in der Madison Avenue gekauft hatte, und spürten die kühle Glätte auf der Haut. Als Sam seine Frau umarmte, dachte sie nur noch an ihn. Auch die Sehnsucht nach einem Baby spielte plötzlich keine Rolle mehr. Behutsam verschmolz er mit ihr. Von heißem Entzücken emporgetragen, glaubten sie, zwischen den Sternen zu schweben. Es dauerte lange, bis sie zur Erde zurückkehrten. Später schlief er zufrieden in ihren Armen ein.

»Ich liebe dich«, flüsterte sie in sein Haar. Vorsichtig schob sie ihn von sich, stieg aus dem Bett und holte ihren Aktenkoffer. Da sie vorerst nicht schlafen konnte, wollte sie lieber arbeiten, statt untätig neben ihrem Mann zu liegen. Sie sank in einen bequemen Sessel und packte ihre Papiere aus. Zwei Stunden lang machte sie Notizen. Sam rührte sich nicht. Einmal wachte Annabelle auf, und Alex brachte ihr ein Glas Wasser. Für eine kleine Weile legte sie sich zu ihrem Kind und wartete, bis es wieder eingeschlummert war, ehe sie in ihr Schlafzimmer zurückkehrte. Sie arbeitete bis ein Uhr morgens. Schließlich streckte sie sich gähnend und verstaute die Papiere wieder im Aktenkoffer. An diese nächtliche Tätigkeit war sie gewöhnt, und in der stillen Wohnung konnte sie sich am besten konzentrieren.

Als sie ins Bett kletterte, bewegte sich Sam, ohne zu erwachen. Offenbar hatte er ihre Abwesenheit gar nicht bemerkt. Nachdem sie die Nachttischlampe ausgeknipst hatte, dachte sie an ihren Mann, an Annabelle, an den Schultz-Prozeß, den Klienten, dessen Fall sie nicht übernehmen würde, und an Sams potentiellen englischen Partner. So viel gab es zu überlegen. Manchmal bedauerte sie, daß sie mit ihrem nächtlichen Schlaf kostbare Zeit vergeudete. Um alles zu erledigen, was auf ihrem Programm stand, würde sie jede einzelne Stunde brauchen. Aber dann fielen ihr endlich die Augen zu, und sie versank in der dunklen Welt des Vergessens, bis am nächsten Morgen der Wecker schrillte.

Drittes Kapitel

Wie immer begann der Tag mit einem Kuß ihres Mannes. Das Radio war eingeschaltet, und sie fühlte sich erschöpft. Nicht zum erstenmal. Ein Tag glich dem anderen – jeden Morgen spürte sie die Last der Forderungen, die an sie gestellt wurden, den unablässigen Streß.

Langsam stand sie auf und weckte ihre Tochter, die hin und wieder schon vor den Eltern erwachte, aber diesmal nicht. Sie streckte sich gähnend, als Alex sie küßte und zu ihr ins Bett kroch. Eine Zeitlang kicherten sie und unterhielten sich, bis Annabelle bereit war, ihrer Mutter ins Bad zu folgen.

Alex wusch ihr das Gesicht und bürstete ihr Haar. Während sich das kleine Mädchen die Zähne putzte, holte sie etwas zum Anziehen aus Annabelles Zimmer. An diesem Morgen entschied sie sich für einen rosa bestickten Jeansanzug, den Sam bei seiner letzten Reise nach Paris gekauft hatte und der seiner Tochter sehr gut stand. Dazu trug sie rosa Turnschuhe.

»Heute siehst du besonders süß aus, Prinzessin«, meinte er bewundernd, als sie mit ihrer Mutter die Küche betrat. Mittlerweile hatte er geduscht und sich rasiert. In einem dunkelgrauen Anzug mit weißem Hemd und marineblauer Hermès-Krawatte saß er am Frühstückstisch und las das *Wall Street Journal,* seine Bibel.

»Danke, Daddy.« Er schüttete Milch und Haferflocken in ihre Schüssel und toastete eine Scheibe Brot für sie. Inzwischen duschte Alex und zog sich an.

Sie hatten ihren Alltag gut organisiert und waren flexibel. Wenn Alex frühmorgens an einer Besprechung teilnehmen mußte, kümmerte sich Sam um Annabelle, und umgekehrt. Diesmal hatten sie beide Zeit und teilten sich die Aufgabe. Alex hatte bereits angekündigt, sie würde ihre Tochter in den Kindergarten bringen, der nur wenige Häuserblocks entfernt lag. Dazu würde sie in der nächsten Woche keine Gelegenheit finden.

Fünfundvierzig Minuten später setzte sie sich an den Küchentisch, gerade noch rechtzeitig, um eine Tasse Kaffee zu trinken und eine Scheibe übriggebliebenen Toast zu essen. Sam hatte Annabelle gerade das Prinzip der Elektrizität erklärt und ihr eingeschärft, es sei gefährlich, eine feuchte Gabel in den Toaster zu stecken. »Hab ich nicht recht, Mommy?« Beifallheischend schaute er Alex an.

Statt zu antworten, nickte sie nur und las in der *New York Times,* der Kongreß habe dem Präsidenten auf die Finger geklopft und der Richter, den sie am allerwenigsten mochte, sei soeben in den Ruhestand getreten. »Wenigstens muß ich mich nächste Woche nicht über ihn ärgern«, bemerkte sie mysteriös, und Sam lachte. Am frühen Morgen brachte sie nur selten verständliche Äußerungen zustande.

»Was machst du heute?« fragte er in beiläufigem Ton. Auf seinem Tagesprogramm standen mehrere wichtige Besprechungen und ein Mittagessen mit dem Engländer im »21«, das die Situation vielleicht klären würde.

»Nicht viel. Am Freitag arbeite ich nur halbtags«, erinnerte sie ihn. »Ich treffe mit einem Kollegen die letzten Vorbereitungen für den Schultz-Prozeß, dann habe ich einen Termin bei Dr. Anderson. Nur eine Routineuntersuchung. Danach hole ich Annabelle vom Kindergarten ab und bringe sie zu Miss Tilly.« Für Annabelle war der Freitag der schönste Wochentag, denn da durfte sie Miss Tillys Ballettschule besuchen – ein Ereignis, das auch ihrer Mutter großen Spaß machte.

»Warum gehst du zu Anderson?« fragte er besorgt. »Gibt's irgendwas, das ich wissen müßte?« Dr. Anderson war der Gynäkologe, der Alex in ihren Bemühungen um eine weitere Schwangerschaft unterstützte.

»Nein, nur ein Abstrich. Nichts Besonderes. Außerdem möchte ich mit ihm über das Serophene reden. Es fällt mir schwer, einen klaren Kopf zu behalten und den Streß im Büro zu ertragen, wenn ich die hohen Dosen einnehme, die er mir empfiehlt. Vielleicht sollte ich weniger schlukken oder das Präparat vorübergehend absetzen. Heute abend erzähle ich dir, was er dazu meint.«

»Natürlich, das will ich wissen.« Sam lächelte sie an, tief gerührt, weil sie soviel erduldete, um ein Baby zu bekommen. »Viel Glück in der Kanzlei.«

»Und dir wünsche ich viel Glück mit Simon. Hoffentlich enthüllt er seinen wahren Charakter.«

»Das hoffe ich auch«, seufzte er. »Ich weiß einfach nicht, wie ich ihn einschätzen, ob ich meinem Instinkt, Simons edler Herkunft oder den Ansichten meiner Partner trauen soll. Vielleicht verliere ich allmählich mein Urteilsvermögen und werd auf meine alten Tage paranoid.« In diesem Jahr wurde er fünfzig, und das beunruhigte ihn. Aber Alex fand seinen Verstand so brillant wie eh und je.

»Wie ich bereits sagte – dein Instinkt hat dich noch nie im Stich gelassen.«

»Besten Dank für deinen unwandelbaren Glauben an meine Fähigkeiten.« Sie zogen ihre Mäntel an, und Alex half Annabelle in ihren. Dann löschten sie das Licht, verließen die Wohnung, und Sam versperrte die Tür.

Sie fuhren im Lift nach unten. Auf der Straße küßte Sam seine Frau und seine Tochter, ehe er ein Taxi heranwinkte. Alex führte Annabelle zur Lexington. Unterwegs lachten und scherzten sie.

Nachdem das kleine Mädchen fröhlich in den Kindergarten gelaufen war, nahm sich auch Alex ein Taxi. Brock erwartete sie bereits im Büro. Auf dem Schreibtisch lagen alle wichtigen Papiere, außerdem fünf telefonische Nachrichten, die nicht mit dem Schultz-Fall zusammenhingen. Zwei stammten von dem potentiellen Klienten, der Alex am Vortag besucht hatte, und sie notierte sich, daß sie ihn anrufen mußte, bevor sie die Kanzlei verließ.

Wie immer hatte Brock alles großartig organisiert, und seine Notizen zu dem Fall waren sehr nützlich. Sie dankte ihm und lobte seine hervorragende Leistung. Gegen halb zwölf beendeten sie die Besprechung. Ehe Alex um zwölf ihren Termin bei Dr. Anderson wahrnahm, mußte sie noch einiges erledigen. Aber sie würde nur Zeit für ein paar Telefonate finden.

»Soll ich Ihnen helfen?« fragte Brock in seinem üblichen ruhigen Ton. Seufzend betrachtete sie die Unterlagen, die sich auf ihrem Schreibtisch stapelten. Natürlich konnte sie nachmittags zurückkommen und Carmen bitten, Annabelle in die Ballettschule zu bringen. Aber dann würde sie das Kind bitter enttäuschen. Ständig war sie zu spät dran, fühlte sich gehetzt oder versuchte, mehrere Pflichten gleichzeitig zu erfüllen. Ihr Leben kam ihr vor wie ein Staffellauf, bei dem ihr niemand den Stab abnahm – gewiß nicht Sam, der seine eigenen beruflichen Probleme lösen mußte.

Wenigstens war Brock bereits, sie zu entlasten. Sie gab ihm zwei der telefonischen Nachrichten und bat ihn, in ihrem Namen zurückzurufen. Dankbar lächelte sie ihn an. »Damit würden Sie mir wirklich helfen.«

»Das tu ich doch gern. Sonst noch was?« Voller Zuneigung erwiderte er das Lächeln. Er hatte die Zusammenarbeit mit Alex von Anfang an geschätzt, weil sie den gleichen Stil bevorzugten. Manchmal gewann er den Eindruck, mit einer perfekten Partnerin zu tanzen.

»Würden Sie für mich zum Arzt gehen?«

»Klar«, antwortete er grinsend, und sie lachte gequält.

»Wenn Sie's bloß könnten…« Eigentlich war der Besuch bei Dr. Anderson reine Zeitverschwendung, denn sie fühlte sich fabelhaft. Warum sollte sie ihn nicht telefonisch wegen des Serophenes konsultieren? Kurz entschlossen wählte sie seine Nummer. Sie würde den Termin verschieben. Zu ihrem Ärger tutete das Besetztzeichen. Es wäre unhöflich, einfach nicht zu erscheinen. Immerhin hatte er sie von Annabelle entbunden, und seit drei Jahren tat er sein Bestes, um ihr eine weitere Schwangerschaft zu ermöglichen. Sie versuchte es noch einmal. Besetzt. Frustriert stand sie auf. »Ich muß gehen. Wahrscheinlich hat er den Hörer neben den Apparat gelegt, weil er genauso beschäftigt ist wie ich. Rufen Sie mich an, wenn Ihnen noch was zum Schultz-Prozeß einfällt, Brock. Ich bin das ganze Wochenende zu Hause.«

»Vergessen Sie's erst mal. Wir haben alles gründlich vorbereitet. Und am Montag können wir etwaige Versäumnisse nachholen. Genießen Sie Ihr Wochenende.«

»Jetzt reden Sie genauso wie mein Mann.« Alex schlüpfte in ihren Mantel und ergriff den Aktenkoffer. »Was haben Sie vor?«

»Natürlich werde ich im Büro sitzen und arbeiten«, entgegnete er feixend. »Was glauben Sie denn?«

»Oh, phantastisch! Und ausgerechnet Sie halten mir Vorträge. Auch Sie werden Ihr Wochenende genießen, verstanden?« Obwohl sie ihm mit erhobenem Zeigefinger drohte, freute sie sich über seinen Pflichteifer. »Vielen Dank für alles.«

»Keine Ursache. Und regen Sie sich nicht auf. Sicher wird's am Mittwoch großartig klappen.«

»Hoffen wir's, Brock.« Sie eilte aus dem Büro und winkte Liz zu. Fünf Minuten später saß sie in einem Taxi, das sie zur Ecke Park und Seventy-second brachte. Sicher war es idiotisch, den Arzt aufzusuchen. Sie hatte nichts Neues zu berichten, und ihre Klagen über die Nebenwirkungen des Serophene kannte er zur Genüge. Aber der Abstrich mußte gemacht werden, und es beruhigte sie jedesmal, wenn sie mit John Anderson über ihre Empfängnisprobleme redete. Er war ein alter Freund, der ihr stets mit Besorgnis und Interesse zuhörte. Und er verstand ihre Angst, nie mehr schwanger zu werden. Wie schon so oft betonte er, mit Alex und Sam sei alles in Ordnung. Trotzdem wartete sie seit drei Jahren vergeblich auf eine Schwangerschaft. Für diesen Mißerfolg gab es keinen besonderen medizinischen Grund. Nur der berufliche Streß und ihr Alter mochten eine Rolle spielen. Sie diskutierten erneut über die Vorteile und Risiken der Pergonal-Injektionen und eine Befruchtung im Reagenzglas, obwohl sie mit ihren zweiundvierzig Jahren keine ideale Kandidatin dafür war. Und die Möglichkeit einer Leihmutter gefiel ihr nicht. Letzten Endes beschlossen sie, beim Serophene zu bleiben. Dr. Anderson schlug ihr vor, im nächsten Monat eine Insemination zu versuchen, falls Sam damit einverstanden war. Dann bestünden bessere Chancen für eine »Begegnung« zwischen Sperma und Ei, wie er es ausdrückte. Wenn er darüber sprach, klang das alles ganz harmlos.

Dann nahm er eine Routineuntersuchung und den Abstrich vor. Nach einem Blick in ihr Krankenblatt fragte er, wann ihre letzte Mammographie stattgefunden habe. Für das Vorjahr lagen keine Resultate vor, und Alex gestand ihr Versäumnis. »Ich bin seit zwei Jahren nicht mehr hingegangen.« Aber sie hatte keinen Knoten ertastet, und soviel sie wußte, war niemand in ihrer Familie an Brustkrebs erkrankt. An diese Gefahr dachte sie gar nicht, wenn sie auch großen Wert auf den alljährlichen Abstrich legte. Zudem gab es, was Frauen in ihrem Alter betraf, verschiedene Theorien über die empfehlenswerte Häufigkeit der Mammographie.

»Eine Frau über Vierzig sollte das jedes Jahr machen lassen«, tadelte er und tastete ihre Brüste ab. Aber er fand nichts. Ihr Busen war ziemlich klein, sie hatte Annabelle gestillt, und beide Faktoren verringerten das Risiko von Brustkrebs. Außerdem wußte sie, daß die Hormone, die sie einnahm, diese Gefahr nicht heraufbeschworen, und das beruhigte sie. »Wann erwarten Sie Ihre nächste Ovulation?«

»Morgen oder übermorgen«, antwortete sie beiläufig.

»Dann sollten Sie sich heute zu einer Mammographie entschließen. Falls Sie schwanger werden, müssen Sie's vielleicht um zwei Jahre verschieben. Die Röntgenstrahlen könnten dem Baby schaden, und während Sie das Kind stillen, wären die Untersuchungsergebnisse ungenau. Wenn Sie's heute hinter sich bringen, müssen wir ein Jahr lang nicht mehr daran denken. Nun, was halten Sie davon?«

Nervös schaute sie auf ihre Uhr. Sie wollte Annabelle vom Kindergarten abholen, daheim mit ihr essen und sie danach in die Ballettschule begleiten. »Tut mir leid, heute geht's nicht.«

»Es ist wichtig, Alex. Und Sie sollten sich wirklich Zeit dafür nehmen.« Seine Stimme klang so energisch, daß sie ihn besorgt anstarrte.

»Ist Ihnen bei der Untersuchung irgendwas aufgefallen?« Wie üblich hatte er ihre Brüste sehr sorgfältig abgetastet.

»Nein, ich möchte Sie nur vor späteren Problemen bewahren. Die könnten Sie sich mit einer Mammographie ersparen. Bitte, Alex!«

Da er so beharrlich auf sie einsprach, gab sie sich geschlagen. Er hatte ja recht. Wenn der unwahrscheinliche Fall einer Schwangerschaft eintrat, würden vor der nächsten Mammographie zwei Jahre verstreichen. »Wohin muß ich gehen?«

Sichtlich erleichtert notierte er eine Adresse, die nur fünf Häuserblocks entfernt lag, mühelos zu Fuß erreichbar. »Die ganze Prozedur dauert höchstens fünf Minuten.«

»Kriege ich das Ergebnis sofort?«

»Wohl kaum. Die Röntgenaufnahmen werden gesammelt und dem Doktor vorgelegt, wenn er seinen Dienst antritt. Jetzt ist er vielleicht nicht da. Er wird mich nächste Woche anrufen und mir das Resultat durchgeben. Natürlich verständige ich Sie unverzüglich, falls Probleme auftauchen. Aber damit rechne ich nicht. Die Mammographie ist nur eine Vorsichtsmaßnahme, die jede vernünftige Frau ergreifen sollte.«

»Das weiß ich, John.« Obwohl sie sich über den Zeitverlust ärgerte, schätzte sie sein Pflichtgefühl.

An der Rezeption rief sie Carmen an und bat sie, Annabelle vom Kindergarten abzuholen. Sie würde zum Lunch nach Hause kommen und danach mit ihrer Tochter zu Miss Tilly fahren. Auf dem Heimweg müsse sie noch was erledigen.

»Alles klar«, sagte Carmen.

Alex verließ Dr. Andersons Praxis und eilte zur Sixty-eighth Street zwischen der Lexington und der Park. In der Mammographieabteilung des Röntgeninstituts herrschte reger Betrieb. Ein Dutzend Frauen saß im Wartezimmer. Immer wieder erschienen medizinisch-technische Assistentinnen in der Tür, um Patientinnen aufzurufen. Alex ging zur Rezeption und gab ihren Namen an. Als noch zwei Frauen auftauchten, hoffte sie, es würde nicht zu lange dauern.

Offenbar florierte das Institut. Außer einem jungen Mädchen sah Alex nur ältere Frauen im Wartezimmer. Geistesabwesend blätterte sie in einer Zeitschrift und schaute mehrmals auf ihre Uhr.

Zehn Minuten nach ihrer Ankunft rief eine Frau im weißen Kittel: »Mrs. Parker!« Wie laut und unpersönlich das klang ... Alex folgte ihr wortlos. Warum wirkten manche Leute, die einen medizinisch untersuchten, so aggressiv, als trügen sie heimlich eine Waffe in der Tasche? Sobald man hierherkam, fühlte man sich irgendwie schuldig.

Halb erbost, halb ängstlich knöpfte Alex ihre Bluse auf. Wenn sich was herausstellte ... Unsinn, sagte sie sich, bevor die Phantasie mit ihr durchging. Nur ein Routinetest. Wie der Abstrich. Es gab nur einen einzigen Unterschied. Hier mußte sie sich einer fremden Person anvertrauen, nicht ihrem Freund Dr. Anderson. Die Frau wartete, bis Alex sich ausgezogen hatte, gab ihr einen Kittel und wies sie an, ihn vorn offenzulassen. Dann zeigte sie auf Handtücher und ein Waschbecken, wo Alex ihr Parfum und das Deodorant abwaschen mußte. Schließlich wurde sie zu einem großen Röntgengerät mit Plastikplatten geführt. Wär's doch schon überstanden ... Die medizinisch-technische Assistentin klemmte die linke Brust zwischen zwei Platten, verdrehte ihr den Arm und befahl ihr, den Atem anzuhalten. Nachdem sie zwei Fotos gemacht hatte, wiederholte sie die Prozedur mit der rechten Brust und erklärte, die Untersuchung sei abgeschlossen. Eigentlich war es harmlos gewesen – eher unangenehm als schmerzhaft. Alex hätte es vorgezogen, das Resultat sofort zu erfahren. Aber sie bezweifelte nicht, daß Dr. Anderson am Montag eine erfreuliche Information erhalten würde.

So schnell, wie sie das Institut betreten hatte, verließ sie es wieder und stieg in ein Taxi. Sie traf gerade noch rechtzeitig daheim ein, um zu beobachten, wie Annabelle ihren Lunch beendete und sich fürs Ballett umzog. Aus irgendeinem seltsamen Grund fühlte sich Alex in der vertrauten Umgebung wohler denn je. Vielleicht lag's an ihrem beklemmenden Besuch im Röntgeninstitut. Man durfte die Statistik nicht ignorieren, die eine alljährliche Mammographie erforderte. Von neun oder zehn Frauen erkrankte eine an Brustkrebs. Allein schon der Gedanke an die Untersuchung ließ Alex erschauern, und sie war doppelt dankbar für die kleinen Freuden des Lebens – zum Beispiel, ihre Tochter in die Ballettschule zu bringen. Wie glücklich ich doch bin, sagte sie sich und küßte Annabelles roten Lockenkopf, bevor sie aufbrachen.

»Warum hast du mich nicht vom Kindergarten abgeholt?« klagte Annabelle. Sie liebte das Freitagsritual und war tief enttäuscht, wenn sie darauf verzichten mußte.

»Ich war beim Doktor, und das hat länger gedauert, als ich dachte. Tut mir leid.«

»Bist du krank?« fragte das kleine Mädchen besorgt.

»Natürlich nicht«, erwiderte Alex und lächelte besänftigend. »Aber alle Leute sollten sich regelmäßig untersuchen lassen, sogar Mommies und Daddies.«

»Hast du eine Spritze gekriegt?« Fasziniert schaute Annabelle zu ihrer Mutter auf, die lachend den Kopf schüttelte.

»Nein.« Nur meine Titten wurden flach gedrückt. Wie Pfannkuchen. »Das war nicht nötig.«

»Gut.« Erleichtert sprang Annabelle neben ihr her.

Auf dem restlichen Weg zu Miss Tilly wurde nichts Besonderes erörtert. Nach dem Ballettunterricht gingen sie Eis essen. Dann wanderten sie langsam nach Hause und schmiedeten Pläne fürs Wochenende. Annabelle protestierte gegen einen Besuch im Zoo, denn sie wollte lieber zum Strand fahren und schwimmen. Aber Alex erklärte, dafür sei es schon zu kalt.

Daheim steckte sie ein Video in den Recorder, und sie sanken beide auf ihr Bett, um sich auszuruhen. Es war ein langer Tag gewesen. Erst die Besprechung mit Brock, dann der Termin mit Dr. Anderson und schließlich die widerwärtige Mammographie... Jetzt genoß sie die Gesellschaft ihrer Tochter.

Freitag nachmittags ging Carmen immer etwas früher nach Hause. Sam erschien erst um sieben, später als normalerweise. Inzwischen hatte seine Frau das Dinner vorbereitet und Annabelle bereits verköstigt. Er erbot sich, mit dem Essen zu warten, bis das Kind schlafen ging. Damit war Alex einverstanden. Um acht Uhr fünfzehn saßen sie am Küchentisch, verspeisten Fisch mit Bratkartoffeln und Salat, und er erzählte von seinem Treffen mit Simon. Diesmal hatte ihn der Engländer beeindruckt. »Alles okay. Offensichtlich habe ich mir unnötige Sorgen gemacht. Ich muß Tom und Larry recht geben – der Mann ist ein Genie, und er wird uns phantastische Kontakte im Nahen Osten verschaffen. So was muß man nutzen, obwohl er ein bißchen angibt.«

»Und wenn's nicht klappt?« wandte sie ein.

»Oh, da bin ich sehr optimistisch. Allein schon die Liste seiner Saudi-Klienten würde dich überzeugen.«

»Werden sie ihm auch die Treue halten, wenn er hier arbeitet?« Alex war immer noch skeptisch. Doch das störte ihn nicht. Er hatte der Partnerschaft zugestimmt und hegte keine Bedenken mehr. »Bist du sicher, Sam? Gestern warst du noch so mißtrauisch. Du solltest dich auf deinen Instinkt verlassen.«

»Unsinn, ich war nur hysterisch. Heute habe ich drei Stunden mit ihm geredet. Glaub mir, Alex, er ist genau der richtige Mann für uns. Bald werden wir Milliarden scheffeln«, fügte er zuversichtlich hinzu.

»Sei nicht so gierig!« schimpfte sie lachend. »Können wir uns jetzt endlich ein Château in Südfrankreich kaufen?«

»Nein, aber wahrscheinlich ein Haus in New York und einen Landsitz auf Long Island.«

»Das brauchen wir nicht«, meinte sie leichthin, und er stimmte lächelnd zu. Aber es gefiel ihm, im Zenit der Finanzwelt zu stehen, und er genoß seinen brillanten Ruf. Gerade weil ihm sein Erfolg und sein Profit soviel bedeuteten, fand sie, er müßte den neuen Partner genauer unter die Lupe nehmen. Andererseits vertraute sie seinem Urteil. Und wenn der Engländer ihn überzeugt hatte, wollte sie's akzeptieren.

»Wie war deine Besprechung heute morgen?« fragte er. »Alles bereit für den Prozeß nächste Woche?« Er zeigte genauso großes Interesse für ihren Job wie sie für seinen. Vor Annabelles Geburt hatte dieses Thema die Hauptrolle in ihrem gemeinsamen Leben gespielt.

»Ja, ich denke schon, und ich hoffe das Beste. Unser Mandant würde den Sieg verdienen.«

»Wenn du ihn verteidigst, wird er's schon schaffen.« Dankbar beugte sie sich über den Tisch und küßte ihn. In seinen Jeans und dem roten Pullover sah er großartig aus. Und in letzter Zeit fand sie ihn immer attraktiver. »Übrigens, was hat Anderson gesagt?«

»Nicht viel. Wir haben wieder einmal alle Möglichkeiten erörtert. Vor dem Pergonal fürchte ich mich immer noch, das Serophene macht mich nach wie vor verrückt, und wer will schon das Ei einer Zweiundvierzigjährigen im Reagenzglas befruchten? Wenn John auch behauptet, manche Ärzte würden's tun ... Dann hat er eine Leihmutter erwähnt. Aber davon halte ich nichts. Und nächsten Monat könnten wir uns für eine Insemination entscheiden. Er meint, in gewissen Fällen würde das Wunder wirken. Natürlich weiß ich nicht, ob du dazu bereit wärst«, fuhr sie fast schüchtern fort, und er lächelte.

»Sicher würde ich's überleben. Ich kann mir zwar einen angenehmeren Zeitvertreib denken, als an mir selber rumzuspielen und Pornohefte anzuschauen, aber wenn's hilft ... Probieren wir's mal aus.«

»O Sam, ich liebe dich so sehr.« Leidenschaftlich erwiderte er ihren Kuß. Aber an diesem Nachmittag hatten sich die Chemikalien noch immer nicht blau verfärbt. Deshalb durften sie nicht zu weit gehen.

»Wie wird das Wochenende verlaufen?«

»Nur zu, hat John gesagt, wann immer das blaue Licht erstrahlt. Soweit ist's aber noch nicht. Vermutlich wird's morgen passieren. Er hat mich zu einer Mammographie überredet, für den Fall, daß ich schwanger werde. Dann könnte ich mich nämlich erst in zwei Jahren wieder röntgen lassen. Ich fand die Prozedur ziemlich lästig, und ich mußte Carmen bitten, Annabelle vom Kindergarten abzuholen. Nun ja, so schlimm war's nicht – nur irgendwie unheimlich. Plötzlich überlegt man, wie viele Frauen an Brustkrebs erkranken, und dieser Gedanke hat mir Angst eingejagt.«

»Mit dir ist doch alles in Ordnung?« Unbehaglich runzelte er die Stirn, und Alex lächelte beruhigend.

»Zweifellos. Das Ergebnis erfahre ich erst nächste Woche, weil der Röntgenologe nicht da war. Aber John hat meine Brüste abgetastet, keine Knoten gespürt und versichert, die Mammographie sei reine Routine. Nur zur Sicherheit.«

»Hat's weh getan?« fragte er halb neugierig, halb erschrocken.

»Nicht besonders. Der Busen wird in einen Apparat geklemmt und fotografiert, und ich fühlte mich irgendwie erniedrigt. Keine Ahnung, warum. Man kommt sich so albern und verletzlich vor, und ich konnte es kaum erwarten, dieses schreckliche Institut zu verlassen. Noch nie hat mich das Wiedersehen mit Annabelle so beglückt wie heute mittag. Vielleicht hat mich dieses Erlebnis an die schlimmen Dinge erinnert, die manchen Menschen zustoßen – und wie froh man sein muß, wenn's einen nicht selber trifft...«

»Vergiß es. So was wird dir nicht passieren«, erklärte er energisch und half ihr, den Tisch abzuräumen. Sie tranken etwas Wein, sahen einen Film im Fernsehen und gingen früher ins Bett als sonst. Da eine anstrengende Woche hinter ihnen lag, wollten sie sich vor der Ovulation ausruhen.

Wie Alex erwartet hatte, färbte sich die Flüssigkeit im Reagenzglas am nächsten Tag blau. Vor einem verspäteten Frühstück flüsterte sie ihrem Mann die Neuigkeit zu. Carmen ging mit Annabelle in den Park, und Sam und Alex kehrten ins Bett zurück, um sich zu lieben. Danach stand er auf, und sie blieb eine Stunde liegen, ein Kissen unter dem Gesäß. Irgendwo hatte sie gelesen, das würde die Empfängnis unterstützen, und sie wollte nichts unversucht lassen. Sie lächelte schläfrig und zufrieden, als Sam zu ihr unter die Decke kroch. »Willst du den ganzen Tag im Bett faulenzen?« neckte er sie, küßte ihren Hals und jagte einen wohligen Schauer durch ihren Körper.

»Warum nicht, wenn du mich dazu animierst...« Dieser Gedanke gefiel ihm genausogut wie ihr. »Wann legen wir wieder los?«

»Morgen.«

»Wie wär's mit heute nachmittag?« flüsterte er, und sie lachte. »Sicher brauchen wir viel mehr Übung.« Aber sie wußten beide, daß sie sich bis zum nächsten Tag gedulden mußten. »Konzentrier dich einfach darauf, ein Baby zu kriegen«, bat er. Dann ging er ins Bad, um zu duschen, während sie noch ein bißchen döste.

Zehn Minuten später folgte sie ihm in die Duschkabine. Als er sie hinter sich spürte, wuchs sein Verlangen, und der Verzicht auf einen neuen Liebesgenuß fiel ihr ebenso schwer wie ihm.

»Vielleicht sollten wir das alles vergessen und unsere erotischen Gefühle endlich wieder auskosten, so wie früher«, seufzte er und nahm sie unter dem warmen Wasserstrahl in die Arme. Winzige Tropfen mischten sich mit heißen Küssen. »Oh, wie ich dich liebe...«

»Und ich dich...«, wisperte sie atemlos und genoß seine pulsierende Begierde. »Sam, ich brauche dich – bitte...«

»Nein – nein – nein«, mahnte er mit gepreßter Stimme. Plötzlich drehte er den Kaltwasserhahn auf, und Alex kreischte erschrocken. Lachend sprangen sie aus der Duschkabine.

Nachdem sie sich abgetrocknet und angezogen hatten, tranken sie am Küchentisch Kaffee und lasen die Zeitungen. Bald kamen Carmen und Annabelle nach Hause. Die

Haushälterin kochte das Mittagessen. Am Nachmittag wanderten Sam und Alex mit ihrer Tochter durch den Park, und abends aßen sie im J. G. Melon. Das machte ihnen großen Spaß. Sonntags schien die Sonne strahlend hell, und sie radelten im Park. Sam setzte Annabelle auf den kleinen Sitz hinter seinem und fuhr mit ihr ums Reservoir herum. Abends erklärten sie alle, das Wochenende sei perfekt gewesen.

Sobald Annabelle schlief, versperrte Sam die Schlafzimmertür. Langsam zog er Alex aus. Wie eine schlanke, exquisite Lilie stand sie vor ihm. Leidenschaftlich und lustvoll begann er, sie zu lieben. Sie schürte ein Feuer, das niemals erlosch. Manchmal glaubte er, das Maß wäre voll, seine Begierde endgültig gestillt. Und dann schien sich irgendwo in seinem Körper eine Schleuse zu öffnen und überflutete ihn mit neuen Gefühlen.

»Wow – wenn ich jetzt nicht schwanger werde, geb ich's auf«, flüsterte sie mit schwacher Stimme, als sie später neben ihm lag, eine Wange an seine Schulter geschmiegt. Zärtlich streichelte er ihre Brüste.

»Alex, ich liebe dich«, beteuerte er und betrachtete ihre nackte Gestalt. Wie schön sie war … So vollkommen.

»Und ich liebe dich noch viel mehr«, neckte sie ihn.

Lächelnd schüttelte er den Kopf. »Unmöglich.«

Sie küßten sich wieder. Eng umschlungen genossen sie ihre Zweisamkeit und wußten nicht mehr, ob sie sich wirklich nach einem zweiten Kind sehnten.

Viertes Kapitel

Am Montag morgen stand Alex vor ihrer Familie auf. Als sie die beiden weckte, war sie schon angezogen und hatte das Frühstück vorbereitet. Wie üblich half sie Annabelle, sich anzukleiden, aber Sam würde seine Tochter in den Kindergarten bringen. Da Alex soviel zu tun hatte, wollte sie früher ins Büro gehen. Vor dem Beginn der Schultz-Verhandlung am Mittwoch waren noch einige Einzelheiten zu klären. Außerdem mußte sie mit Matthew Billings mehrere Fälle besprechen. Den ganzen Tag würde sie mit Brock Stevens zusammenarbeiten, unterstützt von seinem und von ihrem Anwaltsgehilfen.

»Wahrscheinlich komme ich heute abend später nach Hause, Sam.«

Dafür hatte er Verständnis, aber Annabelle schaute ihre Mutter traurig an, mit großen grünen Augen. »Warum?«

»Weil ich einen Prozeß vorbereiten muß, Schätzchen. Das weißt du doch – ich gehe in den Gerichtssaal und rede mit dem Richter.«

»Kannst du ihn nicht anrufen?« schlug Annabelle vor.

Alex umarmte sie lächelnd, küßte sie und versprach ihr, möglichst früh heimzukommen. »Viel Spaß im Kindergarten. Danach telefonieren wir miteinander, okay?« Sie legte einen Finger unter das Kinn ihrer Tochter, hob das kleine Gesicht hoch, und Annabelle nickte.

»Was ist mit meinem Halloween-Kostüm?«

»Darum kümmerte ich mich heute. Großes Ehrenwort.« Wieder einmal fühlte sie sich zwischen ihrer Familie und ihrem Beruf hin- und hergerissen. Wie sollte sie das alles schaffen, wenn sie noch ein Kind bekam? Anderen Leuten schien es zu gelingen.

Gegen halb acht schlüpfte sie in ihren Mantel und eilte aus dem Apartment. So früh am Morgen herrschte noch kein allzu dichter Verkehr auf der Park Avenue. Der Taxifahrer kam schnell voran. Eine Viertelstunde später saß sie in ihrem Büro. Schweren Herzens dachte sie an Sam und Annabelle, die ohne sie frühstückten. Aber um acht konzentrierte sie sich voll und ganz auf ihre Arbeit. Brock brachte ihr eine Tasse Kaffee. Und um halb elf gewann sie endlich die Überzeugung, daß sie Jack Schultz' Verteidigung lückenlos vorbereitet hatte.

»Und die übrigen Fälle?« fragte sie Brock geistesabwesend und studierte die Liste ihrer diversen Projekte. Einen Großteil der erforderlichen Arbeit hatte er bereits erledigt. Aber am Wochenende waren ihr ein paar neue Ideen gekommen, die sie ihm gerade erklärte, als Liz Hascomb zögernd die Bürotür öffnete. Abwehrend hob Alex eine Hand. Jetzt wollte sie nicht gestört werden. Das Telefon war vorsorglich abgeschaltet worden. Trotz ihrer strengen Miene blieb die Sekretärin unsicher auf der Schwelle stehen.

»Was gibt's?« fragte Brock verwundert. Vielleicht ein Notfall?

»Liz, ich habe Sie doch gebeten, uns nicht zu unterbrechen!« mahnte Alex in ungewöhnlich scharfem Ton.

»Ja, ich weiß, und es tut mir furchtbar leid...«

»Ist was mit Annabelle oder Sam passiert?« rief Alex erschrocken.

Hastig schüttelte Liz den Kopf.

»Dann will ich's nicht hören.« Alex beugte sich wieder über ihre Papiere.

»Aber – Dr. Anderson hat schon zweimal angerufen und mich dringend ersucht, Sie sofort zu informieren!«

»Anderson? Um Himmels willen!« Jetzt geriet Alex ernsthaft in Wut. Er hatte versprochen, ihr das Ergebnis der Mammographie mitzuteilen. Wahrscheinlich wollte er sie nur beruhigen und versichern, alles sei okay. Gewiß, das war nett von ihm. Trotzdem hatte er nicht das Recht, ihre Sekretärin zu bedrängen. »Er soll warten. Zu Mittag rufe ich ihn an – falls wir eine Pause machen. Oder ich melde mich später.«

»Er möchte Sie sofort sprechen.« Natürlich merkte Liz, daß sie ihre Chefin ärgerte. Aber der Doktor hatte betont, es sei dringend und deshalb müsse sie Alex stören. Also befolgte sie seine Anweisungen.

Sekundenlang überlegte Alex, ob er schlechte Neuigkeiten erfahren hatte. Doch das war unvorstellbar, und so beschloß sie, sich weiterhin zu ärgern, statt überflüssige Angst zu empfinden. »Sobald ich Zeit finde, rufe ich ihn an. Danke, Liz«, fügte sie energisch hinzu und wandte sich wieder zu Brock.

»Warum reden Sie nicht mit ihm?« fragte er unbehaglich. »Wenn er Liz gebeten hat, Sie zu stören, muß es wichtig sein.«

»Seien Sie nicht albern. Wir haben zu tun.«

»Jetzt würde ich ohnehin noch eine Tasse Kaffee vertragen. Während Sie telefonieren, bringe ich Ihnen auch eine. Sicher wird das Gespräch nur ein paar Minuten dauern.«

Sie wollte protestieren. Aber Liz hatte sie beide und die Anwaltsgehilfen so entnervt, daß sie sich wohl kaum auf die Arbeit konzentrieren konnten, bevor sie ihren Arzt anrief. »Großer Gott! Das ist einfach lächerlich... Okay, verschwinden Sie alle, und kommen Sie in fünf Minuten zurück.«

Jetzt war es zwanzig vor elf. Kostbare Zeit wurde vergeudet. Ungeduldig wartete sie, bis sich die Tür hinter den Kollegen und der Sekretärin geschlossen hatte. Dann wählte sie Andersons Nummer, fest entschlossen, das Telefonat möglichst schnell hinter sich zu bringen. Die Sprechstundenhilfe meldete sich und versprach, sie sofort mit dem Doktor zu verbinden. Trotzdem schien eine halbe Ewigkeit zu verstreichen. Nun, vielleicht kam es ihr nur so vor, weil ihr die Arbeit über den Kopf zu wachsen drohte – oder weil sie plötzlich nervös wurde. Würde sie tatsächlich schlechte Nachrichten erhalten? Obwohl der Gedanke albern erschien – der Blitz hatte schon viele Menschen getroffen. Aus heiterem Himmel...

»Alex?« Endlich war Dr. Anderson am Apparat. Auch er hatte offenbar viel zu tun.

»Hi, John. Was ist denn so wichtig?«

»Würden Sie in der Mittagspause vorbeikommen?« Seine Stimme verriet nichts.

»Unmöglich. In zwei Tagen beginnt ein Prozeß, und vorher muß ich noch eine ganze Menge erledigen. Ich sitze schon seit Viertel vor acht im Büro. Wahrscheinlich bleibe ich bis zehn Uhr abends hier. Können wir's nicht am Telefon besprechen?«

»Besser nicht. Sie wollten wirklich zu mir kommen, Alex.«

Scheiße. Was bedeutete das? Plötzlich merkte sie, daß ihre Hand zitterte. »Stimmt was nicht?« Es widerstrebte ihr, das Wort auszusprechen, aber sie hatte keine Wahl. »Hängt's mit der Mammographie zusammen?« Doch ein Knoten?

Bevor er antwortete, zögerte er kurz. »Ja, darüber möchte ich mit Ihnen reden.« Offensichtlich nicht am Telefon. Und sie wagte auch gar nicht mehr, ihn dazu zu zwingen.

»Wie lange wird's dauern?« Sie schaute auf ihre Uhr. Wieviel Zeit konnte sie erübrigen? Zu Mittag mußte sie mit dichtem Straßenverkehr rechnen.

»Etwa eine halbe Stunde. Es gibt einiges zu klären. Würden Sie sofort losfahren? Gerade habe ich meinen letzten Termin an diesem Vormittag absolviert. Eine meiner Patientinnen wurde ins Krankenhaus gebracht, eine andere liegt in den Wehen. Um beide muß ich mich demnächst kümmern.«

»Okay, in fünf bis zehn Minuten bin ich da«, erwiderte sie mit belegter Stimme und stand auf. Ihr Herz schlug wie rasend. Dabei konnte nichts Gutes herauskommen. Aber nun wollte sie wissen, worum es ging. Vielleicht hatte man im Röntgeninstitut die Resultate verwechselt.

»Danke, Alex. Ich mach's so kurz wie möglich.«

»Bis gleich.« Den Mantel und die Handtasche unter dem Arm, stürmte sie an Liz vorbei. Brock und die anderen waren noch nicht zurückgekehrt. »Sagen Sie ihnen, sie sollen essen gehen. In einer Dreiviertelstunde bin ich wieder da.«

Liz folgte ihr in den Flur. »Alles in Ordnung?«

»Ja. Bestellen Sie mir ein Truthahnsandwich.«

Womöglich ist sie schwanger, überlegte Liz und sah ihre Chefin im Lift verschwinden. Sie wußte, wie sehnlich sich die Parkers ein zweites Kind wünschten, und Dr. Anderson war Alex' Gynäkologe.

Aber an diese Möglichkeit dachte Alex nicht, als sie im Taxi saß. Es mußte mit der Mammographie zusammenhängen. Oder mit dem Abstrich? Gebärmutterhalskrebs ... Wie konnte sie da noch schwanger werden? Einige ihrer Freundinnen hatten sich im frühen Stadium mit Gefriertechniken oder Laserstrahlen behandeln lassen und danach Kinder geboren. Vielleicht war es nicht so schlimm, wie sie befürchtete – bald würde sie wissen, daß ihr Leben nicht in Gefahr war, daß sie immer noch Mutter werden konnte ...

Das Taxi erreichte ihr Ziel in Rekordzeit, und sie eilte in die Praxis, zum leeren Wartezimmer. Aber die Empfangsdame bedeutete ihr, sofort ins Sprechzimmer zu gehen. Statt des weißen Kittels trug Dr. Anderson einen dunklen Anzug, und sein Gesicht sah erschreckend ernst aus.

»Hi, John ...« Weil sie so schnell gelaufen und so aufgeregt war, mußte sie nach Atem ringen. Ohne den Mantel auszuziehen, sank sie in einen Sessel.

»Danke, daß Sie so schnell gekommen sind. Glauben Sie mir, es war unvermeidlich. Ich muß persönlich mit Ihnen reden.«

»Der Abstrich?« fragte sie und spürte, wie ihr Herz heftiger pochte. Ihre schweißnassen Finger umklammerten den Henkel der Handtasche.

»Nein, die Mammographie.« Unmöglich – kein Knoten, keine Probleme ... Dr. Anderson hängte ein großes

Negativ an den Schaukasten. Zuerst zeigte er ihr eine Vorder-, dann eine Seitenansicht. Die Aufnahmen erschienen ihr so mysteriös wie Wetterkarten von Atlanta. Bedrückt wandte er sich zu ihr. »Hier, diese dunkle Stelle.« Alex sah sie nur, weil er darauf zeigte. »Ziemlich groß und tief drin. Das könnte alles mögliche sein. Aber wir machen uns Sorgen, der Röntgenologe und ich.«

»Wie meinen Sie das? Es könnte alles mögliche sein?« Seine Worte verwirrten sie. Plötzlich hatte sie das Gefühl, ihr Gehör würde nicht mehr funktionieren. Warum befand sich in ihrer Brust eine dunkle Stelle, noch dazu tief drin? Und wie war der Fleck da hineingeraten?

»Es gibt verschiedene Möglichkeiten. Aber das Röntgenbild verheißt nichts Gutes. Vermutlich ist es ein Tumor.«

»O Gott.« Kein Wunder, daß er am Telefon nicht darüber reden wollte, daß er Liz gedrängt hatte, sie zu stören... »Was heißt das? Was wird jetzt geschehen?« Ihre Stimme klang dünn, ihr Gesicht war leichenblaß. Sekundenlang fürchtete sie, in Ohnmacht zu fallen. Aber sie riß sich zusammen.

»Sie müssen eine Biopsie durchführen lassen – eine Gewebeentnahme. Noch diese Woche.«

»In zwei Tagen beginnt mein Prozeß, und ich kann erst ins Krankenhaus gehen, wenn er beendet ist.« Hoffte sie, der Tumor würde in der Zwischenzeit verschwinden?

»So lange dürfen Sie nicht warten.«

»Soll ich meinen Mandanten im Stich lassen? Machen ein paar Tage einen so großen Unterschied?« Entsetzt starrte sie ihn an und begann zu zittern. Was meinte er? Daß sie sterben würde?

»Nicht unbedingt«, gab er zögernd zu. »Aber es eilt. Sie

müssen einen Chirurgen finden, der die Biopsie möglichst bald vornehmen kann, und dann die Anweisungen befolgen, die er Ihnen aufgrund des pathologischen Resultats erteilen wird.«

Wie kompliziert das alles war, wie gräßlich... »Warum führen Sie die Biopsie nicht selbst durch?« fragte sie in wachsender Verzweiflung. Jetzt fühlte sie sich noch viel verletzlicher als vor wenigen Tagen, während der Mammographie, und geriet in Panik. Das Schlimmste war geschehen. Oder es würde geschehen und vor ihren Augen ablaufen wie ein Horrorfilm.

»Weil ich kein Chirurg bin«, erklärte Dr. Anderson und ergriff ein Blatt Papier. Sie merkte, daß sie schon seit einer halben Stunde hier saß. Aber ihr ganzes Leben hatte sich verändert, und sie war noch nicht bereit, die Praxis zu verlassen. »Hier habe ich die Namen ausgezeichneter Spezialisten notiert. Zwei Männer, eine Frau. Reden Sie mit ihnen, und stellen Sie fest, mit wem Sie sich am besten verstehen.«

»Dafür habe ich keine Zeit.« Obwohl sie sich zu beherrschen suchte, brach sie in Tränen aus. Das alles war einfach grauenhaft. Noch nie hatte sie sich so überwältigt gefühlt, so hilflos. Zwischen Zorn und Angst hin- und hergerissen, fügte sie hinzu: »Wie soll ich einen geeigneten Chirurgen auswählen, wenn ich im Gerichtssaal zu tun habe? Da kann ich nicht von heute auf morgen aussteigen. Immerhin trage ich eine gewisse Verantwortung.« Sie hörte, wie hysterisch ihre eigene Stimme klang, und vermochte es nicht zu verhindern. »Glauben Sie, der Tumor ist bösartig?«

»Wahrscheinlich.« Dr. Anderson wollte ihr eine ehrliche Antwort geben. Was die Röntgenaufnahmen zeigten, sah nicht gut aus. »Oder der erste Eindruck täuscht. Eine genaue Diagnose ist erst nach der Biopsie möglich. Deshalb muß sie noch in dieser Woche durchgeführt werden, damit Sie einen Entschluß fassen können.«

»Was heißt das?«

»Falls die Biopsie positiv ausfällt, müssen Sie sich für eine Behandlungsmethode entscheiden. Natürlich wird der Chirurg Sie beraten. Aber letztlich liegt die Entscheidung bei Ihnen.«

»Sie meinen – ob die Brust abgenommen wird?« fragte sie entsetzt, in schrillem Ton.

»Eilen wir den Tatsachen nicht voraus. Warten wir's ab.« Mit seinen sanften Worten versuchte er sie zu trösten und machte alles noch schlimmer. Sie wollte die Wahrheit *sofort* erfahren und ihn zwingen, ihr zu versichern, der Tumor sei gutartig. Doch das konnte er nicht.

»Okay, dieser Fleck existiert, und Sie sorgen sich. Also besteht die Möglichkeit, daß ich eine Brust verlieren werde?« Sie hatte ihn in den Zeugenstand gerufen, und sie war gnadenlos.

»Ja«, bestätigte er voller Mitgefühl. Er hatte sie immer gemocht, und es fiel jeder Frau schwer, einen solchen Schicksalsschlag zu verkraften.

»Und wenn die Brust entfernt wird? Gibt's dann keine Probleme mehr?«

»So einfach ist das leider nicht. Es hängt vom Typus Ihres Tumors ab, vom Grad seiner Bösartigkeit – falls die Biopsie zu einem positiven Resultat führt. Außerdem spielt es eine Rolle, ob die Lymphknoten betroffen sind und wie viele, ob sich auch an anderen Stellen Ihres Körpers Metastasen befinden. Auf Ihre Frage gibt es keine simple Antwort, Alex. Vielleicht wird die ganze Brust entfernt oder nur der Knoten – und vermutlich müssen Sie sich einer Chemotherapie oder Strahlentherapie unterziehen. Mehr kann ich Ihnen vor der Biopsie nicht sagen. Ob Sie Zeit haben oder nicht, ist unwichtig. Sprechen Sie mit den Chirurgen. Darauf bestehe ich.«

»Wann wird die Biopsie gemacht?«

»Wenn es unbedingt sein muß, bringen Sie erst einmal Ihren Prozeß zu Ende. Aber länger als zwei Wochen dürfen Sie auf keinen Fall warten. Danach sehen wir weiter.«

»Für welchen dieser Chirurgen würden Sie sich entscheiden?«

»Alle drei sind ausgezeichnet. Aber mir persönlich gefällt Dr. Herman am besten. Ein netter Mann, der auch die menschlichen Aspekte eines medizinischen Problems berücksichtigt.«

»Gut.« Sie nickte, immer noch zutiefst erschüttert. »Morgen rufe ich ihn an.«

»Warum nicht heute nachmittag?« drängte er, um zu verhindern, daß sie ihre Arbeit als Ausrede benutzte oder das Gespräch mit Dr. Herman hinauszögerte.

»Ja, ich werde ihn vom Büro aus anrufen.« Und dann kam ihr ein beklemmender Gedanke. Auf ihren Schultern schien eine bleischwere Last zu liegen. »Wenn ich an diesem Wochenende schwanger geworden bin ...«

»Mit diesem Problem befassen wir uns, sobald die Diagnose feststeht. Dann wissen Sie auch, ob Sie schwanger sind.«

»Und wenn ich Krebs habe – und ein Baby erwarte?« fragte sie tonlos. Würde sie ihr Kind opfern müssen?

»In diesem Fall werden wir Prioritäten setzen. *Sie* sind am wichtigsten, Alex.«

»O Gott...« Sie schlug die Hände vors Gesicht. Nach ein paar Sekunden schaute sie ihn wieder an. »Glauben Sie, die Hormonpräparate haben den Tumor verursacht?« Dieser Gedanke erschreckte sie noch mehr. Hatte sie sich vor lauter Sehnsucht nach einem Kind in Todesgefahr begeben?

»Das bezweifle ich. Vereinbaren Sie einen Termin mit Herman, und lassen Sie die Biopsie möglichst bald vornehmen.« Gewiß, das war am vernünftigsten. An diesem Abend würde sie Sam über den Knoten in ihrer Brust informieren müssen, an dessen Existenz sie noch immer nicht glaubte. Aber sie hatte ihn auf den Röntgenbildern gesehen – und den Ausdruck in Dr. Andersons Augen. Sie stand auf, und er seufzte unglücklich. Fast eine Stunde lang hatte sie vor seinem Schreibtisch gesessen. »Es tut mir so leid, Alex. Natürlich möchte ich Ihnen helfen. Sagen Sie mir, für welchen Chirurgen Sie sich entscheiden, und ich erledige alles Weitere.«

»Am besten fange ich mit Dr. Herman an.«

Er gab ihr die Röntgenaufnahmen, die sie dem Chirurgen ihrer Wahl zeigen sollte. Allein schon das Wort »Chirurg« klang unheimlich. Als sie in die Oktoberluft hinaustrat, hatte sie das Gefühl, ihr Magen wäre von einem Hammer getroffen worden. Sie hob einen Arm und winkte ein Taxi heran. Während der Fahrt versuchte sie zu vergessen, was sie über Brustamputationen gelesen hatte, über die Frauen, die ihre Arme nicht mehr heben konnten oder an Krebs gestorben waren.

Im Büro wurde sie von ihrem Team erwartet. Liz hatte

ein Truthahnsandwich besorgt. Aber Alex würde keinen Bissen hinunterbringen. Sie stand da, starrte alle an, und Brock bemerkte ihre bleichen Wangen. Kommentarlos begannen sie zu arbeiten.

Erst um sechs, nachdem die anderen gegangen waren, wagte Brock zu fragen: »Alles okay?« Seit ihrer Rückkehr in die Kanzlei sah sie schrecklich aus. Und ein paarmal waren ihm ihre bebenden Hände aufgefallen, wenn sie Papiere über den Tisch geschoben hatte.

»Ja, warum?« Ihr Versuch, gleichmütig zu wirken, mißlang kläglich.

»Offensichtlich sind Sie müde, Alex. Ich glaube, Sie arbeiten zuviel. Was hat der Arzt gesagt?«

»Ach, nichts Besonderes. Reine Zeitverschwendung… Er hat mich nur über die Ergebnisse einiger Tests informiert. Am Telefon wollte er nicht darüber reden. Statt uns von der Arbeit abzuhalten, hätte er mir die Resultate mit der Post schicken können.«

Er glaubte ihr kein Wort. War sie ernsthaft krank? Dann könnte ihr der anstrengende Prozeß schaden, der in zwei Tagen beginnen würde. Gewiß, er würde sie unterstützen. Aber sie war die Verteidigerin, sie trug die Hauptlast, sie würde die Zeugen vernehmen, das Plädoyer halten. Natürlich durfte er ihr nicht vorschlagen, den Fall abzugeben. Das würde sie als Beleidigung empfinden. »Fahren Sie jetzt nach Hause?« Hoffentlich, dachte er, obwohl der Aktenstapel auf ihrem Schreibtisch nichts Gutes verhieß. Er selbst würde noch einige Stunden arbeiten.

»Nein, ich muß noch einiges erledigen, für andere Klienten.« Am Nachmittag hatte sie alle Telefonanrufe erwidert – und keine Zeit gefunden, um einen Termin mit Dr.

Herman zu vereinbaren. Zumindest redete sie sich das ein. Am nächsten Morgen würde sie's nachholen.

»Kann ich Ihnen irgendwie helfen? Sie sollten nach Hause gehen und sich ausruhen«, meinte Brock. Doch sie ließ sich nicht umstimmen.

Er kehrte in sein Büro zurück, und sie rief Annabelle an, die ihr Vorwürfe machte, weil sie sich erst jetzt meldete. »Du hast gesagt, wir telefonieren nach dem Kindergarten«, klagte sie, und Alex verspürte heftige Schuldgefühle. Infolge des unerwarteten Besuchs in Dr. Andersons Praxis hatte sie ihr Versprechen völlig vergessen.

»Das wollte ich auch, Liebling, aber es gab eine Menge zu tun.«

»Schon gut, Mommy.« Während Annabelle die Ereignisse des Nachmittags schilderte, erschien es ihrer Mutter wichtiger denn je, möglichst viel Zeit mit ihr zu verbringen. Trotzdem mußte sie gestehen, sie würde erst später heimkommen. »Darf ich auf dich warten?« fragte das Kind hoffnungsvoll.

»Das würde zu lange dauern. Ich gebe dir noch einen Kuß. Ganz bestimmt. Und morgen früh wecke ich dich. In dieser und in der nächsten Woche können wir uns kaum sehen. Danach werden wir wieder zusammen essen, mittags und abends.«

»Gehst du am Freitag mit mir in die Ballettschule?«

Warum macht sie's mir so schwer, fragte sie sich unglücklich. Wo steckt Sam? »Nein, Schätzchen. Erinnerst du dich nicht? Ich muß mit dem Richter reden.«

»Sag ihm, er soll dich früher weglassen.«

»Ich wünschte, das wäre möglich. Ist Daddy noch nicht zu Hause?«

»Doch. Er schläft.«

»Jetzt schon?« Um sieben Uhr?

»Er hat ferngesehen, und dabei ist er eingeschlafen. Carmen wartet auf dich.»

»Gib sie mir mal. Und – Annabelle ...« Plötzlich brannten Tränen in Alex' Augen, als sie sich das süße Gesichtchen mit den Sommersprossen vorstellte, die großen grünen Augen, die roten Locken. Was wird geschehen, wenn ich sterbe, fragte sie sich. Wenn Annabelle ihre Mutter verliert? Sekundenlang verschlug ihr dieser schreckliche Gedanke die Sprache. Schließlich flüsterte sie: »Ich hab dich lieb, Annabelle.«

»Ich dich auch, Mommy. Bis bald.«

Dann kam Carmen an den Apparat. Alex schlug ihr vor, Sam zu wecken, sobald Annabelle eingeschlafen war, und nach Hause zu gehen.

»Nein, Mrs. Parker, ich möchte ihn nicht stören. Ich warte lieber auf Sie.«

»Aber das kann lange dauern. Geben Sie ihm Bescheid, wenn Sie gehen wollen.«

»Okay, okay. Wann kommen Sie denn?«

»Wahrscheinlich erst gegen zehn. Ich hab noch ziemlich viel zu tun.« Aber nachdem sie den Hörer auf die Gabel gelegt hatte, saß sie einfach nur da und starrte den Apparat an. Irgendwie gewann sie den Eindruck, sie hätte Annabelle und Sam bereits verloren. An diesem Tag war ein Schatten zwischen Alex und ihre Familie gefallen. Die beiden lebten. Und sie würde sterben. Unfaßbar... Manchmal glaubte sie immer noch, es wäre ein Irrtum, sie hätte keinen Knoten in der Brust. Nur ein grauer Schatten auf Röntgenbildern. Und doch hatte Dr. Anderson erklärt, es könnte ein bösartiger Tumor sein. Seltsam – gestern hatte sie noch versucht, ein Kind zu empfangen. Und heute schwebte sie in tödlicher Gefahr. Die Hormone, die sie letzte Woche eingenommen hatte, belasteten sie zusätzlich, und sie versuchte sich einzureden, das Grauen, das sie empfand, sei nicht real und nur eine Nebenwirkung der Medikamente. Um neun kam Brock ins Büro und sah das Sandwich immer noch auf dem Tisch liegen. Den ganzen Tag hatte sie nichts gegessen, nur Kaffee getrunken, und jetzt leerte sie ein großes Glas Wasser.

»Wenn Sie nichts essen, werden Sie krank«, mahnte er besorgt. Nun sah sie schlimmer aus denn je, aschfahl und todmüde.

»Ich bin nicht hungrig … Um die Wahrheit zu gestehen, ich hab das Sandwich vergessen, weil ich so beschäftigt war.«

»Was für eine lausige Ausrede! Wenn Sie vor dem Prozeß oder mittendrin krank werden, können Sie Jack Schultz nicht helfen.«

»Ja, das stimmt«, gab sie zu und schaute beklommen zu ihm auf. »Notfalls müßten Sie für mich einspringen, Brock.«

»Daran will ich gar nicht denken. Jack Schultz hat *Sie* engagiert – *Sie* bekommen das Honorar.«

Aus diesem Grund hatte sie heute mittag in Dr. Andersons Praxis von ihrer Verantwortung gesprochen. Ihr Mandant verließ sich auf sie. Deshalb mußte die Biopsie bis nach dem Prozeß warten. Dann dachte sie wieder an Sam und Annabelle und kämpfte erneut mit den Tränen. Was an diesem Tag geschehen war, überwältigte sie und nahm ihr alle Kraft. Obwohl die Röntgenbilder in ihrer

Schreibtischschublade lagen, glaubte sie den grauen Fleck zu sehen.

»Warum gehen Sie nicht nach Hause?« fragte Brock sanft. »Die Vorbereitungen für den Prozeß sind längst abgeschlossen, und Sie haben alles unter Kontrolle.«

Eine halbe Stunde später beschloß sie, das Büro zu verlassen. Sie war einfach zu erschöpft, um einen klaren Gedanken zu fassen oder sinnvolle Arbeit zu leisten, und sie fühlte sich, als wäre sie von einem Lastwagen überfahren worden. Zum erstenmal seit Jahren nahm sie nicht einmal ihren Aktenkoffer mit. Brock bemerkte es, aber er wies sie nicht darauf hin und schaute ihr mitleidig nach. Offensichtlich stimmte irgend etwas nicht mit ihr. So elend hatte sie noch nie ausgesehen. Doch er kannte sie nicht gut genug, um nach ihren Problemen zu fragen oder um ihr seine Hilfe anzubieten.

Ermattet lehnte sie den Kopf in die Polsterung des Taxis. Er war so schwer, daß sie ihn nicht mehr hochhalten konnte. Vor ihrem Apartmenthaus bezahlte sie den Fahrer. Dann ging sie hinein und fühlte sich wie eine tausendjährige Frau. Was soll ich Sam sagen, überlegte sie, während sie im Lift nach oben fuhr. Auch ihn würde die Neuigkeit schmerzlich treffen. Wieder einmal dachte sie an die Brustkrebs-Statistiken und konnte sich nicht vorstellen, wie sie's ihm beibringen würde.

Er saß im Wohnzimmer und sah fern. Lächelnd blickte er auf, als sie eintrat. Er trug Jeans und immer noch das weiße Hemd. Auf dem Couchtisch lag die Krawatte. »Hi, wie war's heute?« fragte er fröhlich. Sie sank neben ihm auf die Couch und hielt mühsam die Tränen zurück, von neuem Grauen erfaßt. Wie sollte sie das alles nur ertragen? »Wow, offenbar war's ein harter Tag ...« Und dann erinnerte er sich an die Hormonpräparate. »Armes Baby! Spürst du wieder die Nebenwirkungen der Medikamente? Vielleicht wäre es besser, du würdest sie nicht mehr nehmen.« Der Prozeß belastete sie ohnehin schon zur Genüge. Zärtlich nahm er sie in die Arme, und sie klammerte sich wie eine Ertrinkende an ihn.

Natürlich, dachte sie, die Hormone machen alles noch schwerer. Sie schaute zu ihm auf, und er wischte behutsam die Tränen von ihren Wangen.

»Gerade jetzt, vor dem Prozeß, ist's besonders schlimm, nicht wahr, Alex?«

»Allerdings. Der Tag war grauenvoll.« Seufzend lehnte sie sich zurück.

»Ich sag's nur ungern, aber so siehst du auch aus. Hast du was gegessen?«

»Nein, ich war nicht hungrig.«

»Phantastisch! Und wie willst du schwanger werden, wenn du an Magersucht leidest? Komm!« bat er und versuchte sie hochzuziehen. »Ich werde ein Omelett für dich braten.«

»Wirklich, ich kann nichts essen. Ich bin total erledigt. Gehen wir doch schlafen.« Das war alles, was sie sich wünschte – nach Annabelle sehen und dann neben Sam liegen, so lange wie nur möglich. Für immer.

»Stimmt was nicht?« Plötzlich fragte er sich, warum sie so elend aussah. Aber sie gab keine Antwort. Auf Zehenspitzen schlich sie in Annabelles Zimmer. Ein paar Minuten lang stand sie neben dem Bett und betrachtete ihre Tochter, dann kniete sie nieder und küßte sie. Langsam ging sie in ihr eigenes Schlafzimmer, und Sam beobachtete sie besorgt. Sie zog sich aus, legte ihre Sachen über einen Stuhl und schlüpfte in ihr Nachthemd. An diesem Abend fehlte ihr die Kraft, um zu duschen und ihr Haar zu bürsten. Sie putzte sich nur die Zähne, kroch ins Bett und schloß die Augen. Jetzt mußte sie's ihm sagen.

»Baby«, begann er und streckte sich neben ihr aus, »was bedrückt dich denn? Ist irgendwas im Büro passiert?« Sie nahm ihre Arbeit sehr ernst, und wenn sie einen Klienten enttäuscht hatte, würde sie sich tagelang mit Selbstvorwürfen quälen.

Aber sie schüttelte den Kopf. »Heute hat mich Anderson angerufen.«

»Und?«

»Ich war in der Mittagspause bei ihm.«

»Warum? Du konntest doch noch gar nicht feststellen, ob du schwanger bist«, gab er lächelnd zu bedenken. Seit dem letzten Liebesakt waren erst zwei Tage vergangen.

Sie zögerte, peinigte Sam und sich selbst und haßte die Worte, die sie aussprechen mußte. »Auf den Röntgenbildern von meiner Mammographie ist ein Schatten zu sehen.«

Obwohl es wie ein Todesurteil klang, fragte Sam unbeeindruckt: »Und?«

»John befürchtet, das würde auf einen Tumor hinweisen.«

»Also weiß er's noch nicht genau. Um Mitternacht könnten ein paar Außerirdische auf der Park Avenue landen. Aber werden sie's auch wirklich tun? Wohl kaum. Und daß dein Schatten ein Tumor ist, kommt mir genauso unwahrscheinlich vor.« Sein Trost machte ihr Mut, gab ihr den Glauben an den eigenen Körper wieder, der sie während der letzten Stunden so schmählich verraten hatte. Vielleicht würde Sam recht behalten, und ihre Reaktion war übertrieben gewesen. »Hör mal, Alex, es ist einfach nur ein dunkler Fleck. Sonst nichts.«

»Anderson hat mich dringend ersucht, eine Biopsie durchführen zu lassen, und die Namen dreier Chirurgen notiert. Die soll ich anrufen. Aber dafür finde ich vor dem Prozeß keine Zeit. Einen hat er mir ganz besonders empfohlen. Vielleicht kann ich morgen in der Mittagspause zu ihm gehen. Andernfalls muß ich bis nach der Verhandlung warten.«

»Meint Anderson, das würde einen großen Unterschied machen?«

»Eigentlich nicht. Er hat nur betont, ich dürfe es nicht auf die lange Bank schieben.«

»Dann gibt's keinen Grund zur Panik. Diese Ärzte wollen sich nur selber schützen und malen den Teufel an die Wand, damit man sie hinterher nicht verklagen und behaupten kann, sie hätten einen nicht gewarnt. Und wenn's ein gutes Ende nimmt, sind alle glücklich. Wieviel Angst sie ihren Patienten einjagen, bedenken sie gar nicht. Um Himmels willen, Alex, du bist Anwältin. Das müßtest du doch wissen. Laß dich nicht von diesen Typen einschüchtern.«

Lächelnd schaute sie ihn an, fühlte sich albern und maßlos erleichtert. Sam glaubte nicht, daß sie sterben würde. Statt ihr die befürchtete melodramatische Szene zu machen, rückte er alles in die richtige Perspektive. Natürlich hatte er recht. Niemals würde sich John Anderson der Gefahr einer strafrechtlichen Verfolgung aussetzen. »Und was soll ich tun?«

»Bring erst mal deinen Prozeß zu Ende, laß die Biopsie vornehmen, wann's dir in den Kram paßt, und behalt die Nerven. Ich wette den Profit meines nächsten Deals drauf, daß dieser Schatten völlig harmlos ist. Schau dich doch an! Du bist kerngesund. Zumindest wärst du's, wenn du gelegentlich was essen und mehr schlafen würdest.«

Nach diesem Gespräch fühlte sie sich besser. Er war so klug, blieb sachlich und gelassen, und wahrscheinlich hatte er mit seiner Prognose recht. Beruhigt schlief sie ein. Erst am nächsten Morgen kehrte die Sorge zurück, begleitet von einer bangen Ahnung. Aber sobald sie hellwach war, dachte sie an Sams vernünftige Argumente und fühlte sich sofort wieder besser. Sie weckte Annabelle, ging mit ihr in die Küche, bereitete das Frühstück zu und zählte sogar die Halloween-Kostüme auf, die in Frage kamen. Gestern hatte Liz sich umgesehen. In der Größe des Kindes gab es einen Kürbis, eine Prinzessin, eine Ballerina und eine Krankenschwester. Spontan entschied sich Annabelle für die Prinzessin. Davon hatte sie die ganze Zeit geträumt. »O Mommy, ich liebe dich!« rief sie und schlang die Arme um die Taille ihrer Mutter.

»Ich dich auch«, erwiderte Alex lächelnd. Plötzlich fühlte sie sich großartig – so als wäre eine schwere Last von ihrer Seele gefallen. Annabelle freute sich, und Sam hatte ihr glaubhaft versichert, der Schatten auf dem Röntgenbild sei nur falscher Alarm. In bester Laune verabschiedete sie sich von ihrer Familie. Diesmal würde sie nicht vergessen, Annabelle in der Mittagspause anzurufen. Sie küßte Sam und dankte ihm für seine beruhigenden, tröstlichen Worte.

»Hättest du mich im Büro angerufen, dann wäre dir viel Kummer erspart geblieben.«

»Ich weiß, ich habe mich ziemlich dumm benommen.« Aber welche Frau hätte anders reagiert? Nachdem sie auch ihre Tochter geküßt hatte, eilte sie aus der Wohnung.

Brock und das übrige Team erwarteten sie bereits in ihrem Büro. Danach traf sie sich mit Matthew Billings zu einer Besprechung. Erst um Viertel nach elf erinnerte sie sich an den Chirurgen, den Dr. Anderson ihr empfohlen hatte. Eine Krankenschwester fragte sie nach dem Grund ihres Anrufs, und Alex erklärte, es gehe um eine Biopsie. In diesem Augenblick kam Brock herein, um ein paar Unterlagen zu holen, und sie hoffte inständig, er würde sie bald finden. Hätte sie bloß die Tür versperrt... Glücklicherweise verschwand er bald wieder. Andererseits – wenn Sam recht hatte, würden solche Dinge keine Rolle spielen. Einige Minuten später meldete sich Dr. Peter Herman. Seine Stimme klang ernst und nicht besonders freundlich. In knappen Worten brachte sie ihr Anliegen vor. »Ich habe bereits mit Dr. Anderson gesprochen«, erklärte er. »Heute morgen rief er mich an. Die Biopsie muß möglichst bald durchgeführt werden, Mrs. Parker. Darauf hat er Sie sicher hingewiesen.«

»Ja.« Sie versuchte, Sams Rat zu befolgen und Ruhe zu bewahren. Doch das fiel ihr schwer, wenn sie mit einem Fremden telefonierte. Irgendwie fühlte sie sich von diesem Mann bedroht – von allem, was er repräsentierte. »Aber morgen beginnt eine Gerichtsverhandlung. Ich habe die Verteidigung übernommen, und deshalb muß die Biopsie etwa zwei Wochen warten. Wenn Sie mir danach einen Termin geben würden...«

»Das wäre sehr unvernünftig«, unterbrach er sie brüsk. Wollte sich auch dieser Chirurg vor einer strafrechtlichen

Verfolgung schützen? »Kommen Sie heute zu mir. Wir müssen einen Termin für die Biopsie vereinbaren. Wenn es zu verantworten ist, könnten wir uns auf Montag in einer Woche einigen. Okay?«

»Heute habe ich keine Zeit – und morgen beginnt der Prozeß.« Das hatte sie bereits erwähnt. Aber sie fühlte sich wieder so verzweifelt, so verängstigt.

»Um zwei Uhr nachmittags?« schlug er gnadenlos vor, und sie war unfähig zu protestieren. Resignierend stimmte sie zu. Zum Glück lag die Klinik, in der er arbeitete, nicht weit von der Kanzlei entfernt. »Wollen Sie eine Freundin mitbringen, Mrs. Parker?«

Diese Frage verblüffte sie. »Warum sollte ich?« Versuchte er sie zu beleidigen und anzudeuten, sie sei außerstande, für sich selber zu sorgen?

»Wie ich aus Erfahrung weiß, lassen sich Frauen in schwierigen Situationen leicht verwirren – oder wenn sie mit zu vielen Informationen auf einmal konfrontiert werden.«

»Meinen Sie das ernst?« Wäre sie nicht so unglücklich gewesen, hätte sie gelacht. »Ich bin Anwältin. Deshalb muß ich jeden Tag diffizile Situationen meistern und wahrscheinlich mehr Informationen verdauen als Sie in einem ganzen Jahr, Doktor.«

Dieser Kommentar amüsierte ihn nicht. »Vermutlich hängen die Informationen nicht mit Ihrer Gesundheit zusammen. Sogar krebskranken Ärzten fällt es schwer, sich mit ihrem Schicksal abzufinden.«

»Vorerst wissen wir noch nicht, ob ich an einem bösartigen Tumor leide, oder?«

»Da haben Sie recht. Sehen wir uns um zwei?«

Am liebsten hätte sie den Termin abgesagt. »Bis dann«, erwiderte sie. Wütend knallte sie den Hörer auf die Gabel. Ihre Reaktion hatte nur teilweise mit den Hormonpräparaten zu tun. Vor allem fürchtete sie die bittere Wahrheit, die Dr. Herman ihr vielleicht mitteilen würde. Kurz entschlossen rief sie eine Anwaltsgehilfin zu sich und betraute sie mit einem ungewöhnlichen Projekt. Sie nannte alle drei Namen, die Dr. Anderson notiert hatte, und beauftragte das Mädchen, Erkundigungen über die Chirurgen einzuziehen. »Recherchieren Sie so gründlich wie möglich. Ich will alles wissen. Vorteilhafte Fakten, dunkle Punkte in der Vergangenheit, was Kollegen von ihnen halten. Keine Ahnung, an wen Sie sich wenden könnten – Sloan-Kettering, Columbia Presbyterian, Universitäten, an denen die drei unterrichten – rufen Sie all die Leute an. Und erzählen Sie bitte niemandem, was Sie für mich tun. Ist das klar?«

»Ja, Mrs. Parker«, antwortete die Anwaltsgehilfin schüchtern. Trotz ihrer unsicheren Art war sie sehr tüchtig, und Alex bezweifelte nicht, daß sie die gewünschten Informationen bald erhalten würde.

Zwei Stunden später wußte sie über Peter Herman Bescheid. Kurz bevor sie das Büro verlassen wollte, kehrte das Mädchen zurück und berichtete, dem Vernehmen nach würde er seine Patienten unfreundlich behandeln, als Chirurg genieße er aber einen ausgezeichneten Ruf. Wie die Pressesprecherin einer illustren Klinik versichert habe, gehöre er auf dem Gebiet der Brustamputation zu den besten konservativen Spezialisten des Landes. Die beiden anderen seien, ersten oberflächlichen Angaben zufolge, nicht ganz so renommiert und würden ihren Patienten noch schroffer begegnen und für Primadonnen gehalten. Angeblich diskutierte Herman lieber mit Ärzten, nicht mit den Patienten. Aus diesem Grund hatte John Anderson ihn wahrscheinlich empfohlen.

»Wenigstens weiß er, was er tut, auch wenn er kein Prince Charming ist«, bemerkte Alex, dankte der Anwaltsgehilfin und bat sie, etwas genauere Informationen über die beiden anderen zu sammeln.

Während sie im Taxi zu Hermans Klinik fuhr, fragte sie sich, wie er den grauen Schatten auf den Röntgenbildern interpretieren würde. Inzwischen hatte sie zwei Meinungen gehört, Sams optimistische und Andersons skeptische, die ihr Mann unsinnig fand, und was *er* behauptete, gefiel ihr viel besser.

Bedauerlicherweise teilte Peter Herman seine Ansicht nicht. Er verkündete, der dunkle Fleck und dessen Form würden ziemlich eindeutig auf einen bösartigen Tumor hinweisen. Natürlich könne er erst nach der Biopsie eine genaue Diagnose stellen, aber erfahrungsgemäß würde sich seine Vermutung bestätigen. Was die Heilungschancen betraf, mußte man das Stadium des Tumors berücksichtigen und die Frage, ob er mit den Hormonpräparaten zusammenhing und ob Metastasen existierten. Das alles erläuterte er in ruhigem, beiläufigem Ton.

»Womit muß ich rechnen, Doktor?«

»Das weiß ich noch nicht. Bestenfalls wird nur der Knoten herausgeschnitten. Vielleicht ist eine modifizierte radikale Brustamputation zu empfehlen. Dabei ließe sich der Krebs vollständig entfernen – vorausgesetzt, es sind keine Metastasen in anderen Körperteilen entstanden.« Er zeigte ihr eine Tabelle mit Zahlen und Buchstaben, die ihr nichts sagten, und erwähnte mehrere verwirrende Möglichkeiten.

»Also ist eine Brustamputation die einzige Methode, den Krebs zu besiegen?« fragte sie mit halberstickter Stimme und mußte ihm recht geben – sie war völlig durcheinander, keine clevere Anwältin mehr, nur eine hilflose Frau, und sie kam sich idiotisch vor.

»Nicht unbedingt. Unter gewissen Umständen werden wir uns für eine Chemotherapie oder Strahlenbehandlung entscheiden. Auch das hängt von verschiedenen Faktoren ab.«

Eine modifizierte radikale Brustamputation, eine Strahlenbehandlung oder eine Chemotherapie ... Warum brachte er sie nicht einfach um? Nicht, daß sie so versessen auf ihre Brüste wäre. Aber der Gedanke, entstellt zu werden und qualvolle Therapien zu erleiden, drehte ihr den Magen um. Was sollte sie jetzt von Sams zuversichtlicher Prognose halten? Hermans Worte klangen viel realistischer. Vor lauter Entsetzen konnte sie nicht mehr klar denken. »Wie geht's nun weiter?«

»Zunächst nehmen wir die Biopsie vor, unter Vollnarkose, da der Knoten ziemlich tief in Ihrer Brust sitzt. Und danach müssen Sie eine Entscheidung treffen.«

»Ich?«

»Allerdings. Dafür bin ich nicht zuständig.«

»Warum nicht? Sie sind doch ein Arzt.«

»Weil die verschiedenen Möglichkeiten mehr oder weniger Risiken und Unannehmlichkeiten mit sich bringen. Es ist *Ihr* Körper, *Ihr* Leben. Also liegt die Entscheidung bei Ihnen. Aber um sicherzugehen, schlage ich in solchen Fällen fast immer eine Brustamputation vor. In einem Monat können Sie Ihre Brust mittels plastischer Chirurgie wiederherstellen lassen, wenn Sie das wollen.«

Das klang so, als würde man ein Auto mit einem neuen Kotflügel versehen. Aber mit seiner Vorliebe für die sichere Methode der Brustamputation hatte er sich einen guten Ruf in konservativen Kreisen erworben. »Führen Sie die Biopsie und die Brustamputation am selben Tag durch?«

»Normalerweise nicht. Aber wenn Sie das vorziehen, wäre es möglich. Offenbar sind Sie sehr beschäftigt. Wenn Sie mich mit der Operation beauftragen, würden Sie Zeit sparen. Das können wir vorher vereinbaren, für den Fall eines positiven Biopsieresultats. Man muß solche Dinge sehr sorgsam planen.«

Natürlich, dachte sie, um einer Anklage zu entgegen. Wie recht du hast, Sam… Dann fiel ihr ein anderes Problem ein. »Und wenn sich herausstellt, daß ich schwanger bin?«

»Wäre das denkbar?« Ihre Frage schien ihn zu verblüffen, und sie fühlte sich gekränkt. Glaubte er, in ihrem Alter würde man nur mehr Tumore bekommen, aber keine Babys?

»Ich habe Serophene genommen und eine Schwangerschaft angestrebt.«

»Dann sollten Sie sich – falls Sie Erfolg hatten – zu einer Abtreibung entschließen. In den nächsten acht oder neun Monaten können Sie die zusätzliche Belastung einer Schwangerschaft nicht gebrauchen. Außerdem sind Sie für Ihre Familie wichtiger als ein neues Baby.« Wie kaltblütig das klang, wie simpel… Sein Tonfall erinnerte sie an die scharf geschliffene Klinge eines Skalpells, und sie wollte ihren Ohren kaum trauen. »Am besten setzen wir die Biopsie für Montag in einer Woche an. Vorher kommen Sie noch einmal zu mir, und wir besprechen die Möglichkeiten.«

»Allzu viele gibt's wohl nicht. Oder ist mir was entgangen?«

»Leider nicht, was das jetzige Stadium betrifft. Zunächst müssen wir feststellen, woran Sie erkrankt sind, dann werden wir entscheiden, was dagegen zu tun ist. Aber im Fall einer Früherkennung bevorzuge ich fast immer die Brustamputation. Man muß Prioritäten setzen, und ich will Ihr Leben retten, Mrs. Parker – nicht Ihre Brust. Und wenn ein bösartiger Tumor tief in Ihrer Brust sitzt, sind Sie besser dran, wenn sie vollständig entfernt wird – und zwar jetzt. In einigen Monaten könnte es zu spät sein. Dieser konservative Standpunkt hat sich stets als verläßlich erwiesen. Deshalb ziehe ich ihn den neuen riskanten Theorien vor. Nach der Operation werde ich Ihnen gegebenenfalls eine aggressive vierwöchige Chemotherapie empfehlen. Sicher finden Sie das alles schrecklich. Aber in sechs oder sieben Monaten müßten Sie von der Krankheit befreit sein, hoffentlich für immer.«

»Kann ich ...« Nur mühsam brachte sie die Worte über die Lippen. Aber sie wollte es wissen, nachdem er ihr so unbarmherzig zu einer Abtreibung geraten hatte, falls sie jetzt schwanger wäre. »Kann ich danach noch ein Baby bekommen?«

Er zögerte nur kurz. Diese Frage hatten ihm schon viele Frauen gestellt, allerdings wesentlich jüngere. Mit zweiundvierzig interessierten sich die meisten nur für ihr eigenes Leben. »Es wäre möglich. Nach einer Chemotherapie werden fünfzig Prozent der Patientinnen steril. Dieses Risiko müssen wir eingehen, um Sie vor schlimmeren Schäden zu bewahren.« Vor schlimmeren Schäden? Welch ein Alptraum… »Denken Sie in den nächsten Tagen darüber nach«, fuhr er fort, »und dann vereinbaren wir wieder einen Termin. Ich werde versuchen, Ihre beruflichen Verpflichtungen zu berücksichtigen. Wie ich von John Anderson erfahren habe, sind Sie eine vielbeschäftigte Anwältin.«

Beinahe hätte sie gelächelt. War das seine »menschliche« Seite, die Dr. Anderson gerühmt hatte? Mit seinen eiskalten wissenschaftlichen Erläuterungen erschreckte er sie zu Tode. Aber er genoß einen fabelhaften Ruf. Wenn sich der Schatten auf den Röntgenbildern als bösartig erwies, brauchte sie einen exzellenten Chirurgen – und Sam, der ihr Mut zusprechen würde.

»Soll ich Ihnen noch irgendwas erklären, Mrs. Parker?«

Dieser Vorschlag verblüffte sie. Doch sie konnte nur den Kopf schütteln. Jetzt fühlte sie sich noch viel elender als am Vortag. Sie stellte sich bereits vor, wie sie ohne ihre linke Brust aussehen und die Chemotherapie erleiden würde. Dabei fielen einem die Haare aus, nicht wahr? Sie brachte es nicht über sich, Dr. Herman danach zu fragen. Aber sie kannte Frauen, die diese Behandlung durchgestanden hatten und Perücken trugen. Nur ein weiterer Punkt auf der Liste des Grauens…

Halb benommen verließ sie das Sprechzimmer, kehrte in ihr Büro zurück und erinnerte sich nicht einmal an das Gesicht des Doktors. Eine ganze Stunde lang hatte sie ihm gegenübergesessen. Jetzt tauchte nur ein verschwommenes Bild in ihrer Phantasie auf, und von seinen Erklärungen hatte sie sich nichts gemerkt außer den Begriffen »bösartiger Tumor«, »Brustamputation« und »Chemotherapie«.

»Sind Sie okay?« Kurz nach ihrer Ankunft kam Brock ins Büro. Wieder einmal erschrak er über ihre Blässe. »Sie werden doch nicht krank?«

Vermutlich bin ich schon krank, dachte sie. Unfaßbar... Sie spürte nicht die geringsten Schmerzen, und die Ärzte erklärten ihr, allem Anschein nach leide sie an Krebs. Das konnte sie ebensowenig glauben wie ihr Mann, dem sie am Abend von ihrem Besuch bei Dr. Herman erzählte. Sam schüttelte gleichmütig den Kopf. »Reg dich nicht auf, Alex. Ich hab's dir doch gesagt – diese Typen wollen sich nur absichern.«

»Und wenn sie recht haben? Immerhin ist Herman eine Kapazität. Warum sollte er mich belügen? Nur um seinen Arsch zu retten?«

»Vielleicht ist sein Haus mit einer Riesenhypothek belastet, und er muß möglichst viele Titten abschneiden, um seine Schulden zu zahlen. Was weiß ich? Wenn du einen Chirurgen konsultierst, wird er dir nicht sagen, du sollst heimgehen und ein Aspirin nehmen. O nein, verdammt, der redet dir ein, du mußt deine Brust loswerden, und jagt dir eine Heidenangst ein, nur für den Fall, daß er tatsächlich was findet – was ich keine Sekunde lang glaube.«

»Meinst du, er würde mir auch die Brust abnehmen, wenn ich keinen Krebs hätte?« Krebs... Das sagte sie inzwischen so selbstverständlich wie »Kleenex« oder »Mikrowelle« oder »Nasenbluten«. Das gefürchtete Wort gehörte bereits zum alltäglichen Vokabular, und sie haßte seinen Klang, vor allem, wenn sie's selber aussprach. »Hältst du ihn für einen Scharlatan?«

»Wahrscheinlich ist er okay, sonst hätte Anderson ihn nicht empfohlen. Aber man darf niemandem trauen, und diesen Ärzten schon gar nicht.«

»Das behauptet man auch von Anwälten«, seufzte sie.

»Keine Bange, Baby. Da steckt sicher nichts dahinter. Er wird deiner Brust ein bißchen Gewebe entnehmen und die kleine Schnittwunde zunähen. Bei der Untersuchung wird sich nichts rausstellen, und du kannst das alles vergessen. Laß dich nicht verrückt machen.«

Allmählich zerrte Sams unwandelbare Zuversicht an ihren Nerven. »Und wenn er recht hat? Er sagt, dunkle Flecken in dieser Form würden meistens auf einen bösartigen Tumor hindeuten.«

Aber er wollte die Gefahr nicht zur Kenntnis nehmen. »Unsinn! Dieser Schatten ist völlig harmlos.«

Offenbar versuchte er sich selbst vor der Realität zu schützen, mit Optimismus und guter Laune. Während er auf seinem Standpunkt beharrte, fühlte sie sich plötzlich einsam. Wie gern würde sie ihm glauben – doch sie konnte es nicht. Immerhin hatte er ihr Vertrauen in Dr. Anderson und Dr. Herman erschüttert.

Am zweiten Verhandlungstag nutzte sie eine kurze Pause, um die Chirurgin anzurufen, deren Namen Anderson empfohlen hatte. Frederica Wallerstrom war jünger als Herman und hatte weniger wissenschaftliche Artikel veröffentlicht. Trotzdem wurden ihre Leistungen in Fachkreisen, insbesondere in den konservativen, hoch geschätzt. Sie erklärte sich bereit, Alex am nächsten Morgen um halb acht zu empfangen.

Inständig hoffte Alex, Dr. Wallerstrom würde in sanftem Ton versichern, ihre Angst sei unbegründet und der Tumor wahrscheinlich gutmütig. Keine der Schauergeschichten, die sie gelesen habe, würde sich mit ihrem Fall vergleichen lassen. Aber die Chirurgin setzte eine sehr ernste Miene auf. Wortlos untersuchte sie Alex, studierte die Röntgenbilder, und als sie zu sprechen begann, klang ihre Stimme kühl. Ihr Gesicht zeigte keine Regung.

»Nach meiner Meinung trifft Dr. Hermans Diagnose zu. Obwohl man in diesem Stadium noch nichts Genaues sagen kann, halte ich den Tumor für bösartig.« Sie nahm kein Blatt vor den Mund, und die Reaktion ihrer Patientin schien sie nicht zu interessieren. Während Alex der Frau mit dem kurzgeschnittenen grauen Haar und den kraftvollen maskulinen Händen zuhörte, brach ihr der Schweiß aus allen Poren, und ihre Beine fingen zu zittern an. »Natürlich, wir könnten uns irren. Aber im Lauf der Zeit entwickelt man ein gewisses Gespür für solche Dinge.«

»Und was würden Sie mir raten, falls der Tumor bösartig ist, Dr. Wallerstrom?« fragte Alex. Sie versuchte sich einzureden, hier sei *sie* die Konsumentin, die eine Dienstleistung in Anspruch nahm. Doch sie fühlte sich wie ein hilfloses, unwissendes Kind.

Leidenschaftslos erwiderte die Ärztin ihren Blick. »Manche Experten bevorzugen unter fast allen Umständen die Entfernung des Knotens. Mit persönlich erscheint diese Methode zu riskant, und sie hat schon oft zu katastrophalen Ergebnissen geführt. Nach meiner Ansicht ist eine Brustamputation, verbunden mit einer anschließenden Chemotherapie, der sicherste Weg, um die Krankheit zu besiegen. Ich bin nun mal konservativ«, betonte sie in energischem Ton. Ohne Zögern verwarf sie alle anderen Theorien, mochten sie auch beträchtliche Erfolge erzielt haben. »Selbstverständlich können Sie sich für eine Entfernung des Knotens und eine Strahlenbehandlung entscheiden. Aber wäre das realistisch? Da Sie einen anspruchsvollen Beruf ausüben, hätten Sie kaum Zeit dafür. Und später würden Sie's vielleicht bereuen. Es könnte sich herausstellen, daß es ein schwerer Fehler war, die Brust zu verschonen. Wenn Sie's trotzdem riskieren wollen – Sie haben die Wahl. Ich persönlich teile Dr. Hermans Meinung.«

Nicht nur das – sie strahlte ebensowenig Wärme und Mitgefühl aus wie ihr Kollege und wirkte sogar noch kälter. Von einer Frau hatte Alex etwas mehr Verständnis erhofft, und sie war bereit gewesen, die Chirurgin zu mögen und ihr zu vertrauen. Nun fand sie Dr. Wallerstrom viel unsympathischer als Dr. Herman. Fast fluchtartig verließ sie das Sprechzimmer und sehnte sich nach frischer Luft. Was sie soeben gehört hatte, drohte sie zu ersticken.

Um Viertel nach acht erreichte sie das Gerichtsgebäude und registrierte bestürzt, wie schnell die Ärztin das gravierende Problem abgehakt hatte. Oder maß ihm nur Alex eine so große Bedeutung bei? Dr. Herman und Dr. Wallerstrom schienen es nicht sonderlich ernst zu nehmen. Weg mit der Brust, und alles würde sich zum Guten wenden. Eine simple Lösung, solange man Arzt war und keine Patientin. Aber es ging um Alex' Leben, ihre Brust, ihre Zukunft. Und es fiel ihr gewiß nicht leicht, eine Entscheidung zu treffen.

Nachdem sie eine zweite Meinung gehört hatte, war sie

so klug wie zuvor, wußte noch immer nicht, was mit ihr geschehen würde, und fühlte sich bitter enttäuscht. Sie hatte gehofft, Dr. Wallerstrom würde ihr die Angst nehmen und erklären, Anderson und Herman seien zu pessimistisch. Statt dessen hatte die Chirurgin Alex' Grauen noch geschürt. Natürlich bestand immer noch die Möglichkeit, die Biopsie würde zu einem negativen Resultat führen. Aber nach allem, was man ihr erklärt hatte, zweifelte sie daran.

Sogar Sams fröhliche Weigerung, das Schlimmste anzunehmen, erschien ihr jetzt absurd. Sein unerschütterlicher Standpunkt, der Streß des Gerichtsprozesses, die belastenden Nebenwirkungen der Hormonpräparate – dies alles stürmte auf sie ein. Während der ganzen Woche hatte sie das Gefühl, sie würde sich mit letzter Kraft an ihren klaren Verstand klammern und unter Wasser dahintreiben.

Was sie vor dem Zusammenbruch rettete, war Brocks Beistand im Gerichtssaal. Wunderbarerweise befanden die Geschworenen den Angeklagten Jack Schultz in allen Punkten für nicht schuldig, und er dankte ihr überschwenglich. Der Prozeß hatte nur sechs Tage gedauert. Am Mittwoch um vier Uhr nachmittags wurde er abgeschlossen. Alex' Sieg war der einzige Lichtblick in dieser schwierigen Zeit.

Todmüde, aber erleichtert, saß sie im Gerichtssaal und dankte Brock für seine Hilfe. Die letzten zehn Tage waren die härtesten ihres Lebens gewesen. »Ohne Sie hätte ich's nicht geschafft.« Das meinte sie ernst. Sie fühlte sich viel erschöpfter, als er auch nur ahnte.

»Unsinn, das ist *Ihr* Verdienst.« Bewundernd lächelte

er sie an. »Es ist ein reines Vergnügen, Sie vor Gericht zu beobachten. Irgendwie erinnert's mich an ein kunstvolles Ballett oder eine chirurgische Meisterleistung. Kein falscher Schritt, kein falscher Schnitt.«

»Danke.« Mit Brocks Hilfe verstaute sie die Prozeßakten in ihrer Tasche. Seine Worte hatten sie an Dr. Herman erinnert, den sie anrufen mußte. Ihr graute vor einem Wiedersehen. In fünf Tagen würde er die Biopsie vornehmen. Sam weigerte sich immer noch, die diversen Möglichkeiten zu erörtern. Bei der Untersuchung würde sich nichts herausstellen, damit basta. Sie hoffte, er würde recht behalten. Aber allem Anschein nach war er der einzige Optimist.

Trotzdem versuchte sie, den Triumph zu genießen, den sie im Gerichtssaal errungen hatte. Jack Schultz schickte ihr eine Magnumflasche Champagner, die sie nach Hause mitnahm. Doch sie befand sich nicht in der richtigen Stimmung, um zu feiern. Sie war nervös und deprimiert, und sie fürchtete sich vor dem Montag.

Am Tag nach dem Ende der Verhandlung ging sie wieder zu Peter Herman, der ihr unmißverständlich erklärte, wenn sich ein so großer, tiefsitzender Tumor als bösartig erweise, komme nur eine Brustamputation mit anschließender Chemotherapie in Frage. Damit müsse sie rechnen. Nun hatte sie zwei Möglichkeiten – das Untersuchungsergebnis abzuwarten und danach die weiteren Maßnahmen mit ihm zu besprechen, oder sie konnte vor der Biopsie eine Vollmacht unterschreiben, die ihm noch während des Eingriffs gestattete, so vorzugehen, wie er es für richtig hielt. Damit würde sie sich eine zweite Vollnarkose ersparen. Es sei ungewöhnlich, fügte er hinzu, beide Prozeduren auf einmal zu erledigen, aber wie er erriet, zog Alex eine einzige Operation vor. Nur wenn sie schwanger wäre, würde es Komplikationen geben, betonte er, und er würde es verstehen, wenn sie sich unter diesen Umständen für zwei Phasen entscheide.

Obwohl es ihr verlockend erschien, im Ernstfall nur den Knoten entfernen zu lassen und ihre Brust zu retten, mußte sie sich wohl oder übel zu einer radikalen Operation entschließen, zumal ihr auch Dr. Wallerstrom dazu geraten hatte. Es war sicher erstrebenswert, die Tortur nur einmal zu ertragen und Dr. Herman zu vertrauen, wenn er während der Biopsie eine Brustamputation als notwendig betrachtete. Was die Chemotherapie betraf, wollte sie erst später eine Entscheidung treffen.

Am schlimmsten war die Frage, wie sie sich im Fall einer Schwangerschaft verhalten sollte. Sie wußte, was sie Sam und Annabelle schuldete, aber der Gedanke, ein ungeborenes Baby zu töten, lastete bleischwer auf ihrer Seele. Verzweifelt starrte sie Dr. Herman an, während er erklärte, in den ersten drei Monaten einer Schwangerschaft würde man eher die ganze Brust entfernen als nur den Knoten, weil danach eine Strahlenbehandlung nicht ratsam sei. Die Entfernung des Knotens erforderte automatisch die Strahlenbehandlung. Während der Chemotherapie nach einer Brustamputation würde höchstwahrscheinlich eine Fehlgeburt erfolgen, auch im zweiten Drittel der Schwangerschaft. Erst im letzten Drittel würde man die Geburt abwarten und den Krebs danach behandeln.

Offen und ehrlich betonte er noch einmal, er halte den Tumor, auf den Alex' Röntgenbilder hinwiesen, nicht für gutartig. Solche Flecken habe er schon zu oft gesehen.

Und er hoffe nur, der Krebs befinde sich noch im Anfangsstadium und habe noch keine Metastasen gebildet. Mühsam zwang sie sich, zuzuhören und seine Worte zu verstehen. Sie wünschte, Sam würde neben ihr sitzen. Aber da er die Existenz eines Problems entschieden bestritt, hatte sie ihn nicht darum gebeten.

»Besteht die Möglichkeit einer Schwangerschaft?« fragte Dr. Herman, bevor sie sich verabschiedete.

»Das weiß ich noch nicht«, entgegnete sie bedrückt. Erst am Wochenende würde sie's herausfinden.

»Brauchen Sie vor der Biopsie noch eine Beratung?« Offenbar wollte er wieder seine »menschliche« Seite zeigen, die nur selten zum Vorschein kam. Aber er versuchte es wenigstens. »Wenn Sie sich zu einer einmaligen Operation entschließen, möchten Sie vielleicht mit einem Therapeuten sprechen – oder mit Frauen, die das bereits erlebt haben. Normalerweise empfehlen wir Gruppentherapien, die sehr hilfreich sind, allerdings erst in einem späteren Stadium.«

Mit einem wehmütigen Lächeln schüttelte sie den Kopf. »Für so was habe ich keine Zeit. Bevor ich mich für die nächsten Wochen krank melde, muß ich noch einiges erledigen.« Sie hatte bereits ihre Vorbereitungen getroffen, Matt Billings einen Teil ihrer Fälle übertragen und Brock mit Arbeit eingedeckt. Warum das nötig sei, hatte sie nicht verraten und nur angedeutet, es handle sich um ein medizinisches Problem, dessen Lösung zwei Tage oder auch einige Wochen beanspruchen würde. Beide akzeptierten diese Erklärung und waren bereit, ihr zu helfen. Hoffentlich sei es nichts Ernstes, bemerkte Brock. An diese Möglichkeit dachte Matt gar nicht. Er überlegte, ob Alex ihre Nase korrigieren lassen würde. Seine Frau hatte sich im Vorjahr einer Schönheitsoperation unterzogen. In Alex' Fall wäre das lächerlich. Aber wenn's um ihre äußere Erscheinung ging, neigten die meisten Frauen zur Hysterie. Und Alex sah so gesund aus, daß er gar nicht auf den Gedanken kam, eine ernsthafte Erkrankung in Betracht zu ziehen.

»Was glauben Sie, wann ich wieder arbeiten kann?« fragte sie den Arzt.

»In zwei bis drei Wochen, je nachdem, wie Sie den Eingriff verkraften werden. Mit der Chemotherapie beginnen wir etwa vier Wochen nach der Operation. Manche Frauen überstehen's recht gut, andere haben gewisse Schwierigkeiten.«

Für ihn stand es bereits fest – sie litt an Krebs, die Brust mußte entfernt werden, und sie würde sich einer Chemotherapie unterziehen. Vielleicht hatte Sam recht, und Dr. Herman wickelte tatsächlich Brustamputationen en masse ab, um seine finanzielle Lage zu verbessern. Aber es fiel ihr schwer, das zu glauben, weil die Erklärungen des Chirurgen so überzeugend klangen.

Am Freitag sollte sie die Klinik aufsuchen, wo man Bluttests durchführen und ihren Brustkorb röntgen würde. So kurzfristig konnte man ihr nicht genug Blut abnehmen, falls sie bei der Operation Transfusionen brauchen würde. Aber Dr. Herman versicherte ihr, so etwas sei nur selten erforderlich, und wenn doch, würde Spenderblut in ausreichenden Mengen zur Verfügung stehen. Danach gab es nichts mehr zu sagen. Er bat sie nur noch, ihn am Wochenende anzurufen, falls sie schwanger geworden sei, und sie nickte. Schweren Herzens verließ sie das Sprechzimmer.

Den restlichen Nachmittag verbrachte sie in ihrem Büro. Dann fuhr sie nach Hause, um mit Annabelle und Sam zu essen. Nur Carmen bemerkte, wie still und blaß sie war. Erst am späteren Abend erzählte Alex ihrem Mann von dem Besuch bei Dr. Herman. Aber da lag er schon im Halbschlaf und gab keine Antwort.

Am Freitag vormittag, nach den Untersuchungen in der Klinik, räumte sie ihren Schreibtisch auf. Brock kam herein, um diverse Papiere zu holen, und wünschte ihr viel Glück für die nächste Woche.

»Was immer es ist – sicher wird's ein gutes Ende nehmen.« Da er bei einem ihrer Telefonate das Wort »Biopsie« aufgeschnappt hatte, ahnte er, worum es sich handelte. Dieses Wort erschreckte ihn, und er hoffte, das Resultat würde negativ ausfallen und Alex könnte bald in die Kanzlei zurückkehren. Hastig verabschiedete sie sich von ihm und gab ihrer Sekretärin ein paar letzte Anweisungen. Sie würde anrufen und sich nach telefonischen Nachrichten erkundigen. Falls sie vorerst zu Hause blieb, sollte Liz ihr die Unterlagen schicken, die bearbeitet werden mußten.

»Passen Sie gut auf sich auf.« Liz umarmte sie, und Alex kämpfte mit den Tränen. Rasch wandte sie sich ab.

»Bald sehen wir uns wieder, Liz«, beteuerte sie mit einer Zuversicht, die sie nicht empfand. Während der Taxifahrt zum Kindergarten weinte sie unentwegt. Später würde sie Annabelle in die Ballettschule bringen.

Sie aßen im Serendipity zu Mittag, dann gingen sie zu Miss Tilly, und Annabelle strahlte vor Glück. Endlich mußte ihre Mommy nicht mehr mit dem Richter streiten. »Wenn wir zusammen sind, ist's viel schöner.«

»In Zukunft werde ich wahrscheinlich weniger arbeiten.« Sie hatte ihrer Tochter nichts von dem Klinikaufenthalt am Montag erzählt. Am Samstag versuchte sie mit Sam zu besprechen, was sie Annabelle sagen sollten. Sie wollte eine Geschäftsreise vorschieben, weil sie glaubte, das Wort »Krankenhaus« würde für das Kind zu bedrohlich klingen.

»Denk doch nicht an so etwas!« rief Sam ärgerlich. »Um Himmels willen, übermorgen nachmittag bist du wieder da!«

»Vielleicht nicht«, erwiderte sie leise und verzweifelt, weil er das Problem noch immer nicht zur Kenntnis nahm. »Wenn meine Brust entfernt wird, muß ich eine ganze Woche in der Klinik bleiben.« Mit diesen Worten wollte sie sich selbst und Sam zwingen, die voraussichtlichen Tatsachen zu akzeptieren. Doch davon wollte er nichts wissen.

»Willst du nicht endlich damit aufhören? Du machst mich noch verrückt. Versuchst du an mein Mitleid zu appelieren?« Noch nie hatte sie ihn so erbost gesehen. Traf sie einen wunden Punkt? Plötzlich fragte sie sich, ob sein Verhalten mit der Erinnerung an seine Mutter zusammenhing. Aber ganz egal, warum er ihr auswich – er strapazierte ihre Nerven.

Jetzt geriet auch sie in Wut. »Eigentlich hatte ich ein bißchen mehr Unterstützung von dir erwartet. Mit deiner beharrlichen Weigerung, der Realität ins Auge zu blicken, machst du mir alles noch schwerer. Kommst du gar nicht auf den Gedanken, ich könnte deine Hilfe brauchen? Für mich ist das nicht einfach. Vermutlich verliere ich in zwei Tagen eine Brust. Und du behauptest, das würde nicht passieren.« In ihren Augen glänzten Tränen.

»Gar nichts wird passieren«, stieß er hervor, um seine eigenen Tränen zu verbergen. Danach erwähnte er das Thema nicht mehr, und am Sonntag erkannte sie, daß er auch in den nächsten Stunden nicht darüber sprechen würde. Dazu war er unfähig. Es erschreckte ihn zu sehr. Ob er an seine Mutter dachte, wußte sie nicht. Jedenfalls versagte er ihr seinen Beistand. An wen sollte sie sich wenden? Sie hatte viele Bekannte und Freunde, traf sie aber nur selten, abgesehen von den Leuten, mit denen sie zusammenarbeitete. Um Freundschaften zu pflegen, fehlte ihr die Zeit. Ihr bester Freund war Sam. Und jetzt half er ihr nicht. Sollte sie ihr Unbehagen überwinden und jemand anders anrufen? »Hi, hier ist Alex. Morgen muß ich eine Brustbiopsie machen lassen. Willst du mal vorbeikommen? Wenn der Tumor bösartig ist, wird die ganze Brust entfernt. Aber Sam meint, der Doktor schnipselt nur an mir herum, um sein Haus abzubezahlen. Also ist's für einen guten Zweck.« Nein, sie konnte niemanden anrufen und zugeben, Sam würde sie im Stich lassen.

An diesem Abend erklärte sie ihrer Tochter, morgen müsse sie für ein paar Tage verreisen, aus beruflichen Gründen. Anabelle seufzte enttäuscht, versicherte aber, das würde sie verstehen, und Alex versprach, sie anzurufen. Inzwischen würde Daddy gut für sie sorgen. Bei diesen Worten kämpfte sie mit den Tränen. Annabelle umarmte sie und beteuerte, wie sehr sie ihre Mommy vermissen würde. Schmerzhaft krampfte sich Alex' Herz zusammen.

»Gehst du am Freitag mit mir zu Miss Tilly?« Mit großen grünen Augen schaute Annabelle zu ihrer Mutter auf, die mühsam nach Fassung rang.

»Ich versuch's, Schätzchen«, erwiderte sie heiser, umklammerte ihr kleines Mädchen und hoffte inständig, daß nichts Schreckliches geschehen würde. Vielleicht irrte sich Dr. Herman. »Du wirst doch brav sein? Amüsier dich gut mit Daddy und Carmen. Natürlich wirst du mir fehlen.« Viel mehr, als du's ahnst, dachte sie und schluckte ihre Tränen hinunter. Nur um ihr Leben zu retten, um für Annabelle dazusein, nahm sie die Biopsie und möglicherweise auch die Brustamputation auf sich.

»Warum fährst du weg, Mommy?« fragte ihre kleine Tochter traurig und schien zu spüren, daß Alex nicht die ganze Wahrheit verriet.

»Wegen meines Jobs«, behauptete Alex, was nicht einmal in ihren eigenen Ohren überzeugend klang.

»Du arbeitest zuviel. Wenn ich groß bin, sorge ich für dich, Mommy. Das verspreche ich dir.«

Wie süß sie ist, dachte Alex unglücklich. Und morgen früh muß ich sie verlassen... Dieser Gedanke schnürte ihr die Kehle zu. Nach einem liebevollen Gutenachtkuß knipste sie die Lampe neben dem Bett ihres Kindes aus und ging in die Küche, um für Sam und sich selbst das Dinner vorzubereiten.

In ihrer Nervosität konnte sie nur an die Biopsie denken – an nichts anderes. Während des Dinners vermied Sam dieses Thema. Danach las er ein paar Berichte, und Alex kehrte zu ihrer Tochter zurück. Eine Zeitlang lag sie neben dem schlafenden Kind, wollte die weichen Locken an ihrer Wange spüren, die leisen Atemzüge hören. Schließlich erhob sie sich. Bevor sie in ihr Schlafzimmer ging, stand sie noch eine Weile auf der Schwelle und betrachtete ihren kleinen Engel. Inbrünstig betete sie um ein Wunder, das am nächsten Tag im Krankenhaus geschehen möge. Sie wollte doch nur leben, selbst wenn sie eine Brust dafür opfern mußte.

Als sie ins Bett kroch, schlief Sam vor dem Fernseher. Auch er hatte eine anstrengende Woche hinter sich. Mehrere saudiarabische Investoren waren zu Besuch gekommen. Darüber hatte er nicht viel erzählt. Und was den Montag betraf, hatte sie kein einziges ermutigendes Wort von ihm gehört. Es war unmöglich, ihm nicht zu grollen. Eine Stunde lang wartete sie und wollte mit ihm reden. Endlich bewegte er sich, zog seine Jeans und das T-Shirt aus, legte sich zu ihr, ohne richtig zu erwachen.

»Sam?« flüsterte sie. Wie gern würde sie ihn wecken, mit ihm reden, ihn sogar lieben… Aber er war tausend Meilen entfernt, und ihr Problem interessierte ihn nicht.

»Hm?«

»Schläfst du?« Natürlich. Und er ließ sich auch nicht wecken. »Ich liebe dich«, wisperte sie, richtete sich auf und schaute ihn an. Doch er hörte nichts, denn er war in seine eigene Welt geflohen. Dort erreichte ihn die Verzweiflung seiner Frau nicht. Er würde ihr nicht helfen, nicht akzeptieren, was mit ihr geschah. Damit konnte er sich nicht befassen, weil er zu große Angst empfand. Das wußte sie. Noch nie war sie so einsam gewesen. Sam hatte sie verlassen.

Ehe sie einschlief, ging sie ins Bad. Was sie befürchtet hatte, war geschehen. Trotz der Hormone, trotz der leidenschaftlichen Liebesakte hatte ihre Periode begonnen. Nur eine Biopsie und vielleicht eine Brustamputation. Kein Baby.

Fünftes Kapitel

Um sechs Uhr erwachte sie, wanderte eine Zeitlang durchs Haus und wünschte, es wäre ein anderer Morgen. Sie kochte Kaffee für Sam, bereitete das Frühstück vor und schaute nach Annabelle, die ebenso friedlich schlief wie ihr Vater. Seltsam – die beiden zu betrachten und zu wissen, sie würde bald fortgehen und einen Kampf gewinnen oder verlieren, der sie vielleicht für immer von ihrer Familie trennen würde...

Was sollte aus den beiden werden? Wie konnte sie ihr kleines Mädchen verlassen? Sie hatte keine Ahnung, was sie an diesem Morgen erwartete.

Sie sehnte sich nach einer Tasse Kaffee, doch sie durfte nichts essen und trinken. Während sie ihre Zähne putzte, stiegen ihr Tränen in die Augen. Am liebsten wäre sie davongelaufen, um sich irgendwo zu verstecken. Aber wie sollte man den Attacken des eigenen Körpers entrinnen? Sie starrte in den Spiegel und sah Tränen über ihre Wangen rollen. Dann legte sie die Zahnbürste beiseite und streifte die Träger ihres Nachthemds von den Schultern. Lautlos glitt die dünne Seide zu Boden, und Alex betrachtete ihre kleinen, festen Brüste, die sie immer für selbstverständlich gehalten hatte. Die linke war etwas größer. Plötzlich entsann sie sich lächelnd, daß Annabelle sie der anderen immer vorgezogen hatte, wenn sie gestillt worden war. Unbewußt bewunderte sie ihren Körper, die anmutigen Konturen, die langen, schlanken Beine, die schmale Taille. Sie hatte schon immer eine gute Figur besessen und sich kaum Gedanken darum gemacht. Was aber würde jetzt geschehen? Wer würde sie sein, wenn sie eine Brust verlor? Eine fremde Frau? Würde Sam sie noch begehren, wenn sie entstellt war? Darüber hatte sie mit ihm reden und hören wollen, es sei ihm egal, ob er zwei Brüste liebkoste oder nur eine. Nach solchen Worten sehnte sie sich. Doch er verdrängte alles, was mit ihrem Problem zusammenhing. Die ganze Woche hatte er behauptet, sie sei kerngesund und einfach nur hysterisch.

Weinend stand sie vor ihrem Spiegelbild und konnte sich nicht vorstellen, was auf sie zukam. Gewiß, eine Brust war ein kleiner Preis für ein Leben, aber Alex wollte sie nicht verlieren. Sie wollte nicht entstellt werden, wie ein Mann aussehen, und von der plastischen Chirurgie hielt sie nichts. Vor allem wollte sie nicht an Krebs leiden.

»Hi«, sagte Sam schläfrig und ging an ihr vorbei zur Duschkabine. Sie hatte ihn nicht hereinkommen sehen, und er schien ihre Tränen nicht zu bemerken. Verlegen wandte sie sich ab, als würde sie schon jetzt einen häßlichen Anblick bieten, und hüllte ihren Körper in ein Badetuch. »Du bist früh aufgestanden, Alex.« Welch eine Überraschung! Am liebsten hätte sie ihn geschlagen. Seit zwei Wochen war nichts mehr von dem Verständnis zu spüren, das er ihr stets entgegengebracht hatte.

»Heute werde ich operiert«, erinnerte sie ihn mit gepreßter Stimme, während er die Wasserhähne aufdrehte.

»Ja, die Biopsie. Aber das sollten wir nicht dramatisieren.«

»Wann wirst du endlich aufwachen?« fauchte sie. »Wann wirst du den Tatsachen ins Auge blicken? Wenn mir die Brust abgenommen wird? Oder nicht einmal dann? Findest du das so schrecklich, daß du mir den Rücken kehrst?« Sie mußte ihm einfach klarmachen, wie schmählich er sie im Stich ließ. Ohne Alex anzuschauen, stieg er in die Duschkabine und gab eine unverständliche Antwort. Mit zwei langen Schritten eilte sie zu ihm und riß den Plastikvorhang beiseite. Innerhalb weniger Sekunden waren beide klatschnaß. Wütend schleuderte sie das Badetuch zu Boden und starrte ihn an. »Warum redest du nicht mit mir?«

»Ich sagte doch, wir sollten's nicht dramatisieren«, erwiderte er unbehaglich und verärgert. Wenigstens sein Körper registrierte ihre attraktive nackte Gestalt mit einer Erektion. Seit das Ergebnis der Mammographie feststand, seit jenem »blauen« Tag, hatten sie sich kein einziges Mal geliebt. Erst war der Streß des Gerichtsprozesses zu stark gewesen, jetzt fürchtete sie das Resultat der Biopsie. Und Sam wich ihr aus.

»Sam Parker, du bist ein Hurensohn. Und es ist mir verdammt egal, ob du mit diesem Problem klarkommst. *Ich* muß das alles verkraften. Nicht du. Aber du könntest mir zumindest beistehen. Ist das zuviel verlangt? Fällt's dir so schwer, Mr. Wichtig, Mr. Risikokapitalgeber, Mr. Feigling? Was ist eigentlich los mit dir?«

Seufzend schloß er den Duschvorhang. »Warum machst du's uns nicht ein bißchen leichter, Al? Heute nachmittag, wenn's vorbei ist, wirst du dich besser fühlen.« Das Serophene-Präparat, das sie vier Wochen lang genommen hatte, half ihr keineswegs, die Situation zu meistern, was Sam ebensogut wußte wie sie selbst. Doch das spielte keine Rolle mehr. Jetzt ging es nicht um Hormone, sondern um Alex' Leben, ihre Zukunft, ihr Aussehen, ihre Weiblichkeit, die Frage, ob sie jemals wieder ein Kind bekommen würde. Was noch? Viele Dinge, die sie bisher nicht bedacht hatte. Und Sam auch nicht. Er steckte den Kopf in den Sand.

Als Annabelle erwachte, traf Carmen ein und half ihr, sich anzuziehen. Alex redete mit den beiden, und ihre Nervosität entging der Haushälterin nicht. Mrs. Parker hatte ihr dasselbe erzählt wie dem kleinen Mädchen – sie würde für ein paar Tage verreisen, aus beruflichen Gründen. Deshalb müsse Carmen im Apartment bleiben.

»Alles okay, Mrs. Parker?« fragte Carmen argwöhnisch. Noch nie hatte sie ihre Arbeitgeberin so bleich und bedrückt gesehen. Alex war versucht, sie einzuweihen. Aber dann wäre das Problem zu real geworden, und so täuschte sie eine Geschäftsreise vor.

»Danke, Carmen, alles in Ordnung.«

Carmens Mißtrauen wuchs, als Alex in Jeans und einem weißen Pullover aus dem Schlafzimmer zurückkehrte. So zog sie sich niemals an, wenn sie verreiste. Nicht einmal Socken trug sie, nur Turnschuhe, und kein Make-up. Carmen starrte sie an, die Stirn gerunzelt. Dann wandte sie sich zu Sam, der in einem korrekten Anzug am Küchentisch saß, Kaffee trank, Rühreier aß und die Morgenzeitung las. Nach einer Weile legte er sie beiseite. Ungewohnt fröhlich unterhielt er sich mit Annabelle und der Haushälterin. Zu seiner Frau sagte er kein einziges Wort. Carmen spürte instinktiv, daß da was nicht stimmte, und sorgte sich. Nur das Kind nahm die angespannte Atmosphäre nicht wahr.

Um sieben Uhr fünfzehn erklärte Alex ihrem Mann, nun müßten sie aufbrechen. Er ergriff seinen Aktenkoffer und ihre Reisetasche und versprach Annabelle, zum Dinner heimzukommen. Zärtlich küßte er sie und zerzauste ihre roten Locken.

Während Alex ihre Tochter umarmte, ging er zum Lift. »Ich werde dich so vermissen«, flüsterte sie, preßte Annabelle zitternd an sich, wollte sie nie wieder loslassen. Aber die Lifttüren glitten auseinander, und Sam rief nach ihr. »Bis bald, Schätzchen – ich liebe dich!« rief sie über die Schulter, die Augen voller Tränen, und rannte zum Aufzug. Carmen schaute ihr beunruhigt nach. Wenig später saß das kleine Mädchen vor dem TV und sah sich einen Trickfilm an. Die Haushälterin räumte den Frühstückstisch ab, immer noch bestürzt. Erst jetzt merkte sie, daß Alex nichts gegessen und nicht einmal eine Tasse Tee oder Orangensaft getrunken hatte. Was war nur los mit ihr?

Inzwischen saßen die Parkers in einem Taxi und fuhren zur Klinik. Sam machte Konversation, und Alex wünschte, er würde den Mund halten, weil ihr dieses Gerede noch schlimmer erschien als seine Weigerung, das Problem zu erörtern. Wehmütig dachte sie an Annabelles süßes kleines Gesicht, die Ärmchen, die beim Abschiedskuß ihren Hals umschlungen hatten. Die Erinnerung war fast unerträglich.

»Heute kommen andere Araber und ein paar Holländer zu uns ins Büro. Simon kennt tatsächlich die tollsten Leute. Nun ist mir klargeworden, daß ich ihn falsch beurteilt habe.« Fröhlich schwatzte er weiter, während sie das Krankenhaus ansteuerten, wo sie von Dr. Herman erwartet wurden.

»Freut mich für dich«, zischte Alex. Simons Tugenden und die potentiellen neuen Klienten interessierten sie kein bißchen. »Bleibst du in der Klinik, oder gehst du ins Büro?« Nichts hätte sie überrascht.

Aber er wußte, welch großen Wert sie auf seine Anwesenheit legte. »Natürlich bleibe ich bei dir. Das sagte ich bereits. Janet rief den Doktor an, und er erklärte ihr, einschließlich der Anästhesie würde die ganze Prozedur eine halbe Stunde dauern – höchstens fünfundvierzig Minuten, falls sich irgendwas verzögert. Also werde ich bis elf warten. Dann müßtest du aus der Narkose erwacht sein oder in deinem Zimmer schlafen. Am Nachmittag komme ich zurück und hole dich ab.«

Sie nickte und starrte aus dem Autofenster. Nach einer langen Pause erwiderte sie: »Könnte ich deinen Optimismus bloß teilen…« Sie hatte ihn über ihren Entschluß informiert, die Brustamputation gegebenenfalls unmittelbar nach der Biopsie vornehmen zu lassen. Wenn tatsächlich ein bösartiger Tumor gefunden wurde, wollte sie die Tortur nicht noch einmal erdulden und womöglich tagelang darauf warten, in der qualvollen Gewißheit, daß sie eine Brust verlieren würde. Was immer auf sie zukam, es mußte an diesem Tag geschehen. Erst wenn sie erwachte, würde sie erfahren, was Dr. Herman getan hatte. Wenigstens mußte sie das Grauen nur einmal ertragen.

Dafür zeigte Sam kein Verständnis. »Traust du diesem Typen wirklich?« fragte er, während sie die York Avenue überquerten und das Krankenhaus vor ihr aufragte wie ein Dinosaurier, der sie verschlingen wollte.

»Ich bat eine Anwaltsgehilfin, den Doktor zu überprüfen. Glaub mir, er genießt einen untadeligen Ruf. Außerdem habe ich noch eine zweite Meinung gehört.« Davon hatte sie bisher nichts erzählt. »Diese Chirurgin stimmt mit Dr. Herman überein.«

»Trotzdem würde ich ihm keine freie Hand lassen. Eins nach dem anderen.«

Aber ihr Entschluß stand fest, nicht zuletzt, weil John Anderson ihr bei einem Telefongespräch geraten hatte, Dr. Herman rückhaltlos zu vertrauen. Als das Taxi vor der Klinik hielt, bezahlte Sam den Fahrer und ergriff die kleine Reisetasche. Alex hatte nur wenige Sachen eingepackt, in der Hoffnung, ihr Mann würde recht behalten und sie könnte bald wieder nach Hause fahren. Dabei hatte sie an jene glückliche Zeit gedacht, wo sie die Klinik aufgesucht hatte, um Annabelle zu gebären. Als wär's erst gestern geschehen... Und nun rückte der vierte Geburtstag ihrer Tochter immer näher.

Sie folgten den Pfeilen, die ihnen den Weg zur Aufnahme wiesen. Alex hatte sich schon am Freitag angemeldet, nach der Blutabnahme und der Röntgenuntersuchung ihres Brustkorbs. Nun nannte man ihr eine Zimmernummer im fünften Stock, dann gab man ihr ein Formular und einen Plastikbeutel, der eine Zahnbürste, Zahnpasta, einen Becher und ein Stück Seife enthielt. Allein schon der Anblick dieser Dinge deprimierte sie. Plötzlich fühlte sie sich wie eine Strafgefangene, die in ihre Zelle geführt wurde.

Schweigend fuhren sie im Lift nach oben und eilten durch das lebhafte Getriebe des Krankenhauses, vorbei an zwei Patienten, die auf Bahren schliefen, an Infusionsständer angeschlossen. In der Schwesternstation erfuhren sie, wohin sie gehen mußten, und betraten ein häßliches, blaugestrichenes kleines Zimmer. An einer Wand hing ein

Plakat, das Bett nahm fast den ganzen Raum ein. Die Atmosphäre mißfiel Alex. Aber wenigstens war sie allein und mußte mit niemandem reden, außer mit Sam, der über die Aussicht am Fenster, den enormen Kostenanstieg in den Kliniken und die funktionsunfähigen sozialen Krankenversicherungen in Kanada und Großbritannien schwatzte. Am liebsten hätte sie ihn angeschrien. Alex bemerkte, daß er versuchte, die Situation auf seine Weise zu bewältigen, was ihr allerdings nichts nützte. Er war viel zu nervös, um ihr beizustehen.

Eine Schwester kam herein und vergewisserte sich, daß Alex seit Mitternacht nichts gegessen hatte. Dann schob ein Krankenpfleger einen Infusionsständer ins Zimmer, warf ein Nachthemd aufs Bett und erklärte, in ein paar Minuten würde er zurückkommen. Plötzlich begann Alex hilflos zu schluchzen. Wie grauenvoll das alles war … Sam nahm sie in die Arme, hielt sie fest und versuchte, sie zu trösten. »Bald ist alles vorbei. Vergiß es einfach. Denk an Annabelle, an unsere Strandausflüge im nächsten Sommer – oder Halloween … Und ehe du weißt, wie dir geschieht, hast du's überstanden.« Sie lachte gequält. Nicht einmal der Gedanke an Annabelle und Halloween genügte, um das Entsetzen zu verdrängen.

»O Sam, ich habe solche Angst«, wisperte sie.

»Das verstehe ich. Aber du solltest dich beruhigen. Alles wird gut, ich versprech's dir.« Doch er konnte es nicht versprechen, ebensowenig wie sonst jemand. Was geschehen würde, lag in den Händen des Allmächtigen. Und Alex wußte nicht, welches Schicksal Er ihr zugedacht hatte. In diesem Augenblick wußte sie nur, wie schrecklich sie sich fürchtete.

»Irgendwie ist es unheimlich – wir waren beide so stark und selbstbewußt, erfolgreich im Beruf, in gehobenen Positionen. Unsere Entscheidungen wirkten sich auf das Leben vieler Menschen aus, auf riesiges Kapital und Konzerne... Und dann passiert so was, und man ist machtlos, abhängig von der Gnade anderer Leute, von Imponderabilien, vom eigenen Körper.« Sie fühlte sich wie ein schwaches Kind – unfähig, dem Alptraum zu entrinnen, in den sie unversehens geraten war.

Die Schwester kehrte zurück und forderte sie auf, sich auszukleiden und das Nachthemd anzuziehen. Demnächst würde sie eine Infusion bekommen. Keine Zeit, kein Mitleid, kein Interesse.

»Sind doch gute Neuigkeiten«, scherzte Sam. »Vielleicht besteht die Infusion aus einem viergängigen Frühstück.«

»Hier gibt's keine guten Neuigkeiten.« Alex trocknete ihre Augen und wünschte, sie hätte den Schatten auf den Röntgenbildern ignoriert, was natürlich unmöglich gewesen wäre. Vielleicht hatte Sam recht, und sie war nur hier, damit die Ärzte was an ihr verdienten. Hoffentlich...

Wenig später lag sie im Bett, und eine Salzlösung rann in eine ihrer Adern, um eine Dehydration zu verhindern. »Der Katheter bleibt drin, falls Sie noch ein Präparat brauchen. Heute kriegen Sie eine Vollnarkose«, erläuterte die Schwester, wie eine Stewardeß, die verkündete, sie würden gerade über St. Louis hinwegfliegen.

»Ja, ich weiß.« Alex versuchte den Eindruck zu erwecken, sie hätte wieder alles unter Kontrolle und selbst entschieden, was mit ihr geschehen würde. Doch das interessierte diese Frau nicht. Sie arbeitete in einer Fabrik, wo menschliche Körper repariert wurden. Und die mußten möglichst schnell da- oder dorthin transportiert werden, um Platz für die nächsten zu schaffen.

Die Infusion brannte in Alex' Arm. Aber die Schwester versicherte, bald würde sie nichts mehr davon spüren. Sie maß den Blutdruck der Patientin, horchte ihr Herz ab und trug die Resultate ihrer Untersuchung in ein Krankenblatt ein. Dann schaltete sie ein Licht im Flur an. »Damit die Leute wissen, daß Sie bereit sind. Ich rufe im OP an. In ein paar Minuten wird man Sie hinbringen.« Inzwischen war es halb neun geworden. Noch eine halbe Stunde bis zur Biopsie. Seit halb acht befand sie sich in der Klinik.

»Soll ich irgendwen anrufen, während ich hier auf dich warte?« fragte Sam beiläufig und starrte den Infusionsständer an. Eine Schwester kam mit einem Klemmbrett herein.

»Nein, danke. Letzte Woche habe ich alles in der Kanzlei geklärt.« Sie nahm das Blatt Papier entgegen, das die Schwester ihr reichte. Im Büro hatte sie einen Arbeitsplan für die nächsten zwei Wochen aufgestellt, nur zur Sicherheit. Vorerst gab es nichts zu tun. Sie überflog nur die ersten Zeilen der Vollmacht, über die sie mit Dr. Herman gesprochen hatte. Außer ihrer Brust würde er vielleicht einen Teil des Gewebes im Oberarm und kleinere Muskeln am Brustkorb entfernen – keine größeren, sonst wäre eine spätere Wiederherstellung der Brust mittels plastischer Chirurgie unmöglich. Sie ertrug es nicht, noch mehr zu lesen, und leistete ihre Unterschrift. Durch einen Tränenschleier schaute sie Sam an und versuchte, nicht an die unmittelbare Zukunft zu denken, als sie der Schwester das Klemmbrett zurückgab. »Vergiß nicht, Annabelle anzurufen, falls ich zur Mittagszeit noch schlafe... Oder immer noch auf dem Operationstisch liege, nein, bitte nicht, lieber Gott.« Mit bebenden Finger wischte sie neue Tränen von den Wangen.

»Natürlich rufe ich sie an«, versprach er und drückte ihre Hand. »Heute gehe ich ins La Grenouille zum Lunch, mit Simons Arabern und seiner Assistentin aus London, die in Oxford Wirtschaftswissenschaft studiert hat. Er behauptet, unsere Harvard-Absolventen könnten sich nicht mit der Oxford-Elite messen.« Amüsiert schüttelte er den Kopf, um seine Meinung über diesen Snobismus zu bekunden und Alex von ihrer Angst abzulenken. In diesem Moment erschienen zwei Krankenpfleger in der Tür wie düstere Engel mit einer Bahre. Sie trugen grüne Hosen, blaue Kittel, Duschkappen und Plastikhüllen über den Schuhen. Offensichtlich waren sie gekommen, um Alex abzuholen.

»Alexandra Parker?«

Nein, wollte sie rufen. Doch das würde ihr nichts nützen, und so nickte sie, weil sie kein Wort hervorbrachte. Sobald sie auf der Bahre lag, begann sie wieder zu weinen. Verzweifelt schaute sie zu Sam auf. Warum war das alles passiert?

»Nimm's nicht so tragisch, Baby. Ich warte hier auf dich. Und heute abend feiern wir in irgendeinem schicken Restaurant, okay?«

Er beugte sich hinab, um sie zu küssen, und sie wisperte mit tränenerstickter Stimme: »Nein, ich will nach Hause und mit dir und Annabelle fernsehen.«

»Abgemacht. Und jetzt sieh zu, daß du das alles möglichst schnell hinter dich bringst, damit wir's vergessen können.« Unauffällig kniff er in ihren Busen, und sie lachte. Wenn's doch schon vorbei wäre... Vielleicht hatte er recht, und sie müßte versuchen, die Biopsie auf die leichte Schulter zu nehmen. Doch das gelang ihr nicht. Mühsam verdrängte sie den Gedanken, daß er kein einziges Mal versichert hatte, er würde sie auch ohne linke Brust lieben.

Unbarmherzig wurde sie durch den Korridor und in einen großen Lift gerollt, wo mehrere Leute beiseite traten und ihr verstohlene Blicke zuwarfen. Vermutlich fragten sie sich, warum sie hier war. Außerdem fanden zwei Männer sie sehr attraktiv mit ihrem roten Haar, das schimmernd auf den Kissen lag.

In der chirurgischen Abteilung roch es überwältigend nach Antiseptika. Zischend schlossen und öffneten sich elektrische Türen. Alex wurde in einen kleinen Raum voller Chrom und seltsamer Apparate und grellem Licht gebracht, wo Dr. Herman wartete. »Guten Morgen, Mrs. Parker.« Er fragte nicht, wie es ihr ging, weil er das ohnehin wußte, und berührte ermutigend ihre Hand. »Bald werden Sie einschlafen«, fügte er mit erstaunlich sanfter Stimme hinzu. Hier war er offenbar in seinem Element und etwas freundlicher als im Sprechzimmer. Oder lag es nur daran, daß sie seine Ratschläge befolgte? Hatte Sam recht? Irrte sie sich? Waren sie alle verrückt? Wurde sie belogen? Mußte sie sterben? Wo war Sam? Und Annabelle? Ihr schwirrte der Kopf, als eine Nadel in ihren Arm stach, und sie glaubte Knoblauch zu schmecken, dann Erdnüsse. Irgend jemand bat sie, von hundert rückwärts zu zählen, und sie kam nur bis neunundneunzig. Dann versank sie in einem schwarzen Nichts.

Sechstes Kapitel

Fast eine Stunde lang wanderte Sam in dem winzigen blauen Zimmer umher, bis halb zehn. Er telefonierte mit seiner Sekretärin und einigen Leuten, die um einen Rückruf gebeten hatten, und bestätigte den Lunchtermin mit Simon. Am Nachmittag würden sie sich mit ihren Anwälten treffen. Simon wollte in die Firma einsteigen und seine illustre Klientel mitbringen, aber sehr wenig Geld. Deshalb würde er geringere Anteile besitzen als Sam, Tom und Larry. Doch das störte ihn nicht, und er meinte, wenn die Firma von seinen Kontakten profitieren würde, könne er später immer noch eine höhere Summe investieren.

Sam ging in den Flur und holte einen Becher Kaffee aus einem Automaten. Weil das Gebräu so abscheulich schmeckte, nippte er nur zweimal daran. Die Atmosphäre drehte ihm den Magen um. Er haßte die Gerüche, die Leute, die vorbeihinkten, in Rollstühlen saßen oder auf Bahren lagen. Vor Krankenhäusern graute ihm immer noch. Sogar letztes Mal, bei Annabelles Geburt, war ihm übel geworden. Aber Alex hatte ihn gebraucht. Diesmal fühlte er sich überflüssig und hilflos. Sie schlief irgendwo auf einem OP-Tisch, ohne zu wissen, wer bei ihr war und wer nicht. Genausogut konnte er woanders sein.

Um halb zehn wünschte er sich weit weg. Inzwischen müßte sie in ihr Zimmer zurückgekehrt sein. Zumindest sollte man ihn über den Grund der Verzögerung informieren. Er mochte nicht gehen, ohne sie zu sehen oder wenigstens mit ihrem Arzt zu reden. Um elf wollte er in seinem Büro sein. Wenn er hier herumhing, war niemandem gedient. In diesem kleinen blauen Zimmer kam er sich vor wie ein Niemand, den man einfach vergessen hatte. Er rief Janet noch einmal an. Dann ging er zielstrebig zur Schwesternstation. »Ich möchte mich nach Mrs. Alexandra Parker erkundigen. Um neun sollte ihre Brustbiopsie beginnen und vor zehn beendet werden. Jetzt ist es fast elf. Könnten Sie herausfinden, was da los ist?«

Die Schwester hob die Brauen. Aber sie protestierte nicht. Er war elegant gekleidet und sehr attraktiv. Und er strahlte eine Autorität aus, auf die sogar sie reagierte, obwohl sie keine Ahnung hatte, wer er sein mochte und warum er nicht warten konnte wie alle anderen auch. Also rief sie in der chirurgischen Abteilung an und erfuhr, alle Termine hätten sich verschoben. Jeden Montag mußte man erledigen, was sich während des Wochenendes angesammelt hatte – gebrochene Arme, Beine und Hüften richten, Blinddärme entfernen, deren Entzündung am Freitag noch nicht akut gewesen war. Die Situation erinnerte ihn an Flughäfen, verzögerte Starts, endlose Wartezeiten. So etwas war ihm einmal passiert, als Alex versprochen hatte, ihn in Washington zu treffen und mit ihm eine Party zu besuchen. Damals waren sie noch nicht verheiratet gewesen. Wegen eines heftigen Sturms hatte er sechs Stunden am Flughafen auf sie gewartet.

Um halb zwölf verlor er die Geduld. »Das ist doch lächerlich! Vor drei Stunden wurde sie nach oben gebracht. In dieser Zeit hätte man sie am offenen Herzen operieren können. Man sollte mir wenigstens mitteilen, wie lange's noch dauern wird.«

»Tut mir leid, Sir. Vielleicht hat man einen Notfall vorgezogen und die Biopsie an Ihrer Frau erst später vorgenommen. So etwas läßt sich nicht ändern.«

»Würden Sie wenigstens mal fragen, wo sie jetzt ist und was mit ihr passiert?«

»Wahrscheinlich liegt sie gerade im Erholungsraum – falls der Eingriff überhaupt schon stattgefunden hat. Ich rufe mal an. Trinken Sie doch einen Becher Kaffee, und warten Sie im Zimmer Ihrer Frau. Sobald ich etwas Neues erfahre, komme ich zu Ihnen.«

»Vielen Dank.« Er lächelte sie an, und sie fand, er wäre zwar etwas schwierig, aber es würde sich lohnen, ihm zu helfen. Dann rief sie wieder in der chirurgischen Abteilung an und erfuhr nur, Alexandra Parker sei immer noch im OP. Da der Eingriff verspätet begonnen hatte, wußten die Kollegen am Telefon nicht, wie lange es noch dauern würde.

Nachdem die Schwester in Alex' Zimmer gegangen war, um Sam zu informieren, rief er erneut in seinem Büro an und entschuldigte sich, weil er um elf die Besprechung mit seinen Partnern versäumt hatte. Er würde sie um eins im La Grenouille treffen. Solange er nicht wußte, was geschehen war, wollte er die Klinik nicht verlassen.

Um halb eins teilte man ihm mit, man habe Alex in den Aufwachraum gebracht – vier Stunden nach ihrer Ankunft in der chirurgischen Abteilung. Diese Verzögerung sei einfach ärgerlich, beschwerte er sich, und die Schwester erklärte, in wenigen Minuten würde Dr. Herman zu ihm kommen. Zehn vor eins betrat der Arzt das Zimmer, in dem Sam wie ein gefangener Löwe umherrannte. Nun hatte er lange genug in diesem deprimierenden Raum ausgeharrt und die antiseptischen Gerüche ertragen. So etwas durfte man nur Leuten zumuten, die nichts anderes zu tun hatten. Aber er mußte sich um seine Geschäfte kümmern und konnte nicht den ganzen Tag vertrödeln, um auf irgendeinen verdammten Doktor zu warten.

»Mr. Parker?« Der Chirurg trug immer noch die Operationskleidung. An seinem Hals hing der Mundschutz, über den Schuhen steckten Plastikhüllen. Seine Augen verrieten nichts, als er Sam die Hand schüttelte.

»Wie geht's meiner Frau?« Ohne Umschweife kam Sam zur Sache. Natürlich ging's ihr gut, und er würde sich zum Lunch verspäten, nachdem er den ganzen Vormittag sinnlos vertan hatte.

»Den Umständen entsprechend. Sie hat nur wenig Blut verloren und keine Transfusionen gebraucht.« Da dieses Thema heutzutage alle Patienten und Angehörigen interessierte, glaubte Dr. Herman, das würde auch für Mr. Parker gelten.

Aber Sam schaute ihn unbeeindruckt und ein bißchen verwirrt an. »Transfusionen? Bei einer Biopsie?« Nach einer längeren Pause fragte er: »Ist das nicht ein bißchen ungewöhnlich?«

»Wie erwartet fand ich in der Brust Ihrer Frau einen großen Tumor, der hauptsächlich die Ausführungsgänge der Drüsen befallen hatte, aber auch das Gewebe in der Umgebung, obwohl seine Ränder ziemlich klar zu erkennen waren. Um festzustellen, ob auch die Lymphknoten betroffen sind, müssen wir noch zwei oder drei Tage warten. Jedenfalls war der Tumor bösartig – vermutlich Krebs im zweiten Stadium.« Sam fühlte sich ein wenig benommen, so ähnlich wie Alex, als sie vom Schatten auf ihren Röntgenbildern erfahren hatte. Was er da hörte, klang für ihn wie Kauderwelsch. »Hoffentlich haben wir den ganzen Tumor entfernt«, fuhr der Arzt fort. »Aber ich habe mit Ihrer Frau bereits die Gefahr eines neuerlichen Krebsgeschwürs besprochen. Wenn ein Tumor in der weiblichen Brust noch einmal auftaucht, kann er zum Tod führen. Um eine erfolgreiche Behandlung zu gewährleisten, muß der gesamte befallene Bereich entfernt werden – bevor sich der Krebs weiter ausbreitet. Wir befürworten aggressive Maßnahmen. Wenn wir Glück haben, sind die Lymphknoten verschont geblieben.«

»Und was genau heißt das?« Sam fühlte sich elend. »Haben Sie den Knoten entfernt?«

»Nicht nur den Knoten, sondern selbstverständlich die ganze Brust. Dies war die einzige Möglichkeit, eine erneute Krebsbildung im lokalen Bereich zu verhindern. Natürlich können anderswo Metastasen entstanden sein. Das hängt davon ab, wie weit der Tumor fortgeschritten war und wie viele Lymphknoten bereits betroffen wurden. Aber die Brustamputation löst die meisten Probleme.« Diesen Punkt hatte Alex verstanden.

»Warum haben Sie meine Frau nicht einfach umgebracht? Dann wäre das Problem endgültig gelöst, oder? Was ist das für eine barbarische Methode – einfach die Brust abzuschneiden, damit sich das Geschwür nicht ausbreitet? Was für eine Medizin praktiziert ihr Typen eigentlich?« Vor lauter Wut schrie Sam beinahe.

»Eine sinnvolle Medizin, Mr. Parker. Wir bevorzugen aggressive Attacken gegen den Krebs, und wir wollen unsere Patienten nicht verlieren. Übrigens mußten wir auch einige Knoten aus der Achsel und am Oberarm entfernen. Aber ich hoffe, sie sind nicht bösartig. Das wird das pathologische Resultat in den nächsten Tagen ergeben. In zwei Wochen bekommen wir die Ergebnisse der Reaktionstests auf die Hormonpräparate, und dann werden wir uns für eine geeignete Behandlungsmethode entscheiden.«

»Wie soll die denn aussehen?« stieß Sam hervor. Am liebsten hätte er den Mann niedergeschlagen, der die arme Alex so zugerichtet hatte.

»Das hängt vom Zustand der Lymphknoten ab. Vermutlich müssen wir uns zu einer ziemlich aggressiven Chemotherapie entschließen, um die neuerliche Entstehung eines Tumors zu verhindern. Vielleicht ergänzen wir die Behandlung durch eine Hormontherapie. Das wissen wir jetzt noch nicht. Im Alter Ihrer Frau ist es wahrscheinlich überflüssig. Da wir die Brust abgenommen haben, können wir auf eine Strahlenbehandlung verzichten. In ein paar Wochen beginnen wir mit der Chemotherapie. Ihre Frau muß erst mal auf die Beine kommen, und wir brauchen Zeit, um die Situation abzuschätzen. Sobald wir die pathologischen Berichte erhalten, wird unser Krebsausschuß zusammentreten und den Fall erörtern. Sie dürfen sich darauf verlassen, daß wir die Behandlungsmethoden sehr ernsthaft erwägen werden, Mr. Parker.«

»So ernsthaft, wie Sie ihre Brust abgeschnitten haben? Wie konnten sie ihr so was antun? Unbegreiflich ...«

»Glauben Sie mir, Mr. Parker, wir hatten keine Wahl«, erwiderte Peter Herman in ruhigem Ton. Oft genug hatte er sich mit zornigen oder verängstigten Ehemännern auseinandergesetzt, mit Angehörigen, die der Realität einfach nicht gewachsen waren. Alex Parker schien die Gefahr besser zu verstehen als ihr Mann. »Da wir nur kleine Pektoralmuskeln entfernt haben, kann die Brust Ihrer Frau in wenigen Monaten mittels plastischer Chirurgie wiederhergestellt werden, falls sie das wünscht und während der Chemotherapie dazu bereit ist. Wenn nicht, soll sie warten und eine Prothese tragen.«

Das alles klang so simpel. Aber Sam sah es ganz anders. Mit seinem Skalpell hatte dieser Chirurg Alex' Leben verändert, und jetzt erweckte er den Anschein, sie wäre eine Figur aus dem Gruselkabinett.

»Wie konnten Sie das nur tun?« In verständnislosem Entsetzen starrte Sam ihn an.

Offenbar braucht er noch etwas Zeit, um sich mit diesem Schicksalsschag abzufinden, dachte der Arzt. »Mr. Parker, Ihre Frau hat Krebs, und wir wollen sie heilen.«

Damit war alles gesagt, und Sam nickte, die Augen voller Tränen. »Wie stehen ihre Chancen?«

Solche Fragen haßte Dr. Herman. Er war nicht der Allmächtige, sondern nur ein Mensch. Wenn er auch wünschte, allen Patienten ein langes Leben zu garantieren – er konnte es nicht. »Im Augenblick läßt sich noch nichts Genaues sagen. Der Tumor war ziemlich groß und saß tief drin. Mit der radikalen Chirurgie und der anschließenden aggressiven Therapie versuchen wir, den Krebs zu besiegen. Wäre auch nur ein winziger Teil des befallenen Gewebes zurückgeblieben, würde Ihre Frau in ernsthafter Gefahr schweben. Deshalb dürfen wir eine Brust, die in einem solchen Ausmaß erkrankt ist, nicht verschonen. Manchmal bedeuten Früherkennung und die sofortige Amputation den Unterschied zwischen Erfolg und Fehlschlag. Wir hoffen, wir haben alle betroffenen Stellen entfernt und die Lymphknoten wurden nicht allzu schwer geschädigt. Nun warten wir die Wirkung der Chemotherapie ab. Nur die Zeit wird uns verraten, ob wir wirklich erfolgreich sind. Sie beide müssen Kraft und Geduld aufbringen, Mr. Parker.«

Also wird sie sterben, entschied Sam. Erst schneidet man die eine Brust ab, dann die andere, dreht Alex von innen nach außen, kocht ihre Organe in chemotherapeutischem Gift, und letzten Endes wird sie sterben. Er würde sie verlieren. Das ertrug er nicht. Und er würde nicht neben ihr sitzen und sie sterben sehen wie seine Mutter. »Vermutlich kann ich mir die Frage sparen, wie hoch die Erfolgsrate bei dieser Krebsart ist.«

»In gewissen Fällen exzellent. Wir werden herausfinden, bis zu welchem Grad Ihre Frau die aggressive Behandlung aushält. Erfreulicherweise ist sie stark und bei guter Gesundheit.«

Aber nicht vom Glück begünstigt. Schon mit zweiundvierzig Jahren mußte sie um ihr Leben kämpfen, mit geringen Chancen. Unglaublich, dachte Sam. Wie ein schlechter Film, in dem die Heldin stirbt und der Ehemann mit den Kindern zurückbleibt. Seinen Vater hatte ein solcher Schicksalsschlag umgebracht. Aber Sam würde sich nicht unterkriegen lassen. Nein, das durfte Alex ihm nicht antun. Neue Tränen brannten in seinen Augen, und er versuchte sich nicht vorzustellen, wie schön sie gewesen war, wie sie jetzt aussehen mochte. Was für häßliche Wörter – plastische Chirurgie, Prothese… Von alldem wollte er nichts wissen.

»Den restlichen Nachmittag wird Ihre Frau im Aufwachraum verbringen«, erklärte Dr. Herman. »Gegen sieben müßte sie wieder hier sein. Ich glaube, während der ersten Tage wäre sie in der Obhut privater Pflegerinnen am besten aufgehoben. Soll ich das arrangieren?«

»Ja, bitte«, erwiderte Sam kühl. Innerhalb weniger Minuten hatte dieser Mann sein Leben zerstört. Noch konnte er nicht akzeptieren, daß der Doktor den Krebs keineswegs heraufbeschworen hatte, sondern auszumerzen versuchte. »Wie lange wird sie in der Klinik bleiben?«

»Bis Freitag. Vielleicht entlassen wir sie schon früher. Das hängt davon ab, wie sie die Situation verkraftet und wie schnell sie sich erholt. Im Grunde war es eine einfache Operation, die keine schlimmen Schmerzen verursacht – insbesondere, weil nur Ausführungsgänge von Drüsen und keine Nerven durchschnitten wurden.«

Nun hatte Sam genug gehört. Mehr würde er nicht ertragen. »Bitte, engagieren Sie Privatschwestern, die meine Frau rund um die Uhr betreuen. Wann darf ich sie denn sehen?«

»Heute abend, wenn sie in dieses Zimmer zurückgebracht wird.«

»Okay, dann komme ich wieder.« Sam starrte den Doktor an – unfähig, ihm für seine Bemühungen zu danken. Genausogut hätte er Alex umbringen können, dachte er. »Herr Doktor, werden Sie heute noch einmal nach Ihr sehen?«

»Ja, am Abend, sobald sie zu sich gekommen ist. Sollten vorher Probleme auftauchen, rufen wir Sie an. Aber ich rechne nicht mit Komplikationen. Die Operation ist erstaunlich glatt verlaufen.«

Bei diesen Worten drehte sich Sams Magen um. Für ihn war es nur maßgeblich, daß man Alex' Brust abgeschnitten hatte. Der Arzt, der seine Feindseligkeit deutlich spürte, verließ das Zimmer, und Sam hinterlegte bei der Schwesternstation die Telefonnummer seines Büros und des La Grenouille. Dann eilte er aus der Klinik. Er brauchte frische Luft, brauchte Platz nach der qualvollen Enge, wollte Leute sehen, die nicht alles verloren hatten, die nicht krank waren oder an Krebs starben. Keine Minute länger hätte er die Atmosphäre des Krankenhauses ertragen. Als er die kühle Oktoberluft einatmete, fühlte er sich etwas besser und im Taxi wieder wie ein Mensch.

Er nannte dem Fahrer die Adresse des La Grenouille und versuchte zu vergessen, was Peter Herman gesagt hatte, wie wenig sie vorerst wußten, was sie erhofften. Tumore, Tests, Biopsien, Metastasen, Chemotherapie – von alldem mochte er nichts mehr hören. Nie wieder.

Im La Grenouille herrschte Hochbetrieb. Kurz vor zwei betrat er das Lokal und gewann den Eindruck, er wäre von einem anderen Planeten zurückgekehrt.

»Sam, alter Junge, wo *waren* Sie denn? Wir warten seit einer Stunde auf Sie. Inzwischen haben wir uns betrunken, und schließlich mußten wir das Essen bestellen, damit wir nicht von den Stühlen fielen.« Normalerweise konsumierten die arabischen Klienten keinen Alkohol. Aber die liberaler eingestellten Muslime, die ihre Glaubensregeln nicht allzu streng befolgten, tranken hin und wieder, wenn sie sich im Ausland aufhielten. Simons attraktive Begleiter sahen ziemlich imposant aus. Jahrelang hatten sie in Paris und London gelebt und das riesige Vermögen, das sie ihren Ölquellen verdankten, auf den Weltmärkten investiert. Simon, etwa in Sams Alter, war kräftig gebaut, mit blauen Augen und schütterem, lockigem, blondem Haar. Als typischer britischer Aristokrat bevorzugte er Tweed, handgearbeitete Schuhe und makellos gestärkte Hemden. Aber Sam fand die Klienten des Engländers viel bemerkenswerter. Letzten Endes hatte er beschlossen, ihn zu mögen. Vor allem schätzte er den Humor seines neuen Partners und dessen Bestreben, Freundschaften zu schließen. Seine Frau hatte er »daheim« gelassen. Sie lebten getrennt, verbrachten aber gelegentlich einen gemeinsamen Urlaub und führten eine interessante »offene« Ehe. Ihre drei Söhne besuchten das Internat in Eton.

Neben Sam saß die Wirtschaftswissenschaftlerin. Sie hieß Daphne, eine hübsche, knapp dreißigjährige Frau, schlank und grazil, mit hellem, englischem Teint und langem, glattem dunklem Haar, das seidig schimmerte und bis zur Taille reichte. Als sie Sam anschaute, schienen ihre braunen Augen zu tanzen. Sie lachte und scherzte gern. Später ging sie zur Toilette, und da stellte er fest, daß sie nicht nur überdurchschnittlich groß war, sondern auch eine unglaublich gute Figur besaß. Der Rock ihres schwarzen Wollkleides, zu dem sie schwarze Strümpfe und eine Perlenkette trug, bedeckte das Hinterteil nur knapp. An ihrem Arm hing eine Hermès-Tasche. Sie strahlte Sex, Klasse und jugendliches Temperament aus, was alle männlichen Gäste des La Grenouille zweifellos registrierten.

Lächelnd beobachtete Simon, wie Sam ihr voller Bewunderung nachschaute. »Ein hübsches Mädchen, nicht wahr?«

»Allerdings, und Sie scheinen zu wissen, nach welchen Kriterien man seine Assistentinnen aussucht«, erwiderte Sam und fragte sich, ob die beiden miteinander schliefen.

»Außerdem ist sie klug«, fügte Simon leise hinzu, während Daphne zurückkehrte. »Sie sollten sie mal im Badeanzug sehen, Sam. Und in der Disco ist sie Dynamit.«

Sam sah den Blick, den die beiden wechselten. Kameraderie? Eine Affäre? Oder nur Begierde auf Simons Seite? In Gesellschaft mehrerer Männer wirkte sie eher kühl. Er belauschte ein intelligentes Gespräch über Ölpreise, das sie mit einem Araber führte.

Für Sam war es ein angenehmer Nachmittag, nach den höllischen Stunden im New York Hospital eine Wohltat, im Kreis fröhlicher, gesunder Menschen zu sitzen. Aber er wußte, daß er zu seiner Frau zurückkehren mußte. Deshalb trank er etwas zuviel Wein und machte den Arabern ein paar zu aufdringliche Angebote. Doch das schien sie nicht zu stören. Von ihrem Geschäftsfreund hatten sie nur Gutes über Sams Firma gehört, und sie freuten sich über Simons neue Partnerschaft.

Erst nach der Besprechung mit den Anwälten und der Rückkehr ins Büro dachte Sam wieder an Alex. Blicklos starrte er ins Leere, als ihm wieder bewußt wurde, daß sie an Krebs litt.

»Komme ich ungelegen?« Er hatte keine Schritte gehört. Verwirrt hob er den Kopf und sah Daphne vor seinem Schreibtisch stehen.

»Nein, tut mir leid. Ich war in Gedanken woanders. Was kann ich für Sie tun?«

»Als Sie vorhin ins Restaurant kamen, sahen Sie ziemlich mitgenommen aus.« Sie musterte ihn mit ehrlicher

Besorgnis. Wieder einmal erregten ihre langen Beine seine Aufmerksamkeit. Ihre Schönheit und ihre Intelligenz bildeten eine interessante Kombination – zweifellos eine bezaubernde Frau. Aber er wußte nicht, ob sie ungebunden war. Und er hatte Alex noch nie betrogen. Andererseits fand er die junge Daphne sehr reizvoll. »War es ein schlimmer Tag?« fragte sie, sank in einen Sessel und beobachtete ihn.

Was für eine Untertreibung… »Eigentlich nicht. Nur kompliziert. Manche Tage sind nun mal so. Leider ging einer meiner Deals nicht ganz reibungslos über die Bühne. Jetzt ist alles wieder unter Kontrolle.« Er wollte ihr nichts von Alex erzählen – auch sonst niemandem. Warum, wußte er nicht genau. Möglicherweise glaubte er, seine Frau hätte etwas zu verstecken – ein häßliches Geheimnis namens Krebs.

»Ja, bei manchen Verhandlungen läuft's nicht so wie erwartet«, entgegnete sie lässig, schlug die Beine übereinander, und er versuchte wegzuschauen. »Ich wollte mich bedanken, weil Sie mich mit einbezogen haben. Bedenken Sie bitte, Simon ist ein Neuling in New York, und vielleicht lanciert er seine Leute etwas zu dreist. Nur seinetwegen müssen Sie mich nicht ertragen.«

»Kennen Sie ihn schon lange?« Für eine längere Liaison erschien sie ihm zu jung. Wie er von Simon erfahren hatte, war sie neunundzwanzig.

»Schon sehr lange«, antwortete sie lachend. »Neunundzwanzig Jahre. Er ist mein Vetter.«

»Simon?« fragte er belustigt. Er hatte sich eine viel delikatere Beziehung vorgestellt. »Dann darf er sich glücklich schätzen.«

»Oh, da bin ich mir nicht so sicher. Meinem Bruder steht er viel näher, und er hat stets behauptet, ich sei ein gräßliches Balg. Aber mein Studium in Oxford hat ihn etwas milder gestimmt. Mein Bruder ist fünfzehn Jahre älter als ich, und die beiden gehen oft zur Jagd, nicht mein Fall.« Sie lächelte ihn an, und er versuchte ihre schönen Beine krampfhaft zu ignorieren. Irgendwie beunruhigte sie ihn, und er fragte sich, ob es eine gute Idee war, mit ihr zusammenzuarbeiten. Simon hoffte, sie würde ein Jahr lang hierbleiben und dann nach England zurückkehren, um Jura zu studieren. Auf eigenartige Weise erinnerte sie Sam ein wenig an seine Frau. Als er Alex kennengelernt hatte, war sie genauso ambitioniert, klug und lebhaft gewesen.

»Gefällt's Ihnen in New York? Nach meiner Ansicht ist der Unterschied zu London nicht allzu groß.«

Die meisten Metropolen waren amüsant und aufregend. Wie Daphne. »O ja, ich finde New York phantastisch, obwohl ich kaum jemanden kenne. Simon hat mich in ein paar Clubs geführt. Er kümmert sich wirklich rührend um mich. Für ihn muß das furchtbar langweilig sein, aber er ist sehr geduldig.«

»Warum sollte ihn Ihre Gesellschaft langweilen? Sicher macht's ihm Spaß, mit Ihnen auszugehen.«

»Nun, er ist sehr freundlich. So wie Sie, Sam. Nochmals vielen Dank.«

»Sicher sind Sie ein Gewinn für die Firma.« Er erwiderte ihr Lächeln und schaute ihr bewundernd nach, als sie das Büro verließ.

Viel zu schnell war es fünf Uhr – und dann sechs. Sollte er nach Hause zu Annabelle fahren oder das Krankenhaus aufsuchen? Dr. Herman hatte erklärt, wahrscheinlich würde Alex erst um sieben in ihr Zimmer zurückkehren. Also aß er erst einmal mit Annabelle zu Abend, sah ein bißchen fern, brachte sie ins Bett und las ihr eine Gutenachtgeschichte vor. Carmen fragte, ob er was von Mrs. Parker gehörte habe, und Annabelle beklagte sich, weil Mommy nicht angerufen habe. Sicher sei sie den ganzen Tag beschäftigt gewesen, erklärte Sam, und habe keine Zeit gefunden, um zu telefonieren. Bei diesen Worten wirkte er ungewöhnlich ernst. Carmen beobachtete ihn mißtrauisch. Eindeutig – irgendwas stimmte da nicht. Am Morgen war ihr aufgefallen, daß Mrs. Parker keinen Koffer, sondern nur eine kleine Reisetasche mitgenommen hatte.

Um acht zog er Jeans an und zögerte, bevor er in die Klinik fuhr. Natürlich blieb ihm nichts anderes übrig. Aber plötzlich wollte er Alex nicht sehen. Sie würde sich benommen und elend fühlen und unter starken Schmerzen leiden, obwohl der Chirurg das Gegenteil behauptet hatte. Immerhin war ihr die Brust abgenommen worden. Was mochte eine Frau danach empfinden? Der Gedanke, ihr gegenüberzutreten, bedrückte ihn. Wer würde ihr die Neuigkeit mitteilen? Oder wußte sie's schon? Konnte sie's spüren?

Widerstrebend betrat er das kleine, häßliche blaue Zimmer. Zu seiner Bestürzung war Alex hellwach. Sie lag im Bett, neben einem Infusionsständer. Im Licht der einzigen Lampe las eine ältere Krankenschwester eine Zeitschrift. Alex schluchzte leise und schaute zur Decke hinauf. Ob sie von Schmerzen geplagt wurde und die Wahrheit schon erfahren hatte, sah er ihr nicht an, und er konnte wohl kaum danach fragen.

Als er hereinkam, hob die Schwester den Kopf, und

Alex stellte ihn vor: »Mein Mann.« Die Frau nickte und erklärte, sie würde draußen warten. Dann verließ sie den Raum, das Magazin unter dem Arm.

Langsam ging Sam zum Bett und musterte Alex. Sie erschien ihm so schön wie eh und je, aber sehr müde und blaß. So ähnlich hatte sie nach Annabelles Geburt ausgesehen, aber damals war sie überglücklich gewesen. Er ergriff ihre rechte Hand und warf einen kurzen Blick auf den bandagierten linken Arm, die dicken Bandagen, die den ganzen Oberkörper umgaben. »Hi, Baby, wie geht's?« fragte er unbehaglich, und sie bemühte sich nicht, ihre Tränen zu verbergen.

Vorwurfsvoll starrte sie ihn an. »Warum warst du nicht da, als ich in mein Zimmer zurückkam?«

Allzulange konnte sie noch nicht hier sein. Um sieben herum, hatte Dr. Herman angekündigt. »Weil dein Arzt gesagt hat, man würde dich erst abends hierherbringen, und ich wollte mit Annabelle essen. Ich dachte, das wäre in deinem Sinn.« Was er behauptete, stimmte nur teilweise. Er hatte den unangenehmen Besuch in der Klinik mit Absicht hinausgezögert. Und Alex wußte das.

»Ich liege schon seit vier in diesem Bett. Wo hast du die ganze Zeit gesteckt?« In ihrer Verzweiflung war sie gnadenlos.

»Im Büro. Danach aß ich mit Annabelle zu Abend. Ich las ihr eine Gutenachtgeschichte vor. Und dann fuhr ich sofort hierher.« Das klang so plausibel, als hätte er tatsächlich keine Minute früher kommen können.

»Warum hast du mich nicht angerufen?«

Nervös runzelte er die Stirn. »Weil ich dachte, du würdest schlafen.«

Sie begann wieder zu schluchzen. Unaufhörlich flossen die Tränen. Nach der Rückkehr in ihr Zimmer war Dr. Herman bei ihr gewesen, um ihr die grausame Wahrheit mitzuteilen – über den bösartigen Tumor, die Brustamputation, die Risiken, die weiteren Maßnahmen, die Hoffnungen, die er in die Chemotherapie setzte. Aber Alex glaubte nicht an ihre Chancen. Sie hatte eine Brust verloren. Wahrscheinlich würde sie auch ihr Leben verlieren. Jetzt war sie entstellt, und während der nächsten sechs Monate würde sie an den Nebenwirkungen der Chemotherapie leiden. Sicher würden ihr die Haare ausfallen. Und nach der Behandlung würde sie möglicherweise steril sein. Nichts war ihr geblieben. Nicht einmal ihre Ehe. Sam hatte nicht an ihrem Bett gesessen, als sie erwacht und über die gräßlichen Tatsachen informiert worden war. Um sie nicht im ungewissen zu lassen und zu verhindern, daß sie die traurige Nachricht von den Schwestern erfuhr, hatte Herman ihr sofort Bescheid gegeben. Nach seiner Ansicht mußten die Patienten alles wissen. Alex fühlte sich so elend, als hätte er ihr den Todesstoß versetzt. Und Sam tat nichts, um ihr zu helfen.

»Ich habe meine Brust verloren«, flüsterte sie immer wieder, während die Tränen über ihre Wangen rollten, »ich habe Krebs ...«

Schweigend hörte er zu, hielt ihre Hand fest und weinte mit ihr. Die Situation überstieg seine Kräfte. Schließlich beteuerte er: »Es tut mir so leid. Aber du wirst wieder gesund. Das hat mir dein Arzt versichert.«

»Wie kann er das wissen?« schluchzte sie unkontrolliert. »O Gott, diese Chemotherapie wird mich umbringen. Lieber will ich vorher sterben.«

»Red keinen Unsinn!« befahl er in scharfem Ton.

»Warum nicht? Was wirst du empfinden, wenn du meinen Körper siehst?«

»Trauer«, gestand er ehrlich und löste einen neuen Tränenstrom aus. »Wirklich, es tut mir so leid für dich«, fügte er hinzu, als wäre es nur ihr Problem und nicht seines. Er bedauerte sie natürlich. Aber er wollte nichts damit zu tun haben und keinen langsamen Tod erleiden, so wie sein Vater, nachdem die Mutter an Krebs erkrankt war. Nach seiner Meinung hingen die beiden Todesfälle zusammen. Und jetzt kämpfte er um sein eigenes Überleben.

»O Sam, du wirst mich nie mehr begehren«, stöhnte Alex, mit viel geringfügigeren Sorgen belastet.

»Sei nicht albern. Wann beginnt die nächste »blaue« Stunde?« Vergeblich versuchte er, sie aufzuheitern.

»Vermutlich nie wieder«, erwiderte sie unglücklich. »Nach der Chemotherapie werde ich zu fünfzig Prozent steril sein. Außerdem darf ich in den nächsten fünf Jahren nicht schwanger werden. Sonst könnte der Krebs wieder auftauchen. Und in fünf Jahren bin ich zu alt für ein Baby.«

»So schwarz darfst du's nicht sehen. Du mußt es von der positiven Seite betrachten.« Krampfhaft bemühte er sich, den Optimismus zu zeigen, den er nicht empfand.

Aber Alex durchschaute ihn. »Welche ›positive‹ Seite meinst du? Bist du verrückt?«

»Immerhin hat Dr. Herman erklärt, die Brustamputation könnte dein Leben retten. Und das ist verdammt wichtig.«

»Wie würdest du dich fühlen, wenn man deine Hoden abgeschnitten hätte?«

»Gräßlich. Alex, ich verstehe, wie dir zumute ist. Aber nun müssen wir uns mit der Situation abfinden und das Beste draus machen.«

Seine Argumente stießen auf taube Ohren. »Wie kann man das Beste draus machen, wenn ich sechs oder sieben Monate lang die schlimmsten Qualen ertragen muß, für den Rest meines Lebens entstellt bin und nie mehr auf eine Schwangerschaft hoffen darf? Außerdem könnte der Krebs wieder auftreten.«

»Fällt dir sonst noch was ein, um deine Depressionen zu schüren? Wie wär's mit Hämorrhoiden? Oder vielleicht kriege ich eines Tages Prostatakrebs. Um Himmels willen, Alex, ich weiß, es ist schrecklich. Aber du machst alles noch schlimmer.«

»Schlimmer kann's nicht mehr werden. Und erzähl mir bloß nicht, wie ich mein Schicksal betrachten soll! Du wirst hier rausgehen und nach Hause zu Annabelle fahren. Darauf muß ich verzichten. Du wirst dich das ganze Jahr großartig fühlen. Und wenn du morgen früh in den Spiegel schaust, wirst du derselbe Mann sein wie eh und je. Aber mein Leben hat sich völlig verändert. Also erklär mir nicht, wie ich die Situation bewältigen soll. Du begreifst das alles nicht!« Mit schriller Stimme schrie sie ihn an. Noch nie hatte er sie so verzweifelt und zornig gesehen.

»Doch, ich versteh's. Aber du hast immer noch mich und Annabelle, du bist immer noch schön, und du wirst auch in Zukunft berufliche Erfolge erzielen. Okay, du mußtest eine Brust opfern. Genausogut könntest du einen Unfall erleiden und dein restliches Leben als Krüppel verbringen. Bitte, Alex, du darfst dich nicht in deinem Elend vergraben.«

»Schreib mir nicht vor, was ich zu empfinden habe, und halt mir keine Predigt!«

»Und was willst du von mir?« fauchte er entnervt. Er wußte nicht mehr, was er sagen sollte, fühlte sich der grausigen Realität nicht gewachsen und wäre am liebsten davongelaufen.

»Ein bißchen Anteilnahme. Wenn ich in den letzten beiden Wochen über meine Probleme sprach, wolltest du nicht einmal zuhören. Was in mir vorging, interessierte dich nicht. Und jetzt kümmert's dich genausowenig, wie sehr ich mich fürchte. Du redest nur banales Zeug. Und während Dr. Herman mir reinen Wein eingeschenkt hat, warst du nicht da, sondern im Büro, um irgendwelche Deals abzuwickeln, und dann zu Hause, um mit unserer Tochter fernzusehen. Also erklär mir nicht, was ich empfinden soll. Du hast überhaupt keine Ahnung.«

»Da hast du wohl recht«, gab er zu, verblüfft über ihre Wut. Wie heftig sie ihm grollte – und allen anderen Menschen und der ganzen Welt, weil sich ihr Unglück nicht ändern ließ. »Al, ich weiß nicht, was ich sagen soll. Ich wünschte, ich könnte dir helfen. Und es tut mir leid, daß ich nicht da war.«

»Mir auch.« Sie begann wieder zu weinen, fühlte sich so einsam, so verängstigt, so verletzlich, so hilflos. Verzweifelt schaute sie ihn an. »Wie soll ich arbeiten, eine Ehe mit dir führen, für Annabelle sorgen?«

»Tu einfach nur, was du dir zumuten kannst, und vergiß alles andere. Wenn du willst, rufe ich die Kanzlei an.«

»Nein, in ein paar Tagen werde ich mich selber melden. Dr. Herman sagt, vielleicht bin ich während der Chemotherapie arbeitsfähig. Das hängt davon ab, wie ich's verkrafte. Manche Frauen schaffen's. Aber die sind wahrscheinlich keine Anwältinnen, die Gerichtsprozesse durchstehen müssen. Ich will versuchen, daheim zu arbeiten.« Würde ihr das gelingen? Sechs Monate Chemotherapie – das kam ihr wie eine Ewigkeit vor.

»Im Augenblick ist's noch zu früh, um an solche Dinge zu denken. Du wurdest vor wenigen Stunden operiert. Erhol dich erst mal.«

»Und was soll ich tun? An einer Gruppentherapie teilnehmen?« Davon hatte Dr. Herman gesprochen, aber es widerstrebte ihr, mit anderen verzweifelten Menschen zusammenzusitzen.

»Versuch dich zu beruhigen …«, begann er. Dann erschien die Schwester, um ihr eine schmerzstillende Injektion und Schlaftabletten anzubieten. Der Doktor hatte beides verordnet, und Sam empfahl seiner Frau, die Medikation zu akzeptieren.

»Warum?« zischte sie. »Damit ich dich nicht mehr anschreie?« Jetzt glich sie einem widerspenstigen Kind, und er beugte sich herab, um ihre Stirn zu küssen.

»Genau. Damit du eine Zeitlang den Mund hältst und schläfst, bevor du dich endgültig verrückt machst.«

Was sie befürchtet hatte, war geschehen. Nun mußte sie lernen, damit zu leben. Ein schwieriger Weg lag vor ihr. Und im Gegensatz zu Sam stellte sie sich den Tatsachen.

»Alex, ich liebe dich«, beteuerte er, nachdem ihr die Schwester das schmerzstillende Mittel injiziert hatte. Sie gab keine Antwort. Noch war sie nicht schläfrig, aber zu unglücklich, um zu versichern, auch sie würde ihn lieben. Nach ein paar Minuten schloß sie die Augen. Sie sagte nichts mehr, hielt nur seine Hand fest und schlief ein.

Während er sie beobachtete, rannen Tränen über seine Wangen. Wie müde und erbärmlich sie aussah mit ihrem bandagierten Brustkorb, die schönen Haare wie rote Flammen ... Und ihr Körper war so grausam zugerichtet worden.

Sobald sie tief und fest schlief, löste er behutsam seine Hand aus ihrer. Auf Zehenspitzen schlich er aus dem Zimmer und bedeutete der Schwester, jetzt würde er gehen. Im Lift dachte er an Alex' Worte. Er würde das Krankenhaus verlassen und nach Hause fahren. Nicht ihn hatte der Schicksalsschlag getroffen, sondern sie. Das konnte er nicht leugnen. Er war gesund, schwebte nicht in Gefahr, hatte nichts zu befürchten, außer den Verlust seiner Frau. Hastig verdrängte er diesen grauenvollen Gedanken, während er durch das nächtliche Dunkel wanderte. In einer Schaufensterscheibe sah er sein Spiegelbild – denselben Mann wie eh und je, obwohl er seit diesem Tag wußte, daß er einen Teil von sich selbst verloren hatte, jenen Teil, der unabänderlich mit Alex verbunden war. Sie würde ihn verlassen und sich immer weiter von ihm entfernen, so wie ihn die Eltern verlassen hatten. Aber er wollte ihr nicht gestatten, ihn in den Abgrund zu zerren. Wie konnte sie erwarten, er würde mit ihr sterben? Dazu hatte sie kein Recht. Bei diesem Gedanken beschleunigte er seine Schritte, als wären Straßenräuber oder Dämonen hinter ihm her.

Siebtes Kapitel

Am nächsten Morgen öffnete Alex die Augen und sah eine grauhaarige Frau neben ihrem Bett sitzen, die ein geblümtes Kleid trug. Eine Schwester wechselte die Infusion. Wie Dr. Herman versichert hatte, spürte sie keine Schmerzen. Aber sobald sie sich an die Ereignisse des Vortags erinnerte, sank eine bleischwere Last auf ihre Seele hinab.

»Hi, ich bin Alice Ayres«, stellte sich die Frau lächelnd vor. »Ich wollte mal sehen, wie's Ihnen geht.« Aus ihren lebhaften blauen Augen strahlte ein warmer Glanz. Sie war alt genug, um Alex' Mutter zu sein.

Alex versuchte, sich aufzurichten. Aber das fiel ihr schwer, und so drehte die Schwester den oberen Teil des Betts etwas höher, damit sich die Patientin besser mit der Besucherin unterhalten konnte. »Sind Sie eine Pflegerin?«

»Nein, nur eine Freundin – eine freiwillige Helferin. Ich weiß, was Sie durchgemacht haben, Mrs. Parker. Oder darf ich Sie Alexandra nennen?«

»Alex.« Verständnislos starrte sie die Frau an und fragte sich, was sie hier machte. Das Frühstück wurde serviert. Nach der Operation erhielt sie eine Spezialdiät. Aber sie wollte nichts essen, schob das Tablett beiseite und erklärte, sie würde nur eine Tasse Kaffee trinken.

»Meine Liebe, Sie müssen wieder zu Kräften kommen«, mahnte Mrs. Ayres, die Alex ein wenig an die gute Fee in »Aschenputtel« erinnerte. »Wie wär's mit ein bißchen Haferbrei?«

»Ich hasse Haferbrei«, erwiderte Alex kampflustig. »Warum sind Sie hier?«

»Weil ich die gleiche Operation wie Sie hinter mir habe. Was Sie empfinden, weiß ich sehr gut – besser als andere Leute, vielleicht sogar besser als Ihr Mann. Jetzt sind Sie wütend und verängstigt und schockiert, und Sie sorgen sich um Ihr Aussehen, nicht wahr? Inzwischen wurde meine Brust wiederhergestellt«, fuhr Mrs. Ayres fort und reichte ihr eine Tasse Kaffee. »Wenn Sie wollen, zeige ich Ihnen das Ergebnis dieser Operation. Die meisten Leute würden nicht einmal merken, daß mir eine Brust abgenommen wurde. Möchten Sie's sehen?«

Aber Alex fand das alles widerwärtig. »Nein, danke.« Dr. Herman hatte ihr erklärt, man könne ein Implantat einsetzen, das die Brustwarze mit der gesunden Brust »teilen« oder eine künstliche erhalten würde. Das klang einfach gräßlich. Und die Mühe lohnte sich sicher nicht. Ihr Körper war rettungslos zerstört. Warum sollte sie es nicht dabei belassen? »Warum besuchen Sie mich? Wer hat Sie darum gebeten?«

»Ihr Chirurg hat Ihren Namen auf die Liste unserer Hilfsgruppe gesetzt. Vielleicht wollen Sie mit den Frauen über Ihre Erfahrungen reden. Es würde Ihren Kummer ein wenig lindern.«

»Daran zweifle ich«, entgegnete Alex, starrte Mrs. Ayres an und wünschte, sie würde gehen. »Über solche Dinge will ich nicht mit fremden Leuten sprechen.«

»Gewiß, das verstehe ich.« Lächelnd stand Alice Ayres

auf. »Die erste Zeit nach der Operation ist sehr schwierig. Und Sie fürchten sich sicher vor der Chemotherapie. Was das betrifft, können wir einige Ihrer Fragen beantworten. Wir arbeiten auch mit einer Männergruppe zusammen. Falls Ihr Mann interessiert ist ...« Sie legte eine kleine Broschüre auf den Nachttisch, die von Alex ignoriert wurde.

»Nein, ich glaube, mein Mann ist auch nicht interessiert.« Sam – in einer Gruppe von Männern, deren Frauen an Krebs erkrankt waren und ihre Brüste verloren hatten? Unwahrscheinlich. »Trotzdem – vielen Dank.«

»Passen Sie gut auf sich auf. Ich werde an Sie denken.« Sanft berührte Mrs. Ayres eine Fußspitze, die sich unter der Bettdecke abzeichnete, und verließ den Raum. Der klassische erste Besuch, berichtete sie den Schwestern. Wie erwartet, war Mrs. Parker wütend und deprimiert. Man würde die Besuche fortsetzen, und Alice beschloß, eine jüngere Helferin zu der Patientin zu schicken. Vielleicht würde sich Alex einer gleichaltrigen Frau eher anvertrauen. Das jüngste Gruppenmitglied war fünfundzwanzig, aber zu den Mitarbeiterinnen zählten auch mehrere Vierzig- bis Fünfzigjährige.

»Was soll das alles?« fauchte Alex, als die Schwester zurückkehrte, und warf die Broschüre in den Papierkorb.

»Nun, diese Gruppe hat schon vielen Frauen geholfen. Soll ich Sie jetzt mit einem Schwamm waschen?« Alex runzelte erbost die Stirn, doch sie mußte sich der Krankenhausroutine anpassen. Also ließ sie sich waschen und ihre Zähne putzen.

Danach sah sie aus dem Fenster. Der Lunch wurde serviert. Angewidert verschmähte sie die geschmacklose Diätkost. Wenig später erschien Dr. Herman, um die Operationswunde und die Dränage zu inspizieren. Sie ertrug es noch nicht, sich selbst zu betrachten. Während er den Verband wechselte, starrte sie die Zimmerdecke an und hätte am liebsten geschrien. Sobald er gegangen war, rief Sam aus dem Büro an und versprach, im Lauf des Nachmittags vorbeizukommen. Hoffentlich habe ihr der Schlaf gutgetan. Annabelle sei okay. Als er beteuerte, er könne es kaum erwarten, sie wiederzusehen, glaubte sie ihm kein Wort. Wenn er sich so sehr nach ihr sehnte – warum hatte er sie am Morgen oder zu Mittag nicht besucht? Er erklärte, er würde mit einem seiner ältesten Klienten im Four Seasons essen. Dann wollte er Simon und dessen Assistentin mit ein paar Geschäftsfreunden bekannt machen. Auf dem Heimweg würde er im Krankenhaus vorbeischauen.

Am liebsten hätte sie aufgelegt. Aber sie tat es nicht. Etwas später rief sie Annabelle an. Sie plauderten über den Kindergarten und Mommys Geschäftsreise, und Alex versicherte ihr, am Wochenende würde sie heimkommen. Nach diesem Gespräch wurde ihr wieder ein schmerzstillendes Mittel injiziert, obwohl sie zugeben mußte, daß sie die Wunde kaum spürte. Doch das Medikament half ihr einzuschlafen. Wenigstens mußte sie nicht an die Zukunft und die Abwesenheit ihres Mannes denken. Als sie erwachte, telefonierte sie mit der Kanzlei. Matthew Billings und Brock waren gerade nicht im Haus, und Liz Hascomb berichtete, alles sei unter Kontrolle. Seit Alex' Abschied wären keine Notfälle eingetreten. Man würde sie sehr vermissen. »Sind Sie okay?« fragte die Sekretärin besorgt.

Aber Alex' Stimme klang ruhig und gelassen. »O ja. Bald komme ich zurück.«

»Wunderbar!«

Am Nachmittag erklärte Dr. Herman, sie dürfe von jetzt an normale Mahlzeiten zu sich nehmen und die Klinik am nächsten Tag verlassen. Doch sie könne auch warten, bis sie sich etwas besser fühle. Jedenfalls würde die Wunde gut verheilen.

»Ich bleibe noch eine Weile hier«, erwiderte sie leise, und das überraschte ihn, denn er hatte vermutet, sie würde möglichst schnell das Weite suchen. Andererseits empfahl er den meisten Patientinnen nach solchen Operationen eine längere stationäre Behandlung.

»Und ich dachte, Sie würden sich lieber daheim erholen«, bemerkte er lächelnd. Er wußte, welches Trauma sie erlitten hatte.

»Zu Hause erwartet mich eine dreijährige Tochter. Wenn ich sie wiedersehe, möchte ich keinen so elenden Eindruck machen. Sonst müßte ich zuviel erklären.«

»Am Wochenende geht's Ihnen sicher besser. Dann brauchen Sie keine Dränage mehr und tragen nur noch den Verband. Sie werden sich eine Zeitlang müde fühlen. Aber ich glaube, die Schmerzen sind erträglich. Sollten Sie Probleme damit haben, verschreibe ich Ihnen Medikamente. Sehen Sie zu, daß Sie zu Kräften kommen. In drei oder vier Wochen – je nachdem, wie die Testergebnisse ausfallen – beginnen wir mit der Behandlung.«

Behandlung. Was für ein harmloses Wort ... Allein schon der Gedanke an die Chemotherapie krampfte ihr das Herz zusammen. »Und mein Job?«

»Schonen Sie sich noch eine Woche. Bis wir den Verband abgenommen haben. Ob Sie während der Chemotherapie arbeiten können, wird sich herausstellen. Aber sobald wir die richtige Dosierung finden, dürfte es keine

Schwierigkeiten geben – falls sich Ihr Arbeitspensum in Grenzen hält.«

Wann hatte sich ihr Arbeitspensum zuletzt in Grenzen gehalten? Vielleicht damals, als Annabelle zur Welt gekommen war. Weder vorher noch nachher. Wenigstens verbot er ihr nicht zu arbeiten. Immerhin ein kleiner Lichtblick... Dann verließ er sie, und sie setzte sich in einen Sessel am Fenster. Bei einem kurzen Spaziergang im Korridor hatte sie sich schwach und schwindelig gefühlt und fast das Gleichgewicht verloren. Der Verband behinderte sie, und sie konnte den linken Arm nicht bewegen. Glücklicherweise war sie keine Linkshänderin.

Um fünf erschien Sam mit einem großen Rosenstrauß. Sie war allein im Zimmer. Zögernd blieb er in der Tür stehen. Sie saß am Fenster, dachte über ihr Schicksal und die Zukunft nach, und sie sah so verzweifelt aus, daß er wieder einmal nichts zu sagen wußte. In seiner Phantasie tauchte das Bild der sterbenden Mutter auf. Beinahe wäre er schreiend davongelaufen.

»Hi, wie geht's?« fragte er möglichst beiläufig, legte die Blumen auf den Tisch und setzte sich zu ihr.

Wie würde es *ihm* unter solchen Umständen gehen? »Ich bin okay.« Aber die Antwort klang nicht besonders überzeugend. In ihrer Brust pochte es, und die Dränage zerrte an ihren Nerven. Nun, damit hatte sie gerechnet. »Danke für die Rosen.« Erfolglos versuchte sie, Begeisterung zu heucheln. »Dr. Herman meint, übernächste Woche könnte ich wieder arbeiten.«

Wenigstens *eine* positive Neuigkeit. Sam lächelte erleichtert. »Großartig! Das müßte dich aufheitern. Wann kommst du nach Hause?«

»Vielleicht am Freitag«, erwiderte sie, ohne die geringste Freude zu zeigen. Wie sollte sie für Annabelle sorgen und erklären, warum sie einen Verband trug? »Würdest du Carmen bitten, übers Wochenende zu bleiben? Ich weiß, sie braucht mal wieder einen freien Tag. Aber ich glaube, allein schaffe ich's noch nicht.«

»Klar. Ich werde mich um Annabelle kümmern. Kein Problem.«

Alex nickte. Voller Wehmut dachte sie an ihre Tochter, nach der sie sich so schmerzlich sehnte. Dann sah sie zu Sam auf und überlegte, wie das künftige Eheleben verlaufen würde. Sie hatten soviel Zeit und Energie in ihren Kinderwunsch investiert und sich ständig nach Plan geliebt. Was würde dieses Ziel ersetzen? Sie hatte nur mehr eine Brust. Wie würde er ihren Körper anschauen? Um sie auf die Veränderung vorzubereiten, hatte Dr. Herman ihr erschreckende Fotos gezeigt. Nur flaches Fleisch, ohne Brustwarze, mit einer diagonalen Narbe. Sie konnte sich nicht vorstellen, wie Sam reagieren würde. Der Arzt hatte erklärt, sie dürfe duschen, sobald die Dränage entfernt sei. Bis sich die Fäden in der genähten Wunde auflösten, würde es eine Weile dauern. Danach würde ihre flache, vernarbte Brust so aussehen wie auf den Fotos.

»Wollen wir am Wochenende was unternehmen?« schlug Sam leichthin vor, und sie starrte ihn ungläubig an. Warum benahm er sich so, als wäre nichts geschehen? »Laden wir Freunde zum Dinner ein. Oder gehen wir ins Kino, wenn Carmen bei Annabelle bleibt.«

»Ich will niemanden sehen. Was soll ich denn sagen? He, gerade habe ich meine Brust verloren, und das möchten wir feiern, bevor die Chemotherapie anfängt. Um

Himmels willen, Sam, hast du denn gar kein Taktgefühl? Für mich ist das wirklich nicht so einfach.«

»Natürlich nicht. Aber du solltest dich nicht in deinem Selbstmitleid vergraben. Okay, du hast nur mehr eine Brust. Deshalb stürzt die Welt nicht ein. So wahnsinnig groß war sie ohnehin nicht. Also ist der Verlust keine Tragödie«, versuchte er zu scherzen.

Alex sah das anders, denn sie hatte ihr Selbstvertrauen eingebüßt, und ihr Leben stand auf dem Spiel. Ganz egal, wie klein ihre linke Brust gewesen war – sie fehlte ihr. »Was wirst du jetzt für mich empfinden?« fragte sie unverblümt und beobachtete ihn. Sie wollte es wissen, weil er vor der Operation nie darüber gesprochen hatte. Doch er fand, sein Besuch würde genügen, um seine Anteilnahme zu bekunden. Nach ihrer Ansicht war das zu wenig. Einmal pro Tag kam er für eine Stunde vorbei, zwischen Job und Feierabend und dem Rest seines ausgefüllten Lebens. Er machte sich's ein bißchen zu leicht.

»Was meinst du?« entgegnete er ärgerlich.

»Wird dich mein Anblick abstoßen?« Noch hatte sie ihre verunstaltete Brust nicht gesehen. Sie wußte nicht, wovon sie redete. Aber sie brauchte dringend ein tröstliches Wort.

»Wie kann ich wissen, was ich empfinden werde? Warten wir's ab.«

»Und wie lange muß ich mich gedulden? Bis morgen? Bis nächste Woche?« Nun brannten wieder Tränen in ihren Augen. Er sagte nicht, was sie hören wollte. Und ihre Frage schien ihn zu schockieren. »Soll ich's dir zeigen? Jetzt gleich? Oder möchtest du vorher ein Foto sehen, damit du gewarnt wirst? Dr. Herman besitzt ein paar fabelhafte Bilder, gestochen scharf. Flaches Fleisch, ohne Brustwarze.« Voller Genugtuung beobachtete sie, wie er blaß wurde.

»Was bezweckst du eigentlich?« fauchte er. »Willst du mich ängstigen oder abschrecken? Schon vor deiner Heimkehr? Bist du wütend auf mich? Oder auf die ganze Welt? Vielleicht solltest du eine neue Einstellung zu deinem künftigen Leben gewinnen, ehe du dir eine neue Brust anschaffst.«

»Wer behauptet denn, daß ich das will?« fragte sie erstaunt.

»Dr. Herman hat mir erklärt, in ein paar Monaten könnte man deine Brust mittels plastischer Chirurgie wiederherstellen, und ich finde diese Idee sehr gut.«

»Soll ich mich bis dahin verstecken?«

Irritiert warf er die Arme hoch. »Warum führst du dich so unmöglich auf? Klar, du bist ›entstellt‹ worden, und das tut mir leid. Was ich empfinden werde, wenn ich deine Brust sehe, weiß ich noch nicht. Aber ich gebe dir rechtzeitig Bescheid, okay?«

»Vergiß es nicht.« Kein einziges tröstliches Wort, keine Beteuerung, er würde sie immer noch schön finden. Stattdessen gab er einfach vor, nichts wäre passiert. Ein Dinner mit Freunden, ein Kinobesuch – das würde ihm gefallen. Beharrlich weigerte er sich, ihre Depressionen zu akzeptieren. Und er würde ihr auch nicht helfen, ihren Kummer zu überwinden.

»Konzentrier dich lieber auf deine Genesung, Al. Wenn du daheim bist, bei Annabelle, wenn du wieder arbeitest und ein normales Leben führst, wird's dir bessergehen.«

»Was glaubst du, wie ›normal‹ mein Leben während der Chemotherapie verlaufen wird?«

»So normal, wie du's zuläßt«, antwortete er brutal, ohne zu begreifen, was ihr bevorstand. »Warum quälst du dich und mich? Wenn du deinen Zorn nicht bezwingst, wirst du auch unsere Tochter zur Verzweiflung treiben. Finde dich endlich mit deinem Schicksal ab.« Obwohl erst ein Tag seit der Brustamputation verstrichen war. »Ich weiß nicht, wie ich dir helfen kann.«

»Offensichtlich nicht«, erwiderte sie bedrückt. »Du bist zu sehr mit deinem eigenen Leben beschäftigt, um Verständnis für meine Probleme aufzubringen. Vor allem Simon und die neuen Klienten scheinen dich stark zu beanspruchen.«

»Gewiß, ich habe einen Full-time-Job, so wie du. Wäre *ich* operiert worden, würdest du wohl kaum daheim bleiben, deine Prozesse abgeben und deine Mandanten vernachlässigen. Nimm doch die Realität zur Kenntnis! Die Welt bricht nicht zusammen, nur weil du gestern eine Brust verloren hast.«

»Wie tröstlich ...«

»Tut mir leid«, seufzte er beklommen. »Mit jedem Wort scheine ich deinen Zorn zu schüren.«

»Du könntest sagen, für dich hätte sich nichts verändert und du würdest mich immer noch lieben, ganz egal, ob ich zwei Brüste habe oder nur eine. Und falls das nicht zutrifft, deutest du's vermutlich an, indem du mir ausweichst.«

»Wie soll ich voraussehen, was ich fühlen werde? Oder was in dir vorgeht? Vielleicht willst du nach alldem gar nicht mehr mit mir schlafen. Wie zum Teufel soll ich das wissen?«

Noch war sie seiner grausamen Ehrlichkeit nicht gewachsen. Das hätten ihm Dr. Herman, jeder Therapeut oder sogar Alex erklären können. Doch er würde es ignorieren. Er sprach aus, was er für die Wahrheit hielt. Und das wollte sie nicht hören. »Ich werde dich immer lieben. Gleichgültig, was mit dir geschehen würde, ob du entstellt wärst, ob du dein Gesicht, deine Haare oder deine Eier verlieren würdest oder den Rest deines Lebens im Rollstuhl verbringen müßtest.«

»Wie edel von dir!« entgegnete er kühl. »Aber du redest dummes Zeug. Wie willst du wissen, was du empfinden würdest, wenn mir so was zustieße? Das weiß man erst, nachdem's passiert ist. Jetzt fällt's dir leicht zu behaupten, es würde dir nichts ausmachen. Vielleicht sieht die Realität anders aus, falls mich ein solcher Schicksalsschlag trifft, und du fühlst dich abgestoßen, obwohl du dich dagegen wehrst.«

»Heißt das, ich werde ich anwidern?«

»Keine Ahnung, ehrlich. Am Anfang wird's mich sicher ein bißchen abschrecken. Immerhin hat sich einiges geändert. Aber wir dürfen uns nicht unterkriegen lassen. So schlimm, wie du's hinstellst, kann's nicht werden. Außerdem besteht das Leben nicht nur aus Brüsten und schönen Körpern und Sex. Wir sind nicht nur ein Liebespaar, sondern auch Freunde.«

»Aber eine Freundschaft genügt mir nicht«, klagte sie und begann wieder zu weinen.

Mühsam verbarg er seinen Ärger. »Mir auch nicht. Und nun sollten wir die Diskussion beenden, Al. Gib uns etwas Zeit. Wir müssen uns erst mal an die neue Situation gewöhnen. Warten wir ab, was geschehen wird.« Warum belog er sie nicht? Warum versicherte er ihr nicht, er würde sie trotz allem lieben. Weil es seinem Charakter widersprach. Er legte großen Wert auf seine Integrität und Ehrlichkeit, selbst wenn er seine Frau damit kränkte. Und jetzt verletzte er sie zutiefst. »Was ich nicht verstehe – hängt deine ganze Identität von dieser einen Brust ab? Großer Gott, du bist doch keine Stripperin. Eine Anwältin braucht keine Titten. Und du hast nur eine Brust verloren, nicht deinen Verstand. Also, was soll der Unsinn?«

Vielleicht würde sie ihr Leben verlieren, einen Teil ihrer Identität, ihre Sexualität. Sie fühlte sich nicht mehr wie die Frau, die sie zuvor gewesen war. »Sicher, mir wurde nur eine Brust abgeschnitten. Trotzdem bin ich noch immer eitel, und ich hasse die Narbe, die mich ein Leben lang entstellen wird. Womöglich fallen mir die Haare aus, und ich kann nie mehr ein Baby bekommen. Alles hat sich verändert. Und du weißt nicht, was du für mich empfinden wirst. Wenn mich das nicht aufregen würde, müßte ich tot sein, Sam.«

»Das begreife ich einfach nicht. Falls ich nächste Woche erfahren würde, ich sei zeugungsunfähig, würde ich's bedauern. Aber ich wäre froh, daß wir Annabelle haben. Dabei ließe ich's bewenden. Hör endlich auf mit diesem Getue! Dein Verstand und dein Leben und deine Karriere bestimmen deine Identität, alles, was du bist und repräsentierst, nicht deine Titten. Wen interessieren sie denn?«

»Vielleicht dich.«

»Ja, vielleicht. Na und? Schick mich doch zum Teufel! Lern mit dir selber zu leben! Dann wird's auch für mich leichter. Wie auch immer, ich will nicht herumsitzen und mit dir die Hände ringen. Das würde uns beide verrückt machen.«

»Und was empfiehlst du mir?«

»Vergiß dein Selbstmitleid.« Einerseits wollte er sie ermutigen, andererseits vermochte er ihre Gefühle nicht nachzuempfinden. »Ich möchte nicht ständig an deinen Krebs denken. Das kann ich nicht.« Wie ehrlich diese Antwort war, ahnte sie nicht einmal.

»Was meinst du?« fragte sie bestürzt. »Ständig? Ich wurde erst gestern operiert. Seither habe ich dich zweimal gesehen. Wir sind noch gar nicht dazu gekommen, das Thema ausführlich zu erörtern.«

»*Wir* müssen auch gar nicht drüber reden. Damit mußt *du* fertig werden.«

»Besten Dank für deine Hilfe.«

»Leider kann ich dir nicht helfen. Hilf dir selber.«

»Daran werde ich denken.«

»Tut mir leid, daß du dich so aufregst«, sagte er in ruhigem Ton und brachte sie noch mehr in Wut.

»Mir auch.«

Eine Zeitlang saßen sie sich schweigend gegenüber, dann stand er auf und schaute sie unbehaglich an. »Jetzt muß ich nach Hause fahren. Es ist spät geworden. Und ich habe Annabelle versprochen, mit ihr zu essen.«

Alex spürte, wie er ihr allmählich entglitt, und geriet in Panik. Offenbar hatte sie nicht die richtigen Worte gefunden, um sein Mitgefühl zu erregen. Und er wußte nichts zu sagen, was sie getröstet hätte. Sie grollte ihm, weil er nicht mit ihr litt, weil er in den schweren Stunden nach der Brustamputation nicht bei ihr gewesen war. Den ganzen Tag hatte er sich nicht um sie gekümmert. Statt dessen war er mit Simon und den Klienten in schicke Restaurants gegangen, um grandiose Deals abzuwickeln und sich wichtig zu machen. Er verstand weder ihre Angst noch ihre Unsicherheit, ihren Zweifel an seiner Liebe. Natürlich, es fiel ihm leicht zu behaupten, es spiele keine Rolle, ob eine Frau zwei Brüste oder nur eine habe. Aber für sie bedeutete das sehr viel. Sie fürchtete den Augenblick, wo er sie zum erstenmal sehen und womöglich erkennen würde, daß er sie nicht mehr liebte. Und er tat nichts, um ihr diese Sorgen zu nehmen.

Als sie sich verabschiedeten, war sie immer noch wütend. Er küßte nur ihre Stirn, nicht ihre Lippen. Ekelte sie ihn plötzlich an?

Am Abend weinte sie wieder. Sie blieb am Fenster sitzen, verzichtete auf einen Spaziergang im Flur, rief weder Annabelle noch Sam an, wollte einfach in Ruhe gelassen werden. Irgendwann hörte sie, wie die Tür geöffnet wurde. Aber sie drehte sich nicht um, weil sie glaubte, die Schwester würde hereinkommen.

Dann spürte sie eine Hand auf ihrer Schulter, hoffte sekundenlang, Sam wäre zurückgekehrt, und hob den Kopf. Zu ihrer Verblüffung stand Elizabeth Hascomb neben ihr. »Sie besuchen mich?«

»Ja. Ich erfuhr erst heute abend, welche Patientin ich betreuen werde.« Unbehaglich senkte Liz den Blick und fühlte sich wie ein unerwünschter Eindringling. Aber genau das mußte sie tun – den Panzer durchdringen, der Alex' Seele umgab. »Zweimal pro Woche arbeite ich für eine Hilfsgruppe. Sie kümmert sich um Frauen, die eine Brustamputation hinter sich haben. An diesem Abend stand der Name A. Parker auf der Liste. Ich konnte es kaum glauben, und ich fragte die Gruppenleiterin, ob ich den Fall übernehmen dürfte.« Plötzlich legte sie einen

Arm um Alex' Schultern und trieb ihr Tränen in die Augen. »O Alex, es tut mir so leid.«

Zunächst brachte Alex kein Wort hervor. Schluchzend saß sie da – unfähig, die Angst, die Verzweiflung und die bitteren Enttäuschungen zu verkraften.

»Weinen Sie nur!« flüsterte Liz. »Ich weiß, was in Ihnen vorgeht. Bald werden Sie sich wieder besser fühlen.«

»Nein, nie mehr.« Durch einen Tränenschleier sah Alex zu ihrer Sekretärin auf.

»Doch«, widersprach Liz lächelnd, »obwohl Sie's jetzt noch nicht glauben. Das haben wir alle durchgestanden.«

»Sie auch?« fragte Alex verwundert.

»Vor einigen Jahren wurden mir beide Brüste abgenommen. Ich trage Prothesen. Mittlerweile gibt es wunderbare Implantate. In Ihrem Alter sollten Sie's damit versuchen. Natürlich jetzt noch nicht«, fügte sie sanft hinzu. Sie war so klug, so mitfühlend, und ihr Besuch beruhigte Alex ein wenig.

»O Gott, wie soll ich die Chemotherapie verkraften?« klagte Alex.

Liz setzte sich zu ihr und hielt eine Hand fest. Hätte sie doch früher herausgefunden, was ihrer armen Chefin zugestoßen war... »Vor siebzehn Jahren mußte ich's auch auf mich nehmen, zusammen mit einer Hormontherapie. Jetzt bin ich okay, Sie werden sich genausogut erholen, wenn Sie alle Anweisungen befolgen. Sie haben einen wundervollen Arzt.« Prüfend schaute sie Alex an, die sich offensichtlich elend fühlte. »Wie kommt Sam damit zurecht?«

»Anfangs wollte er die Tatsachen gar nicht akzeptieren und redete mir unentwegt ein, bei der Biopsie würde sich nichts herausstellen. Und jetzt ärgert er sich, weil ich mich aufrege. Er behauptet, ich würde viel zuviel Aufhebens machen und es sei gar nicht so schlimm, eine Brust zu verlieren. Andererseits weiß er nicht, was er beim Anblick meines entstellten Körpers empfinden wird. Das will er mir erst sagen, wenn's soweit ist.«

»Natürlich hat er Angst. Die Situation ist auch für ihn schwierig. Es wird Sie zwar nicht trösten, aber manche Männer können sich einfach nicht mit einer krebskranken Frau abfinden.«

»Als er ein kleiner Junge war, starb seine Mutter an Krebs. Ich glaube, daran fühlt er sich jetzt erinnert. Oder er ist einfach nur ein mieser Bastard.«

»Vielleicht trifft beides zu. Kümmern Sie sich nicht um ihn. Er soll selber sehen, wie er damit fertig wird – vor allem, wenn er Ihnen nicht helfen will. Denken Sie nur an sich selbst, versuchen Sie, neue Kräfte zu sammeln. Sie müssen die Krankheit bekämpfen. Mit allen anderen Dingen können Sie sich später befassen.«

»Aber wenn ihn mein Körper anwidert ...«

Verständnisvoll nickte Liz. Auch für sie war es nicht leicht gewesen. Zunächst hatte ihr Mann unter der Situation gelitten und sich erst nach einiger Zeit damit abgefunden. Dann war er ihr eine große Hilfe gewesen. Jedenfalls mußte Alex das Problem bewältigen, mit oder ohne Sam. »Er wird sich daran gewöhnen. Immerhin ist er schon ein großer Junge, nicht wahr? Er weiß, was Sie jetzt brauchen, und wenn er's Ihnen nicht geben kann, wenden Sie sich an Freunde oder eine Hilfsgruppe. Dafür sind wir da.«

Nun begann Alex wieder zu weinen, und Liz nahm sie

in die Arme. Dann zeigte sie ihr ein paar gymnastische Übungen und erklärte ihr, woran sie denken sollte. Aber sie gab ihr keine Broschüre, weil sie wußte, was Alex von unpersönlichen Informationen hielt. Vorerst ging es in erster Linie ums Überleben. »Wann werden Sie entlassen?«

»Wahrscheinlich am Freitag.«

»Gut. Schonen Sie sich, schlafen Sie viel, und wenn Sie Schmerzen haben, nehmen Sie Ihre Medikamente. Essen Sie regelmäßig. Vor der Chemotherapie müssen Sie Kräfte sammeln.«

»Übernächste Woche gehe ich wieder ins Büro.« Unsicher schaute Alex die Sekretärin an, als wollte sie sie nach ihrer Meinung fragen. Sie fand es tröstlich, mit jemandem zu sprechen, der das gleiche wie sie durchgemacht – und überlebt hatte.

»Okay. Viele Frauen, die eine Brustamputation hinter sich haben, arbeiten bald wieder, sogar während der Chemotherapie. Stellen Sie fest, was am besten für Sie ist, wann Sie sich ausruhen und wann Sie dabeim bleiben müssen und wann Sie den größten Nutzen aus Ihrer Energie ziehen können. Sie fechten einen Kampf aus, den Sie gewinnen wollen. Vergessen Sie das nicht. Und so qualvoll die Chemotherapie auch ist, sie wird Ihnen zum Sieg verhelfen.«

»Wenn ich's doch glauben könnte...«

»Denken Sie nicht an all die Schauergeschichten, konzentrieren Sie sich auf Ihr Ziel. Sieg, Sieg, Sieg. Nicht einmal Sam darf Sie davon ablenken. Wenn er Ihnen nicht beistehen will, vergessen Sie ihn.«

Liz sprach in so leidenschaftlichem Ton, daß Alex lachen mußte. »Jetzt geht's mir viel besser, und das verdanke ich Ihnen.« Verlegen schaute sie ihre Sekretärin an und staunte über jenes andere Leben, von dem sie nichts gewußt hatte. Unglaublich. Da kannte man einen Menschen seit Jahren und ahnte nichts von seiner Vergangenheit. Aber auch sie hatte in der Kanzlei die Biopsie und die drohende Gefahr einer Brustamputation verschwiegen. »Heute morgen war ich sehr unhöflich zu einer Frau von Ihrer Hilfsgruppe, eine Alice Sowieso«, gestand sie, und Liz lächelte sie an.

»Alice Ayres. Daran ist sie gewöhnt. Vielleicht möchten Sie sich eines Tages unserer Gruppe anschließen, Alex. Wir haben schon vielen Frauen Mut gemacht.«

»Vielen Dank, Liz.«

»Darf ich morgen wiederkommen, Alex? In der Mittagspause?«

»Darüber würde ich mich sehr freuen. Bitte, verschweigen Sie in der Kanzlei, was mir zugestoßen ist. Niemand soll's wissen. Aber wahrscheinlich muß ich's Matthew erzählen, wenn die Chemotherapie beginnt.«

»Das liegt bei Ihnen. Von mir wird er's sicher nicht erfahren.«

Sie umarmten sich wieder, und Liz verließ das Zimmer. Als Alex zu Bett ging, fühlte sie sich viel besser. Erstaunlicherweise empfand sie keinen Zorn mehr, und sie beschloß spontan, Sam anzurufen und zu beteuern, sie würde ihn lieben. Das Telefon läutete sehr lange. Schließlich meldete sich Carmen. Es war zehn Uhr, und ihre Stimme klang schläfrig. »Tut mir leid, wenn ich Sie geweckt habe, Carmen. Ist Mr. Parker da?«

Mühsam unterdrückte Carmen ein Gähnen und zögerte. Hinter der offenen Schlafzimmertür am Ende des

Flurs brannte kein Licht. »Nein, Mrs. Parker. Wie geht's Ihnen?«

»Gut«, antwortete sie ohne Überzeugungskraft. »Ist er im Kino?«

»Das weiß ich nicht. Nach Annabelles Dinner ging er weg. Er hat nicht mit ihr gegessen. Also wollte er vielleicht mit irgendwelchen Freunden ein Restaurant besuchen. Er hat nichts gesagt und mir auch keine Telefonnummer gegeben.«

Wenn sie früher ausgegangen waren, hatte Alex nie vergessen, Carmen mitzuteilen, wo sie sich aufhalten würden. Wo mochte Sam stecken? Wahrscheinlich hatte er sich über das Gespräch mit ihr aufgeregt, und jetzt saß er in einem Lokal, um sich abzulenken, oder er unternahm einen Spaziergang. Das tat er manchmal in schwierigen Situationen. Wenn er seine Probleme lösen wollte, mußte er allein sein. »Okay. Sagen Sie ihm, ich hätte angerufen.« Nach einer kurzen Pause fügte sie hinzu: »Und daß ich ihn liebe. Geben Sie Annabelle morgen früh einen Kuß von mir.«

»Ja, Mrs. Parker. Gute Nacht. Und Gott segne Sie.«

»Sie auch, Carmen, danke.« Ob der Allmächtige sie in letzter Zeit gesegnet hatte, wußte Alex nicht. Wenigstens lebte sie noch. In drei Tagen würde sie zu ihrer Tochter zurückkehren. Und drei Wochen später würde der Kampf ernsthaft beginnen. Nachdem sie mit Liz gesprochen hatte, war sie fest entschlossen, einen Sieg zu erringen.

Eine Zeitlang saß sie im Bett, dachte an Liz und Sam und Annabelle, an all die guten Dinge des Lebens. Auf die mußte sie sich konzentrieren, wenn sie den Kampf gewinnen wollte.

Annabelle, erinnerte sie sich, bevor sie nach einer schmerzstillenden Injektion einschlief. Annabelle – Sam – Annabelle... Und dann träumte Alex, sie würde ihr Baby wieder im Arm halten und stillen.

Achtes Kapitel

Als Sam sich mit Annabelle an den Küchentisch setzte, läutete das Telefon, und Simon meldete sich. Er hatte ein Dinner mit Londoner Klienten arrangiert. Wollte Sam mitkommen? Er erklärte, er würde gerade mit seiner Tochter essen.

»Dann hören Sie zu essen auf, Mann! Die Leute sind sehr nett. Sicher werden Sie Ihnen gefallen. Und ich glaube, sie könnten wichtig für uns sein. Immerhin repräsentieren sie die größten englischen Textilfabriken. Wirklich, Sam, Sie *müssen* diese Gentlemen unbedingt kennenlernen. Übrigens, Daphne begleitet uns.«

Sollte das ein Köder sein? Sam zögerte. Nach dem Streit mit Alex war er erschöpft, aber auch niedergeschlagen, und die Aussicht, allein daheim herumzusitzen, wenn Annabelle schlafen gegangen war, deprimierte ihn noch mehr. »Lieber nicht…«

»Unsinn!« rief Simon energisch. »Ihre Frau ist doch verreist, nicht wahr? Geben Sie Ihrer kleinen Tochter einen Kuß, und kommen Sie zu uns. Um acht treffen wir uns im Le Cirque, und Daphne hat eine gemütliche kleine Bar in der City aufgespürt, wo wir später tanzen wollen. Sie kennen die Briten. Wenn sie im Ausland sind, müssen sie was erleben, sonst fühlen sie sich betrogen. Und weil's in England so verdammt langweilig ist, sind sie noch schlimmer als die Italiener. Los, Mann, zieren Sie sich nicht! Wir erwarten Sie um acht. Abgemacht?«

»Okay. Vielleicht wird's ein paar Minuten später, aber ich komme.« Vorher wollte er Annabelle ins Bett bringen und ihr eine Gutenachtgeschichte vorlesen. Er setzte sich wieder zu ihr in die Küche.

Nachdem er ihr wieder einmal »Gute Nacht, Mond« vorgelesen hatte, schaltete er ihre Nachttischlampe aus, ging in sein Schlafzimmer und wechselte das Hemd. Dann rasierte er sich und dachte an Alex. Die letzten zwei Tage waren für beide schwierig gewesen. Was würden sie erst durchmachen, wenn sie am Freitag nach Hause kam? Wie er sich eingestehen mußte, fürchtete er den Anblick ihres Körpers. Aber wem würde nicht davor grauen? Zweifellos würde sie häßlich aussehen. Doch das wollte er ihr nicht sagen, und er wünschte, sie würde ihn nicht dauernd mit diesem Thema bedrängen. Viel zu deutlich erinnerte er sich an seine Mutter, die ihn vor ihrem Tod immer wieder gefragt hatte, ob er sie liebe, und er mußte die Augen schließen und ihre Stimme aus seiner Phantasie verscheuchen, während er an Alex dachte.

Er bürstete sein Haar, wusch sein Gesicht, betupfte sich mit After-shave. Als er das Apartment verließ, in einem dunkelgrauen Anzug mit weißem Hemd, glich er einem Model auf einem GQ-Titel – beziehungsweise sah er so aus, wie es zum Image des aufregendsten New Yorker Geschäftsmanns paßte. Im La Cirque drehte sich alle Köpfe nach ihm um. Die Hälfte der Gäste kannte ihn, weil er häufig in den Finanzbeilagen der Zeitungen abgebildet wurde. Und die anderen – vor allem die Frauen – fragten sich, wer der attraktive Mann sein mochte. Da er längst an die Aufmerksamkeit gewöhnt war, die er erregte, achtete er nicht mehr darauf. Alex hänselte ihn manchmal und behauptete, er würde seinen Hosenschlitz offen lassen, um die Blicke seiner weiblichen Fans auf sich zu ziehen. Daran dachte er jetzt, während er lächelnd durch das Restaurant ging. Aber er erinnerte sich an die Alex, die sie früher gewesen war – nicht an die wütende, krebskranke, entstellte Frau im New York Hospital.

»Freut mich, Sam, daß Sie's geschafft haben!« Simon stand auf, begrüßte ihn und stellte ihn den anderen vor – den Engländern und drei hübschen Amerikanerinnen, zwei Models und einer Schauspielerin. Auch Daphne saß am Tisch, also waren nur Simon und Sam ohne Begleitung. Die große Gesellschaft machte in dem kleinen Lokal einen Höllenlärm. Trotzdem gelang es Sam, ein halbwegs vernünftiges Gespräch mit einem der Engländer zu führen. An seiner anderen Seite unterhielt sich Daphne mit einem Model. Erst beim Dessert wandten sie sich zueinander, während die restliche Schar trank und schwatzte. »Wie ich inzwischen erfahren habe, ist Ihre Frau eine renommierte Anwältin«, bemerkte sie im Konversationston, und er nickte.

»Sie ist Partnerin bei Bartlett & Paskin.« An diesem Abend war es schmerzlich, über Alex zu reden.

»Sie muß sehr intelligent und einflußreich sein.«

»Ja, das ist sie.« Sein Tonfall verriet ihr, daß ihm das Thema mißhagte.

»Haben Sie Kinder?«

»Eine kleine Tochter namens Annabelle«, erwiderte er lächelnd. »Sie ist dreieinhalb und sehr süß.«

»In England habe ich einen vierjährigen Sohn.«

»Tatsächlich?« fragte er, sichtlich verblüfft. Für einen Ehemann und Kinder erschien sie ihm zu jung, obwohl sie schon neunundzwanzig war. Alles an ihr wies auf eine alleinstehende Frau hin.

»Schauen Sie nicht so schockiert drein!« entgegnete sie lachend. »Ich bin geschieden. Hat Simon das nicht erwähnt?«

»Nein.«

»Kurz nach meinem einundzwanzigsten Geburtstag habe ich einen ziemlich miesen Kerl geheiratet. Ein paar Jahre später rannte er mit einer anderen davon, und wir ließen uns scheiden. Deshalb fand meine Familie, es würde mir guttun, eine Zeitlang in New York zu leben. Ich glaube, hier nennt man so was ›Therapie‹. Für mich ist's eine Art Urlaub.«

»Und Ihr Sohn?«

»Er fühlt sich wohl bei meiner Mutter.«

»Sicher vermissen Sie ihn.«

»O ja. Aber wir Engländer sind nicht so sentimental wie die Amerikaner, wenn's um Kinder geht. Mit sieben werden sie in Internate verfrachtet. In drei Jahren muß mein Junge sowieso zur Schule gehen, wahrscheinlich in Eton. Also wird's ihm nicht schaden, wenn er schon mal ein bißchen Abstand von Mommy gewinnt.« Unvorstellbar, dachte Sam. Die Trennung von Annabelle würde ihm das Herz brechen. Aber Daphne war sehr cool und wußte genau, was sie wollte. Offenbar las sie in seinen Augen, was er empfand. »Habe ich Sie erschreckt?«

»Ein bißchen«, gestand er lächelnd. »Das entspricht nicht ganz dem Bild, das man sich hierzulande von der Mutterschaft macht.« Andererseits sah sie nicht wie ein mütterlicher Typ aus, und vielleicht hatte sie beschlossen, ihre Freiheit zu genießen, bevor sie älter wurde.

»Wir Engländer sind kaltblütiger als die Amerikaner, die sich dauernd fragen, was sie tun sollten, was von ihnen erwartet wird und was sie empfinden müßten. Die Briten tun's einfach. Das ist viel leichter.«

»Und ziemlich selbstsüchtig.« Er unterhielt sich gern mit ihr, weil sie klug und aufrichtig war. Niemals würde sie verhehlen, wer sie war und was sie anstrebte.

»Wir steuern geradewegs auf unser Ziel zu, ohne uns zu entschuldigen oder uns zu verstellen. Mir gefällt das. Hier wirkt alles so übertrieben. Ständig bitten die Leute um Verzeihung, weil sie irgendwas tun oder nicht tun oder nicht empfinden.« In ihrem melodischen, ungekünstelten Gelächter schwang eine fast sinnliche Belustigung mit. Mühelos konnte er sich vorstellen, wie unbefangen sie aus ihren Kleidern schlüpfen würde. »Haben Sie sich schon mal scheiden lassen?« fragte sie unverblümt.

»Nein.«

»Die meisten Amerikaner sind geschieden. Zumindest erwecken sie diesen Eindruck.«

»War Ihre Scheidung traumatisch?« Ein seltsames, intimes Gespräch zwischen zwei Fremden, dachte er, aber er genoß es, und Daphnes offenherzige Art bezauberte ihn.

»Keineswegs. Als ich diesen Schuft endlich los wurde, fühlte ich mich maßlos erleichtert. Jetzt verstehe ich nicht mehr, wieso wir so lange verheiratet waren. Sieben Jahre. Grauenvoll!«

»Mit wem ist er weggelaufen?« Es machte ihm Spaß, indiskrete Fragen zu stellen und noch mehr über Daphnes Vergangenheit zu erfahren.

»Natürlich mit einer hübschen Bardame. Die hat er inzwischen sitzenlassen. Jetzt lebt er in Paris mit irgendeinem Mädchen zusammen, das sich als Malerin ausgibt. Er ist total ausgeflippt. Aber glücklicherweise sorgt er gut für unseren Sohn Andrew. Da muß ich nichts befürchten.« Sie schien überhaupt nichts zu fürchten. Offenbar hatte sie jede Situation unter Kontrolle. Die Engländer musterten sie fasziniert. Sicher hätte sie jeden erobern können.

»Haben Sie ihn geliebt?« fragte Sam und kam sich ziemlich dreist vor.

»Wahrscheinlich. Eine Zeitlang. Mit einundzwanzig kennt man den Unterschied zwischen Liebe und gutem Sex noch nicht. Ich glaube, ich weiß noch immer nicht genau, was es war.« Herausfordernd lächelte sie ihn an, und plötzlich wünschte er sich, er wäre jung genug, um eine Affäre mit ihr anzufangen. Sie war hinreißend. Doch dann dachte er an Alex.

»Und Sie? Sind Sie in Ihre Frau verliebt?« Hatte sie seine Gedanken erraten? »Sie soll sehr schön sein.«

Zweifellos war sie schön für ihre zweiundvierzig Jahre. Für jedes Alter. Aber nicht so verführerisch wie Daphne. »Ja, ich liebe sie«, erwiderte er ohne Zögern, und Daphne beobachtete ihn aufmerksam.

»Danach habe ich nicht gefragt. Sind Sie in Ihre Frau verliebt? Das ist was ganz anderes«, fügte sie hinzu und hob die Brauen.

»Tatsächlich? Seit über siebzehn Jahren sind wir verheiratet. In einer so langen Ehe entsteht eine enge Bindung. Ich liebe sie sehr«, betonte er, als müßte er sich selbst überzeugen. Damit hatte er Daphnes Frage noch immer nicht beantwortet.

»Wissen Sie nicht, ob Sie immer noch in Ihre Frau verliebt sind? Waren Sie's jemals?« Sie spielte Katz und Maus mit ihm. Doch das störte ihn nicht.

»Natürlich war ich in sie verliebt.« Irgendwie erschreckte ihn das Gesprächsthema. Simon, der ihnen gegenübersaß, sah amüsiert, wie eindringlich sie einander anschauten, wie sie die Köpfe zusammensteckten und den Eindruck erweckten, sie würden die wichtigsten Probleme des Lebens lösen.

»Und wann haben sich Ihre Gefühle geändert?« Es klang wie eine Anklage – als wäre sie eine Staatsanwältin, die ihn ins Kreuzverhör nahm.

Sam drohte ihr mit einem Finger. »Das habe ich nie behauptet. Wie schrecklich, so was zu sagen!« Gerade jetzt. Trotzdem dachte er nicht an Alex, sondern an Daphne.

»Was werfen Sie mir denn vor? *Sie* sagten, Sie *waren* in Ihre Frau verliebt. Offensichtlich wissen Sie nicht, was Sie *jetzt* für sie empfinden.« In ihrer Beharrlichkeit wirkte sie unglaublich sexy.

»Manchmal geraten auch glückliche Ehen in Sackgassen. Und dann passieren Dinge, die man lieber verhindern würde.«

»Ist es wieder einmal soweit?« Ihre samtweiche Stimme betörte ihn.

»Vielleicht.«

»Aus einem besonderen Grund? Ist was geschehen?«

»Das ist eine lange Geschichte«, seufzte er.

»Haben Sie Ihre Frau jemals betrogen?«

Amüsiert schüttelte er den Kopf. »Hat Ihnen schon jemand gesagt, daß Sie unmöglich sind?« Und schön – und erotisch – mit einer Haut wie Seide…

»Schon oft.« Ihr strahlendes Lächeln blendete ihn fast. »Und ich bin sehr stolz darauf.«

»Versuchen Sie lieber, sich zu bessern«, ermahnte er erfolglos.

»In meinem Alter darf ich tun, was ich will. Ich bin noch so jung, daß man mich nicht ernsthaft zur Verantwortung ziehen kann, und alt genug, um zu wissen, was mir gefällt. Ehrlich gesagt, ich hasse junge Mädchen. Sie nicht auch?« Unversehens wechselte sie das Thema, warf ihr langes dunkles Haar über die nackten Schultern und sah sehr reizvoll aus. In gewisser Weise glich sie Alex mit ihrem scharfen Verstand und dem schlanken, geschmeidigen Körper. Aber sie war kühner, sinnlicher und viel direkter, was ihn zu seiner eigenen Bestürzung erregte. Er hoffte, niemand würde sein Interesse bemerken. Unentwegt forderte sie ihn auf, mit ihr zu spielen – ein Spiel, bei dem keiner von beiden verlieren konnte. Doch er war nicht frei. Das wußte sie ebensogut wie er. Trotzdem flirtete sie hemmungslos mit ihm.

»Und Sie? Mögen Sie lieber junge oder alte Männer?«

»Eigentlich alle«, entgegnete sie kokett. »Allerdings bevorzuge ich Männer in Ihrem Alter.«

»Schämen Sie sich!« tadelte er leise. »Sie sind ein bißchen zu freizügig.«

»So bin ich immer. Ich will keine Zeit verschwenden.«

»Das möchte ich auch nicht. Ich bin verheiratet.«

»Ist das ein Problem?« Sie schaute ihm in die Augen, und er entschloß sich zu einer fairen Antwort.

»Allerdings. Ich halte nichts von Seitensprüngen.«

»Wie bedauerlich... Es könnte amüsant sein.«

»In meinem Leben gibt es wichtigere Dinge als ›Amüsements‹. Diesen gefährlichen Sport habe ich nie betrieben, weil er sich eher für Singles eignet – diese beneidenswerten Typen.« Lachend erwiderte er ihren Blick und wünschte sekundenlang, er wäre jünger und wieder frei. In ihrer Gesellschaft fühlte er sich wie in einem Paradies voller Sahnetorten.

»Sam, ich mag Sie sehr«, gestand sie. Seine Ehrlichkeit und Fairneß gefielen ihr, und sie fand, seine Frau müßte sich glücklich schätzen.

»Ich mag Sie auch, Daphne, weil Sie ein wunderbares Mädchen sind. Beinahe tut's mir leid, daß ich kein Single mehr bin.«

»Begleiten Sie uns nach dem Dinner in die Bar?«

»Besser nicht. Oder vielleicht doch.« Er würde gern mit ihr tanzen, obwohl es gefährlich wäre – besonders jetzt, wo seine Ehe in eine bedenkliche Krise geraten war.

Aber dann verließen sie das Restaurant, die Limousine stand vor der Tür, und Daphne ergriff seine Hand, um ihn hineinzuziehen. Da brachte er es nicht übers Herz, ihr zu widerstehen. Sie fuhren zu einem Lokal in Soho, von dem er nie zuvor gehört hatte. Offenbar war es unvermeidlich, daß sie einander umarmten und im dunklen Nachtclub tanzten, zu melancholischen Blues-Klängen. Während er ihren warmen Körper spürte, mußte er sich immer wieder zwingen, an Alex zu denken.

»Jetzt sollte ich gehen«, sagte er schließlich. Es war spät geworden, und sein Gewissen regte sich. An den Tatsachen gab es nichts zu rütteln – er war verheiratet, sie nicht, und so leidenschaftlich er sie auch begehrte, er durfte sich nicht mit ihr einlassen.

»Sind Sie mir böse?« flüsterte sie, als er die Drinks bezahlte.

»Natürlich nicht. Warum sollte ich?« Ihre Frage überraschte ihn.

»Heute abend habe ich mich schamlos an Sie herangemacht. Aber ich wollte Sie nicht in Verlegenheit bringen.«

»Unsinn, ich fühle mich geschmeichelt. Immerhin bin ich zwanzig Jahre älter als Sie. Und glauben Sie mir, wenn ich's könnte, würde ich Sie sofort verführen.«

»Jetzt schmeicheln Sie *mir.*« Ihre Augen schienen bis in die Tiefe seiner Seele zu dringen.

»Nein, aber ich würde es gerne tun.« Und dann fügte er unwillkürlich hinzu: »Meine Frau ist krank.« Hastig wich er ihrem Blick aus und versuchte die Erinnerung an die letzten beiden Tage zu verdrängen, an den erbitterten Streit. »Deshalb ist alles ein bißchen schwierig. Ich weiß nicht, was geschehen wird.«

»*Sehr* krank?« Sie wollte das Wort »Krebs« nicht aussprechen, aber er verstand, was sie meinte.

»Ja, *sehr* krank«, bestätigte er unglücklich.

»Tut mir leid.«

»Mir auch. Es ist nicht leicht für uns beide – und so verwirrend ...«

»Natürlich möchte ich Sie nicht noch mehr verwirren, Sam.« Sie saß so dicht neben ihm, daß er in den Ausschnitt ihres Kleides schauen konnte, und was er sah, entzückte ihn.

»O nein, Sie haben mich kein bißchen verwirrt. Bitte, entschuldigen Sie sich nicht. So gut wie heute abend habe ich mich schon lange nicht mehr amüsiert. Und das war dringend nötig.« Jetzt geschah etwas zwischen ihnen, das ihn verblüffte, ein Austausch echter Gefühle. Das Spiel war beendet. Mit dieser jungen Frau konnte er offen und ernsthaft sprechen, und plötzlich wollte er sie nicht mehr verlassen.

»Noch ein letzter Tanz?« schlug er vor. Das hatte er nicht beabsichtigt. Sekundenlang ärgerte er sich über seinen spontanen Wunsch. Aber während er mit ihr tanzte, Wange an Wange, überwältigte ihn ein Gefühl der Zärtlichkeit und Sehnsucht. Sie schmiegte sich an ihn, als wären sie füreinander geschaffen, und sie tanzten noch zweimal. Schließlich zwang er sich, den Bann zu brechen. Er führte sie zu Simon wie ein kostbares Juwel, das er nur widerstrebend zurückgab. Bedauerlicherweise blieb ihm nichts anderes übrig.

»Offensichtlich hattet ihr viel Spaß miteinander«, meinte Simon. Der Flirt zwischen seiner Kusine und seinem neuen Partner faszinierte ihn. Obwohl Sam nicht der Typ war, der zu außerehelichen Abenteuern neigte, schien er sich brennend für Daphne zu interessieren. Wie mochten sich die Dinge weiterentwickeln? Jedenfalls würde er jetzt nach Hause fahren. »Sie ist eine kleine Hexe, nicht wahr?«

»Passen Sie gut auf sie auf«, bat Sam, ohne Simons Lächeln zu erwidern, und verabschiedete sich.

Gedankenverloren saß er im Taxi. Diese Tänze würde er nicht so schnell vergessen. Als er das Apartment betrat, plagten ihn heftige Schuldgefühle, die Carmens Nachricht auf seinem Kopfkissen noch verstärkte. Aber in seinen Träumen sah er nicht Alex, sondern Daphne.

Neuntes Kapitel

Am nächsten Morgen versuchte er, mit Alex zu telefonieren, und erfuhr von einer Krankenschwester, sie sei gerade in Behandlung. Das würde noch eine halbe Stunde dauern. Dann könne er sie wieder in ihrem Zimmer erreichen. Doch zu diesem Zeitpunkt kam er bereits in seiner Firma an, wo er von einem Klienten erwartet wurde und mehrere Anrufe erledigen mußte. Nachdem sein Auftraggeber gegangen war, traf er Daphne im Flur. Bei Sams Anblick strahlte ihr Gesicht wie die Frühlingssonne. Aber sie unterhielt sich höflich und geschäftsmäßig mit ihm. Zögernd folgte sie ihm zu seinem Büro und sagte, hoffentlich sei sie ihm am letzten Abend nicht auf die Nerven gefallen. Sie habe sich einfach hinreißen lassen. Von jetzt an würde sie sich vernünftig benehmen.

»Wie schade!« erwiderte er belustigt. »Eigentlich hatte ich das Gefühl, *ich* wäre die Nervensäge gewesen.«

»O nein.« Ihre Stimme glich einer Liebkosung, obwohl sie sich untadelig verhielt. »Normalerweise mache ich mich nie an verheiratete Männer heran. Wenn Sie bloß nicht so attraktiv wären, Sam... Bevor Sie mit fremden Frauen ausgehen, sollten Sie sich mit schwarzer Farbe besprühen oder einen Plastikbeutel über den Kopf ziehen. Wirklich, Sie sind ein aufregender Mann.« Jetzt forderte sie ihn wieder heraus, was ihn nicht im mindesten störte.

»Wahrscheinlich hätte ich daheim bleiben sollen«, meinte er ohne Überzeugungskraft. »Aber ich habe mich so gut amüsiert, vor allem im Nachtclub.«

»Ich mich auch.«

Plötzlich merkten beide, daß sie flirteten, und er scheute sich nicht, das Thema anzuschneiden. »Was sollen wir tun?«

»Keine Ahnung. Vielleicht eine kalte Dusche... Ich hab's noch nicht ausprobiert.«

»Oder wir versuchen's miteinander.« Sofort bereute er seine Worte. In Daphnes Nähe konnte er sich anscheinend nicht beherrschen, wollte sie umgarnen und verführen. So etwas war ihm nie zuvor passiert, und er wußte nicht, was er dagegen unternehmen sollte. Wie zwei Streichhölzer neben einer Flamme drohten sie Feuer zu fangen. Schließlich erklärte er entschieden: »Wir müssen uns eben anständig benehmen.«

»Ja, Sir.« Lächelnd salutierte sie und kehrte zu ihrem Büro zurück. Er starrte ihr nach – unfähig, seinen Blick von ihrer reizvollen Figur loszureißen.

»Paß bloß auf!« mahnte sein alter Partner Larry, als er an ihm vorbeischlenderte. »Englische Mädchen sind gefährlich.«

»Warum hat mich niemand gewarnt?« Sam verdrehte die Augen und ging in sein Büro. Um sich auf andere Gedanken zu bringen, rief er Alex an.

»Wo warst du gestern abend?« klagte sie. »Ich wollte mit dir telefonieren.«

»Ja, ich weiß. Tut mir leid. Als ich nach Hause kam, rief Simon an und überredete mich zu einem Dinner mit ein paar Klienten im Le Cirque.« Plötzlich fürchtete er, daß er schon zuviel gesagt hatte und ihr eine Erklärung schuldete. »Wie fühlst du dich heute?«

»Ganz gut.« Ihre Stimme klang immer noch deprimiert. »Gestern war Liz Hascomb bei mir. Sie gehört zu der Hilfsgruppe im Krankenhaus.«

»Wie nett.« Offensichtlich hatten sie sich entfremdet. Sie sprach nur noch von ihrer Krankheit und den Dingen, die damit zusammenhingen. »Glaubst du, sie wird's den Leuten in deiner Kanzlei erzählen?« Soviel er wußte, wollte sie ihr Krebsleiden geheimhalten.

»Sicher nicht«, entgegnete sie zuversichtlich. »Liz ist sehr diskret. Als sie mich sah, war sie sehr überrascht – und so hilfsbereit.«

»Das freut mich.«

»Wie geht's Annabelle?«

»Großartig. Sie probiert dauernd ihr Halloween-Kostüm an und kann das Fest kaum erwarten.«

Von Sehnsucht nach ihrer Tochter überwältigt, kämpfte sie mit den Tränen. »Besuchst du mich heute?« fragte sie zögernd.

Vielleicht rechnete sie nicht mehr mit ihm. Zumindest glaubte er das aus ihrer Stimme herauszuhören, und es kränkte ihn. »Ja, klar – auf dem Heimweg.«

Sie hatte gehofft, er würde in der Mittagspause zu ihr kommen. Doch sie wollte ihn nicht mehr bedrängen. Er erklärte, er würde den ganzen Tag im Büro bleiben.

Obwohl er sich auf seine Arbeit zu konzentrieren versuchte, mußte er unablässig an Daphne denken. Es war ein Alptraum – seine Frau lag im Krankenhaus, zu Hause wartete seine kleine Tochter, und alle seine Gedanken galten Simons zauberhafter Kusine. Von Gewissensbissen gepeinigt, war er in miserabler Stimmung, als er Alex besuchte. Gerade jetzt konnte er keine neuen Komplikationen in seinem Leben gebrauchen. Nun bedauerte er, daß er Daphne jemals kennengelernt hatte. Aber er war besessen von ihr. Sie erschien ihm wie eine exotische Droge, die er heiß begehrte.

»Was ist los mit dir?« Alex merkte ihm seine innere Anspannung sofort an, und das ärgerte ihn noch mehr. Trug er ein Neonschild um den Hals, das immer wieder den Namen »Daphne« aufblitzen ließ?

»Gar nichts!« herrschte er sie unbeabsichtigt an. »Ich mache mir nur Sorgen um dich, und wir freuen uns auf deine Heimkehr am Freitag.«

»Hast du Annabelle was erzählt?«

»Natürlich nicht.«

»Wir sollten ihr vielleicht sagen, ich hätte auf meiner Geschäftsreise einen kleinen Unfall erlitten.«

»Warum willst du überhaupt was sagen?«

Schon wieder eine Weigerung. Wieso benahm er sich so seltsam? »Immerhin trage ich einen Verband. Meine Brust wurde abgenommen, eine Narbe ist zurückgeblieben, und ich fühle mich elend. Von jetzt an kann sie nicht mehr auf mir herumturnen. Wie soll ich das erklären? Sie ist nicht dumm.«

»Willst du nackt vor ihr herumlaufen?«

»Sam, wir beide baden zusammen, und sie schaut zu, wenn ich mich anziehe. Ich habe meinen Körper nie vor ihr versteckt. Außerdem wird mich die Chemotherapie in ein paar Wochen ziemlich mitnehmen, was ihr wohl kaum entgehen dürfte, und deshalb muß ich ihr irgendwas erzählen.«

»Warum bauschst du alles so maßlos auf? Ist es Annabelles Problem? Oder meines? Wieso lernst du nicht, still und unauffällig damit zu leben? Das verstehe ich nicht.«

»Und ich verstehe nicht, daß du immer noch vorgibst, nichts würde geschehen. Aber es passiert nicht nur mir, sondern der ganzen Familie. Zumindest solltet ihr beide die Ereignisse zur Kenntnis nehmen.«

»Um Himmels willen, sie ist dreieinhalb Jahre alt! Was verlangst du von ihr? Mitleid? Alex, das finde ich krankhaft.«

»Ich glaube, du bist verrückt.«

»Hör endlich auf zu jammern und andere Leute in deinen Abgrund hinabzuziehen. Sprich mit einem Therapeuten, tu irgendwas, geh zu einer Gruppe, aber laß Annabelle und mich aus dem Spiel. Wieso versuchst du uns beide für dein Unglück zu bestrafen?«

»Geh jetzt, bitte«, erwiderte sie eisig, wandte sich ab und schaute aus dem Fenster.

»Mit Vergnügen!« rief er und stürmte aus dem Krankenhaus. Am Abend rief er nicht an, und sie meldete sich auch nicht bei ihm. Aber sie telefonierte mit Annabelle, wünschte ihr eine gute Nacht und ließ Sam nicht ans Telefon holen, was nur der Haushälterin auffiel.

Er blieb zu Hause und dachte an die düstere Zukunft. Tag für Tag würde Alex ihrer Brust nachtrauern und über die Chemotherapie klagen, den Haarausfall, ihre Erschöpfung. Und dann monate- und jahrelang immer neue Untersuchungen, die Angst vor der Rückkehr des Krebsleidens, die Frage, wieviel Zeit ihr noch bliebe... Wie damals, als seine Mutter gestorben war. Das ertrug er nicht. So wollte er sein restliches Leben nicht verbringen. Nicht mit ständigen Diskussionen über die Krankheit seiner Frau. Plötzlich sah er in ihr eine tragische Gestalt, die ihn zu vernichten drohte. Die Alex, die er gekannt und geliebt hatte, war verschwunden, verdrängt von einer zornigen, beunruhigenden Fremden.

Am Donnerstag telefonierten sie zweimal, sprachen über Annabelle und entschieden, es wäre besser, wenn er nicht ins Krankenhaus käme. Aber Liz Hascomb besuchte ihre Chefin. Seit sie wußte, was geschehen war, leistete sie ihr jeden Abend Gesellschaft.

Sam betrat das Zimmer am Freitag gegen Mittag, um Alex abzuholen. Zwei Tage lang hatte er sie nicht gesehen, und nun erschrak er, weil sie ihm so schwach und gebrechlich erschien. Auf ihren Wunsch hatte er ein Kleid und einen hellblauen Mantel mitgebracht. Das weit geschnittene Strickkleid paßte über den Verband, betonte ihre Körpergröße und die gertenschlanke Figur. Offenbar hatte sie sich nicht geschminkt, aber ihr frisch gewaschenes Haar fiel in schönen Wellen auf ihre Schultern. In ihrem schmalen, blassen Gesicht wirkten die Augen übergroß. Mit zitternden Händen packte sie ihr Nachthemd in die Reisetasche.

»Bist du okay, Alex? Hast du Schmerzen?« Ihre Nervosität verblüffte ihn. Am Dienstag und Mittwoch hatte sie besser ausgesehen. Litt sie unter einem Rückfall? Dieser Gedanke weckte neue Schuldgefühle, und er bereute, daß er sie am Vortag nicht besucht hatte. Aber die Belastung wäre unerträglich gewesen.

»Nein«, erwiderte sie mit gepreßter Stimme. »Ich fürchte mich nur vor zu Hause. Keine Schwestern – niemand, der meinen Verband wechselt, keine Hilfsgruppe … Nun muß ich wieder in die Welt hinaus, und alles ist anders geworden. Oder ich bin anders. Was soll ich Annabelle sagen?« Tränen glänzten in ihren Augen.

Am letzten Abend hatte sie mit ihrer Sekretärin über dieses Problem gesprochen und geweint. Und Liz versicherte immer wieder, was Alex empfinde, sei völlig normal.

»Und warum behauptet Sam, meine Reaktion sei maßlos übertrieben?«

»Weil er sich fürchtet«, hatte Liz erklärt. »Auch das ist normal. Aber er gibt's nicht zu.«

Jetzt schien er keine Angst zu verspüren, als er die Reisetasche ergriff und einen Arm um Alex' Schultern legte. Er wirkte ruhig und gelassen. Offensichtlich hatte er alles unter Kontrolle. Der Lift brachte sie nach unten, dann stiegen sie in ein Taxi und fuhren heim.

Im Apartment herrschte tiefe Stille. Carmen würde Annabelle vom Kindergarten abholen, mit ihr in einem Restaurant essen und sie später in die Ballettschule begleiten. Darum hatte Alex die Haushälterin telefonisch gebeten. Bevor Alex ihrer Tochter gegenübertrat, wollte sie etwas Bequemes anziehen und sich ausruhen. Seltsam, daß sie sich nach der kurzen Fahrt so erschöpft fühlte... Oder wurde sie von ihren Emotionen überwältigt?

Deprimiert beobachtete Sam, wie sie ihm den Rücken kehrte und ein Nachthemd über den Kopf streifte. Ehe sie sich umdrehte, schlüpfte sie in einen Morgenmantel. »Warum bleibst du nicht angezogen? Wenn Annabelle dich so sieht, wird sie sich Sorgen machen.«

»Ich bin wirklich sehr müde und muß mich hinlegen.«

»Du kannst dich doch auch im Kleid hinlegen«, entgegnete er vorwurfsvoll. Er glaubte wieder einmal, sie würde die Situation dramatisieren, und sie erriet seine Gedanken. Wie sollte er auch ahnen, wie ihr zumute war, wie sehr sie sich vor dem Wiedersehen mit ihrem kleinen Mädchen fürchtete.

Während sie aufs Bett sank und den Fernseher einschaltete, brachte er ihr den Lunch, den Carmen bereitgestellt hatte. Dann zog er einen Mantel an.

»Wohin gehst du?« fragte sie voller Angst vor der drohenden Einsamkeit. Plötzlich sehnte sie sich nach der Klinik.

»Ich muß wieder ins Büro. Heute abend komme ich früher nach Hause. Aber am Nachmittag habe ich eine Besprechung mit Larry und Tom, die ich nicht absagen kann. Ruf an, wenn du mich brauchst.«

Statt zu antworten, nickte sie nur, und er warf ihr eine Kußhand zu. Offenbar wagte er sich nicht in ihre Nähe. Aber sie wollte ihn zu nichts drängen, obwohl sie die kühle Distanz kaum ertrug.

Reglos lag sie da und wartete auf Annabelle. Was sollte sie ihr sagen? Sie dachte sich verschiedene Erklärungen aus, die sie alle vergaß, sobald sie ihr Kind wiedersah. In diesem Augenblick wußte sie nur noch, wie sehr sie ihren kleinen Engel liebte, wie schmerzlich sie ihn vermißt hatte.

Als Annabelle ihre Mutter in der Schlafzimmertür stehen sah, stieß sie einen Freudenschrei aus. Alex hatte den Lift und Carmens Schlüssel im Türschloß gehört. Nun bebte sie am ganzen Körper.

»Mommy!« Annabelle warf sich in ihre Arme und schaute spitzbübisch zu ihr auf. »Was hast du mir von deiner Reise mitgebracht?«

O Gott, daran hatte Alex nicht gedacht. »Leider gab's nirgendwo was Schönes, nicht einmal am Flughafen. Gehen wir nächste Woche zu F. A. O. Schwarz? Vielleicht finden wir irgendwas.«

»Wow!« Sofort hatte Annabelle ihre Enttäuschung überwunden und klatschte in die Hände. Ein Besuch bei F. A. O. Schwarz war immer ein besonderes Erlebnis. Erst jetzt merkte sie, daß ihre Mommy ein Nachthemd trug, und runzelte verwundert die Stirn. »Warum hast du ein Nachthemd an?« fragte sie mißtrauisch, so wie es ihr Vater vorausgeahnt hatte. In dieser Hinsicht glich sie Alex – sie sah alles und wollte immer wissen, warum dies oder jenes geschah.

»Bevor du nach Hause gekommen bist, hab ich geschlafen. Und – ich hatte in Chicago einen kleinen Unfall.«

»So?« Annabelle musterte ihre Mutter teils beeindruckt, teils besorgt. »Bist du verletzt?« Ihre Unterlippe begann zu zittern, und Alex gab ihr rasch einen Kuß.

»Nur ein bißchen.« Sie feilte immer noch an ihrer Geschichte.

»Hast du einen Verband gekriegt?« Alex nickte. »Kann ich ihn sehen?« Mit bebenden Händen öffnete Alex den Morgenmantel und knöpfte das Nachthemd auf. Als Carmen die breiten Bandagen sah, hielt sie den Atem an. Sie wußte sofort, daß etwas Schreckliches geschehen war. Bestürzt starrte sie ihre Arbeitgeberin an. »Tut's weh?« fragte Annabelle fasziniert.

»Manchmal. Deshalb dürfen wir in der nächsten Zeit nicht mehr so herumtollen.«

»Hast du geweint?«

Alex nickte. Instinktiv wandte sie sich zu Carmen und sah Tränen in ihren Augen.

Als Annabelle in ihr Zimmer rannte, um eine Puppe zu holen, strich die Haushälterin über Alex' Arm und rührte sie zutiefst mit dieser Geste. »Warum haben Sie mir nichts gesagt, Mrs. Parker? Werden Sie bald wieder gesund?«

»Ja ...«

Offensichtlich war Alex an der Brust operiert worden. Carmen wußte nicht, aus welchem Grund, aber die Form des Verbands ließ das Schlimmste befürchten.

Annabelle sprang ins Schlafzimmer zurück, drei Puppen und ein Buch unter den Armen. Aufgeregt erzählte sie vom Kindergarten und von der Ballettschule, und sie würde sich schon so auf Halloween freuen. Im Kindergarten sollte eine Parade stattfinden, und Katie Lowenstein wollte eine Party veranstalten. So viele Neuigkeiten gab es zu erzählen, und Alex verstand nicht, wie sie die letzten fünf Tage ohne ihre Tochter überstanden hatte. Allein schon der Anblick des Kindes gab ihr neuen Lebensmut und würde ihr im Kampf gegen den Krebs helfen.

»Sind Sie okay, Mrs. Parker?« fragte Carmen immer wieder, während die beiden auf dem Bett spielten, brachte ihr eine Tasse Tee und ein Hühnersandwich und drängte sie zu essen. Obwohl Alex keinen Hunger hatte, gehorchte sie, denn sie erinnerte sich an Liz' Ermahnung, Kräfte zu sammeln. Am Nachmittag rief die Sekretärin an und fragte, wie sie sich fühle. Erfreut stellte sie fest, daß Alex' Stimme viel zuversichtlicher klang. Annabelle hatte sie aufgemuntert. Aber als sie den Morgenmantel auszog, weil ihr warm geworden war, merkte sie, wie das Kind vor dem Verband zurückschreckte, der sich unter dem dünnen Nachthemd abzeichnete. Wortlos zog sie den Morgenmantel wieder an und nahm sich vor, die Bandagen künftig zu verstecken. In gewisser Weise hatte Sam recht. Solche Probleme durfte sie ihrer Familie nicht aufhalsen, und das würde sie auch nach Kräften vermeiden. Sie brauchte die Liebe und Unterstützung der beiden, kein Mitleid, und sie wollte keinen Abscheu erregen. Wahrscheinlich war Sam genauso empfindlich wie seine Tochter.

Am späteren Nachmittag kam Carmen ins Schlafzimmer, um das Kind zu holen und zu baden. Annabelle wollte mit Mommy in der großen Marmorwanne sitzen, im dicken weißen Schaum.

»Natürlich darfst du in meiner Wanne baden, Schätzchen. Aber mein Verband wird erst nächste Woche abgenommen.« Im Krankenhaus hatte sie die Bandagen unter der Dusche mit einer Plastikhülle abgedeckt. »Bis dahin mußt du ohne mich baden. Okay?«

Annabelle stimmte zu, und Alex warf einen Blick auf die Uhr. Schon fünf. Hatte Sam nicht versprochen, früher heimzukommen? Aber freitags blieb er meistens länger im Büro, um vor dem Wochenende ein paar offenstehende Probleme zu lösen.

In diesem Augenblick saß er tatsächlich an seinem Schreibtisch, arbeitete die Einzelheiten eines Vertrages aus und versuchte, Zeit zu schinden.

»Immer noch fleißig?« Um Viertel nach fünf schaute Daphne in sein Büro. Sie wollte gerade gehen. Dieses Wochenende würde sie mit Simon und ein paar Freunden aus England in Vermont verbringen. »Jeder schwärmt vom wunderbaren bunten Herbstlaub, und das möchte ich unbedingt sehen.«

»Ja, es ist wirklich prachtvoll«, bestätigte Sam und wünschte sich, er könnte sie begleiten. Seufzend strich er durch sein Haar. Er wußte, daß es an der Zeit war, nach Hause zu fahren. Aber davor graute ihm. Nicht einmal Annabelle würde die angespannte Atmosphäre lockern.

»Und Sie, Sam? Wollen Sie irgendwas Amüsantes unternehmen?« Er sah so traurig und einsam aus, daß es ihr schwerfiel, ihn zu verlassen. Irgendwie gewann sie den Eindruck, es gäbe keinen Ort, wohin er gehen könnte.

»Eigentlich nicht... Heute mittag habe ich meine Frau aus der Klinik abgeholt, und deshalb werden wir's erst mal ein bißchen ruhiger angehen.«

»Tut mir leid, Sam.« Ihre Blicke trafen sich, und er wußte, wie gefährlich das war.

»Danke, Daphne. Viel Spaß. Bis Montag.«

Sie nickte. Am liebsten wäre sie zu ihm gelaufen, um ihn in die Arme zu nehmen. Aber das wagte sie nicht, weil er so ernst und seriös wirkte. Und so warf sie ihm nur eine Kußhand zu, wandte sich ab und wünschte, sie könnte bei ihm bleiben, statt mit Simon und den englischen Freunden wegzufahren.

Um halb sechs durfte er die Heimkehr nicht länger hinauszögern. Ehe er in ein Taxi stieg, wanderte er ein paar Häuserblocks entlang. Verwirrt schaute Alex auf, als er kurz vor sechs das Apartment betrat. Sie las Annabelle gerade eine Geschichte vor, während Carmen das Dinner vorbereitete. Energisch hatte die Haushälterin verkündet, sie würde das Wochenende hier verbringen.

»Hi, Sam, wie war's heute?« Alex versuchte in unbefangenem Ton zu sprechen. Aber er wich ihrem Blick aus, seine Stimme klang kühl und fremd.

»Ein verrückter Tag... Tut mir leid, daß ich so spät heimkomme.«

»Kein Problem. Annabelle und ich hatten viel Spaß miteinander.«

Beim Dinner redete Annabelle unentwegt, im Gegensatz zu ihren einsilbigen Eltern. Das Kind schien die frostige Atmosphäre nicht zu spüren, was Alex verblüffte. Glücklich über Mommys Heimkehr, brach es immer wieder in Gelächter aus, sang neue Lieder vor und erzählte komische Geschichten. Es war eine sehr lebhafte Mahlzeit. Später brachten sie ihre Tochter zu Bett, und Carmen räumte den Küchentisch ab.

Als sie ihr Schlafzimmer betraten, wußten sie nichts zu sagen. Sam sah müde und bedrückt aus. Schließlich fragte Alex: »Alles okay im Büro?«

»Ja.« Solche Fragen konnte er ihr nicht stellen. Die ganze Woche war sie nicht in der Kanzlei gewesen, sie kannte nur ein einziges Thema – ihre Krankheit. Um der Realität zu entfliehen, schaltete er den Fernseher ein. Schließlich schlief er ein, und Alex beobachtete ihn.

Trotz der starken emotionalen Belastung freute sie sich über ihre Heimkehr. Aber sie wußte nicht, wie sie mit Sam umgehen sollte. Liz hatte sie am Telefon gebeten, Geduld aufzubringen. Nach der Brustamputation waren in ihrer Ehe die gleichen Probleme aufgetaucht – Unbehagen, Angst vor der Krankheit und Zorn. Doch ihr Mann hatte sich letzten Endes mit der Situation abgefunden.

Während der Spätnachrichten erwachte Sam und starrte Alex an, als würde ihn ihre Anwesenheit überraschen.

Wortlos verschwand er im Bad. Sie hatte bereits geduscht und ihr Nachthemd gewechselt. Bevor sie unter die Decke kroch, zog sie ein Bettjäckchen an, um ihrem Mann den Anblick des Verbands zu ersparen. Nach einer halben Ewigkeit kehrte er zurück und blieb zögernd neben dem Bett stehen. Es widerstrebte ihm, neben ihr zu liegen. Irgendwie fürchtete er, dadurch könnte ihr Leid auf ihn abfärben. Sie verlangte so viel von ihm, und er wußte einfach nicht, wieviel er ihr geben mußte. Vor allem erschreckte ihn seine eigene Unzulänglichkeit. Wenn er nicht in ihrer Nähe war, erschien ihm alles einfacher.

»Stimmt was nicht?« Verwundert sah sie ihn an. Wollte er nicht bei ihr schlafen? Da Carmen das Gästezimmer benutzte und die Couch im Arbeitsraum zu unbequem war, gab es keine andere Möglichkeit.

»Werde ich dir – nicht weh tun?«

Plötzlich lächelte sie. Er fühlte sich so unwohl in seiner Haut, daß ihr Kummer von Mitleid verdrängt wurde. »Nein, es sei denn, du schlägst mir einen Schuh auf den Kopf. Warum?« Jetzt versuchte *sie* den Anschein zu erwecken, alles wäre normal.

»Nun ja, wenn ich mich umdrehe – oder dich berühre …« Glaubte er, sie wäre eine Porzellanfigur? Offenbar fiel er von einem Extrem ins andere. Die ganze Zeit hatte er die Existenz sämtlicher Probleme bestritten, und nun wagte er sich nicht einmal in ihre Nähe.

»Du wirst mir nicht weh tun, Sam«, versicherte sie.

Ganz vorsichtig, als könnte er versehentlich gegen eine Landmine stoßen, streckte er sich neben Alex aus. Dann lag er stocksteif auf der Bettkante, möglichst weit von ihr entfernt. Sie fühlte sich wie eine Aussätzige. »Alles in

Ordnung?« fragte er nervös, bevor er die Nachttischlampe ausknipste. »Brauchst du noch irgendwas?«

»Nein, danke. Ich bin okay«, log sie.

Nach einer Weile schlief er ein, immer noch am äußersten Bettrand. Alex beobachtete ihn, weinte leise und sehnte sich nach ihrem Mann. Waren sie einander völlig fremd geworden? Nur weil sie eine Brust verloren hatte?

Als sie am Samstag morgen erwachte und das Bettjäckchen mit ihrem Morgenmantel vertauschte, waren Sam und Annabelle bereits angezogen und planten, im Central Park den neuen Drachen steigen zu lassen, den er neulich gekauft hatte. »Willst du mitkommen?« fragte er unsicher. Aber Alex schüttelte den Kopf, weil sie immer noch sehr müde war.

»Nein, ich warte hier auf euch. Vielleicht backe ich heute nachmittag mit Annabelle ein paar Kekse«, schlug sie vor, um ebenfalls einen Beitrag zur Unterhaltung zu leisten.

»Wow!« rief Annabelle. Erst der Drachen, dann die Kekse, beides würde ihr Spaß machen. Eine halbe Stunde später verließ sie mit ihrem Vater das Apartment in bester Laune. Sam hatte kaum ein Wort mit seiner Frau gewechselt. Offensichtlich sah er in ihr eine Bedrohung. Sogar im Krankenhaus war er umgänglicher gewesen. Die Situation zerrte zusehends an ihren Nerven.

Zu Mittag kamen sie nach Hause. Alex kochte eine Suppe und bereitete Sandwiches vor, nachdem Carmen für ein paar Stunden heimgegangen war. Abends wollte sie wiederkommen, obwohl ihre Arbeitgeberin versichert hatte, sie würde keine Hilfe brauchen.

Aufgeregt erzählte Annabelle, wie hoch der Drachen

am Ufer des Teichs für die Modellboote geflogen und daß er in einem Baum hängengeblieben sei. Daddy hatte hinaufklettern müssen, um ihn zu befreien.

»So hoch war's gar nicht«, gestand er belustigt. Sie hatten sich großartig amüsiert und Maroni und Brezeln gekauft.

Alex trug jetzt einen weiten Pullover, unter dem man die Wölbung der einen Brust kaum sah, und Jeans. Trotzdem bemerkte Annabelle die Veränderung, als sie später auf dem Schoß ihrer Mutter saß. »Mommy, dein verletzter Busen ist viel kleiner geworden.« Erstaunt starrte sie Alex' Brust an. »Ist sie bei deinem Unfall abgegangen?«

»Sozusagen.« Mühsam rang Alex nach Fassung. Irgendwann mußte es besprochen werden – je früher, desto besser. Sam kehrte aus dem Nebenraum zurück und hörte bestürzt zu.

»Wird's anders aussehen, wenn der Verband abgenommen wird?« fragte Annabelle verwirrt.

»Vielleicht. Ich hab noch nicht nachgeschaut.«

»Konnte deine Brust denn einfach runterfallen?«

Alex wollte ihre Tochter weder erschrecken noch täuschen. »Nein. Aber ich wurde ziemlich schwer verletzt. Deshalb muß ich jetzt diesen dicken Verband tragen.«

»Wie ist das denn passiert?« wollte Annabelle wissen, und Sam runzelte ärgerlich die Stirn. Zum Glück vergaß sie die Frage, rannte hinaus, um ein Spiel zu holen, und Alex seufzte erleichtert. Wie's passiert war? Was sollte sie darauf antworten?

»Warum mußtest du ihr das alles erklären?« fauchte Sam vorwurfsvoll. »Großer Gott, sie ist dreieinhalb Jahre alt! Solche Informationen braucht sie nicht.« Er auch nicht. Und er war fast fünfzig.

»Sie saß auf meinem Schoß und spürte, daß sich was verändert hat. Natürlich ist sie neugierig geworden.«

»Dann laß sie nicht mehr auf deinem Schoß sitzen. Es gibt andere Möglichkeiten, ein Kind zu beschäftigen.«

»Das habe ich bemerkt. Und du hast genau die richtige Methode gefunden.«

Bei jeder Gelegenheit wich er ihr aus. Am Nachmittag erklärte er, nun würde er ins Büro gehen. An den Wochenenden arbeitete er nur selten. Aber sie wußte, wovor er floh.

Alex und Annabelle blieben daheim, backten Kekse, sahen »Peter Pan« und »Die kleine Meerjungfrau«. Um drei Uhr hatte Sam das Apartment verlassen. Zuvor war die Atmosphäre so gespannt gewesen, daß Alex seine Abwesenheit sogar begrüßte. Wann immer sie einander begegneten, schien die Luft zu knistern.

»Warum ist Daddy böse auf dich?« fragte Annabelle, während sie den Teig für die Kekse in Stücke schnitten.

»Wie kommst du darauf?« Erstaunt über das Feingefühl des kleinen Mädchens, hob Alex die Brauen.

»Weil er nur mit dir redet, wenn's unbedingt sein muß.«

»Vielleicht ist er müde«, erwiderte Alex und rollte noch etwas Teig aus.

Annabelle steckte ein großes Stück in den Mund. »Als du weg warst, hat er dich sehr vermißt. Ich auch. Wahrscheinlich ärgert er sich über deine Reise.«

»Mag sein«, stimmte Alex zu. Sie wollte das Kind nicht mit ihren ehelichen Problemen belasten. »Wenn er nach Hause kommt, ist er sicher besser gelaunt.« Zärtlich küßte sie Annabelles sommersprossige Nase und gab ihr noch ein Stückchen süßen Teig.

Mittlerweile saß Sam an seinem Schreibtisch und starrte düster vor sich hin. Er hatte nicht viel zu tun. In seinem Job mußte er nur selten Papierkram erledigen – im Gegensatz zu Alex, die ständig Aktenberge aufarbeitete – und hauptsächlich Verhandlungen führen. Er war nur ins Büro gekommen, um seiner Frau zu entrinnen. Jetzt fühlte er sich wie ein Idiot. Aber ihm graute vor dem Anblick ihres Körpers, vor ihren Schmerzen, und er fürchtete, er könnte ihre Erwartungen nicht erfüllen. Es war viel einfacher, ihr zu grollen und geflissentlich aus dem Weg zu gehen.

»Was machen Sie denn hier?«

Erschrocken zuckte er zusammen. Der Pförtner hatte ihm versichert, niemand würde sich in den Büroräumen aufhalten. Also mußte Daphne eben erst eingetroffen sein. Sie trug ein schwarzes Jerseyhemd. In den schwarzen Leggings und den eleganten Wildlederstiefeln wirkten ihre Beine endlos. Ihr dunkles Haar war zu einem Zopf geflochten.

Immer noch verwirrt, starrte er sie an. »Ich dachte, Sie wären in Vermont.«

»Das dachte ich eigentlich auch. Aber Simon ist an Grippe erkrankt, und ohne ihn wollten unsere Freunde nicht wegfahren. Also sind wir hiergeblieben. Ich möchte die Gelegenheit nutzen und ein bißchen was aufarbeiten. Hoffentlich macht's Ihnen nichts aus, Sam. Ich wollte Sie nicht stören. Gerade waren Sie mit Ihren Gedanken ganz woanders.« Voller Mitgefühl schaute sie ihn an. Sie sah blutjung aus – und sehr sexy. »Wie geht's daheim?«

»Nicht besonders, sonst wäre ich nicht hier«, gestand er, streckte die Beine unter dem Schreibtisch aus und ergriff einen Bleistift, um damit zu spielen. Seltsam – mit Daphne konnte er über alles reden, mit Alex nicht. Er stand auf und ging zu ihr. »Keine Ahnung, warum ich überhaupt hergekommen bin.« Er lächelte wehmütig. »Vielleicht hat mir ein sechster Sinn verraten, ich würde Sie hier sehen.«

»O Sam, das ist Ihrer unwürdig!« hänselte sie ihn. »Aber ich will's akzeptieren. Soll ich Ihnen eine Tasse Kaffee machen?«

»Ja, das wäre sehr nett.« Er folgte ihr in die kleine Küche und roch ihr Parfum, das verführerisch nach Moschus duftete. »Tut mir leid. In dieser Woche habe ich mich wie ein Irrer aufgeführt. Allmählich kenne ich mich selbst nicht mehr. Es war die reine Hölle. Natürlich habe ich kein Recht, mich an Ihnen abzureagieren.«

»Wenn Sie sich abreagieren, indem Sie mit mir dinieren und tanzen, können Sie's jederzeit wieder tun.« Strahlend lächelte sie ihn an – nicht nur sinnlich, sondern warmherzig und teilnahmsvoll. Sie war eine aufregende Frau, die sich gern amüsierte, aber auch bereit war, seine Sorgen zu verstehen und zu teilen. In vielen Dingen erinnerte sie an Alex' Vorzüge. Dann drehte sie ihm mit einer unverblümten Frage fast den Magen um. Ihre Stimme klang so sanft, daß ihn der Angriff völlig unvorbereitet traf. »Wird Ihre Frau sterben, Sam?«

Es dauerte lange, bis er sich zu einer Antwort aufraffte. »Vielleicht. Das weiß ich nicht. Sie ist sehr krank, und ich kann mir nicht vorstellen, was geschehen wird.«

»Leidet sie an Krebs?«

Er nickte. »In dieser Woche wurde ihr eine Brust abgenommen, und demnächst beginnt ihre Chemotherapie.«

»Wie schwierig muß das für Sie sein – und für Ihre kleine Tochter...« Ihr Mitgefühl galt nur Sam und Annabelle. Nicht Alex.

»Ja, vermutlich. Chemotherapie – allein schon das Wort kommt mir wie ein Alptraum vor. So was würde ich nie verkraften.«

»Das behaupten wir alle, bis wir mit solchen Schicksalsschlägen konfrontiert werden, und dann kämpfen wir verbissen um unsere Rettung. Letztes Jahr starb mein Vater, und vorher probierte er alles aus, sogar irgendwelche Wunderpillen aus Jamaika. Reiner Voodoo-Unsinn! Auch Ihre Frau wird mit aller Macht gegen die Krankheit kämpfen. Und Sie gehen schweren Zeiten entgegen. Armer Sam...« Während der Kaffee durch den Filter rann, standen sie in dem kleinen stickigen Raum, und Daphnes Stimme war nur ein Flüstern.

»Bedauern Sie mich nicht«, erwiderte er fast unhörbar und wußte nicht, warum er so leise sprach, wo doch außer ihnen niemand hier war. Vielleicht glaubte er, dadurch würde er ihr noch näherkommen. »Ich bin okay...«

»Tatsächlich?« Plötzlich schlang sie die Arme um seinen Hals, streichelte seinen Nacken, und er erschauerte vor Verlangen. Dann küßte sie ihn. Sein Körper reagierte mit einer Intensität, die ihn erschreckte und sich seiner Kontrolle fast entzog. Er wollte ihr die Leggings vom Leib reißen und mit ihr zu Boden sinken. Aber er wagte nur, den Kuß zu erwidern. Begierig strich er über ihre schlanken Hüften, den straffen Bauch. Sie war wie eine Ballerina gebaut. Muskulös und doch zierlich. Ihre Brüste füllten seine Hände, hungrig spielte seine Zunge mit ihrer. Es war Daphne, die sich losriß und nach Atem rang. Nun hatte sie eine Lawine entfesselt, die sie zu verschütten drohte. So exquisit – fast unerträglich. »O Gott, Sam – ich kann nicht – wie sehr ich dich begehre...«

»Ich dich auch«, flüsterte er, bedeckte ihren Hals und ihre Brüste mit Küssen, kniete nieder und preßte sein Gesicht zwischen ihre Schenkel. Als er sie an sich drückte, stöhnte sie lustvoll. Plötzlich kam er zur Besinnung. »Daphne – das ist unmöglich...« Er stand auf und nahm sie in die Arme. Nicht einmal Alex weckte so heftige Schuldgefühle wie diese junge Frau, nach der er sich so leidenschaftlich sehnte. »Ich habe kein Recht, dein Leben zu komplizieren – oder meine Frau zu betrügen.«

»Was soll's?« erwiderte sie heiser. »Ich bin erwachsen und kann meine eigenen Entscheidungen treffen.«

»Aber es würde zu nichts führen – du verdienst was Besseres. Seit ich dich kenne, bin ich halb verrückt vor Verlangen. Aber was hättest du davon?«

»Hoffentlich eine heiße Nummer.« Lächelnd beobachtete sie sein Unbehagen.

»Wie gern würde ich dir viel mehr geben – aber dazu bin ich nicht fähig. Nicht jetzt. Vielleicht niemals.«

»Für den Anfang würde ich mich damit begnügen. Ich bin nicht besonders anspruchsvoll.«

»Eigentlich müßtest du viel mehr fordern.« Ihre Lippen fanden sich wieder. Während sie einander umfingen, schien die Zeit stillzustehen. Irgendwann ertrugen sie's nicht mehr. »Wenn das so weitergeht, müssen wir was dagegen tun«, meinte Sam, und beide lachten über seine offenkundige Erektion. Aufreizend streichelte sie ihn durch die Jeans hindurch, und die Berührung machte ihn fast verrückt.

»Genau das wollte ich auch vorschlagen«, wisperte sie, sank auf die Knie, und ihre Lippen begannen ihn intim zu liebkosen.

»Hör auf«, bat er, keineswegs im Brustton der Überzeugung. »O Gott – Daphne – nein... Laß das! Sonst werde ich dir in ein paar Minuten meine unsterbliche Liebe erklären.« Die aufreizenden Zärtlichkeiten brachten ihn fast um den Verstand.

»Genau das bezwecke ich.« Kokett lächelte sie ihn an, dann stand sie auf und schenkte ihm eine Tasse Kaffee ein.

»Wie kann ich nur?« seufzte er und dachte an seine Frau, an seine Tochter.

»Manchmal geschehen solche Dinge. Das gehört zu den Realitäten des Lebens, das sich nicht immer so entwickelt, wie wir's planen. Wahrscheinlich niemals... Davon kann ich ein Lied singen.«

»Im Augenblick ist mein Leben eine Katastrophe.«

»Stehst du ihr sehr nahe?« fragte sie, während sie an ihrem Kaffee nippten und die leidenschaftlichen Gefühle vorerst zu vergessen suchten.

»Das dachte ich – früher. Jetzt fällt's uns schwer, über irgendwas zu reden. Außer ihrer Krankheit scheint nichts mehr zu existieren. Für sie gibt es kein anderes Thema, und dieser Situation bin ich nicht gewachsen.«

»Merkwürdigerweise kann ich nachempfinden, was in ihr vorgeht. Aber von dir wäre das wohl zuviel verlangt.«

»Ich bin's ihr sicher schuldig.« Und dann verriet er ihr sein dunkelstes Geheimnis. »Als ich vierzehn war, starb meine Mutter an Krebs. Dafür haßte ich sie. Ständig redete sie von ihrer Krankheit, wurde immer wieder operiert, und letzten Endes waren alle Bemühungen sinnlos. Ihr Tod brachte meinen Vater um. Irgendwie glaube ich, sie versuchte uns alle zu töten. Auch mich. Aber dagegen habe ich mich gewehrt. Ich ließ mich nicht vergiften, so wie mein Vater, und ich flüchtete vor ihrer Tragödie. Jetzt weckt Alex die gleichen Emotionen in mir. Um mich zu retten, muß ich mich von ihr fernhalten.« Es war ein grauenvolles Geständnis. Aber danach fühlte er sich besser. Und Daphne schien zu begreifen, was er meinte – was Alex noch nicht verstanden hatte, weil sie zu tief in ihrem eigenen Elend versunken war.

»Allein wirst du's nicht schaffen«, sagte Daphne mit ihrer sanften, etwas heiseren Stimme, die ihn so faszinierte.

»Ich müßte es versuchen. Leider machst du's mir nicht leichter.«

»Eigentlich dachte ich...«, sie berührte wieder seine Jeans, spürte sein wachsendes Verlangen und sah, wie er entzückt die Augen schloß, »... daß ich's härter mache.«

»Zweifellos.« Er küßte sie, begehrte sie verzweifelt, aber sein Entschluß stand fest. Das durfte er Alex nicht antun. Seine Seele würde er ihr nicht opfern. Aber er schuldete ihr wenigstens die eheliche Treue. Ein Pech, daß Daphne ausgerechnet jetzt in sein Leben getreten war... Oder vielleicht sollte es so sein, und sie würde ihm ersetzen, was er verlor.

Bis die Dunkelheit hereinbrach, standen sie in der kleinen Küche. Es kam ihm so vor, als wäre eine Ewigkeit verstrichen, seit er das Bürogebäude betreten hatte. Ein letztes Mal nahm er Daphne in die Arme. Dann spülte sie die

Kaffeetassen, stellte sie in den Schrank und folgte ihm in sein Büro.

»Bleibst du noch hier?« fragte er. Sosehr es ihm auch widerstrebte, er mußte in seine traurige Welt zurückkehren. Zum Glück hatte er Daphne nur geküßt, nur berührt.

»Ich nehme meine Arbeit mit nach Hause«, erwiderte sie leichthin, und er begleitete sie in ihr Büro.

Unfähig, ihr zu widerstehen, küßte er sie wieder. In seinen Armen sank sie gegen die Schreibtischkante, und die Versuchung, sie hier und jetzt zu lieben, war fast übermächtig. Mühsam zwang er sich, an seine Ehe zu denken. Das machten ihm die Leggings, die sich eng an Daphnes Hüften und Schenkel schmiegten, nicht gerade leicht. Alles von ihr konnte er spüren, und sie enthielt ihm nichts vor. Gegen seinen Willen knöpfte er ihr Jerseyhemd auf. Ihre Brüste waren so schön, daß sein Atem stockte. Perfekt und wohlgerundet mit rosa Knospen, die sich unter seinen Fingern aufrichteten und um seine Küsse flehten.

Eine halbe Stunde später zog sie ihr Hemd wieder an, und sie verließen das Bürogebäude. Als sie in ein Taxi stiegen, war es fast sieben. Sam erklärte, er würde sie daheim absetzen. Kichernd erwiderte sie seine Zärtlichkeiten auf dem dunklen Rücksitz, und er fühlte sich um Jahrzehnte jünger. »In Zukunft mußt du deine Bürotür versperren«, mahnte er. »Ich weiß nicht, ob ich mich jedesmal beherrschen kann, wenn ich dich sehe.«

»Das mußt du doch gar nicht...«

An der East Fifty-third, wo sie ein Apartment in einem alten Haus gemietet hatte, stieg sie aus. Früher hatte ein Filmstar darin gewohnt und einige Möbel zurückgelassen.

»Ziemlich schäbig«, meinte Daphne. »Willst du trotzdem mit raufkommen?« Sie stand neben dem Taxi, in ihren hinreißenden Leggings, aber er schüttelte den Kopf.

»Wahrscheinlich würde ich mich schlecht benehmen.«

»Ich mich auch«, erwiderte sie lachend. Plötzlich wurde sie ernst, griff durchs offene Autofenster und umfaßte seine Hand. »Komm zu mir, wann immer du willst. Selbst wenn du nur mit mir reden möchtest. Ich bin für dich da, Sam. Und wenn's in diesem Moment auch völlig verrückt klingt – ich glaube, ich liebe dich.«

»Bitte, nicht – ich kann nicht – aber ich danke dir.« Er hauchte einen Kuß auf ihre Lippen, und sie trat zurück. Als er davonfuhr, winkte sie ihm nach. Wider sein besseres Wissen prägte er sich die Adresse ein.

Um Viertel nach sieben kam er zu Hause an. Alex musterte ihn vorwurfsvoll, aber sie schwieg. Offensichtlich erriet sie, daß er ihr ausgewichen war. Aber glücklicherweise konnte sie nicht ahnen, was er wirklich getan hatte. Würde sie Daphnes Parfum riechen? Hastig verschwand er im Bad, um sich die Hände zu waschen.

Nachdem Annabelle zu Bett gegangen war, begann Alex vorsichtig: »Du hast wohl sehr viel zu tun.« Inzwischen hatte sich Carmen ins Gästezimmer zurückgezogen.

»Ja.«

»Du mußt großartige Geschäfte machen. So viel hast du noch nie gearbeitet.«

»Nun, Simon hat uns mehrere neue Klienten verschafft. Er ist wirklich phantastisch.«

»Behältst du ihn im Auge? Vielleicht paßt sein Stil nicht ganz zur Firma, zu dir und Tom und Larry. Wenn er nur ein Angeber ist und nichts zu bieten hat, könnte er euren Ruf ruinieren.«

»Das ist nicht zu befürchten. Immerhin hat er in London sensationelle Geschäfte und sehr viel Geld gemacht.«

»Sauberes Geld?«

»Allerdings«, erwiderte er ärgerlich. Ständig stellte sie alles in Frage, eine typische argwöhnische Anwältin. Gewiß, anfangs hatte er Simon auch mißtraut. Aber er war eines Besseren belehrt worden. Und er verdankte dem neuen Partner die Begegnung mit Daphne. Durfte er sich noch mehr wünschen?

Obwohl er mit Alex zu Abend aß, dachte er unentwegt an Daphne.

»Was hast du heute gemacht?« fragte sie, um herauszufinden, was ihn den ganzen Nachmittag im Büro festgehalten hatte.

Beinahe verschluckte er sich an seinem Salat. »Nicht viel – nur ein bißchen Papierkram.«

»Damit hast du dich früher nur selten befaßt.« Sie war skeptisch, schöpfte aber keinen Verdacht. Nach ihrer Ansicht hatte er die letzten Stunden nur im Büro verbracht, um ihr zu entrinnen. Was ja auch stimmte...

Während der Mahlzeit suchten sie mühsam nach Gesprächsthemen, die beide interessierten. Noch vor wenigen Wochen war ihnen das nicht schwergefallen. Aber wir sitzen wenigstens beisammen, dachte Alex, und ich bin zu Hause. Das Schlimmste habe ich hinter mir. Oder beinahe. Jetzt muß ich nur noch die Chemotherapie überstehen, dann wird sich unsere Ehe wieder einrenken... Daran zweifelte sie keine Sekunde lang. Im Augenblick gab es gewisse Schwierigkeiten, und sie mußten sich erst an die neue Situation gewöhnen.

Auch diese Nacht verbrachte Sam auf der Bettkante. Er

war höflich und fürsorglich, aber er rührte Alex nicht an. Sobald er eingeschlafen war, weinte sie wieder. Ein einziger Kuß und eine zärtliche Umarmung würden ihr soviel bedeuten. Dazu hätte er sich durchringen müssen, obwohl er fürchtete, was ihr Nachthemd verbarg.

Wegen der fast greifbaren Spannungen fühlten sich beide erleichtert, als das Wochenende überstanden war. Am Montag morgen, um acht Uhr, verließ Sam das Apartment. Alex brachte Annabelle zum erstenmal seit der Operation in den Kindergarten. Um neun hatte sie einen Termin bei Dr. Herman, der die Wundnähte und den Verband inspizieren wollte. Ihr graute vor dem Anblick der Narbe, dem sie nicht mehr lange ausweichen konnte.

Aber sie wäre noch viel heftiger erschrocken, hätte sie gesehen, was Sam in seinem Büro erwartete. Daphne in einem marineblauen Chanel-Kostüm, mit Minirock und langen, wohlgeformten Beinen. Lächelnd versicherte sie ihm, sie würde nicht bereuen, was am Samstag geschehen sei. Noch nie habe sie einen Mann so heiß begehrt wie ihn.

»Du sollst wissen, daß ich dich liebe«, flüsterte sie und schloß die Tür seines luxuriösen Büros hinter sich. »Natürlich bist du zu nichts verpflichtet. Du mußt meine Gefühle nicht einmal erwidern, und ich akzeptiere das Verantwortungsgefühl, das du deiner Frau entgegenbringst. Aber wann immer du mich brauchst – ich bin für dich da.«

Wie konnte er der verführerischen Daphne Belrose widerstehen? Voller Sehnsucht und Verzweiflung küßte er sie, und sie schmiegte sich mit gleicher Glut an ihn. Dann lächelte sie ihn wortlos an und verließ das Büro.

Zehntes Kapitel

Alex mußte nur eine halbe Stunde warten, bevor Dr. Herman sie in sein Sprechzimmer führte und fragte, wie sie sich fühle. Nach der Operation sei sie immer noch müde, erwiderte sie, aber sie verspüre kaum Schmerzen. Die Wunde würde erstaunlich gut verheilen, erklärte er. Inzwischen hatte er die Testergebnisse erhalten, die seinen Erwartungen entsprachen. Vier Lymphknoten waren betroffen, der Tumor reagierte nicht auf Hormone. In etwa zwei Wochen, sobald sie sich von dem Eingriff erholt hatte, sollte die Chemotherapie beginnen.

Für Alex war das keine gute Neuigkeit, wenn sie auch damit gerechnet hatte. Immerhin erhielt sie auch günstige Informationen. Trotz des Tumors im zweiten Stadium hielt sich der Befall ihrer Lymphknoten in Grenzen. »Und die Wunde wächst ausgezeichnet zusammen«, betonte Dr. Herman. »Darüber wird sich der plastische Chirurg freuen, wenn Sie sich später für ein Implantat entscheiden.« Sie wünschte, sie hätte seine Genugtuung teilen können. Aber die Tatsache, daß sie eine Brust verloren hatte und an Krebs litt, blieb bestehen.

Aufmerksam musterte er ihre ernste Miene. »Haben Sie sich die Wunde schon angeschaut?« fragte er, und sie schüttelte den Kopf. »Vielleicht sollten Sie sich der Realität stellen. Und Ihr Mann?«

»Er hat die Narbe auch nicht gesehen.« Davor fürchtet er sich, fügte sie in Gedanken hinzu, was ich ihm wohl kaum verübeln kann.

»Sicher wird Ihnen ein Blick in den Spiegel nicht schaden. Bald werden Sie wieder ein Bad nehmen, und dann müssen Sie sich ohnehin mit der Veränderung Ihres Körpers auseinandersetzen. Glauben Sie mir, es ist nicht so tragisch.«

Aber seine gutgemeinten Worte hatten sie nicht auf das Grauen vorbereitet. Zu Hause zog sie ihr Kleid und den BH aus. Vorsichtig löste sie den Verband, dann trat sie entschlossen vor den Spiegel. Zuerst betrachtete sie nur ihr Gesicht. Es dauerte eine Weile, bis ihre Augen langsam nach unten wanderten. Schreiend wich sie zurück. Die Wirklichkeit übertraf ihre schlimmsten Alpträume. Statt ihrer Brust starrte sie flaches, gerötetes Fleisch an, das sich irgendwann weiß färben würde, mit einer diagonalen Narbe. Die Brustwarze existierte nicht mehr. Noch nie hatte sie etwas so Häßliches gesehen. Nicht einmal der Gedanke, daß die Operation vielleicht ihr Leben gerettet hatte, konnte sie trösten. Verzweifelt sank sie auf die Badematte, schlang ihre Arme um die Knie und begann zu weinen.

Eine knappe Stunde später hörte Carmen das leise Schluchzen und eilte ins Bad. »O Mrs. Parker – was ist denn geschehen? Sind Sie verletzt? Soll ich den Arzt rufen? Mrs. Parker?«

Alex konnte ihre Tränen nicht zurückhalten und nur den Kopf schütteln. Zitternd preßte sie ihre Knie an die Brust. »Gehen Sie weg – gehen Sie weg...«, jammerte sie wie ein kleines Kind.

Aber Carmen kniete neben ihr nieder und umarmte sie. »Beruhigen Sie sich! Wir lieben Sie doch alle.«

»Nein, er haßt mich! Ich bin so häßlich! Er haßt mich!«

»Soll ich ihn anrufen?«

Erschrocken packte Alex die Hand ihrer Haushälterin. »O nein! Lassen Sie mich allein.«

Carmen kehrte resignierend in die Küche zurück, setzte sich an den Tisch und kämpfte selbst mit den Tränen. Endlich verstummte das Schluchzen im Bad. Alex erschien in der Tür, einen Morgenmantel um die Schultern, den sie vor der Brust zusammenraffte. »Würden Sie Annabelle vom Kindergarten abholen?« bat sie tonlos.

»Warum gehen Sie nicht selber hin? Annabelle wäre so glücklich.«

»Das kann ich nicht.« Die Antwort klang wie eine Stimme aus dem Jenseits, und Alex fühlte sich auch wie eine lebende Leiche.

»Doch. Wenn Sie wollen, komme ich mit.« Carmen führte Alex ins Schlafzimmer und nahm ein locker geschnittenes Strickkleid aus dem Schrank. »Ziehen Sie's an. Das gefällt Annabelle besonders gut.«

»Nein, ich schaff's nicht.« Alex begann wieder zu schluchzen, und Carmen drückte sie an sich. Jetzt weinten sie beide.

»Natürlich schaffen Sie's. Ich helfe Ihnen.«

»Warum?« flüsterte Alex mutlos und wollte nur noch sterben.

»Weil wir Sie lieben. Und wir werden Ihnen beistehen, bis Sie sich erholt haben.« Carmen nahm den Morgenmantel von Alex' Schultern, zog ihr einen BH an, ohne ihren Körper genauer zu betrachten, und streifte ihr das

Kleid über den Kopf. »Bald geht's Ihnen wieder gut«, fuhr sie zuversichtlich fort.

»Nein. Ich muß eine Chemotherapie machen.«

»Oh ...«, hauchte Carmen bestürzt. Aber sie riß sich sofort wieder zusammen. »Auch das werden wir verkraften.« Sie war fest entschlossen, alles für ihre herzensgute Arbeitgeberin zu tun, die ein solches Schicksal nicht verdiente. Allein schon ihrer Familie zuliebe mußte Mrs. Parker am Leben bleiben, und dabei wollte Carmen ihr helfen. »Jetzt holen wir Annabelle ab, dann essen wir. Später legen Sie sich hin, und ich spiele mit der Kleinen im Park.« Sie sprach in sanftem, beruhigendem Ton, als wäre Alex ein unglückliches Kind, doch sie konnte den Kummer nicht lindern.

Trotzdem raffte sie sich auf und folgte Carmen zum Kindergarten. Sie sagte kein Wort, und sie schwieg auch auf dem Heimweg. Aber Annabelle schien es nicht zu bemerken. Zu Hause angekommen, aßen sie Tomatensuppe und Truthahnsandwiches. Danach erklärte die Haushälterin dem kleinen Mädchen, Mommy müsse sich nun ausruhen, und brachte Alex ins Bett. Annabelle hielt das alles für ein lustiges Spiel und deckte ihre Mutter mit Carmens Hilfe zu. Den restlichen Nachmittag verbrachten die beiden im Park.

Am Abend erzählte Annabelle ihrem Vater, sie habe Mommy ins Bett gebracht. Ärgerlich fragte er sich, ob Alex wieder einmal die »Todkranke« spielte, wie er es nannte.

»Was ist los?« fragte er vorwurfsvoll, sobald das Kind schlafen gegangen war. »Hast du den ganzen Tag im Bett gelegen?« Er wollte nicht, daß sie sich vor Annabelle gehenließ. Als kleiner Junge hatte er solche beklemmenden Situationen oft genug miterlebt, und die Erinnerungen quälten ihn immer noch. Deshalb hatte er einen fast paranoiden Abscheu vor allen Krankheiten entwickelt.

»Ich mußte mich ausruhen. Heute morgen war ich bei Dr. Herman.«

»Hat er die Testergebnisse bekommen?«

»Ja. Vier Lymphknoten sind befallen. In drei Wochen beginnt die Chemotherapie. Wenn ich will, kann ich den Verband weglassen.«

»Immerhin ein Fortschritt«, meinte er in aufmunterndem Ton und ignorierte die geplante Chemotherapie.

Sie starrte ihn an, als stamme er von einem anderen Planeten. »Das sehe ich nicht so.«

»Gibt's Probleme?«

»Nicht direkt.« Nur ein kleines – meine Brust existiert nicht mehr …

»Und was hat dich dann so mitgenommen?«

»Großer Gott, verstehst du das denn nicht?« fauchte sie. »Ich sehe gräßlich aus, ich leide darunter, und ich kaufe dir nicht ab, daß es für dich keine Rolle spielt. Seit ich wieder daheim bin, gehst du mir aus dem Weg. Mit gutem Grund! Der Anblick meines Körpers wird dich wohl kaum begeistern.«

»Das habe ich auch nie behauptet. Aber deshalb mußt du keine Tragödie draus machen.«

»Vielleicht nicht …« Nach einer kleinen Pause fügte sie hinzu: »Ich wollte dich nur warnen.«

»In ein paar Monaten kannst du deine Brust wiederherstellen lassen.«

»Klar. Noch eine Operation, neue Schmerzen, ein gefährliches Silikonimplantat … Du ahnst ja gar nicht, wie ich mich drauf freue!«

»Okay, du hast es nicht leicht. Trotzdem solltest du endlich zu jammern aufhören. Es gibt schlimmere Dinge als den Verlust einer Brust.«

»Zum Beispiel?«

»Du könntest sterben«, erwiderte er in brutaler Offenheit.

»Laß mir ein bißchen Zeit, dann schaffe ich das wahrscheinlich auch noch. Vorerst habe ich nur zweierlei eingebüßt, was mir wichtig war – meine linke Brust und meinen Ehemann. Beides kam mir gleichzeitig abhanden. Oder ist's dir nicht aufgefallen? Jedenfalls habe ich dein Benehmen satt, deine Weigerung, meine Probleme zu akzeptieren, nur weil du nicht damit fertig wirst.«

»Das ist nicht wahr!« entgegnete er erbost, obwohl er ihr insgeheim zustimmte.

»Doch! Seit ich die schlimme Neuigkeit erfahren habe, bist du nicht mehr für mich da. Du behandelst mich wie eine altjüngferliche Tante – nicht wie deine Frau. Wie lange soll das noch so weitergehen, Sam? Wie lange muß ich die Sünde büßen, daß ich eine Brust verloren habe? Bis ich eine künstliche Brust habe? Bis dich mein nackter Körper nicht mehr erschreckt? Oder ist unsere Ehe für immer gescheitert? Das wüßte ich gern. Ich möchte nicht sinnlos hier herumhängen und dich ärgern – oder anwidern, wenn ich dusche.«

»Du widerst mich mit deinen Analysen und Beschuldigungen an. Hätten sie dir beide Brüste abgenommen, wäre ich nicht halb so sauer.«

»Wirklich nicht? Wollen wir wetten? Du ahnst ja nicht, wie ich aussehe. Viel häßlicher, als du denkst.«

»Alles ist immer nur so schlimm, wie du's hinstellst.

Nur *du* machst eine Tragödie draus – *du* bist es, die's nicht akzeptieren kann.«

»Bist du sicher?« Plötzlich konnte sie sich nicht mehr beherrschen, trat vor ihn hin und knöpfte ihr Nachthemd auf. Er spürte, wie sein Herz schneller schlug, doch er konnte sie nicht mehr zurückhalten. Es war zu spät. Und er hatte sie dazu getrieben. Das wußte er. Ungeduldig streifte sie das Hemd von der einen Schulter, dann von der anderen, und es glitt lautlos zu Boden. Nur Sams halberstickter Schreckensschrei war zu hören. Sie hatte keinen Verband mehr angelegt, und er sah alles, was ihr an diesem Morgen so kaltes Grauen eingejagt hatte – das gerötete Fleisch, die gräßliche Narbe. Deutlich verriet sein Gesicht, was er empfand. Er würde sie niemals berühren. »Hübsch, nicht wahr?« Jetzt weinte sie wieder und rang schluchzend nach Atem.

»Tut mir leid, Alex.« Er ging zu ihr, hob das Nachthemd auf und hielt es ihr hin. »Tut mir leid«, wiederholte er leise und nahm sie in die Arme. Auch in seine Augen stiegen Tränen.

»Damit kann ich nicht leben«, klagte sie, wollte ihre Brust wiederhaben, die Vergangenheit zurückholen. Warum war das Unglück geschehen?

»Wir werden uns dran gewöhnen«, beteuerte er und hoffte, er würde recht behalten.

»Wirklich? Soll ich meine Brust wiederherstellen lassen?«

»Dafür ist es jetzt zu früh. Wart mal ab, wie du später drüber denken wirst.«

»Oh, ich hasse das alles – ich hasse mich selbst«, gestand sie, schlüpfte in ihr Nachthemd, und er half ihr, als sich die Falten ineinander verfingen. So schnell wie möglich wollte sie sich verhüllen, damit sie beide nichts mehr sehen mußten. »Verzeih, daß ich dir böse war, Sam. Aber ich weiß einfach nicht aus noch ein.«

»Ich auch nicht«, gab er zu. »Wahrscheinlich brauchen wir beide etwas Zeit.«

»Ja«, flüsterte sie traurig, sah ihn an und fragte sich, ob das intime Eheleben für immer beendet war.

»Wenn du nächste Woche wieder arbeitest, wird's dir bessergehen«, meinte er ermutigend und schaltete den Fernseher ein, weil er nicht mehr mit ihr reden wollte.

»Vielleicht«, entgegnete sie skeptisch, aber sie sehnte sich nach ihrem Mann – nicht nach ihrem Job.

Während sie fernsahen, konnte er nur an den schrecklichen Anblick denken, den seine Frau vorhin geboten hatte. Würde er jemals wieder mit ihr schlafen können? Daran zweifelte er. Dieser Gedanke führte zu der schmerzlichen Erkenntnis, wie sehr er Daphne begehrte. Schuldbewußt erinnerte er sich an ihre schönen Brüste – wie sie aussahen, wie sie sich in seine Hände geschmiegt hatten. Sie war so jung, so reizvoll, so fröhlich. Und sie besaß einen vollkommenen Körper.

»Ich fühle mich nicht mehr wie eine Frau«, seufzte Alex, als sie um Mitternacht den Fernseher abschalteten.

»Sei nicht albern. Deine Persönlichkeit hängt nicht von einer Brust ab, und dieser Verlust ändert nicht dein ganzes Leben. Du bist jetzt dieselbe Frau wie zuvor.« Aber er tat nichts, um seine Worte zu bestätigen. Später lag er im Bett, möglichst weit von Alex entfernt, und dachte unentwegt an Daphne.

Elftes Kapitel

Das einzige, was Alex und Sam kurzfristig zusammenführte, war das Halloween-Fest am nächsten Wochenende. Wie geplant verkleidete sich Annabelle als Prinzessin. In ihrem rosaroten Samtkostüm mit Glitzersteinen und Rheinkieseln sah sie zauberhaft aus. Dazu trug sie eine kleine Silberkrone und einen Zauberstab. Normalerweise verkleidete sich auch Alex. Aber in diesem Jahr hatte sie keine Zeit gefunden, um ein Kostüm zu besorgen. In letzter Minute setzte sie eine schwarzweiße Perücke auf, zog einen alten Pelzmantel an und stellte Cruella De Vil dar. Annabelle war begeistert. Wie jedes Jahr holte Sam sein Dracula-Kostüm hervor und ließ sich von Alex schminken.

»Mit diesen schwarzweißen Haaren siehst du sehr hübsch aus«, meinte er. Unter dem Pelz trug sie ein elegantes rotes Strickkleid. Jetzt steckte eine Prothese in ihrem BH, die erstaunlich echt wirkte, und Sam bewunderte ihre Figur. Selbst wenn ihr eine Brust fehlte – sie hatte immer noch sensationelle Beine und den Körper eines Models. Solche Dinge schienen ihm erst aufzufallen, seit er Daphne kannte.

Sie benahmen sich untadelig, obwohl es ihnen schwerfiel. Nur einmal hatte er der Versuchung nachgegeben und sie in seinem Büro geküßt. Ansonsten bezähmten sie ihre

Gefühle, trotz der zahlreichen Begegnungen und Geschäfts-Lunches mit Klienten. Daphne unterstützte ihn, wenn neue Deals ausgehandelt wurden, und bewies bemerkenswerte Fachkenntnisse auf dem Gebiet der internationalen Finanzen. Mit Alex sprach er nie über seine junge Mitarbeiterin. Instinktiv ahnte er, daß seine Frau sofort Verdacht schöpfen würde. Seine Partner beobachteten ihn neugierig, doch sie wagten keine Fragen zu stellen. Nur Simon witzelte manchmal über die verführerischen englischen Mädchen und betonte, seine Kusine sei besonders attraktiv. Sam stimmte zu. Aber nur Daphne wußte, wie leidenschaftlich er sich nach ihr sehnte.

»Du siehst gut aus«, meinte Alex, als sie das Dracula-Make-up vollendete.

Seit der Operation hatten sie noch nie so lange voreinander gestanden wie jetzt, im hellen Licht des Badezimmers. Dies wäre eine perfekte Gelegenheit für ihn gewesen, ein versöhnliches Wort zu sagen, seine Frau zu umarmen oder sogar zu küssen. Doch dazu konnte er sich nicht durchringen, denn er fürchtete sich vor dem, was danach geschehen mochte, was sie von ihm erwarten würde – etwas, wozu er nicht fähig wäre. Nichts an ihr reizte ihn. Sie war zu krank, ihr Körper hatte sich zu sehr verändert, und er wollte keine bösen Erinnerungen heraufbeschwören.

Sie gab ihm die Dracula-Zähne, und Annabelle erschauerte hingerissen. »O Daddy, du gefällst mir!« rief sie kichernd. Er lachte, und Alex lächelte. So froh war sie seit einem Monat nicht mehr gewesen. Der Rest des Abends verlief genauso erfreulich. Sie wanderten umher, besuchten Freunde, tranken ein Glas Wein mit ihnen und aßen

Süßigkeiten. Als sie nach Hause zurückkehrten, sank Annabelle erschöpft ins Bett, und ihre Eltern waren bester Laune.

»Was für ein wunderbares Fest«, seufzte Alex glücklich.

Früher hatten sie Halloween nie gefeiert. Erst jetzt, in Annabelles Gesellschaft, genossen sie das Ereignis. Dieser Gedanke stimmte Alex wieder traurig. Wahrscheinlich würde sie nie mehr ein Kind bekommen. In den nächsten fünf Jahren durfte sie nicht schwanger werden, und den Statistiken zufolge führte die Chemotherapie bei den meisten Frauen zur Sterilität. Außerdem würde die Behandlung im Fall einer Zweiundvierzigjährigen eine vorzeitige Menopause verursachen. Es fiel ihr immer noch schwer, all diese Wörter in ihr Vokabular aufzunehmen. Brustamputation, bösartiger Tumor, involvierte Lymphknoten, Metastasen. Unglaublich. Innerhalb eines Monats hatte sich ihr Wortschatz verändert – und damit ihr Leben, ihre Ehe. Die negative Wirkung, die das Krebsleiden auf ihre Beziehung zu Sam ausübte, ließ sich nicht leugnen. Das würde er natürlich niemals zugeben. Er verhielt sich immer noch so, als wäre nichts geschehen, und dadurch belastete er sie nur noch stärker. Wie sollte sie etwas reparieren, das nach seiner Ansicht gar nicht zerbrochen war?

»Gehst du ins Bett?« Erstaunt beobachtete sie, wie er sich auszog. Es war erst zehn, eine halbe Stunde nach ihrer Ankunft im Apartment, und sie fühlte sich kein bißchen müde.

»Sonst gibt's nichts zu tun«, erwiderte er und kroch unter die Decke. »Heute wollte ich mich mal ein bißchen früher hinlegen.« Noch vor wenigen Wochen hätte das ein romantisches Zwischenspiel eingeleitet. Aber nun schlief er oder stellte sich schlafend, als sie zwanzig Minuten später aus dem Bad zurückkam. Er wollte sich nicht mit ihr befassen, seine ehelichen »Pflichten« nicht erfüllen. Darauf legte sie allerdings ohnehin keinen Wert. Wenn er sie nicht begehrte, würde sie lieber auf Sex verzichten, notfalls für immer.

Sie las sehr lange in dieser Nacht, und danach fühlte sie sich besser. Am Montag würde sie endlich wieder ins Büro gehen, wo sie eine ganze Menge aufarbeiten und organisieren mußte. Bis zum Beginn der Chemotherapie hatte sie zwei Wochen Zeit – zwei wundervolle, ausgefüllte Wochen, bevor sich ein neuer Abgrund öffnen würde.

Als sie ihre Tochter am Montag zum Kindergarten brachte, gewann sie beinahe den Eindruck, die alten Zeiten wären zurückgekehrt – abgesehen von ihrem Frühstück in Gesellschaft ihres schweigsamen Mannes. Neuerdings legte er das *Wallstreet Journal* nie mehr beiseite, und er küßte sie nicht. Aber daran gewöhnte sie sich. Die letzten beiden Wochen waren die einsamsten ihres Lebens gewesen. Konnte es noch schlimmer werden?

»Ist Daddy immer noch böse auf dich?« fragte Annabelle, während sie die Straße entlanggingen, und Alex schaute sie erstaunt an. Sogar das Kind spürte also die gespannte Atmosphäre.

»Das glaube ich nicht. Warum?«

»Weil er ganz anders geworden ist. Er redet nicht mit dir und gibt dir keinen Kuß. Und wenn er von der Arbeit nach Hause kommt, schaut er so wütend drein.«

»Vielleicht ist er nur müde.«

»Wenn sich die Erwachsenen ärgern, sagen sie immer, daß sie müde sind. So wie Daddy. Frag ihn doch mal.«

»Okay, mein Schatz. Gestern warst du die schönste Prinzessin in der ganzen Stadt.«

»Danke, Mommy.« Annabelle schlang die Arme um den Hals ihrer Mutter und rannte in den Kindergarten.

Das Herz voller Liebe, schaute Alex ihr nach. Dann winkte sie mit dem rechten Arm ein Taxi heran, stieg ein und fuhr zur City. Ihre linke Seite war immer noch etwas empfindlich. Aber sie fühlte sich zum erstenmal seit zwei Wochen wieder wie ein lebendiger Mensch. Vor vierzehn Tagen, fast auf die Stunde genau, hatte man ihr die Brust abgenommen. Und jetzt ging es ihr schon viel besser – sogar großartig, verglichen mit den ersten Tagen nach der Operation. Nur der Gedanke an die Chemotherapie bedrückte sie.

»Oh, wer ist denn da!« rief Liz freudestrahlend, eilte hinter ihrem Schreibtisch hervor und umarmte sie.

In Alex' Büro stand eine Blumenvase, ein Geschenk ihrer Sekretärin, und die Akten, die Brock bearbeitet hatte, lagen bereit. »Wow! Offenbar seid ihr sehr gut ohne mich ausgekommen.«

»Glauben Sie das bloß nicht!« protestierte Liz.

Die Liste der Informationen war endlos und betraf hauptsächlich die Fälle, die Matt und andere Partner inzwischen abgeschlossen hatten. Für die Recherchen war Brock zuständig gewesen. Einige Mandanten wollten auf Alex' Rückkehr warten. Als sie am Schreibtisch Platz nahm, brachte Liz ihr eine Tasse Kaffee. Lächelnd schaute Alex auf. Es war wunderbar, wieder hier zu sitzen, unter Freunden, und sich nützlich zu machen. Trotz einer gewissen Müdigkeit fühlte sie sich ihren Pflichten gewachsen, und sie würde wenigstens einen Teil ihrer Identität zurückgewinnen.

»Wie geht's Ihnen?« fragte Liz leise.

»Erstaunlich gut. Aber ich werde sehr schnell müde.«

»Lassen Sie sich Zeit. Überstürzen Sie nichts.« Liz kehrte ins Vorzimmer zurück.

Zunächst saß Alex einfach nur da, schaute sich um und genoß die vertraute Umgebung. Sie lehnte sich zurück, nippte an ihrem Kaffee, und im selben Augenblick steckte Brock Stevens den Kopf zur Tür herein. »Herzlich willkommen!«

»Danke.« Nicht zum erstenmal erschien er ihr wie ein großer blonder Junge. Er trug eine Brille, über der eine widerspenstige Locke hing, und er wirkte wie immer ein bißchen verschmitzt. »Offensichtlich haben Sie inzwischen meine ganze Arbeit erledigt. Ich sollte vielleicht für immer Urlaub nehmen.«

»Ausgeschlossen!« entgegnete er und sank in den Sessel vor ihrem Schreibtisch. »Die schwierigen Probleme habe ich für Sie aufgehoben. Übrigens, Jack Schultz hat etwa zweihundertmal angerufen, um Ihnen zu danken.«

»Ich bin froh, daß wir seinen Prozeß gewinnen konnten. Das hat er verdient.«

»Und Sie auch.« Für diese Verhandlung hatte sie hart gearbeitet, was ihr sicher nicht leichtgefallen war. Inzwischen hatte er von ihrer Operation erfahren, wußte aber nicht, woran sie litt. Aber er ahnte, daß es etwas Ernstes sein mußte, denn er hatte Liz danach gefragt, eine ausweichende Antwort bekommen und tiefen Kummer in ihren Augen gelesen. »Was wollen Sie heute machen,

Alex?« Er fand, sie wäre ein bißchen zu dünn geworden, würde müde aussehen – und trotzdem bildschön.

»Nur die Akten aufarbeiten, Ihre Leistung würdigen und feststellen, was mir noch zu tun bleibt.«

»Oh, da gibt's einiges. Zwei neue Klienten wurden von ihren ehemaligen Angestellten angezeigt. Außerdem haben wir vier neue Fälle, darunter die Verleumdungsklage eines Filmstars. Darüber weiß Matt besser Bescheid.«

»Dieser Glückspilz! Diesen Fall gönne ich ihm.« Sie war gelassener als früher. Noch hatte sie nicht zu ihrem alten Elan zurückgefunden und genoß einfach nur die Atmosphäre der Kanzlei.

»Sind Sie jetzt wieder okay, Alex?« fragte er behutsam. »Ich weiß, Sie waren krank. Hoffentlich nichts Schlimmes…« Ihre Schönheit hatte es jedenfalls nicht beeinträchtigt.

Sekundenlang fühlte sie sich versucht zu behaupten, alles sei in bester Ordnung. Doch sie besann sich anders. Während der nächsten Monate würde sie seine Hilfe brauchen, und sie sah keinen Grund, ihn zu belügen. »Vermutlich werde ich mich bald erholen. Aber ich habe schwere Zeiten durchgemacht.« Zögernd starrte sie in ihre Kaffeetasse, suchte nach Worten. Für Alex war es eine ganz neue Erfahrung, Schwächen einzugestehen und jemanden um Unterstützung zu bitten. Dann schaute sie auf, sah Anteilnahme und Besorgnis in Brocks Augen und wußte, daß sie ihm vertrauen durfte. »In zwei Wochen beginnt meine Chemotherapie«, fügte sie seufzend hinzu, glaubte zu hören, wie er den Atem anhielt, und entdeckte eine stumme Frage in seinem Blick.

»Tut mir leid.«

»Mir auch. Wenn ich's schaffe, werde ich weiterarbeiten. Was auf mich zukommt, wird sich erst herausstellen. Angeblich leidet man bei der richtigen Dosierung nur unter extremer Müdigkeit. Warten wir's ab.«

Verständnisvoll nickte er. »Ich werde Ihnen helfen, so gut ich's kann.«

»Daran zweifle ich nicht, Brock«, erwiderte sie, und ihre Stimme zitterte ein wenig. Sie hatte Freunde, Menschen wollten ihr beistehen, die sie kaum kannte, die nur mit ihr zusammenarbeiteten – diese Gewißheit bewegte ihr Herz. »Und ich danke Ihnen für alles, was Sie bereits getan haben. Ohne Sie hätte ich diesen letzten Prozeß nicht überstanden. Damals hing die Operation bereits wie ein Damoklesschwert über meinem Kopf. Nun, wenigstens *das* habe ich jetzt hinter mir.«

Er fragte nicht, an welcher Krebsart sie erkrankt war. Unter ihrem schwarzweißen Tweedkostüm zeichnete sich nichts ab. »Tut mir leid, daß Sie soviel durchmachen mußten. Aber Sie werden's schon hinkriegen«, versuchte er sie zu ermutigen.

»Hoffentlich. Da draußen habe ich eine ganz neue Welt kennengelernt.« Sie stellte ihre Kaffeetasse ab, musterte ihn nachdenklich und fand es tröstlich, mit ihm zu reden. »Meistens habe ich alles unter Kontrolle. Aber es erscheint mir so seltsam, Dingen ausgeliefert zu werden, die sich meiner Kontrolle entziehen. Ich kann gar nichts tun, befolge einfach nur Anweisungen und sehne meine Genesung herbei. Dafür gibt es keine Garantie. Allzu gut stehen meine Chancen nicht. Ich glaube, man hat die Krankheit früh genug erkannt. Zumindest klammere ich mich an diesen günstigen Faktor. Aber wer weiß ...« Ihre Stimme erstarb, und Brock griff über den Schreibtisch hinweg, um ihre Hand zu drücken. Ihre Blicke trafen sich.

»Alex, Sie müssen's nur wollen. Beschließen Sie, den Kampf zu gewinnen, ganz egal, wie elend Sie sich fühlen, welche Schmerzen und Ängste Sie erleiden werden. Vergleichen Sie's mit einem Gerichtsprozeß. Was immer die Gegenseite Ihnen zumutet – wehren Sie sich! Lassen Sie nicht locker!« Seine eindringlichen Worte überraschten sie. Offenbar steckte hinter Brocks lässiger Fassade viel mehr, als man annehmen mochte. »Vergessen Sie das niemals!« Lächelnd entzog er ihr seine Hand und stand auf. »Wenn ich Ihnen helfen soll, schreien Sie einfach. Jetzt muß ich gehen. Ich komme später noch mal zu Ihnen.«

»Danke, Brock. Für alles.« Sie schaute ihm nach, tief beeindruckt von seiner Herzenswärme, und begann, die Akten zu studieren.

Zu Mittag ging sie mit Matt Billings essen. Er erzählte ihr von den neuen Fällen und erwähnte, die Verleumdungsklage des Filmstars habe er einem Kollegen namens Lucky Harvey übergeben. Das hätte Alex an seiner Stelle auch getan, obwohl Verleumdungen zu ihrem Spezialgebiet gehörten. Aber dieser Fall erschien ihr zu brisant. Die Schauspielerin hatte eine der respektabelsten Zeitschriften des Landes verklagt. Angesichts der Pressefreiheit und des guten Rufs, den das Magazin genoß, war die Beweisführung problematisch. Und der Umgang mit der Klägerin schien sich etwas schwierig zu gestalten. Außerdem berichtete Matt von einem Prozeß, den ein Industriekonzern angestrengt hatte, und einigen kleineren geschäftlichen Angelegenheiten.

Nachdem er Alex gründlich über die derzeitige Situation bei Bartlett & Paskin informiert hatte, sah er sie prüfend an und erkundigte sich nach ihrem Gesundheitszustand.

»Jetzt geht's mir besser«, antwortete sie zögernd. »Vor einem Monat, kurz bevor der Schultz-Prozeß begann, ging ich zur Mammographie, und da wurde ein Schatten auf den Röntgenbildern entdeckt. Ich brachte erst mal die Verhandlung zu Ende. Aber diese andere Sache ist noch nicht ausgestanden.«

Bestürzt hörte er zu. Sie hatte sich für zwei Wochen verabschiedet, mit der Begründung, sie müsse einen »kleinen« Eingriff machen lassen. Offenbar handelte es sich um ein ernsteres Problem. »Was wird jetzt geschehen?«

Sie holte tief Atem. Eines Tages mußte er's so oder so erfahren. Warum nicht jetzt? Er war ein alter Freund, und er hatte ein Recht auf die Wahrheit. »Vor zwei Wochen wurde mir eine Brust abgenommen.« Wie schwer es ihr immer noch fiel, diese Worte auszusprechen... Matt starrte sie erschrocken an. »Und demnächst beginnt meine Chemotherapie, die sechs Monate dauern wird. Während dieser Zeit will ich weiterarbeiten, aber ich weiß nicht, in welcher Verfassung ich mich befinden werde. Danach wird's mir angeblich wieder gutgehen. Der Arzt glaubt, der Tumor wäre vollständig entfernt worden, und ich muß mich nur zur Sicherheit einer Chemotherapie unterziehen.«

Auf diese Sicherheitsmaßnahme hätte sie gern verzichtet. Aber da einige Lymphknoten befallen waren und der Tumor das zweite Stadium erreicht hatte, mußte sie die Tortur wohl oder übel ertragen.

Ungläubig schüttelte Matthew den Kopf. Sie war so jung, so schön. Nie hätte er vermutet, daß sie an einer so schrecklichen Krankheit litt. »Möchtest du dir die sechs Monate nicht freinehmen?« schlug er vor und fragte sich, wie er so lange ohne sie auskommen sollte.

»O nein!« erwiderte sie hastig und fürchtete, er würde sie dazu zwingen. Es widerstrebte ihr, daheim zu sitzen und in Selbstmitleid zu versinken. In dieser Hinsicht hatte Sam recht. Deshalb wollte sie arbeiten, sich ablenken und die Leistung vollbringen, zu der sie sich imstande fühlen würde. »Wenn's mir zu schlecht geht, sag ich's dir. In meinem Büro steht eine Couch. Also kann ich notfalls die Tür versperren und mich für eine halbe Stunde hinlegen. Ich werde mich auch in den Mittagspausen ausruhen. Aber ich möchte auf keinen Fall zu Hause bleiben. Das würde mich umbringen.«

Wenn ihm ihre Ausdrucksweise in einer solchen Situation auch mißfiel – ihre Entschlossenheit beeindruckte ihn. »Bist du sicher?«

»Ja. Nach dem Beginn der Chemotherapie werde ich mich vielleicht anders besinnen. Jedenfalls will ich vorerst weiterarbeiten. Es sind ja nur sechs Monate. Manche Frauen leiden ganz entsetzlich unter einer Schwangerschaft. In dieser Beziehung hatte ich Glück. Die werdenden Mütter, die sich elend fühlen, arbeiten trotzdem weiter. Niemand erwartet von ihnen, daß sie zu Hause bleiben. Und das will ich auch nicht.«

»Eine Schwangerschaft läßt sich nicht mit deinem Problem vergleichen. Was meint dein Arzt?«

»Nach seiner Ansicht könnte ich arbeiten, müßte aber versuchen, den Streß auf ein Minimum zu reduzieren, und dürfte nicht vor Gericht auftreten. Das soll mein tüchtiger Assistent erledigen. Oder unsere Partner springen ein. Ich werde recherchieren, die Verhandlungen vorbereiten, während der Prozesse im Gerichtssaal sitzen und Anträge stellen. Nur für die Plädoyers und Zeugenvernehmungen möchte ich nicht die alleinige Verantwortung tragen. Das wäre den Mandanten gegenüber unfair.«

»Und dir gegenüber wär's fair?«

»Natürlich.«

Matt bewunderte ihre innere Kraft und Tapferkeit. Als sie das Restaurant verließen, legte er einen Arm um ihre Schulter.

Weil alle so freundlich zu ihr waren, stiegen immer wieder Tränen in ihre Augen. Jeder wollte ihr helfen. Nur Sam nicht. Seltsam, wie das Leben sich manchmal entwickelte... Gerade der Mensch, den sie besonders dringend brauchte, war nicht für sie da. Aber wenigstens standen ihr die anderen bei.

»Was kann ich tun, um es dir leichter zu machen?« fragte Matt, während sie zum Bürogebäude zurückschlenderten. Es war ein kalter, windiger Tag. Obwohl sie einen Mantel über ihrem Tweedkostüm trug, fror sie bis auf die Knochen.

»Du tust ohnehin schon so viel. Natürlich werde ich dir immer sagen, wie's mir geht. Und – Matt...« Flehend schaute sie zu ihm auf. »Erzähl's nur den Leuten, die's unbedingt wissen müssen. Ich will kein Mitleid, und ich möchte nicht neugierig angestarrt werden. Wenn jemand fragt, warum er mir einen Teil der Arbeit abnehmen soll – okay. Aber wir wollen's nicht in alle Welt hinausposaunen.«

»Selbstverständlich nicht.«

Er glaubte tatsächlich, er würde sich diskret verhalten. Aber eine Woche später waren alle Mitarbeiter über Alex' Problem informiert. Wie ein Lauffeuer breitete sich die Nachricht unter den Sekretärinnen, Partnern, Assistenten und Anwaltsgehilfen aus. Sogar ein Mandant wußte Bescheid. Zu Alex' Verblüffung begegneten ihr die Leute mit aufrichtiger Anteilnahme, schrieben ihr, besuchten sie und boten ihr Hilfe an. Anfangs fand sie das ärgerlich, und es brachte sie in Verlegenheit. Doch sie merkte sehr bald, daß die Menschen ernsthaft an ihr interessiert waren und sich bemühten, ihr das schwere Schicksal zu erleichtern. Sie schätzten nicht nur ihre berufliche Kompetenz, sondern auch ihre Persönlichkeit.

Innerhalb einer Woche quoll ihr Büro von Blumen, Briefen und selbstgebackenen Torten über. Man verehrte ihr Kekse, Baklava und einen fabelhaften Apfelstrudel.

»Oh, um Himmels willen!« stöhnte sie, als sie gerade eine Besprechung mit Brock Stevens abhielt und Liz einen Schokoladenkuchen hereintrug. »Wenn das alles vorbei ist, werde ich zweihundert Pfund wiegen.« Aber die Leute waren so nett. Seit sie wieder arbeitete, mußte sie ständig Dankesbriefe schreiben. Heimlich schenkte sie Liz und Brock einen Teil der Süßigkeiten. Für sich selbst, Sam, Annabelle und Carmen hatte sie bereits genug nach Hause geschleppt.

»Möchten Sie was essen?« fragte sie Brock während einer Kaffeepause und lachte fröhlich. »Hier geht's zu wie in einem Restaurant.«

»Ist das nicht wundervoll? Nun merken Sie wenigstens, wie beliebt Sie sind.« Inzwischen hatte er die Neuigkeiten mehrmals gehört. Eine Brustamputation – Chemotherapie – vielleicht wird Alex Parker sterben ... Jetzt wußte er viel mehr, als sie ihm verraten hatte. Nach dem Lunch mit Alex war Matt Billings tief erschüttert gewesen. Vor lauter Bestürzung hatte er seine Sekretärin und vier Partner unverzüglich informiert. Die teilten es ihren Sekretärinnen mit, die's wiederum den Assistenten erzählten, und die weihten alle anderen Partner ein, die den Anwaltsgehilfen Bescheid gaben. Bald waren sämtliche Mitarbeiter verständigt worden. Und alle Herzen flogen Alex entgegen.

»Wenn's auch verrückt klingt – ich bin sehr glücklich.«

»Und das werden Sie auch bleiben«, erklärte Brock energisch. Was ihre Zukunft betraf, hatte er glasklare Vorstellungen. Manchmal fragte sie sich, ob er religiös war.

Zu Hause entspannte sich die Lage nicht. Sam war für drei Tage nach Hongkong geflogen, um Simons Geschäftsfreunde zu treffen. Mit einem dieser Männer hatte er einen ungewöhnlichen Deal abgeschlossen, der Schlagzeilen im *Wall Street Journal* machte. Seine beruflichen Erfolge, die ihm das Interesse der größten Finanzstars einbrachten, waren schon immer von Hollywood-Glamour umgeben worden. Aber seit Simons Einstieg boomte die Firma geradezu sensationell. Was immer Sam anfaßte, schien sich in Gold zu verwandeln. Noch nie war er so beschäftigt gewesen. Doch die dreitägige Trennung vertiefte die Kluft zwischen den Parkers. Er hatte seiner Frau nichts von dem grandiosen Deal erzählt, und sie erfuhr erst aus der Zeitung davon. Am Abend wies sie ihn darauf hin. »Warum hast du mir nichts gesagt?« fragte sie gekränkt.

»Weil ich's vergessen habe. Außerdem warst du auch sehr beschäftigt. In letzter Zeit habe ich dich kaum gesehen.« Aber sie wußte, daß ein solcher Deal nicht innerhalb weniger Tage zustande kam, sondern wochenlang vorbereitet wurde. Er ließ sie nicht mehr an seiner Karriere teilnehmen.

Vier Tage später ging er sofort nach dem Dinner ins Bett und behauptete, er würde immer noch am Jet-lag leiden.

»Wovor fürchtest du dich, Sam?« fragte sie eines Abends, als er sich wieder einmal auszog, obwohl sie eben erst gegessen hatten. Neuerdings pflegte er tief und fest zu schlafen, bevor sie unter die Decke kroch. Meistens ging sie nach dem Dinner für ein oder zwei Stunden ins Arbeitszimmer, um Akten zu studieren und vor der Chemotherapie möglichst viel zu erledigen. »Ich werde nicht über dich herfallen, wenn du nach acht Uhr aufbleibst. Vielleicht solltest du dir im Fernsehen mal was anderes anschauen als die ›Sesamstraße‹ und die Sechsuhrnachrichten. Ganz zu schweigen von einer kultivierten Konversation zwischen zwei erwachsenen Menschen.«

»Wie ich bereits sagte – ich habe eine anstrengende Woche hinter mir und den Jet-lag noch nicht überwunden.«

»Erzähl das deiner Großmutter.«

»Was soll das heißen?«

»Nichts, um Himmels willen! Ich hab doch nur Spaß gemacht. Was ist eigentlich los mit dir?« In letzter Zeit hatte er seinen Humor verloren. Sie unterhielten sich nie, sie lachten nie, sie entspannten sich nie, sie küßten sich nie. Innerhalb weniger Tage waren sie einander fremd geworden. Und das alles nur wegen einer Brustamputation. Er benahm sich, als hätte sie einen niederträchtigen Verrat an ihm begangen.

»Tut mir leid, ich fand's nicht amüsant.«

»Und was amüsiert dich? *Ich* jedenfalls nicht. Nach meiner Entlassung aus der Klinik hast du kaum ein Wort mit mir gewechselt... Eigentlich kann ich schon seit der Mammographie nicht mehr vernünftig mit dir reden.« Vor sechs Wochen hatte der Alptraum begonnen, und er schien kein Ende zu nehmen. »Was wird geschehen, wenn ich mich der Chemotherapie unterziehe?«

»Wie soll ich das wissen?«

»Laß uns mal überlegen. Die Mammographie, die Biopsie und die Brustamputation haben dich schon maßlos geärgert. Wie wirst du dich während der Chemotherapie verhalten? Läufst du davon? Oder ignorierst du mich? Womit muß ich rechnen? Wirst du die Scheidung einreichen? Gib mir doch einen kleinen Hinweis.«

»Okay, okay.« Langsam kehrte er in die Küche zurück, wo sie gerade den Tisch abräumte. Annabelle schlief schon seit einer Stunde und konnte das Gespräch ihrer Eltern nicht hören. »Ja, die letzten Wochen waren schwierig. Aber deshalb muß nicht alles zu Ende sein. Ich liebe dich immer noch.« Verlegen und unbehaglich schaute er sie an.

Er erkannte den Ernst der Lage, wußte aber nicht, was er dagegen unternehmen sollte. Wenn er Alex auch liebte – er begehrte Daphne, und das machte alles noch schlimmer. Sobald er sich seiner Frau wieder näherte, würde er den Traum von Daphne aufgeben müssen. Und falls er sich mit Daphne einließ, würde er Alex betrügen. Jetzt stand er irgendwo in der Mitte und wagte sich an keine der beiden heran. Durch sein Zögern zerstörte er die Beziehung zu Alex. Um die Ehe zu retten, müßte er etwas sagen oder tun. Doch das gelang ihm nicht. Er brachte es nicht fertig, ihren Körper zu betrachten. Und er sehnte sich unentwegt nach Daphne. Was für eine beängstigende Situation...

»Ich brauche nur ein bißchen Zeit, Al.« Einerseits wollte er ihr eine versöhnliche Hand reichen, andererseits schreckte er davor zurück. Um das Problem zu lösen, brauchte er tatsächlich Zeit, und die konnte er sich nicht nehmen, ohne Alex zu verletzen. Das widerstrebte ihm. Aber ein endgültiger Verzicht auf Daphne erschien ihm unerträglich. Und er war noch immer nicht bereit, Alex' Krankheit zu akzeptieren und ihr beizustehen.

»Viel Zeit hast du nicht mehr, Sam. Wenn die Chemotherapie beginnt, bin ich auf deine Hilfe angewiesen. Und um ehrlich zu sein...«, sie war immer ehrlich – schmerzhaft ehrlich, »bis jetzt hast du mir kein bißchen geholfen. Deshalb setze ich keine allzu großen Hoffnungen in die Zukunft.« Jetzt sprach sie in erstaunlich ruhigem Ton über ihren Kummer, und ihr Zorn schien zu verfliegen.

»Ich will mein Bestes tun. Aber ich kann nicht besonders gut mit kranken Menschen umgehen.«

»Das habe ich bemerkt.« Sie lächelte wehmütig. »Wie auch immer, ich wollte es nur erwähnen. Ich habe Angst«, gestand sie leise, »weil ich nicht weiß, was mich erwartet.«

»So schlimm wird's schon nicht sein. Du kennst doch die übertriebenen Horrorgeschichten über die Qualen, die eine Frau bei der Geburt eines Kindes erleidet. Sicher gilt das auch für die Chemotherapie.«

»Hoffentlich«, erwiderte sie skeptisch. Ein paarmal war sie mit Liz zu der Hilfsgruppe gegangen, um ihrer Sekretärin einen Gefallen zu tun. Aber sie hatte es nicht bereut und aufschlußreiche Einzelheiten erfahren. Einige Frauen hatten die Chemotherapie gut überstanden, doch die meisten erklärten, die Behandlung sei ein Martyrium. »Jedenfalls freut's mich, daß deine Geschäfte so gut gehen. Allem Anschein nach ist Simon wirklich ein Gewinn für die Firma. Wir haben ihn wohl beide falsch beurteilt.«

»Allerdings. In Hongkong hat er mich mit steinreichen Chinesen aus der Schiffahrtsbranche bekannt gemacht. Gegen diese Leute sind die Araber arme Schlucker.«

»Wieviel wollen sie investieren?« fragte Alex und stellte das Geschirr in die Spülmaschine. Für seine Geschäfte hatte sie sich immer interessiert, und im Augenblick war das ein unverfängliches Gesprächsthema.

»Sechzig Millionen«, erwiderte er triumphierend.

Jetzt fühlte sie sich noch tiefer verletzt, weil er ihr den Deal verschwiegen hatte. »Für einen Jungen aus New York eine ganze Menge Geld.«

»Phantastisch, nicht wahr?« Als er lächelte, sah er wieder so aus wie der Mann, in den sie sich verliebt hatte.

»O ja, und ich bin stolz auf dich.« Warum sprach sie so mit einem Mann, der sich von ihr fernhielt, der ihr immer wieder weh tat? Doch das konnte seinen Verdienst nicht schmälern. »Sicher hast du deinen Erfolg in Hongkong sehr genossen.«

In der Tat. Und Daphne war stets in seiner Nähe gewesen. Sogar auf dieser Reise hatten sie der Versuchung widerstanden, zu seiner eigenen Überraschung. Der Verzicht war beiden unendlich schwer gefallen, doch es hatte ihm noch immer widerstrebt, seine Frau zu betrügen. Andererseits wollte er nicht mit Alex schlafen, nur mit Daphne, und diesen Wunsch erfüllte er sich nicht.

Nun kehrte er ins Schlafzimmer zurück und sah eine Zeitlang fern. Wie immer schlief er schon, als Alex eine halbe Stunde später zu ihm kam. Sie betrachtete ihn und schüttelte den Kopf. Offenbar war er ein hoffnungsloser Fall. Um eine Annäherung zu vermeiden, war ihm jedes Mittel recht.

»Vielleicht leidet er an Narkolepsie*«, flüsterte sie, ergriff ihren Aktenkoffer und kehrte ins Arbeitszimmer zurück. Was immer er brauchte, um sich wieder für sie zu erwärmen – vorerst existierte es nicht in seinem Herzen, und sie mußte Geduld aufbringen. Bei einer Besprechung mit der Hilfsgruppe hatte sie eine Frau kennengelernt, deren Ehe in ähnliche Schwierigkeiten geraten war. Ihr Mann konnte ihre Bedürfnisse einfach nicht erfüllen, fürchtete ihren Tod und schloß sie aus seinem Leben aus. Schließlich hatte sie ihn verlassen. Jetzt waren sie wieder zusammen, und seit sechs Jahren blieb sie von ihrem Krebsleiden verschont. Solche Geschichten ermutigten Alex, halfen ihr aber nicht, ihre ehelichen Probleme zu lösen.

Am nächsten Abend kam es zu einem heftigen Streit, nachdem Annabelle schlafen gegangen war. Alex hatte ihrer Tochter kurz vor dem Dinner erklärt, morgen müsse sie eine Ärztin besuchen und sich behandeln lassen. Danach würde es ihr sehr schlechtgehen. Wahrscheinlich würden ihr sogar die Haare ausfallen. Das sei so ähnlich

* völlige Erschlaffung der Körpermuskulatur

wie bei einer Impfung. Anfangs fühle man sich elend, aber letzten Endes würde der Impfstoff eine ernsthafte Krankheit verhindern. Annabelle müsse Geduld mit ihr haben. Manchmal würde alles okay sein, an anderen Tagen würde sie viel Ruhe brauchen. Besser konnte sie das Problem nicht erklären. Annabelle schaute sie besorgt an. »Wirst du mich immer noch zum Ballett bringen?«

»Ja, wenn ich's kann. Sonst geht Carmen mit dir hin.«

»Aber *du* sollst mitkommen!« jammerte Annabelle. Meistens fand sie sich mit Alex' Erschöpfung ab. Aber hin und wieder jagte ihr Mommys Zustand Angst und Schrecken ein.

»Das möchte ich auch. Warten wir ab, wie's mir gehen wird. Das weiß ich jetzt noch nicht.«

»Trägst du eine Perücke, wenn deine Haare ausfallen?« fragte Annabelle fasziniert, und Alex lächelte.

»Vielleicht. Mal sehen.«

»Damit würdest du sehr häßlich aussehen. Werden die Haare wieder wachsen?«

»Ja.«

»Aber dann sind sie nicht mehr so lang?«

»Nein, so kurz wie deine, und man wird uns für Zwillinge halten.«

Entsetzt runzelte Annabelle die Stirn. »Werden meine Haare auch ausfallen?«

»Natürlich nicht«, versicherte Alex und umarmte sie.

Nachdem das Kind zu Bett gegangen war, überhäufte Sam seine Frau mit bitteren Vorwürfen. »Du hast sie zu Tode erschreckt!« In seinen Augen funkelte heller Zorn, und sein mangelndes Mitgefühl kränkte sie, wie schon so oft.

»Keineswegs. Als ich sie ins Bett brachte, war sie bester Laune. Ich habe ihr sogar ein Buch gekauft – ›Mommy wird wieder gesund‹.«

»Das ist widerwärtig! Wie konntest du ihr von deinen Haaren erzählen! Hast du ihr Gesicht gesehen?«

»Verdammt, ich mußte sie darauf vorbereiten. Wenn ich während der Chemotherapie zu schwach bin, um irgendwas mit ihr zu unternehmen, sollte sie die Situation verstehen.«

»Warum leidest du nicht in aller Stille? Ständig halst du Annabelle und mir deine Probleme auf. Bist du wirklich unfähig, ein bißchen Würde zu wahren?«

»Du Hurensohn!« Sie packte sein Hemd, das unter ihren Fingern zerriß, und beide hielten verblüfft den Atem an. So hatte sie sich noch nie benommen. Aber er trieb sie fast zum Wahnsinn. Sie hatte ihren Mann verloren, ihre Brust, ihr Sexualleben, ihre Weiblichkeit, ihr Selbstwertgefühl, und sie würde keine Kinder mehr bekommen. In den letzten sechs Wochen hatte sie alles verloren, was ihr wichtig gewesen war. Und Sam kritisierte sie unentwegt. »Zum Teufel mit dir! Ich kämpfe gegen mein Schicksal, versuche Annabelle und dich nicht damit zu behelligen und meine Partner in der Kanzlei nicht übermäßig zu beanspruchen. Und du hackst immer nur auf mir herum und behandelst mich wie eine Aussätzige. Hau doch ab, wenn du's nicht erträgst, Sam Parker!« Die ganze Verzweiflung der letzten Wochen brach aus ihr heraus wie die Lava eines Vulkans. Aber unter der Last seiner eigenen Probleme kannte er kein Mitleid.

»Hör auf, in deinem Edelmut zu schwelgen! Dauernd jammerst du über deine gottverdammte Brust, die ohnehin keine Sensation war. Wer merkt denn schon, ob sie existiert oder nicht? Und jetzt bereitest du uns auf die Chemotherapie vor. Großer Gott, bring's einfach hinter dich, und quäl uns nicht damit! Annabelle ist dreieinhalb Jahre alt. Warum muß sie das durchmachen?«

»Weil ich ihre Mutter bin, weil sie mich liebt und weil sie mit mir leiden wird.«

»Du machst mich *krank*. Mit diesen täglichen Krebs-Bulletins kann ich nicht leben. Warum klebst du nicht in der ganzen Stadt Plakate an?«

»Oh, du widerliches Scheusal! Du hast nicht einmal nach den letzten Testresultaten gefragt.«

»Was spielen die für eine Rolle? Eine Brust ist schon abgeschnitten worden.«

»Von diesen Untersuchungsergebnissen hängt's immerhin ab, ob ich leben oder sterben werde – falls dich das noch interessiert. Oder ist's dir ebenso egal wie meine Brust? Vielleicht würdest du's gar nicht merken, wenn ich verschwinde. Du redest ja kaum noch mit mir. Und du rührst mich niemals an.«

»Worüber soll ich denn mit dir reden, Alex? Über die Chemotherapie und die Lymphknoten? Über pathologische Tests? O Gott, ich hab's so satt!«

»Dann geh doch! Du hilfst mir ohnehin nicht.«

»Glaubst du, ich würde meine Tochter verlassen?« schrie er und stürmte aus dem Apartment.

Eine Zeitlang stand er auf der Straße, und es drängte ihn, ein Taxi zu nehmen, in die Fifty-third Street zu fahren und Daphne zu besuchen. Aber das durfte er sich nicht gestatten. Statt dessen betrat er eine Telefonzelle, rief sie an und brach in Tränen aus. Er erklärte, allmählich würde er seine Frau hassen – und sich selbst. Am nächsten Tag würde ihre Chemotherapie beginnen, und das ertrug er einfach nicht. Voller Mitgefühl fragte sie, ob er zu ihr kommen wolle, nur für eine Weile. Aber er erwiderte, das sei eine schlechte Idee. Im Augenblick war er zu verletzlich, brauchte sie viel zu dringend. Und sie sollte sich keine Vorwürfe machen, falls seine Ehe scheiterte. Diese schwierige Phase mußte er allein bewältigen – und irgendwas tun. Aber was? Unglaublich – er haßte Alex. Die arme Frau war krank, und er verabscheute sie, weil sie eine grausige Angst heraufbeschwor. Bald würde sie aus seinem Leben verschwinden, alles zerstören, und sie hielt ihn unwissentlich von Daphne fern.

Er wanderte zum East River und wieder zurück. Inzwischen lag Alex auf dem Bett und starrte die Zimmerdecke an. Sie war zu wütend, um zu weinen, zu verletzt, um ihrem Mann zu verzeihen. Seit sechs Wochen ließ er sie im Stich, ignorierte alles, was sie jemals geteilt und füreinander empfunden hatten. In ihrer siebzehnjährigen Ehe waren sie sich stets mit Liebe und Achtung begegnet. Das alles hatte er vernichtet und das Versprechen »In guten wie in schlechten Tagen« vergessen.

Zwei Stunden später kam er nach Hause. Aber er ging nicht zu ihr, und er sagte kein Wort. Während sie die ganze Nacht ins Dunkel starrte, schlief er auf der schmalen Couch im Arbeitszimmer.

Zwölftes Kapitel

Die Onkologin, die Dr. Herman ihr empfohlen hatte, praktizierte in der Fifty-seventh Street.

Das erste Mal würde Alex anderthalb Stunden bei ihr verbringen, später eine knappe Stunde und schließlich eine halbe. Pro Monat sollte sie sich zwei Behandlungen unterziehen, falls keine Probleme auftraten, die eine höhere Dosis erfordern würden. Alex hatte kurz vor zwölf einen Termin. Um halb zwei wollte sie ins Büro zurückkehren. Liz und Brock wußten, daß die Chemotherapie an diesem Tag beginnen würde.

Und Sam wußte es natürlich auch. Nach dem erbitterten Streit am letzten Abend war er zu seiner Firma gefahren, ohne zu frühstücken. Und während des Vormittags rief er nicht an, um sich zu entschuldigen, ihr alles Gute für die Chemotherapie zu wünschen oder ihr womöglich seine Begleitung anzubieten. Also würde sie die Tortur allein durchstehen müssen. Doch das hatte sie bereits geahnt.

Das sanft beleuchtete Wartezimmer in dem modernen Gebäude nahe der Third Avenue war sehr geschmackvoll eingerichtet, in warmen Gelbtönen, und täuschte eine deplazierte Heiterkeit vor. Hätte man Alex in ein dunkles Grabgewölbe geführt, wäre es angemessener gewesen. Aus irgendeinem Grund fühlte sie sich erleichtert, weil die Ärztin in ihrem Alter war. Dr. Jean Webber wirkte ruhig und kompetent. Wie ein Diplom an der Wand verriet, hatte sie in Harvard studiert. Auch das erweckte Alex' Vertrauen.

Zunächst saßen sie im Sprechzimmer, und die Onkologin erklärte die Bedeutung der pathologischen Berichte. Alex fand es sehr angenehm, wie ein intelligentes menschliches Wesen behandelt zu werden. Eindringlich versicherte Dr. Webber, die cytotoxischen Medikamente seien, im Gegensatz zur landläufigen Meinung, kein »Gift«. Sie würden die kranken Zellen zerstören und die gesunden verschonen. Zwar sei Alex' Krebs im zweiten Stadium etwas problematisch, er habe aber nur vier Lymphknoten befallen und allem Anschein nach keine Metastasen gebildet. Soweit sie es beurteilen könne, würden die Chancen recht gut stehen. Wie die anderen Ärzte hielt sie die Chemotherapie für unverzichtbar. Man durfte keine Zellteilung in einem möglicherweise doch befallenen Bereich riskieren. Wegen der Brustamputation war keine Strahlenbehandlung erforderlich und infolge der Krebsart auch keine Hormontherapie. Das ging aus den letzten Testresultaten hervor. Bei einem Chromosomentest hatte sich herausgestellt, daß Alex' Zellen diploid waren, also mit doppeltem Chromosomensatz – ein günstiger Faktor. Das beruhigte sie ein wenig. Trotzdem graute ihr vor der sechsmonatigen Chemotherapie.

Dafür zeigte Dr. Webber Verständnis, eine kleine Frau mit dunklem, von grauen Strähnen durchzogenem Haar, das zu einem straffen Knoten hochgesteckt war. Sie hatte ein sympathisches, ungeschminktes Gesicht, und ihre gepflegten, kleinen Hände begleiteten die Erklärungen mit lebhaften Gesten.

Mehrmals betonte sie, die Chemotherapie sei nicht so schlimm, wie manche Leute glaubten, und die Nebenwirkungen würden keine bleibenden Schäden verursachen. Falls Alex Probleme habe, solle sie das sofort sagen. Zu den Nebenwirkungen zählten Haarausfall, Übelkeit, Schmerzen, Müdigkeit und Gewichtszunahme. Vielleicht würde Alex auch an Halsschmerzen, Erkältungen und Verdauungsbeschwerden leiden. Die Menstruation würde sofort ausbleiben, aber nach der Behandlung möglicherweise wieder einsetzen. Da die Sterilitätsrate nur bei fünfzig Prozent lag, könne sie sogar wieder schwanger werden. Wenn ich dann noch einen Ehemann habe, dachte Alex, während sie sich zwang, der Ärztin zuzuhören. Nach einer Chemotherapie sei nicht mit Geburtsfehlern zu rechnen, fuhr Dr. Webber fort.

Eventuell würden Probleme mit dem Knochenmark auftauchen, und die Zahl der weißen Blutkörperchen könnte sich verringern. Manchmal würde es zu Blasenreizungen kommen. Die Gewichtszunahme überraschte Alex. Da sie ständig erbrechen würde, müßte sie eigentlich abnehmen. Doch die Ärztin erklärte, diese Nebenwirkung sei ebenso unvermeidlich wie der Haarausfall. Sie schlug Alex vor, ein paar hübsche Perücken zu kaufen. Nach der Chemotherapie würden ihre schönen roten Haare wieder nachwachsen.

Jean Webber sprach in sanftem, ermutigendem Ton, und Alex versuchte sich vorzustellen, sie würde mit einer neuen Klientin reden, deren Argumente sie verstehen mußte, ehe sie die Initiative ergriff. Eine Zeitlang funktionierte dieses Szenario sogar, aber dann fühlte sie sich überwältigt von den Qualen, die ihr bevorstanden.

Vor jeder Behandlung müsse sie untersucht und geröntgt werden, erklärte die Ärztin. Auch das Blut würde sie testen. In den ersten vierzehn Tagen jedes Monats sollte Alex Cytoxan einnehmen. Außerdem würde ihr Dr. Webber an jedem ersten und achten Tag des Monats Methotrexate und Fluorouracil injizieren. An den Tagen vor den Behandlungen müsse sich Alex länger als normalerweise ausruhen, um die Belastungen auf ein Minimum zu reduzieren und die Zahl der weißen Blutkörperchen nicht zu senken. »Am Anfang klingt das alles verwirrend«, fuhr Jean Webber fort. »Aber Sie werden sich daran gewöhnen.«

Erstaunt stellte Alex fest, daß sie über eine Stunde miteinander gesprochen hatten, bevor sie in den angrenzenden Untersuchungsraum geführt wurde. Sie zog sich aus, legte die Kleidungsstücke ordentlich gefaltet auf einen Stuhl, als würde jede Bewegung eine Rolle spielen. Dabei zitterten ihre Hände wie Espenlaub. Zufrieden inspizierte Dr. Webber die Narbe. »Haben Sie sich schon für einen plastischen Chirurgen entschieden?«

Alex schüttelte den Kopf. Vielleicht würde sie sich gar nicht zu einem solchen Eingriff entschließen, wenn ihre Ehe zu scheitern drohte. Dieser Gedanke trieb ihr Tränen in die Augen, während ihr die Ärztin Blut abnahm. Und als sie an den Infusionsständer angeschlossen wurde, begann sie zu schluchzen. »Verzeihen Sie ...«

»Schon gut. Weinen Sie nur. Ich weiß, das alles erschreckt Sie. Aber so schlimm ist's nur beim ersten Mal. Ich will die Medikation so sorgfältig wie möglich abstimmen.« Wie Alex bereits wußte, mußte man aus diesem Grund einen ausgezeichneten Onkologen wählen. Sie hatte Horrorgeschichten über Patientinnen gehört, die an falsch dosierten Chemotherapien gestorben waren. Wenn sie schon die erste Behandlung nicht vertragen und Annabelle nie wiedersehen würde... Und Sam – nach dem gräßlichen Streit am vergangenen Abend...

Dr. Webber begann mit einer Traubenzucker- und Wasserinfusion. Schließlich fügte sie das Medikament hinzu, und die Ader kollabierte. Das tat sehr weh. Sofort zog die Ärztin den Katheter heraus und untersuchte den anderen Arm, dann die bebenden Hände. »Im allgemeinen bevorzuge ich eine einleitende Dextrose- und Wasserinfusion. Leider sehen Ihre Adern heute nicht so großartig aus. Deshalb entscheide ich mich für eine direkte Injektion. Nächstes Mal versuchen wir's wieder mit der anderen Methode. Der Einstich ist ein bißchen schmerzhaft, aber auf diese Weise geht's schneller, und Sie sind sicher froh, wenn Sie's bald hinter sich haben.«

Dem konnte Alex nicht widersprechen, obwohl die Bezeichnung »direkte Injektion« beängstigend klang. Mit zarten Fingern ergriff Dr. Webber die Hand ihrer Patientin, tastete die Adern ab und injizierte das Medikament, während Alex ihr Bestes tat, um ihre Emotionen zu kontrollieren und bei Bewußtsein zu bleiben. Danach mußte sie fünf Minuten lang einen desinfizierten Wattebausch auf den Einstich pressen. Die Ärztin schrieb inzwischen ein Rezept für das Cytoxan aus.

Dann holte sie ein Glas Wasser und eine Pille, die Alex schlucken mußte. »Gut. Jetzt haben Sie die erste Dosis hinter sich. Kommen Sie in einer Woche wieder. Falls Sie Probleme haben, rufen Sie mich an. Scheuen Sie sich nicht, und glauben Sie bloß nicht, Sie würden meine

Nerven strapazieren. Immerhin ist es meine Pflicht, Ihnen zu helfen.« Sie gab Alex eine Liste der normalen und abnormen Nebenwirkungen. Lächelnd versicherte sie: »Ich bin rund um die Uhr zu erreichen. Und es stört mich wirklich nicht, wenn mich meine Patienten um Rat fragen.« Sie stand auf und verabschiedete sich. Obwohl sie so klein war, wirkte sie sehr dynamisch.

Wie glücklich muß sie sein, dachte Alex, sie kann unbehindert ihre Arbeit erledigen. Plötzlich beneidete sie die Ärztin.

Zu ihrer Verwunderung hatte sie zwei Stunden bei der Onkologin verbracht. Als sie ein Taxi heranwinkte, schmerzte ihre Hand immer noch. Über dem Einstich klebte ein Pflaster. Direkte Injektion, Medikation – lauter neue Wörter, die sie lieber nie gehört hätte... Erleichtert atmete sie auf, während sie zum Büro fuhr. Sie fühlte sich gut, sie war nicht gestorben und hatte keine allzu schrecklichen Qualen erlitten. Wenigstens wußte die Ärztin, was sie tat. Angesichts der Schaufenster in der Lexington Avenue überlegte Alex, ob sie eine Perücke kaufen sollte. Ein deprimierender Gedanke... Aber Dr. Webber hatte recht. Zweifellos war es angenehmer, eine Perücke bei der Hand zu haben, wenn sie eine brauchte, statt die Läden erst dann abzuklappern, den kahlen Kopf unter einem Tuch verborgen.

Sie bezahlte den Taxifahrer. Dann ging sie in ihr Büro. Liz saß nicht an ihrem Schreibtisch. Nachdem Alex ein paar Telefonate erledigt hatte, begann sie sich endlich zu entspannen. Der Himmel ist nicht eingestürzt, dachte sie, und ich habe die erste Behandlung überlebt. Vielleicht wird's gar nicht so schlimm.

Um vier Uhr kam Brock herein, in Hemdsärmeln, ein paar Akten in der Hand. Während der letzten zwei Stunden hatte sie pausenlos gearbeitet. »Wie war's?« fragte er besorgt. Wenn er sich nach ihrem Befinden erkundigte, wirkte er niemals aufdringlich und zeigte echte Anteilnahme. Das rührte ihr Herz, und sie mochte ihn wie einen jüngeren Bruder.

»So weit, so gut. Aber ich fand's verdammt unheimlich.« Sie gestand ihm nicht, daß sie durch die Hölle gegangen war, geweint und erwartet hatte, die Injektion würde sie umbringen.

»Braves, tapferes Mädchen. Wollen Sie eine Tasse Kaffee trinken?«

»Ja, bitte.«

Wenige Minuten später kehrte er zurück, und sie arbeitete eine Stunde lang. Um fünf stand sie vom Schreibtisch auf, um nach Hause zu fahren, zu Annabelle. Es war ein erfolgreicher, aber anstrengender Tag gewesen. »Danke für Ihre Hilfe, Brock.« Sie bereiteten gerade die Verteidigung eines Arbeitgebers vor, der wegen Diskriminierung belangt wurde. Angeblich hatte er eine krebskranke Frau bei einer Beförderung übergangen. Er tat alles, um ihr zu helfen, ließ eine Couch in ihr Büro stellen, damit sie sich jederzeit ausruhen konnte, gab ihr drei Tage pro Woche frei, wenn sie sich ihrer Chemotherapie unterzog, und versprach ihr, sie würde ihren Job behalten. Trotzdem hatte sie ihn verklagt und behauptet, sie sei wegen ihres Krebsleidens nicht befördert worden. Im Grunde wollte sie nur Schmerzensgeld herausschlagen und daheim sitzen. Obwohl sie inzwischen so gut wie geheilt war, weigerte sie sich zu arbeiten. Um die teure Behandlung zu finanzieren, hatte sie Schulden gemacht, und die sollte ihr Chef begleichen. Wie Alex wußte, übernahmen die Krankenversicherungen bei Krebstherapien nur einen geringen Teil der Kosten. Wer sich die Behandlung nicht leisten konnte, geriet in arge Schwierigkeiten. Auch ihre eigene Versicherung würde nur eine kleine Summe bezahlen. Trotzdem besaß die Klägerin nicht das Recht, diese Probleme ihrem Chef aufzubürden. Er hatte sich sogar erboten, ihr das Geld zu leihen, was sie jetzt bestritt, und er konnte es nicht beweisen. Wie in den meisten dieser Fälle bemitleidete Alex den Beklagten. Sie verachtete alle Leute, die sich an ihrem Arbeitgeber schadlos halten wollten, nur weil er mehr Geld hatte. Mit diesem Prozeß befaßte sie sich zum richtigen Zeitpunkt, weil sie bestens über alles informiert war, was mit Krebserkrankungen zusammenhing. »Bis morgen, Brock.«

»Passen Sie gut auf sich auf, ziehen Sie sich warm an, und essen Sie ordentlich.«

»Ja, Mom.« Das alles hatte ihr Liz auch schon geraten. Sie durfte nicht frieren, und sie mußte bei Kräften bleiben. Aber wie sollte sie das Übergewicht ertragen, das Dr. Webber ihr prophezeit hatte? Sam haßte dicke Frauen. »Nochmals vielen Dank, Brock.« Sie lächelte ihm zu und verließ das Büro.

Wie nett sie alle sind, dachte sie. Dann erinnerte sie sich wieder an ihre traumatische erste Behandlung. Wenigstens war alles gutgegangen. Wenn sie nächste Woche wieder zu Dr. Webber ging, würde sie's vielleicht besser verschmerzen. Danach wurde ihr eine dreiwöchige Pause gegönnt. In ihrer Handtasche steckten die Cytoxan-Pillen, die Liz besorgt hatte. Nun würde sich Alex wieder so fühlen wie damals, als sie die Pille genommen hatte, die man kein einziges Mal vergessen durfte.

Annabelle saß in der Badewanne und sang zusammen mit Carmen ein Lied aus der »Sesamstraße«.

»Wie war's heute?« Alex beugte sich hinab und küßte ihre Tochter.

»Okay. Hast du deine Hand verletzt?«

»Nein. Oh – das Pflaster… Das ist im Büro passiert.«

»Tut's weh?«

»Kein bißchen.«

»Im Kindergarten haben wir Snoopy-Pflaster«, verkündete Annabelle voller Stolz.

Carmen berichtete, Sam habe angerufen und erklärt, er würde zum Dinner nicht nach Hause kommen. Den ganzen Tag hatte Alex nichts von ihm gehört. Wahrscheinlich ärgerte er sich immer noch über den Streit am vergangenen Abend. Nun konnte sie ihm nicht erzählen, daß die Chemotherapie glatt verlaufen war. Sie hatte überlegt, ob sie mit ihm telefonieren sollte. Aber nach dem häßlichen Wortwechsel wollte sie lieber warten, bis sie ihn sah. In letzter Zeit ging er viel öfter mit Klienten aus als früher. Vielleicht gehörte das zu seinen Methoden, ihr aus dem Weg zu gehen. Es funktionierte ja tatsächlich, denn sie hatte das Gefühl, sie würden einander fast nie begegnen.

Nach dem Dinner mit Annabelle beschloß sie, auf ihn zu warten. Doch sie war so erschöpft, daß sie um neun im Licht der Nachttischlampe einschlief. Nicht einmal die Operation hatte sie so mitgenommen wie dieser Tag. Sie fühlte sich völlig erschöpft.

Inzwischen besuchten Sam und Daphne ein kleines Restaurant in den East Sixties. Er sah verzweifelt aus, und während sie ihm einfühlsam zuhörte, hielt sie seine Hand fest. Niemals stellte sie Forderungen an ihn, niemals bedrängte sie ihn, niemals machte sie ihm Vorwürfe, weil er ihr nicht gab, was sie sich wünschte. »Ich weiß nicht, was mit mir geschieht«, gestand er. Unberührt lag sein Steak auf dem Teller und wurde kalt. »Sie tut mir so leid, und ich spüre, was sie braucht. Trotzdem empfinde ich nur Zorn auf Alex, weil sie uns das alles antut – obwohl ich natürlich weiß, daß es nicht ihre Schuld ist. Aber meine auch nicht. Es war einfach verdammtes Pech. Jetzt beginnt ihre Chemotherapie, und das halte ich nicht aus. Ich kann sie nicht mehr anschauen, ich will nicht sehen, was mit ihr geschieht. Solchen Dingen bin ich nicht gewachsen.« Er war den Tränen nahe. »O Gott, ich fühle mich wie ein Monster.«

»Unsinn«, erwiderte sie sanft, »du reagierst wie ein ganz normaler Mensch. Natürlich findest du die Situation grauenvoll. Um Himmels willen, du bist keine Krankenschwester. Also kann sie nicht erwarten, daß du für sie sorgst und...«, sie suchte nach Worten, »...den Anblick ihres Körpers erträgst. Es muß furchtbar sein.«

»Ja«, bestätigte er. »Barbarisch. Als hätte der Chirurg einfach ein Messer gepackt und wild drauflos geschnitten. Bisher sah ich's nur ein einziges Mal, und da hätte ich fast geschrien.«

»Wie schrecklich für dich...« Daphne dachte nur an ihn, nicht an Alex' Probleme. »Glaubst du, sie versteht's? Sie ist eine intelligente Frau. Also müßte sie merken, wie sehr du unter ihrer Krankheit leidest.«

»Aber sie verlangt so viel von mir... Ich soll für sie dasein, ihre Hand halten und sie zur Chemotherapie begleiten und mit unserer kleinen Tochter drüber reden. Das schaffe ich nicht. Ich will mein früheres Leben zurückhaben.«

»Darauf hast du ja auch ein Recht«, meinte Daphne sanft. Noch nie hatte er eine so verständnisvolle, selbstlose Frau gekannt. Sie wollte nur bei ihm sein, unter allen Umständen, trotz der Grenzen, die ihrer Beziehung gesetzt waren. Schließlich hatte er sich bereit erklärt, hin und wieder mit ihr auszugehen, solange sie akzeptierte, daß er nicht mit ihr schlafen würde. Das konnte er Alex nicht antun. Niemals hatte er sie betrogen, und jetzt wollte er nicht damit anfangen, so groß die Versuchung auch war. In der Firma glaubten alle, er hätte längst eine Affäre mit Daphne. Sie hatte ihm versichert, sie würde ihn lieben, unter allen Bedingungen, und ihn nur bitten, gelegentlich ein paar Stunden mit ihm zu verbringen. »O Sam, ich liebe dich so sehr«, flüsterte sie.

Verzweifelt kämpfte er mit seinen widersprüchlichen Gefühlen. »Ich liebe dich auch. Wie verrückt das alles ist. Ich liebe dich, und ich liebe sie – ich liebe euch beide. Und wenn ich dich auch begehre, ich bin ihr verpflichtet. Nur Pflichten… Sonst ist mir nichts geblieben.«

»Dieses Leben muß die Hölle für dich sein«, sagte Daphne traurig.

»Allerdings. Und für Alex ist's auch nicht leicht. Bald wird sie mich hassen. Oder sie haßt mich schon jetzt.«

»Dann ist sie eine Närrin. Du bist der wunderbarste Mann von der Welt.«

Aber er wußte es besser, ebenso wie Alex. »Nein, *ich* bin ein Narr«, entgegnete er lächelnd. »Ich sollte dich packen und mit dir weglaufen, bevor du zur Besinnung kommst und einen Mann in deinem Alter findest, der kein so kompliziertes Leben führt wie ich.« Seit seiner Jugend war er nicht mehr so verliebt gewesen, vielleicht nicht einmal in Alex.

»Wohin würdest du fliehen?« fragte sie unschuldig, als sie endlich zu essen begannen. Wann immer sie zusammen waren, redeten sie stundenlang und vergaßen alles andere.

»Nach Brasilien oder auf eine Insel bei Tahiti – irgendwohin, wo's warm ist, wo die Luft vor Erotik knistert, wo ich dich ganz für mich allein hätte, zwischen tropischen Blumen und Düften.« Während er seinen Traum beschrieb, spürte er, wie sie ihn unter dem Tisch berührte, mit aufreizenden Fingern. Grinsend erwiderte er ihren Blick. »Was für ein schlimmes Mädchen du bist, Daphne Belrose...«

»Das solltest du dir selber beweisen. Allmählich fühle ich mich wie eine Jungfrau«, neckte sie ihn und errötete.

»Tut mir leid.« Beiden Frauen machte er das Leben schwer, und sein Gewissen plagte ihn.

»Du mußt dich nicht entschuldigen. Vielleicht wird's um so schöner, wenn du endlich eine Entscheidung getroffen hast.« Eines Tages würde es geschehen. Daran zweifelte sie nicht. Es war nur eine Frage der Zeit. Aber es lohnte sich, auf Sam zu warten – einen der begehrenswertesten und erfolgreichsten Männer in New York. Sogar hier, in diesem abgeschiedenen Lokal, wurde er erkannt. Viele Leute nickten ihm zu. Bei seiner Ankunft hatte sich der Oberkellner fast überschlagen. Sam Parker gehörte zu den großen Tieren von der Wall Street.

»Warum hast du soviel Geduld mit mir?« fragte er,

nachdem er das Dessert und die einzige Flasche Château d'Yquem des Restaurants bestellt hatte, die zweihundertfünfzig Dollar kostete.

»Das hab ich dir doch schon erklärt.« Verschwörerisch senkte Daphne ihre Stimme. »Weil ich dich liebe.«

»Du bist verrückt«, seufzte er, beugte sich über den Tisch und küßte sie. Dann stießen sie mit dem Yquem an. »Auf Simons kleine Kusine.« Eigentlich wollte er sagen: »Auf die Liebe meines Lebens.« Aber das wäre ein Verrat an seiner Frau gewesen. Wie hatte ihm das passieren können? Warum war Alex an Krebs erkrankt? Wieso liebte er plötzlich eine andere? Daß beide Ereignisse zusammenhingen, erkannte er nicht. »Irgendwann werde ich Simon sehr dankbar sein«, bemerkte er, und Daphne lachte.

»Oder sehr böse. Darin liegt der Nachteil dieses langen Vorspiels – du setzt immer höhere Erwartungen in mich, und ich werde dich vielleicht enttäuschen.«

»Wohl kaum«, entgegnete er zuversichtlich, und es drängte ihn, sie sofort in seine Arme zu reißen. Jede Minute, die er mit ihr verbrachte, war eine aufreizende Liebkosung, die seinen Körper peinigte.

Nach dem Dinner begleitete er sie zu ihrem Haus. Wie immer weigerte er sich, mit ihr hinaufzugehen. Vor dem Eingang tauschten sie heiße Küsse, intime Zärtlichkeiten bereiteten ihnen süße Qualen.

»Genausogut könnten wir uns in meiner Wohnung amüsieren.« Mit sanften Händen und weichen Lippen versuchte sie ihn zu verführen, und die Leidenschaft überwältigte ihn beinahe. »Für die Nachbarn wäre das sicher eine Erleichterung.«

»Für mich auch, das darfst du mir glauben. Ich weiß

nicht, wie lange ich das noch aushalte«, gestand er und küßte sie verzweifelt.

»Hoffentlich nicht mehr lange, liebster Sam«, wisperte sie in sein Ohr, während er ihre Hüften an sich preßte und ihren erhitzten, bebenden Körper spürte. Trotz der kalten Novembernacht trug sie keine Unterwäsche. Als er das merkte, mußte er seine ganze Willenskraft aufbieten, um ihr zu widerstehen.

»O Gott, du bringst mich um!« stöhnte er und lachte atemlos. »Und du wirst dir eine Lungenentzündung holen.«

»Dann solltest du mich wärmen.«

»Nichts würde ich lieber tun.« Er schloß die Augen und drückte sie noch fester an seine Brust.

Mühsam riß er sich los und ging zu Fuß nach Hause, um seine Fassung wiederzufinden. Sein Weg führte an fünfundzwanzig Wohnblocks vorbei. Um Mitternacht betrat er das Apartment.

Die Nachttischlampe brannte, aber Alex schlief tief und fest. Eine Zeitlang stand er neben dem Bett und bat sie stumm um Verzeihung. Doch sein Herz sehnte sich nach Daphne. Lautlos löschte er das Licht und kroch ins Bett.

Gegen sechs Uhr morgens weckte ihn ein seltsames rasselndes Geräusch, das er zunächst ignorierte. Erfolglos versuchte er, wieder einzuschlafen. Die Alarmanlage? Oder war der Lift kaputt? Was immer das sein mochte, es hörte nicht auf. Schließlich merkte er, daß Alex im Bad erbrach. Er blieb noch ein paar Minuten liegen, weil er nicht wußte, ob er sie stören sollte. Dann stand er auf und ging zur Badezimmertür. »Alles in Ordnung?«

Es dauerte ziemlich lange, bis sie antwortete: »Danke, ich fühle mich großartig.« Offenbar hatte sie ihren Humor nicht verloren. Aber sie übergab sich immer noch.

»Hast du was Schlechtes gegessen?« Wieder einmal wich er den Tatsachen aus.

»Wahrscheinlich liegt's an der Chemotherapie.«

»Ruf deine Ärztin an.«

Sie nickte, würgte krampfhaft, und er floh ins kleine Bad des Gästezimmers, um zu duschen. Als er zurückkam, lag sie neben der Toilette, einen kalten feuchten Lappen auf der Stirn, die Augen geschlossen.

»Bist du schwanger?«

Ohne die Lider zu heben, schüttelte sie den Kopf und brachte nicht einmal die Kraft auf, ihn zu beschimpfen. Vor der Operation hatte sie ihre Periode bekommen. Seither war ein »blauer« Tag verstrichen. Sam hatte kaum mit ihr gesprochen, geschweige denn ein Baby gezeugt. Und nun fragte er, ob sie schwanger sei. War er wirklich so dumm?

Nach einer Weile kroch sie auf allen vieren ins Schlafzimmer, rief Dr. Webber an, und die Ärztin erklärte, diese Reaktion auf die erste Behandlung sei normal. Sie bedaure, daß Alex soviel durchgemacht habe, und empfahl ihr, mit dem Essen aufzupassen. Aber ein paar Bissen würden ihren Magen vielleicht beruhigen. Auf jeden Fall müsse sie die Pille nehmen, ganz egal, wie elend sie sich fühle oder wie oft sie erbrechen würde. Die Onkologin erbot sich, ein Medikament gegen die Übelkeit zu verschreiben, was Alex ablehnte. Sie wollte ihrem Körper keine weiteren Chemikalien mit potentiellen Nebenwirkungen zumuten. »Danke«, keuchte sie und kehrte ins

Bad zurück, um sich noch einmal zu übergeben. Diesmal war die Qual nach wenigen Minuten überstanden. Sie hatte nur Galle ausgespuckt. Ihr Körper fühlte sich an, als wäre er von innen nach außen gedreht worden. Völlig entkräftet, brauchte sie eine halbe Ewigkeit, um sich anzuziehen. Dann saß sie in der Küche, aschfahl im Gesicht, und schaute ihrer Familie beim Frühstück zu. Sam hatte ihr beim Ankleiden geholfen und Annabelle von ihr ferngehalten.

»Bist du krank, Mommy?« fragte das Kind erschrokken.

»Ein bißchen... Erinnerst du dich an die Medizin, die ich nehmen muß? Die bekommt mir nicht.«

»Dann ist es eine schlechte Medizin.«

»Sie wird mir helfen.« Widerstrebend aß Alex eine Scheibe Toast und begegnete über dem *Wall Street Journal* Sams ärgerlichem Blick. Schlimm genug, daß sie ihn mit ihrem Anfall geweckt hatte... Jetzt erzürnte sie ihn auch noch, indem sie dem kleinen Mädchen ihren Zustand erklärte. »Tut mir leid!« fauchte sie. Wortlos vertiefte er sich wieder in seine Zeitung.

Während er Annabelle zum Kindergarten brachte, erbrach sie wieder und überlegte, ob sie daheim bleiben sollte. Weinend saß sie auf dem Bett und griff zum Telefon, um Liz anzurufen. Doch sie besann sich anders. Nein, sie würde sich nicht unterkriegen lassen. Selbst wenn sie daran zugrunde ging – sie wollte arbeiten. Sie wusch ihr Gesicht, putzte sich die Zähne und legte noch einen feuchten Lappen auf ihre Stirn. Dann schlüpfte sie entschlossen in ihren Mantel und holte den Aktenkoffer. Im Hausflur fiel sie gegen die Wand. Ihr Magen drehte sich um. Trotzdem gelang es ihr, mit dem Lift nach unten zu fahren. Auf der Straße, in der frischen Luft, fühlte sie sich etwas besser. Aber im Taxi wurde ihr wieder übel. Sobald sie ihr Ziel erreichte, eilte sie in die Toilette und erbrach. Vor ihrer Bürotür traf sie Liz und Brock an, die sie besorgt musterten. Leichenblaß und ermattet sank sie in ihren Schreibtischsessel.

»Sind Sie okay?« fragte Liz bestürzt.

»Nein, dieser Morgen war die Hölle.« Alex schloß die Augen und bekämpfte einen neuen Brechreiz, mit Erfolg. Als sie wieder aufblickte, war Liz verschwunden, und Brock starrte sie bekümmert an. »Sie bringt Ihnen eine Tasse Tee. Möchten Sie sich hinlegen?«

»Besser nicht, sonst komme ich nie mehr auf die Beine. Fangen wir zu arbeiten an?« schlug sie tapfer vor.

»Werden Sie's schaffen?«

»Stellen Sie keine dummen Fragen!« mahnte Alex.

Resignierend verließ er das Büro, um seine Papiere zu holen, wie immer in Hemdsärmeln. Seine Hornbrille saß ständig auf dem Oberkopf, wenn er sie nicht brauchte. Einen Kugelschreiber zwischen den Zähnen, mehrere Bleistifte in der Brusttasche und einen Aktenstapel unter dem Arm, kam er zurück und stellte eine Packung Salzcracker auf den Tisch. »Versuchen Sie das mal«, sagte er und setzte sich. Während der Besprechung beobachtete er Alex immer wieder. Sie sah grauenhaft aus, aber allmählich schien es ihr besserzugehen. Offenbar tat ihr die Arbeit gut und lenkte sie von ihrer Übelkeit ab. Liz versorgte sie mehrmals mit frischem Tee, und Alex verspeiste alle Cracker. »Legen Sie sich wenigstens in der Mittagspause hin«, bat Brock.

Doch sie schüttelte entschieden den Kopf, weil sie die detaillierte Vorbereitung auf einen ihrer neuen Fälle nicht unterbrechen wollte. Sie bestellten Hühnersandwiches, und Alex brachte sogar ein paar Bissen hinunter.

Eine Stunde später kam ihr das Essen hoch. Neben ihrem Büro lag ein kleines Bad. Wortlos sprang sie auf, rannte hinein und übergab sich dreißig Minuten lang, was Brock wohl oder übel hörte. Die schrecklichen Geräusche zerrissen ihm fast das Herz. Nach einer Weile holte er einen feuchten, kalten Lappen, einen Eisbeutel und ein Kissen. Ohne anzuklopfen, öffnete er die Tür, die sie glücklicherweise nicht versperrt hatte. Plötzlich spürte sie, wie ihre Schultern von einem starken Arm umfaßt wurden. Sie kniete vor der Toilettenmuschel. Erschöpft sank sie in sich zusammen, und er fürchtete, sie wäre in Ohnmacht gefallen. Aber sie blieb bei Bewußtsein. »Lehnen Sie sich an mich, Alex. Lassen Sie sich einfach gehen.«

Sie widersprach nicht, fühlte sich zu elend, um zu antworten. Dankbar für Brocks Hilfe, legte sie den Kopf an seine Brust. Er saß hinter ihr am Boden und hielt sie fest. In dem winzigen Raum fanden sie beide kaum Platz mit ihren langen Beinen. Aber irgendwie schafften sie's. Er drückte den Eisbeutel auf ihren Nacken, den feuchten Lappen auf ihre Stirn. Gerührt wandte sie sich zu ihm, öffnete sekundenlang die Augen, um ihn anzuschauen, doch sie brachte noch immer kein Wort hervor. Er betätigte die Toilettenspülung, dann bettete er Alex auf das Kissen und breitete eine Decke über ihren Körper. Schweigend kauerte er neben ihr und umklammerte ihre Hand.

Erst nach einer Stunde begann sie mit schwacher Stimme zu sprechen. »Ich glaube, jetzt kann ich aufstehen.«

»Warum bleiben Sie nicht liegen?« fragte er leise. Im nächsten Moment hatte er eine bessere Idee. »Strengen Sie sich nicht an. Ich trage Sie.« Mühelos hob er sie hoch und staunte, weil sie trotz ihrer Größe so leicht war. Er legte sie auf die graue Ledercouch in ihrem Büro, schob das Kissen unter ihren Kopf und deckte sie wieder zu. Ein bißchen schämte sie sich, weil sie die Kontrolle verloren hatte. Aber ihre Dankbarkeit war stärker als das Unbehagen.

»Sperren Sie die Tür zu«, wisperte sie, während er wachsam neben ihr stand und sie beobachtete wie eine Mutter ihr Baby.

»Warum?«

»Weil mich niemand in diesem Zustand sehen darf.« Allen hatte sie versichert, sie würde während der Chemotherapie arbeiten können, und dies war wirklich kein vielversprechender Anfang.

Brock erfüllte ihren Wunsch, dann rückte er einen Sessel neben die Couch und setzte sich zu ihr. Obwohl sie jetzt ein bißchen besser aussah, wollte er sie nicht allein lassen. »Soll ich Sie nach Hause bringen?«

»Nein, ich bleibe hier.«

»Möchten Sie ein wenig schlafen?«

»Ich will mich einfach nur ausruhen. Arbeiten Sie weiter. In ein paar Minuten stehe ich auf.«

»Meinen Sie das ernst?« Verblüfft starrte er sie an. Noch nie hatte er sie so bewundert. Wie energisch sie ihre Schwäche bekämpfte…

»O ja. Gehen Sie endlich an die Arbeit. Und – Brock… Vielen Dank.«

»Schon gut. Wozu hat man denn Freunde?«

Warum konnte sich Sam nicht genauso verhalten wie der liebe, gute Brock?

Er löschte einige Lampen. Die Augen geschlossen, lag sie reglos da. Nach einer halben Stunde stand sie auf und setzte sich zu ihm an den Schreibtisch. Ihr Kleid war zerknittert, das Haar zerzaust, und ihre Stimme klang heiser. Aber sie begann entschlossen zu arbeiten, und der Zwischenfall wurde nicht mehr erwähnt.

Gerade noch rechtzeitig dachte er daran, die Tür aufzuschließen. Liz servierte Tee, Kaffee und einen Snack, und niemand erfuhr, was geschehen war. Um fünf begleitete er Alex zum Lift und trug ihr den Aktenkoffer. »Ich komme mit hinunter und halte ein Taxi an«, erbot er sich beiläufig.

»Haben Sie nichts Besseres zu tun, als alten Damen über die Straße zu helfen?« scherzte sie. An diesem Nachmittag waren sie echte Freunde geworden. Ihr Leben lang würde sie nicht vergessen, was er für sie getan hatte. Womit sie seine selbstlose Fürsorge verdient hatte, wußte sie nicht. »Sie müssen Pfadfinder gewesen sein.«

»Stimmt. Sonst gab's in Illinois keine Amüsements. Ich hatte übrigens schon immer eine Schwäche für alte Damen.«

»Offensichtlich«, erwiderte sie lächelnd. In diesem Moment fühlte sie sich wie eine Tausendjährige, aber er fand sie hinreißend.

Es dauerte ein paar Minuten, bis er ein Taxi heranwinkte. Inzwischen wartete sie in der Halle. Das hatte er ihr vorgeschlagen und ihren Protest überhört. Neuerdings duldete er keinen Widerspruch, wenn er ihr Anweisungen gab. Damit niemand anderer in das Taxi stieg, hatte er den Fahrer bereits bezahlt, bevor er Alex auf die Straße führte. »Alles klar«, verkündete er, verfrachtete sie in den Fond und winkte ihr nach.

Wie sollte sie ihm jemals danken? Als sie ihr Apartment erreichte, fühlte sie sich wie ein ausgewrungener Putzlappen. Sie hätte gern mit Annabelle gebadet, wollte ihr aber die Narbe nicht zeigen. So nahm sie allein ein Bad, hinter verschlossener Tür. Später saß sie mit ihrer Tochter am Küchentisch, doch sie brachte keinen Bissen hinunter und erklärte, sie würde später mit Daddy essen.

Um sieben kam er nach Hause, kurz bevor Annabelle ins Bett ging, und las ihr eine Geschichte vor. Dann setzte er sich mit seiner Frau an den Tisch. Carmen hatte das Dinner vorbereitet und die Wohnung verlassen. Lustlos stocherte Alex in ihrem Essen herum.

»Wie war's heute?« fragte er und bemühte sich, Anteilnahme zu zeigen. Trotzdem spürte sie, wie sehr es ihm widerstrebte, das Thema Chemotherapie zu erörtern.

»Okay«, erwiderte sie und hielt es für besser, die Stunde nicht zu erwähnen, die sie im Bad ihres Büros verbracht hatte. »Ich habe ein paar neue Klienten.«

Genau das wollte er hören. »Ich auch«, bemerkte er lächelnd und versuchte, den Streit zu vergessen, all die häßlichen Dinge, die sie einander ins Gesicht geschleudert hatten. »Das verdanke ich Simon.«

»Ist wirklich kein Haken dabei?« fragte sie mißtrauisch. So viele neue Kunden erschienen ihr beängstigend.

»Hör doch auf, überall Probleme zu suchen«, entgegnete er ärgerlich. »Mußt du dauernd die Anwältin hervorkehren?«

»Eine Berufskrankheit.« Sie lachte gezwungen. Allein

schon der Essensgeruch krampfte ihr den Magen zusammen.

Nach der Mahlzeit räumte sie den Tisch ab und floh ins Bad, um die paar Bissen zu erbrechen, die sie hinuntergewürgt hatte. Diesmal stand ihr kein Brock bei, mit einem Kissen und einem Eisbeutel.

»Was ist los mit dir?« Sam erschien in der Badezimmertür. Wie er zugeben mußte, sah sie elend aus. »Liegt's tatsächlich an der Chemotherapie? Vielleicht ist dein Blinddarm entzündet.« Er konnte sich einfach nicht vorstellen, daß die Behandlung solche Reaktionen hervorrief.

»Natürlich liegt's an der Chemotherapie«, antwortete sie mit einer Stimme, die aus dem Geisterreich zu stammen schien, und erbrach unablässig. Unfähig, ihre Qual noch länger mit anzusehen, wandte er sich ab.

Nach einer Weile sank sie erschöpft ins Bett, und Sam starrte sie erbost an. »Ich weiß, das klingt herzlos – aber warum kannst du problemlos den ganzen Tag arbeiten, und kaum siehst du mich, wird dir schlecht? Versuchst du an mein Mitleid zu appellieren? Oder übe ich eine so ekelerregende Wirkung auf dich aus?« fragte er, ohne zu ahnen, was sie im Büro durchgemacht hatte.

»Sehr komisch.«

»Hast du emotionale Schwierigkeiten? Oder bist du allergisch gegen das Zeug?« Er verstand nicht, warum sie sich dauernd übergab, noch dazu so heftig.

»Glaub mir, es hängt mit der Chemotherapie zusammen. Ich habe eine Liste aller Nebenwirkungen. Willst du sie lesen?«

»Lieber nicht«, erwiderte er wahrheitsgemäß. »Dein Wort genügt mir.« Aber er schien noch immer eine plausible Erklärung zu suchen, denn er fügte hinzu: »Während deiner Schwangerschaft ist's dir nie so schlecht gegangen.«

»Da hatte ich keinen Krebs, und ich mußte mich keiner Chemotherapie unterziehen«, entgegnete sie trocken, immer noch geschwächt von ihrem Anfall. »Vermutlich macht das einen gewissen Unterschied aus.«

»Ich halte deinen Zustand eher für ein psychologisches Problem. Ruf deine Ärztin an.«

»Das habe ich bereits getan, und sie erklärte, meine Reaktion sei bedauerlich, aber normal.«

»*Mir* kommt's nicht normal vor.« Unerschütterlich beharrte er auf seinem Standpunkt.

Etwas später schliefen sie ein. Als Alex am Morgen erwachte, rebellierte ihr Magen erneut, aber sie mußte sich nicht übergeben. Diesmal brachte sie Annabelle zum Kindergarten, was ihr eine erfreuliche Genugtuung verschaffte. Jeder kleine Schritt zur Normalität war ein Sieg. Den ganzen Vormittag wurde sie von ihrer Übelkeit verschont.

Erst am Nachmittag, als sie wieder mit Brock zusammenarbeitete, meldete sich das Truthahnsandwich zurück und scheuchte sie in das kleine Bad. Verzweifelt sank sie auf den Boden und glaubte zu sterben. Brock zögerte nicht, folgte ihr sofort, und sie spürte, wie er ihren Kopf festhielt, während sie erbrach. Doch das störte sie nicht. Es wäre viel schlimmer gewesen, die Qualen allein zu ertragen. Danach schämte sie sich ein bißchen. Kraftlos lehnte sie an seiner Brust. »Sie hätten Arzt werden sollen«, meinte sie und lächelte verlegen. Was für eine seltsame Methode, Freundschaft zu schließen …

»Nein, das hätte sicher nicht geklappt. Ich kann kein Blut sehen.«

»Sehen Sie lieber Frauen, die sich übergeben?«

»Oh, ich liebe sie«, entgegnete er grinsend. »Auf dem College habe ich bei diversen Rendezvous einschlägige Erfahrungen gesammelt. Hier in New York geht's ein bißchen kultivierter zu. Oder vielleicht nicht?«

»Ach, Brock, Sie sind verrückt.« Vorerst war sie zu schwach, um sich zu bewegen, und so blieben sie auf dem Badezimmerboden sitzen. »Trotzdem mag ich Sie sehr gern.« So muß eine Ehe sein, dachte sie. Keine Peinlichkeit, nur ihr Bedürfnis und seine Bereitschaft, ihr zu helfen. Hatte ihr der Himmel den richtigen Freund im richtigen Augenblick geschickt?

Und dann erklärte er in ernstem, traurigem Ton: »Meine Schwester hat das auch durchgemacht.«

»Eine Chemotherapie?« fragte sie erstaunt, als könnte sie nicht glauben, daß jemand schon vor ihr dieses Schicksal erlitten hatte.

»Ja. Sie hatte Brustkrebs, so wie Sie, Alex. Ein paarmal war sie nahe daran, die Behandlung aufzugeben. Damals ging ich aufs College, und ich kehrte nach Hause zurück, um sie zu betreuen. Sie war zehn Jahre älter.«

»*War?*« fragte Alex nervös, und er lächelte.

»Keine Bange, sie ist immer noch zehn Jahre älter. Sie hat's geschafft. Und Sie werden's auch hinkriegen, Alex. Aber Sie müssen die Chemotherapie durchstehen, so schwer es Ihnen auch fällt.«

»Ja, ich weiß. O Gott, es ist die reine Hölle. Und die sechs Monate scheinen sich wie eine Ewigkeit vor mir auszudehnen.«

»Die gehen vorbei. Nur der Tod ist für immer.«

»Danke für den tröstlichen Hinweis.«

»Nehmen Sie Ihre Pillen, auch wenn Ihnen davon schlecht wird, und gehen Sie regelmäßig zur Behandlung. Wenn Sie wollen, komme ich mit. Meine Schwester habe ich damals auch begleitet. Sie haßte die Injektionen.«

»Das verstehe ich nur zu gut. Aber ich fand's nicht so schlimm, bis ich mir die Seele aus dem Leib spuckte. Andererseits – so gewinnt man Freunde.« Brock erwiderte ihr Lächeln. Jetzt trug er keine Brille, und seine Krawatte saß schief. Obwohl er wie ein Junge aussah, lag eine seltsame Abwesenheit in seinem Blick. Mit seinen zweiunddreißig Jahren wußte er offenbar viel mehr über das Leben als Alex. Er besaß einen starken Charakter, ein gutes Herz, und er mochte sie aufrichtig. »Arbeiten wir wieder?« fragte sie nach einer kleinen Weile.

Liz legte gerade die Nachmittagspost auf den Schreibtisch und beobachtete verblüfft, wie die beiden das Bad verließen.

»Hi!« rief Alex beiläufig. »Wir hatten gerade eine Besprechung.«

Obwohl Liz nicht ahnte, was sie da drin getrieben hatten, lachte sie und kehrte ins Vorzimmer zurück.

»Wenn wir so weitermachen, glauben die Leute womöglich, wir würden im Bad Kokain schnupfen oder wilde Sexspiele veranstalten.«

»Da könnte ich mir schlimmere Gerüchte vorstellen«, bemerkte er grinsend. Sie setzten sich an den Schreibtisch, und er stellte fest, daß Alex jetzt viel besser aussah.

»Ich mir auch.« Fast zwei Monate lang hatte sie nicht mit Sam geschlafen, und in absehbarer Zeit würde nichts dergleichen geschehen. Aber vorerst ging es nicht um Sex, sondern ums nackte Überleben. Sie arbeiteten den ganzen

Nachmittag. Dann besorgte er ihr wieder ein Taxi, obwohl sie behauptete, sie könne auf sich selber aufpassen.

Am Freitag brachte sie Annabelle in die Ballettschule. Erfreulicherweise erfüllte sie ihre Pflichten. Wenn sie sich auch nicht großartig fühlte – sie war den Anforderungen des Alltags gewachsen. Vielleicht – nur vielleicht würde sie den Krebs besiegen. Würde sie auch ihre Ehe retten? Daran zweifelte sie.

Dreizehntes Kapitel

Am nächsten Montag war Dr. Webber sehr zufrieden mit Alex' Fortschritten. »Das machen Sie sehr gut«, lobte sie. Auch das Ergebnis des Bluttests fiel günstig aus. Diesmal konnte die intravenöse Behandlung mit einer Dextrose- und Wasserinfusion eingeleitet werden, was Alex nicht mehr so traumatisch fand, weil sie nun wußte, was auf sie zukam.

Danach fühlte sie sich genauso elend wie sieben Tage zuvor, doch das überraschte sie nicht. Brock kümmerte sich rührend um sie, und Liz bewachte sie wie ein Schutzengel.

»Allmählich plagt mich mein Gewissen«, gestand sie, als sie am Tag nach der Behandlung neben Brock auf dem Boden des Badezimmers saß.

»Warum?« fragte er verwirrt.

»Weil's *meine* Chemotherapie ist, nicht Ihre. Wieso ertragen Sie das alles? Sie sind nicht mit mir verheiratet. Also müssen Sie sich nicht in diesen Alptraum hineinziehen lassen.« Seine Freundlichkeit war ihr ein Rätsel.

»Und warum wollen Sie meine Hilfe nicht einfach annehmen? Niemand ist gegen ein solches Schicksal gefeit. Jeden Augenblick kann der Blitz zuschlagen und einen Menschen aus heiterem Himmel treffen. Jetzt bin ich für Sie da. Und wer weiß – vielleicht brauche ich eines Tages *Ihren* Beistand.«

»Dann würde ich Sie nicht im Stich lassen. Was Sie für mich tun, werde ich nie vergessen.«

»Eigentlich betreue ich Sie nur, weil ich eine Gehaltserhöhung anstrebe«, witzelte er und zog sie auf die Beine. Eine ganze Stunde hatten sie im Bad verbracht.

»Klar«, erwiderte sie lachend, »ich dachte mir gleich, daß Sie mich nicht ohne Hintergedanken verhätscheln.« Diesmal fühlte sie sich viel erschöpfter als letzte Woche. Und in zwei Wochen würde das Erntedankfest stattfinden. Allein schon der Gedanke an den Truthahn, den sie braten mußte, krampfte ihren Magen zusammen. »Übernehmen Sie doch meinen Job«, scherzte sie, nachdem sie sich wieder an den Schreibtisch gesetzt hatten. »Sicher wären Sie ein großartiger Partner.«

»Ich arbeite lieber mit Ihnen zusammen«, entgegnete er und schaute sie an. Für einen seltsamen Moment schien sich irgend etwas zwischen ihnen zu verändern. Was es bedeutete und ob sie es zur Kenntnis nehmen sollte, wußte sie nicht.

Verlegen wich sie seinem Blick aus und überlegte, ob es ein Fehler war, daß sie so vertraut miteinander umgingen. Vielleicht kamen sie sich zu nahe. Ich bin immerhin verheiratet, dachte sie. Und er ist zehn Jahre jünger ... »Auch ich arbeite gern mit Ihnen zusammen, Brock«, versicherte sie in herablassendem Ton und behandelte ihn wieder wie einen Untergebenen. Dann lachte sie über sich selbst. Diese Fähigkeit gefiel ihm besonders gut an ihr. »Wenn ich Sie nicht gerade ankotze.«

»Um das zu vermeiden, sitze ich ja immer hinter Ihnen.«

»Oh, Sie sind unmöglich!«

Am späteren Nachmittag besprachen sie, was sie fürs

Erntedankfest geplant hatten. Brock wollte Freunde in Connecticut besuchen, Alex würde mit ihrer Familie zu Hause bleiben. Seufzend gestand sie ihre Angst vor dem Truthahn, den sie braten mußte.

»Warum tun Sie's dann? Kann Sam kochen?«

»Ja, ganz gut. Aber das Erntedankfest ist *meine* Spezialität.« Und dann gab sie etwas zu, was sie keinem anderen anvertraut hätte. »Irgendwie habe ich das Gefühl, ich sollte ihm meine Tüchtigkeit beweisen. Er ist so wütend über meine Krankheit. Manchmal glaube ich sogar, er haßt mich. Ich will ihm zeigen, daß ich immer noch alles schaffe, so wie früher, und daß sich nichts verändert hat.« Wie erbärmlich das klang...

Brock schien sie viel besser zu verstehen als ihr Mann. »Nur vorübergehend hat sich was verändert. Begreift er das nicht? Was Ihnen jetzt mißlingt, werden Sie später wieder hinkriegen.«

»Er ärgert sich viel zu sehr, um das einzusehen.«

»Sicher ist diese Situation sehr schwierig für Sie.«

»Allerdings.«

»Und wie kommt Ihre kleine Tochter damit zurecht?«

»Ganz gut. Sie sorgt sich, wenn mir übel ist, und ich versuche ihr zu verheimlichen, wie schlecht es mir geht.«

»Um diese schlimme Zeit zu verkraften, brauchen Sie gute Freunde.«

»Zum Glück habe ich Sie, Brock.«

Am Abend vor dem Erntedankfest umarmte sie ihn und beteuerte, wie sehr sie seine Hilfe zu schätzen wisse. Sie fuhren zusammen im Lift hinunter. Seltsamerweise fiel es ihr schwer, sich von ihm zu trennen. Sie war inzwischen daran gewöhnt, sich auf ihn zu verlassen und ihm ihre Gefühle anzuvertrauen. Und nun wußte sie nicht, wie sie die vier freien Tage ohne ihn überstehen sollte.

Zu Hause sah sie den Truthahn im Kühlschrank liegen und dachte an die Arbeit, die sie am nächsten Tag bewältigen mußte – die Füllung, die Süßkartoffeln, das Backwerk, das Gemüse, das Püree. Sam wollte Kürbis- *und* Minzekuchen essen, Annabelle schwärmte für Apfelkuchen. Außerdem hatte sie versprochen, dieses Jahr Maronencreme mit Preiselbeersauce zu machen. Als sie sich das alles vorstellte, wurde ihr fast schwindelig. Aber gerade in *diesem* Jahr mußte sie es schaffen, weil sie glaubte, ihre Beziehung zu Sam würde davon abhängen.

Auch er mußte Abschied nehmen, und es fiel ihm sehr schwer. Am Abend fuhr Daphne nach Washington, D. C., um Freunde zu besuchen. Er brachte sie zum Zug, winkte ihr nach und fühlte sich schrecklich einsam. Im Lauf der Zeit kamen sie sich immer näher, und er war unglücklich, wenn er sie nicht sah. Nun würde er vier Tage mit Alex verbringen. Einerseits erschreckte ihn dieser Gedanke, andererseits hoffte er, die gespannte Atmosphäre würde sich etwas lockern. Aber als er nach Hause kam, merkte er, daß es ihnen kaum gelingen würde, die festliche Freude früherer Zeiten heraufzubeschwören.

Alex hatte sich hingelegt, einen Eisbeutel auf der Stirn. Bedrückt erzählte Annabelle, Mommy habe sich gerade übergeben. »Sie ist krank. Essen wir trotzdem den Truthahn?«

»Natürlich«, versicherte er und brachte sie ins Bett. Dann kehrte er zu seiner Frau zurück. »Willst du morgen in ein Restaurant gehen und die Kocherei vergessen?« fragte er in anklagendem Ton.

»Sei nicht albern«, erwiderte sie, obwohl sie seinen Vorschlag sehr verlockend fand. »Ich bin okay.«

»So siehst du aber nicht aus.« Wie immer schwankte er zwischen seinem Verdacht, sie würde übertreiben, und widerwilligem Mitleid. Was sollte er glauben? »Kann ich dir was bringen? Ginger Ale oder Cola? Irgendwas, das deinen Magen beruhigt?« Neuerdings trank sie jeden Tag mehrere Flaschen Maalox, was ihr aber nicht zu helfen schien.

Sie blieb noch eine Weile liegen, dann stand sie auf und traf einige Vorbereitungen in der Küche. Während sie den Tisch für den nächsten Tag deckte, war jeder Schritt eine Qual. Ihr ganzer Körper schmerzte, und sie fragte sich, ob sie an einer Grippe erkranken würde oder nur an den Nebenwirkungen der Chemotherapie litt. An diesem Abend begann auch ihre Blase zu brennen.

Als sie neben dem schlafenden Sam ins Bett kroch, fühlte sie sich wie eine Leiche und sah auch so aus. Immerhin hatte er versprochen, er würde am nächsten Morgen helfen. Da sie den Truthahn rechtzeitig in den Backofen schieben mußte, stellte sie den Wecker auf sechs Uhr fünfzehn. Es würde lange dauern, bis der große Vogel gar war. Am Tag des Erntedankfestes pflegten sie um zwölf zu essen.

Leise stand sie zum geplanten Zeitpunkt auf. Doch sie konnte nicht an die Arbeit gehen, schleppte sich ins Bad und erbrach eine Stunde lang. Der Truthahn landete erst im Backofen, nachdem ihre Tochter erwacht war. Wenig später erschien Sam in der Küche. Annabelle wollte Macys Erntedankfestparade sehen, und Alex brachte es nicht übers Herz, ihren Mann zu bitten, er möge daheim bleiben und ihr beim Kochen helfen.

Gegen neun Uhr verließen sie die Wohnung, und Alex

tat ihr Bestes. Sie bereitete die Füllung und das Gemüse vor. Dann begann sie die Kartoffeln zu schälen. Glücklicherweise hatte sie Kuchen gekauft. Aber sie mußte sich ums Backwerk kümmern und die Maronen pürieren. Schon nach kurzer Zeit lief sie wieder ins Bad und erbrach. Mühsam rang sie nach Atem. Der heftige Anfall jagte ihr solche Angst ein, daß sie beinahe den Notarzt angerufen hätte. Plötzlich sehnte sie sich nach Brock. Sie legte einen Eisbeutel auf ihre Stirn, dann duschte sie und hoffte, das würde ihr vielleicht helfen. Als Sam und Annabelle um halb zwölf zurückkehrten, trug Alex immer noch ihr Nachthemd und sah erbärmlich aus.

»Wieso bist du nicht angezogen?« Schockiert starrte er sie an. Sie hatte sich nicht einmal gekämmt. Aber der Truthahn roch gut, und alle Beilagen garten auf der Herdplatte und im Backofen. »Wann essen wir?« Während Annabelle in ihrem Zimmer spielte, schaltete er den Fernseher ein, um sich ein Footballmatch anzuschauen.

»Nicht vor eins. Ich hab den Truthahn nicht rechtzeitig in den Ofen geschoben.« Ein Wunder, daß sie's überhaupt geschafft hatte...

»Soll ich dir helfen?« fragte er beiläufig und legte die Beine hoch.

Sein verspätetes Angebot wurde keiner Antwort gewürdigt. Ganz allein hatte sie eine üppige Mahlzeit vorbereitet, was sie selbst am allermeisten überraschte. Wie schwer ihr die Arbeit gefallen war, konnte Sam nicht einmal ahnen. Sie zog ein weißes Kleid an und frisierte sich. Fürs Make-up fand sie keine Zeit.

Als sie sich an den Tisch setzte, war ihr Gesicht fast so weiß wie ihr Kleid. Sam tranchierte den Truthahn und warf ihr einen ärgerlichen Blick zu. *Wollte* sie so elend aussehen, um sein Mitleid zu erregen? Ein bißchen Rouge würde ihr doch wirklich nicht schaden.

Aber Alex wußte nicht, wie sie aussah, obwohl sie eine bleierne Schwere in ihrem Körper spürte. Mit letzter Kraft verteilte sie die Beilagen auf die Teller.

Wie immer sprach Sam das Tischgebet, und Annabelle erzählte von der Parade. Fünf Minuten, nachdem sie zu essen begonnen hatten, stürmte Alex ins Badezimmer. Die Arbeit, die Hitze in der Küche und die Gerüche waren einfach zuviel gewesen. Und so hatte sie sich vergeblich bemüht, den Brechreiz zu bekämpfen.

»Um Himmels willen!« Sam folgte ihr ins Bad, verzweifelt bestrebt, den Zwischenfall Annabelle und sich selbst zuliebe herunterzuspielen. »Kannst du dich nicht zusammenreißen?«

»Nein!« schluchzte sie und würgte.

»Streng dich doch ein bißchen an! Annabelle hat ein schöneres Erntedankfest verdient. So wie wir alle.«

»Hör endlich auf, mich zu quälen, du Bastard!« schrie sie, ohne Rücksicht auf ihre Tochter. »Ich kann nichts dagegen tun!«

»Und ob du's kannst! Den ganzen Tag läufst du wie ein Gespenst im Nachthemd herum und jagst uns Angst ein. Nur im Büro bist du topfit. Hier läßt du dich gehen und kotzt nach Lust und Laune.«

»Zum Teufel mit dir!« stöhnte sie und erbrach wieder. Vielleicht traf seine Vermutung zu. Litt sie unter psychischen Problemen, weil sie sein Verhalten einfach nicht mehr ertrug? Woran immer es lag, sie mußte sich übergeben. Erst zum Dessert kehrte sie an den Tisch zurück.

Annabelle schaute sie traurig an. »Fühlst du dich jetzt besser, Mommy?« fragte sie leise. »Tut mir leid, daß du krank bist.« Warf ihr Sam zu Recht vor, daß sie die Familie mit ihren Schwierigkeiten belastete? Wäre es besser, wenn sie sterben würde? Sie wußte nicht mehr, was sie denken sollte und warum Sam ein Fremder geworden war. Jahrelang hatte er ihr seine Liebe und Zärtlichkeit bewiesen. Das alles existierte nicht mehr.

»Ja, Schätzchen, jetzt geht's mir besser«, sagte sie zu Annabelle und ignorierte ihren Mann.

Nach dem Dinner lag sie mit ihrer Tochter auf der Couch und erzählte ihr Geschichten. Inzwischen räumte Sam den Tisch ab und stellte das Geschirr in die Spülmaschine. Annabelle ging in ihr Zimmer, um ein Video zu holen. Ein paar Minuten später kam er aus der Küche und starrte Alex wütend an.

»Danke für das grandiose Festmahl!« fauchte er sarkastisch. »Erinnere mich daran, daß ich nächstes Jahr woanders esse.«

»Mit Vergnügen.« Mit keinem Wort würdigte er ihre Mühe.

»Du hast unserer Tochter das Fest gründlich verdorben, nicht wahr? Nicht einmal eine Stunde konntest du am Tisch sitzen – nur um ihr zu zeigen, wie krank du bist.«

»Wann hast du dich eigentlich in ein komplettes Arschloch verwandelt, Sam?« fragte sie wie beiläufig. »Früher habe ich nie bemerkt, was für ein mieser Kerl du bist. Wahrscheinlich war ich zu beschäftigt.«

»Oder wir beide«, murmelte er, verschwand im Arbeitszimmer und schaute sich ein Footballmatch an. Solche

Erntedankfeste hatte er bereits erlebt. Jahrelang war seine Mutter zu krank gewesen, um ihr Bett zu verlassen und einen Truthahn zu braten. Sein Vater betrank sich. Einmal war Sam zum Erntedankfest nicht einmal aus dem Internat nach Hause gekommen. Die Feiertage bedeuteten ihm sehr viel, und er legte großen Wert auf eine gemütliche Mahlzeit. Früher hatte Alex diesen Wunsch stets erfüllt. Aber nun benahm sie sich wie seine Mutter und weckte seinen Haß.

Nach dem Footballspiel wanderte er allein durch den Park. Als er zurückkam, aßen sie die Reste vom Mittag. Jetzt schien sich Alex besser zu fühlen. Natürlich, sie hatte das Festmahl ruiniert, und jetzt gönnte sie sich eine Pause, bevor sie die nächste Show abzog.

Annabelle wirkte immer noch bedrückt. Vorhin hatte sie Alex gefragt, warum Mommy und Daddy sich dauernd anschreien würden. Ihre Mutter hatte versichert, das sei belanglos. Manchmal würden sich die Erwachsenen etwas komisch benehmen.

Aber diese Erklärung schien Annabelle nicht zu beruhigen. Sam brachte sie ins Bett und betonte, dafür sei Mommy zu krank. Um das Kind nicht noch mehr zu beunruhigen, schwieg Alex. Sie gab ihm einen Gutenachtkuß, dann sank sie auf ihr Bett und überlegte, wie gräßlich das Familienleben geworden war. Würde sich die Situation jemals bessern? Etwas später kam Sam ins Schlafzimmer. Resignierend schaute sie ihn an. Vielleicht sollte sie endlich akzeptieren, daß ihre Ehe gescheitert war. »Du mußt nicht hierbleiben. Oder glaubst du, ich würde dich als Geisel festhalten?«

»Wie meinst du das?« fragte er verwirrt.

Hatte er die ganze Zeit darauf gewartet? Brachte er den Mut nicht auf, ihr zu sagen, er würde sich am liebsten von ihr trennen? Seit Wochen schien er Gründe zu suchen, um sie zu hassen. »Du siehst so unglücklich aus, Sam, und ich glaube, du möchtest diesen Zustand beenden. Geh doch einfach, wann immer du willst. Die Tür steht offen.« Nie zuvor hatte sie so harte Worte ausgesprochen. Aber es ließ sich nicht vermeiden. Vorerst mußte sie um ihr Leben kämpfen – und erst später um ihre Ehe.

»Schickst du mich weg?« Seine Frage klang fast hoffnungsvoll.

»Nein. Ich liebe dich, und ich will unsere Ehe aufrechterhalten. Aber ich werde dir keine Steine in den Weg legen. Wenn du mich verlassen möchtest, werde ich dich nicht daran hindern.«

»Warum sagst du das?« entgegnete er mißtrauisch. Was wußte sie? Konnte sie seine Gedanken lesen? Oder hatte sie Klatschgeschichten über Daphne gehört?

»Weil ich glaube, daß du mich haßt.«

»Unsinn, ich hasse dich nicht«, protestierte er lahm. Er fürchtete, er würde zuviel sagen. Trotzdem mußte er ehrlich sein. »Was ich empfinde, weiß ich nicht mehr. Seit das alles begonnen hat, bin ich schrecklich wütend. Als hätte uns vor zwei Monaten ein Blitzschlag getroffen – und nichts ist mehr wie früher…« So ähnlich hatte Brock sich ausgedrückt, um das Schicksal seiner Schwester zu schildern. »Ich bin zornig, verängstigt und traurig. Und du hast dich völlig verändert. Dieses ständige Gerede von Krankheiten und Therapien ertrage ich nicht mehr.« Darüber hatten sie kaum gesprochen. Aber die Realität genügte, um ihn zu entnerven, und Alex wußte es.

»Jetzt erinnere ich dich an deine Mutter, und das verkraftest du nicht. Vermutlich glaubst du, ich würde sterben und dich verlassen, so wie sie.« In ihren Augen glänzten Tränen, aber sein Herz blieb kalt. »Das befürchte ich auch, und ich will's mit aller Macht verhindern.«

»Offenbar ist alles noch viel komplizierter, als es schien. Irgendwas zwischen uns ist zerrissen.«

»Und was soll geschehen?«

»Keine Ahnung.«

»Gib mir Bescheid, wenn du eine Entscheidung getroffen hast. Möchtest du mit mir zu einem Therapeuten gehen? Unsere Ehe ist nicht die erste, die wegen eines Krebsleidens auf dem Spiel steht.

»Großer Gott, warum schiebst du unsere Krise auf deine Krankheit?«

»Damit hat's angefangen. Vorher war alles okay.«

»Oder auch nicht. Vielleicht hat dein Problem nur einen unerträglichen Zustand auf die Spitze getrieben. Drei Jahre lang Sex nach Plan und Hormone, die Bemühungen um ein Baby ...« Früher hatte ihn das nicht gestört.

»Willst Du mit mir einen Therapeuten konsultieren?«

»Nein.« Er wollte nur Daphne – sein Heilmittel, seine Flucht, seine Freiheit. »Damit muß ich allein fertig werden.«

»Das kannst du nicht, Sam. Und ich schaff's auch nicht. Wirst du ausziehen?« fragte sie nervös, voller Angst, er würde tatsächlich auf ihren Vorschlag eingehen. Doch sie sah keinen anderen Ausweg.

»So etwas dürfen wir Annabelle nicht antun, schon gar nicht vor Weihnachten und ihrem Geburtstag.«

Am liebsten hätte Alex geschrien: *Und was ist mit mir?*

»Ich wünsche mir nur ein bißchen mehr Freiheit«, fügte er hinzu. »Vorerst sollten wir getrennte Wege gehen, ohne einander Erklärungen zu schulden. In ein paar Monaten reden wir darüber, vielleicht nach Annabelles Geburtstag.«

»Und was sagen wir ihr?« Mühsam verbarg sie ihre Verzweiflung.

»Das liegt bei dir. Solange wir beide hier wohnen, wird sie gar nichts merken.«

»Sei dir da nicht so sicher. Heute fragte sie mich, warum wir uns dauernd anschreien. Sie ist nicht dumm.«

»Dann müssen wir uns in ihrer Gegenwart zusammenreißen.« Seine Stimme klang so vorwurfsvoll, daß sie ihn ohrfeigen wollte. War das der Mann, den sie geliebt und geheiratet hatte? Aber um Annabelles willen wollte sie das neue Arrangement akzeptieren.

»Wahrscheinlich wird's schwieriger, als du glaubst«, meinte sie. Konnten sie nach siebzehnjähriger Ehe einfach nebeneinander leben wie zwei Fremde?

»Wir müssen's eben versuchen. Außerdem werde ich in den nächsten Monaten oft verreisen.«

Um sich von ihrem Kummer abzulenken, bemerkte sie: »Dein Job scheint sich dramatisch zu verändern.«

»Ja, Simon hat uns zahlreiche neue Möglichkeiten eröffnet.«

»Nimm dich bloß in acht. Vielleicht war dein erster Instinkt richtig.«

»Darüber will ich nicht mit dir reden. Ich glaube, du bist paranoid.«

»Okay. Und wie geht's jetzt weiter? Sagen wir uns in der Diele guten Morgen und gute Nacht? Essen wir zusammen?«

»Natürlich, wenn sich's mit unseren Terminen vereinbaren läßt. Für Annabelle bleibt alles beim alten. Ich ziehe nur ins Gästezimmer.«

»Wie willst du ihr das erklären?« fragte Alex interessiert. Anscheinend hatte er schon alles geplant und nur auf ihr Stichwort gewartet. Sie mißtraute ihm ebenso wie Simon. Damals hatte sie den Partnerschaftsvertrag ausgearbeitet. Sie mochte den Engländer nicht. Und seine Bedingungen mißfielen ihr.

»Da du so krank bist«, erwiderte Sam ironisch, »wird Annabelle sicher verstehen, daß ich dich nicht stören möchte.«

»Wie großzügig von dir!« entgegnete sie kühl, ohne ihre bittere Enttäuschung zu zeigen. »Ich bin schon gespannt, wie's klappen wird.«

»Im Augenblick ist es die einzig richtige Lösung – ein guter Kompromiß.«

»Und zwischen welchen Möglichkeiten schließen wir diesen Kompromiß? Würdest du mir sonst davonlaufen, weil ich eine Brust verloren habe, oder mich einfach fallenlassen, weil du meiner müde bist? Was trägst du zu unserem Kompromiß bei? Welche Anstrengungen hast du eigentlich unternommen, seit das alles geschehen ist?« Sie war wütend und verletzt, und der Blitzschlag, der sie beide getroffen hatte, würde für immer seine Spuren hinterlassen.

»Tut mir leid, daß du's so siehst. Aber wir sollten's wenigstens versuchen, Annabelle zuliebe.«

»Wir versuchen nichts, wir inszenieren nur ein Täuschungsmanöver. Wen willst du zum Narren halten, Sam? Unsere Ehe ist hoffnungslos zerrüttet.«

»Jetzt will ich mich noch nicht scheiden lassen«, verkündete er herablassend, und es drängte sie wieder, vom Bett aufzuspringen und ihn zu ohrfeigen.

»Oh, wie nett! Warum nicht? Meinst du, das würde einen schlechten Eindruck machen? Nachdem man der armen Alex eine Titte abgeschnitten hat, darfst du ihr nicht den Laufpaß geben. Damit mußt du ein paar Monate warten, am besten bis zum Ende der Chemotherapie. Dann werden alle denken, du hättest tapfer an meiner Seite ausgeharrt. O Gott, Sam, du bist der gemeinste Kerl von ganz New York, und es ist mir verdammt egal, für wen du dieses Theater veranstaltest. Ich weiß Bescheid. Und du weißt Bescheid. Das genügt. Hau ab, wann immer du willst! Wir beide sind fertig miteinander!«

»Wie kannst du dir da so sicher sein? Ich wünschte, ich wäre es«, gestand er. Einerseits wollte er seine Freiheit zurückgewinnen, andererseits war er noch nicht bereit, Alex zu verlassen. Alle Türen sollten offenbleiben, ohne daß er die Verantwortung für künftige Ereignisse übernehmen mußte. Jetzt sehnte er sich nach Daphne. In einem Jahr würde er dann vielleicht zu Alex zurückkehren. Für immer mochte er seine Frau nicht aufgeben.

»Weil du mir klargemacht hast, was für ein Schuft du bist«, beantwortete sie seine Frage. »Seit meiner Brustamputation führst du dich unmöglich auf. Ich habe mich bemüht, dein Verhalten zu verstehen und zu entschuldigen – er ist müde, es übersteigt seine Kräfte, ich erinnere ihn an seine Mutter, das alles erscheint ihm zu bedrohlich … Aber jetzt habe ich's endgültig satt.«

Nicht nur in ihren Augen schimmerten Tränen. »Tut mir leid, Alex«, erwiderte er, und sie begann leise zu weinen. »Tut mir leid«, wiederholte er, doch er ging nicht zu ihr, um sie zu trösten.

Statt dessen floh er ins Arbeitszimmer. Eine halbe Stunde später fiel die Wohnungstür ins Schloß. Ohne seiner Frau zu verraten, was er vorhatte, war er gegangen. Stundenlang wanderte er umher, erst zum Fluß, dann mit zögernden Schritten nach Süden, bis er die Fifty-third Street erreichte. Er wußte, was er wollte, und er fragte sich, ob er seine Ehe nur zerstört hatte, um ans Ziel seiner Wünsche zu gelangen. Jetzt war es zu spät für solche Überlegungen, zu spät, um die Scherben aufzusammeln. Nur eins bedauerte er – daß er Alex verletzt hatte. Aber auch sie tat ihm weh, wenn sie auch keine Schuld an den unglückseligen Ereignissen trug. Auf seltsame Weise gewann er den Eindruck, sie hätte ihn betrogen.

In der Second Avenue betrat er eine Telefonzelle, obwohl es sinnlos war. Sie war nach Washington gefahren. Trotzdem wollte er sie anrufen, ihre Stimme auf dem Anrufbeantworter hören, eine Nachricht hinterlassen und ihr seine Liebe erklären. Nach dem zweiten Freizeichen meldete sie sich. »Daphne?« fragte er verblüfft.

»Ja?« Schläfrig – und doch so sinnlich... Es war nach Mitternacht, und sie hatte bereits im Bett gelegen. »Wer ist da?«

»Ich bin's. Was machst du hier? Ich dachte, du wolltest das Erntedankfest in Washington verbringen?« Als sie leise lachte, erschien ihr Bild in seiner Phantasie, und er glaubte zu sehen, wie sie sich träge streckte. In der Telefonzelle war es eiskalt. »Da war ich auch. Wir haben ein üppiges Festmahl verschlungen und sind eislaufen gegangen. Heute abend flog ich nach Hause. Meine Freunde gehen morgen getrennte Wege, und ich hatte auch gar nicht vor, das ganze Wochenende in Washington zu bleiben. Wo bist du?« Seit Alex' Chemotherapie begonnen hatte, pflegte er abends nicht mehr mit Daphne zu telefonieren, und sie rief ihn nur selten an. Immerhin war er verheiratet, und sie mußte vorsichtig sein. Natürlich respektierte sie seine Situation.

Plötzlich mußte auch Sam lachen. »Ich friere mir in einer Telefonzelle an der Second Avenue den Arsch ab. Stundenlang bin ich herumgelaufen. Und nun wollte ich einfach nur deine Stimme hören.«

»Was um alles in der Welt machst du da? Warum kommst du nicht zu mir, wenigstens auf eine Tasse Tee? Ich beiße dich nicht, das verspreche ich dir.«

»Daran werde ich dich erinnern.« Er fühlte sich so verletzlich, so erschöpft. Seit er sie zuletzt gesehen hatte, war ein schrecklicher Tag vergangen. »Ich habe dich vermißt.«

»Und ich dich.« Wie erotisch ihre Antwort klang... »Wie war das Erntedankfest?«

»Grauenhaft. Eigentlich möchte ich nicht darüber reden. Dauernd mußte sie sich übergeben. Für Annabelle war's am schlimmsten. Heute abend führten wir ein langes Gespräch. Das erzähl ich dir später.«

In diesem Augenblick spürte Daphne, daß sich irgend etwas verändert hatte. Sam wirkte müde und traurig, aber nicht mehr ängstlich, von widersprüchlichen Gefühlen geplagt. War ihm eine schwere Last von der Seele gefallen? »Komm zu mir, bevor du erfrierst.«

»In ein paar Minuten bin ich da.« Ihre Wohnung lag nur einen Häuserblock entfernt, und er rannte bis zu ihrer

Tür – zum einzigen Ort, wo er sein wollte, seit er sie zum erstenmal gesehen hatte. Was für ein wundervolles Mädchen sie war, so jung und gesund, so schön, so vollkommen …

Ungeduldig klingelte er, und sie drückte auf den Türöffner. Wie ein Teenager sprang er die Treppe hinauf. Und dann hielt er inne, als er sie in der Tür stehen sah. Das glänzende schwarze Haar fiel über ihre Schultern, verbarg eine Brust und enthüllte die andere. Deutlich sah er ihren Körper durch das dünne, mit winzigen Stickereien verzierte weiße Baumwollnachthemd. Er ging wortlos zu ihr, schob sie in die Wohnung und schloß die Tür hinter sich.

Drinnen war es warm und gemütlich. Er zog ihr das Nachthemd über den Kopf, strich ihr seidiges Haar nach hinten und bewunderte ihre perfekten Brüste, die schmale Taille, die wohlgeformten langen Beine, den sanft gewölbten Venusberg.

»Oh, mein Gott …« Mehr sagte er nicht. Im Schlafzimmer brannte nur eine schwache Lampe. Stöhnend sank er mit ihr auf das Federbett, das sie aus England mitgebracht hatte. Ihre sinnliche Schönheit übertraf alle seine Träume. Immer wieder trieb sie ihn an den Rand seiner Ekstase. Bevor der Morgen graute, genoß er ein halbes Dutzend Höhepunkte. Noch nie hatte er eine so atemberaubende Nacht erlebt. Er machte Feuer im Kamin und liebte sie davor auf dem Teppich, dann wieder im Bett und schließlich in der Badewanne.

Als der Tag anbrach, schliefen sie ein. Zu Mittag erwachten sie, und er konnte kaum glauben, daß er immer noch glühende Leidenschaft verspürte – und immer noch fähig war, sein Verlangen zu stillen. Ihre weichen Lippen glitten über seinen Bauch zu den Schenkeln hinab und erreichten ihr Ziel. Und Sam wurde von der gleichen Sehnsucht erfaßt. Diesmal fand er in Daphnes Mund Erfüllung. Ein heftiger Schauer durchströmte seinen ganzen Körper.

»O Daphne – du wirst mich noch umbringen…«, flüsterte er, von heißem Entzücken überwältigt. »Welch ein Tod wäre das…« Dann nahm er sie in die Arme, hielt sie fest, wagte kaum, an sein Glück zu glauben. Monatelang hatten sie sich in Geduld geübt. Er war nicht bereit gewesen, seine Frau zu betrügen. Jetzt wußte er, daß er keine Wahl hatte, weil er nur Daphne begehrte – und keine andere Frau auf dieser Welt. »Ich liebe dich«, beteuerte er leise, als sie in seinen Armen einschlief, den Rücken an seine Brust geschmiegt. Wie warm und glatt sich ihre Haut anfühlte… Aber jetzt war er restlos befriedigt.

»Und ich liebe dich«, wisperte sie lächelnd. Von Anfang an hatte sie gewußt, es würde sich lohnen, auf diese Nacht zu warten. Seine Hände umschlossen ihre Brüste. Bevor er einschlief, versuchte er Alex zu vergessen.

Vierzehntes Kapitel

Nur aus Höflichkeit rief Sam seine Frau am Freitag nachmittag an und teilte ihr mit, er würde das Wochenende nicht daheim verbringen. Wo er war, erwähnte er nicht, und sie stellte keine Fragen. Er kündigte an, im Lauf der Woche würde er sich wieder melden. Dann sprach er mit Annabelle und beteuerte, er vermisse sie. Wußte Alex, wo er sich aufhielt? Daran wollte er nicht denken. Er ging mit Daphne zu Bloomingdale's, kaufte ein halbes Dutzend Hemden, Jeans, Kordhosen, ein Jackett, Socken, Unterwäsche und einen Pullover. Dann erstand er in einem Drugstore einen Rasierapparat und alle Toilettenartikel, die er brauchte. Vorerst wollte er nicht nach Hause gehen, um irgendwelche Sachen zu holen, und niemanden sehen außer Daphne.

Abends kochte er für sie, und sie gab vor, ihm zu helfen, wanderte aber nur splitternackt in der Küche umher. Beinahe ließ er das Dinner anbrennen. Sie stellten es in die Mikrowelle und eilten ins Schlafzimmer. Um Mitternacht briet sie ein Omelett, doch die meiste Zeit verbrachten sie im Bett, wo einer den Körper des anderen erforschte. Allmählich entdeckten sie ihre sexuellen Neigungen. Sie unterhielten sich stundenlang, backten Popcorn, sahen einen alten Film und versäumten die wichtigsten Phasen der Handlung, weil sie sich wieder liebten. Erst kurz vor Ende des Films kehrten sie zum Fernseher zurück.

Eng umschlungen genossen sie ihre zweite gemeinsame Nacht. Am Samstag morgen kam es ihnen so vor, als wären sie schon immer ein Liebespaar gewesen. Sam wollte für den Rest seines Lebens bei Daphne bleiben. Nun mußte er nur noch das Problem seiner Ehe lösen. »Was möchtest du heute machen?« fragte er, während sie sich träge streckten. Am liebsten hätte er den ganzen Tag in sinnlichen Freuden geschwelgt. Aber er fand, sie sollten auch was anderes unternehmen.

»Kannst du eislaufen?« Sie saß neben ihm im Bett und sah wie ein wohlproportioniertes Kind aus.

»In Harvard war ich im Eishockeyteam«, erklärte er voller Stolz.

»Gehen wir eislaufen?«

Für Sam schien ein neues Leben zu beginnen, mit einer jungen, bezaubernden, unbeschwerten Frau. Wie sich auf dem Wollman-Memorial-Platz im Central Park herausstellte, war sie eine ausgezeichnete Eisläuferin. Sie tanzten, wirbelten umher, zogen Kreise umeinander, und Daphne drehte sogar Pirouetten, die ihn tief beeindruckten. Dann aßen sie im Tavern-on-the-Green zu Mittag, und um zwei landeten sie wieder im Bett. Beide glaubten, sie hätten sich seit einer Ewigkeit nicht mehr geliebt.

»Was soll aus meinem Job werden?« fragte er, als sie um halb fünf nach dem zweiten ekstatischen Höhepunkt nebeneinanderlagen. »Ich fürchte, ich kann mich nicht von dir losreißen und ins Büro gehen.« Ganz zu schweigen von dem Versprechen, das er seiner Frau gegeben hatte – er würde die nächsten zwei Monate daheim wohnen und im Januar, nach Annabelles Geburtstag, noch einmal mit Alex über ihre Ehe reden. Dazu hatte er sich vor seiner intimen Beziehung mit Daphne bereit erklärt. Jetzt war alles anders geworden. Trotzdem mußte er sein Wort halten.

Am Vortag hatte er mit Daphne darüber gesprochen, und sie fand diese Lösung sehr vernünftig. »Dein kleines Mädchen wäre todtraurig, wenn du vor Weihnachten verschwinden würdest«, meinte sie mitfühlend, und er freute sich über ihr Verständnis. Dadurch vereinfachte sie die Situation. Von Anfang an war sie geduldig gewesen.

»Ich kann es kaum erwarten, dich mit meiner Tochter bekannt zu machen.«

»Alles der Reihe nach, Darling«, erwiderte sie und beschrieb die erotischen Qualen, die sie ihm demnächst bereiten würde. Sofort vergaß er seine Familie. Am Abend erwähnte Daphne, zu Weihnachten würde sie mit ihrem Sohn einen einwöchigen Skiurlaub in der Schweiz verbringen. Das erleichterte ihm die Entscheidung, was seine eigenen Pläne betraf, und er schlug ihr vor, ihn in Gstaad zu treffen, wenn Andrew zu seinem Vater zurückgekehrt wäre. Danach würden sie für ein paar Tage nach Paris fahren.

Während sie an diesem Wochenende die Zukunft besprachen, vertiefte sich auch ihre freundschaftliche Beziehung, und Sam glaubte, er wäre noch nie so verliebt gewesen. Nur weil er Alex zu vergessen suchte?

Sie bemühte sich ebenfalls, ihn aus ihren Gedanken zu verbannen, verlebte ein ruhiges Wochenende mit Annabelle und sammelte neue Kräfte. Mittlerweile mußte sie nicht mehr so oft erbrechen. Liz rief an, um nach ihrem Befinden zu fragen, und ein paar Freunde meldeten sich, die irgendwelche Gerüchte gehört hatten. Aber sie wollte niemanden sehen. Unwillkürlich überlegte sie, wo Sam sein mochte. War er allein? Versteckte er sich? Annabelle akzeptierte die Behauptung, er sei trotz der Feiertage aus geschäftlichen Gründen verreist.

Am Samstag kam er nicht nach Hause, was Alex traurig stimmte, aber sie sorgte sich nicht. Ein paarmal hatte er Annabelle angerufen. Sie selbst war nicht bereit gewesen, mit ihm zu sprechen. Wortlos hatte sie ihrer Tochter den Hörer übergeben und sich bemüht, nicht mehr an ihren Mann zu denken.

Als der Montag anbrach, atmete sie erleichtert auf, denn die Arbeit würde sie wenigstens vorübergehend von ihren Problemen ablenken. Sie brachte Annabelle in den Kindergarten, fuhr zur Kanzlei und fühlte sich viel besser. Nach dem langen Wochenende wirkten alle Mitarbeiter erholt und gut gelaunt – sogar Alex, obwohl sie die Feiertage wahrlich nicht genossen hatte.

»Wie war's?« fragte Brock am Nachmittag. Der Kurzurlaub mit seinen Freunden in Connecticut war sehr amüsant gewesen, obwohl er bei einem Footballmatch ein paar Schürfwunden abbekommen hatte.

»Wollen Sie's wirklich wissen?« Sie lächelte gequält. »Einfach grauenvoll! Sam und ich haben endlich erkannt, daß es so nicht weitergehen kann. Beim Festessen wurde mir speiübel, und darüber regte er sich maßlos auf. Wahrscheinlich dachte er die ganze Zeit an seine sterbende Mutter, die ihre Verzweiflung an ihm ausgelassen hatte. Aber das gab er nicht zu. Statt dessen benahm er sich wie das letzte Arschloch. Schließlich vereinbarten wir, getrennte Wege zu gehen. Trotzdem wird er weiterhin bei mir wohnen. Eine schwierige Situation... Ich bin zu schwach, um dagegen zu protestieren. In sieben Wochen, nach Annabelles Geburtstag, wollen wir noch einmal über alles reden.«

»Klingt zivilisiert.«

»Ja, das ist es wohl auch«, stimmte sie traurig zu. »Und erbärmlich. Erstaunlich, was sich zwei Menschen antun können, wenn sie's ernsthaft versuchen... Nie hätte ich gedacht, daß uns so was passieren würde. Das Leben ist voller Überraschungen.«

Seltsam, wie alt und müde sie sich fühlte – und unfähig, den Kampf um ihre Ehe aufzunehmen. Während der folgenden beiden Wochen ging es ihr besser, weil sie keine Pillen mehr nehmen mußte, und die nächste Behandlung sollte erst vierzehn Tage vor Weihnachten vorgenommen werden. Dann war es wieder soweit, und sie erlitt die gleichen Qualen wie beim erstenmal. Trotz ihrer Probleme hatte sie beschlossen, Weihnachtseinkäufe zu erledigen. Aber jetzt konnte sie sich nicht dazu durchringen. Auf ihrem Schreibtisch lag der F.-A.-O.-Schwarz-Katalog, und sie hatte mehrere Angebote angekreuzt, doch ihr fehlte die nötige Kraft, um Geschenke für Annabelle, Sam, Freunde und Kollegen zu besorgen.

»Mir geht's beschissen«, gestand sie Brock, als sie in ihrem Büro auf der Couch lag. Daran hatte er sich längst gewöhnt, und manchmal hielten sie ihre Besprechungen ab, während sie ihrem ermatteten Körper etwas Ruhe gönnte.

»Was kann ich für Sie tun? Soll ich Weihnachtsgeschenke kaufen?«

»Seit wann haben Sie Zeit für so was?« Sie mußten mehrere neue Prozesse vorbereiten. Einen Teil der Fälle hatte sie Matt übertragen.

»Die Läden sind auch abends geöffnet. Geben Sie mir eine Einkaufsliste.«

Doch sie fand keine Zeit, auf seinen Vorschlag zu antworten, floh ins Bad und kam erst eine halbe Stunde später wieder heraus.

In der nächsten Woche fühlte sie sich nach einer weiteren intravenösen Behandlung noch schlechter. Weihnachten stand vor der Tür, und sie hatte kein einziges Geschenk gekauft. Nun ergriffen Liz und Brock die Initiative. Eines Tages ging es ihr so miserabel, daß sie daheim bleiben mußte. Die Sekretärin kam zu ihr, um die Einkaufsliste zu holen, und traf ihre Chefin in Tränen aufgelöst an. Soeben hatte Alex im Badezimmer vor dem Spiegel gestanden. Die Haare fielen ihr büschelweise aus. Als sie der Besucherin die Tür öffnete, hielt sie dicke rote Strähnen in den Händen. »Schauen Sie doch!« schluchzte sie. Natürlich hatte sie mit dieser Nebenwirkung gerechnet, aber noch keine Zeit gefunden, Dr. Webbers Rat zu befolgen und eine Perücke zu besorgen. »Das ertrage ich nicht!« Liz nahm sie in die Arme und versuchte, sie zu trösten. »Warum müssen all diese schrecklichen Dinge gerade *mir* passieren? Es ist so unfair!«

Wie ein Kind weinte sie an der Schulter ihrer Sekretärin. Nur gut, daß Brock nicht hergekommen ist, dachte Liz. Er verehrt sie, und es hätte ihm das Herz gebrochen, sie so zu sehen.

Alex warf die Haare weg und ließ sich von Liz ins Wohnzimmer führen. Schluchzend sank sie auf die Couch, immer noch im Bademantel. Ihr Gesicht war gerötet und ein wenig geschwollen, aber schön wie eh und je – und von tiefer Verzweiflung gezeichnet.

»Jetzt müssen Sie stark sein«, mahnte Liz energisch. Sie würde ihr nicht erlauben, in ihrem Selbstmitleid zu versinken.

»Die ganze Zeit war ich stark!« Alex schrie beinahe. »Und was hat's mir gebracht? Sam geht mir aus dem Weg, und ich sehe ihn kaum noch. Um Mitternacht kommt er nach Hause – oder gar nicht. Wie ein Fremder wohnt er im Gästezimmer. Er kümmert sich nicht um mich, nur um unsere Tochter. Dauernd ist mir schlecht, und ich jage ihr allmählich Angst ein. Was wird sie denken, wenn sie mich ohne Haare sieht? Das arme Kind ist noch nicht einmal vier Jahre alt – und hat ein Monstrum als Mutter ...«

»Hören Sie auf!« fiel Liz ihr mit scharfer Stimme ins Wort, und Alex blinzelte verblüfft. »Dieser Zustand wird nicht ewig dauern. Noch fünf Monate, dann haben Sie's überstanden – wenn Sie Glück haben, für immer. Offensichtlich ist Sam unfähig, der Realität ins Auge zu blicken. Schicken Sie ihn doch zum Teufel! Denken Sie nur an sich selbst und Ihr Kind, an sonst niemanden. Verstehen Sie?« Alex nickte und putzte sich die Nase, erstaunt über diese strengen Worte. Aber sie gab ihrer Sekretärin recht, die genau wußte, wovon sie sprach. Auch sie hatte eine Chemotherapie hinter sich. Ihr Mann war nicht vor der Wirklichkeit geflohen, so wie Sam. Aber letzten Endes hatte sie den Kampf allein ausfechten müssen. »Gewiß, es ist schrecklich, eine Brust zu verlieren und die Strapazen dieser Behandlung zu ertragen. Aber Sie dürfen nicht aufgeben, Alex. Ihr Haar wird wieder wachsen, und Sie müssen sich nicht bis in alle Ewigkeit übergeben. Überlegen Sie doch, was Sie in fünf Monaten tun wollen. Setzen Sie sich ein Ziel.«

»Wenn mir nicht mehr schlecht wird, wäre das schon ein Segen.«

»Auch daran werden Sie sich im Lauf der Zeit gewöhnen.«

»Klar, es überrascht mich schon gar nicht mehr, wenn ich kraftlos neben der Toilette am Boden liege. Aber der Haarausfall …«

»Haben Sie eine Perücke gekauft?«

»Dazu bin ich noch nicht gekommen«, gestand Alex und fühlte sich ziemlich albern.

»Ich besorge Ihnen eine hübsche, mit roten Haaren.« Beruhigend tätschelte Liz die Schulter ihrer Chefin. »Wo ist die Einkaufsliste? Mal sehen, was ich in der Mittagspause erledigen kann. Den Rest teile ich mir heute abend mit Brock. Bis zum Wochenende werden wir sicher alles eingekauft haben.«

Carmen hatte bereits versprochen, nach dem Dinner länger dazubleiben und die Weihnachtsgeschenke einzupacken. Wie nett sie alle waren … Wer hätte vor drei Monaten gedacht, daß ihre Haushälterin, ihre Sekretärin und ihr Assistent einmal die wichtigsten Menschen in ihrem Leben sein würden? Ohne die drei würde sie's niemals schaffen. Sie hatte auch nicht geahnt, wie bitter ihr Mann sie enttäuschen würde. Beharrlich ging er ihr aus dem Weg. Bei jeder Begegnung erweckte er den Eindruck, als wolle er sofort wieder verschwinden.

Am späten Abend erschienen Brock und Liz mit großen Einkaufstüten. Nachdem die Sekretärin gegangen war, blieb er noch eine Weile da und trank mit Alex Tee in der Küche. Sie hatte ihn im Büro angerufen und gebeten, bei Saks eine hübsche Handtasche für Liz auszusuchen.

Nun zeigte er ihr eine schöne schwarze Ledertasche, und sie meinten, Liz würde begeistert sein. Auch die anderen Geschenke entsprachen Alex' Vorstellungen. »Vielen Dank für Ihre Hilfe«, sage sie leise, »tut mir leid, daß ich euch beiden so zur Last falle.« Aber sie hatte keine Wahl, das mußte sie akzeptieren.

»So mühsam war's gar nicht«, erwiderte er. »Immerhin ist's viel einfacher, Weihnachtsgeschenke für eine Freundin zu besorgen, als den Kilimandscharo zu erklimmen. Sogar das würde ich für Sie tun.«

Gerührt lächelte sie ihn an. Was würde sie nur ohne ihn anfangen? Der freie Tag hatte ihr gutgetan, und sie fühlte sich etwas besser, obwohl ihr der Haarausfall zu schaffen machte. Bei der Ankunft ihres Besuchs hatte sie ein Kopftuch von Hermès getragen. Brock war von Liz über das bedauerliche Ereignis informiert worden, und die Sekretärin hatte eine Perücke kaufen wollen, aber nichts Passendes gefunden. Nun beschloß Alex, am nächsten Morgen selbst danach zu suchen.

»Sind Sie allein?« fragte Brock, ohne ihren Mann zu erwähnen.

Doch sie wußte, was er meinte, und zuckte die Achseln. »Meistens.« Während der letzten drei Wochen war Sam mehrmals verreist und nur selten nach Hause gekommen. »Ich gewöhne mich allmählich dran. Für Annabelle ist es viel schwieriger, obwohl sie ihn öfter sieht als ich.«

Brock fürchtete, sie würde ein trostloses Weihnachtsfest erleben. Nachdem sie ihre Brust verloren hatte, stand ihre Ehe auf dem Spiel. Und jetzt fielen ihr auch noch die Haare aus. Wie konnte er ihr helfen? Er hatte geplant, zwischen Weihnachten und Neujahr in Vermont Ski zu laufen. Sollte er ihr anbieten, in der Stadt zu bleiben und ihr Gesellschaft zu leisten? Sicher würde sie protestieren, aber dann hatte er eine bessere Idee. »Vielleicht klingt's ein bißchen komisch. Aber möchten Sie nach Weihnachten mit mir nach Vermont fahren?« Da er ihre Behandlungstermine genausogut kannte wie sie selbst, wußte er, daß in der fraglichen Zeit eine bessere Phase zu erwarten war. »Natürlich würde ich mich freuen, wenn Sie Ihre Tochter mitnehmen. Ich wohne in einem Haus in Sugarbush, das mir ein Freund jedes Jahr zur Verfügung stellt. Da können Sie den ganzen Tag am Kamin sitzen und Annabelle in eine Skischule schicken.«

»Ich glaube, Sam will ihr das Disneyland zeigen, bevor er nach Europa fliegt.« Sosehr sie Brock auch mochte, der Gedanke, einen Weihnachtsurlaub mit ihm zu verbringen, erschien ihr unpassend, und er bemerkte ihr Zögern.

»Warum denken Sie nicht drüber nach? Hier würden Sie sich sehr einsam fühlen.«

»Also gut«, versprach sie, aber sie meinte es nicht ernst.

Ein paar Minuten später verabschiedete er sich, und sie sank erschöpft ins Bett. Wie glücklich mußte sie sich schätzen, weil sie so gute Freunde hatte. Am nächsten Morgen ging es ihr erstaunlich gut – bis sie in den Spiegel schaute und feststellte, daß ihr während der Nacht noch mehr Haare ausgegangen waren. In ihrem Kopftuch hingen drei dicke Strähnen, und Alex empfand das verrückte Bedürfnis, sie aufzubewahren. An manchen Stellen war ihre Kopfhaut deutlich zu sehen. Bei diesem Anblick mußte sie wieder weinen. Sie war keine richtige Frau mehr. Langsam, aber sicher schien sich ihr Körper aufzulösen. Bevor Annabelle sie in diesem Zustand sehen konnte, band sie hastig das Tuch um den Kopf. Zu ihrer Verblüffung traf sie Sam in der Küche an. Er servierte seiner Tochter gerade Corn-flakes.

»Wie hübsch du bist, Mommy!« Bewundernd musterte Annabelle das dunkelgrüne Kostüm und das passende Tuch, das Alex in einer Schublade gefunden hatte. Sie sah tatsächlich sehr elegant aus.

»Hast du was Besonderes vor?« fragte Sam im Konversationston. Fürs Büro wirkte ihre Aufmachung etwas zu glamourös. Warum sie ihr Haar unter einem Tuch verbarg, wußte er nicht, und er war auch nicht feinfühlig genug, um die Wahrheit zu erraten.

»Heute morgen habe ich einen Termin.« Und zwar in einem Perückengeschäft in der Sixtieth Street, das Dr. Webber ihr empfohlen hatte. Dort fand man angeblich phantastische Perücken in allen Farben. »Vielleicht sollten wir noch mal über Weihnachten reden?« fragte sie über seine Zeitung hinweg. »Den Heiligen Abend und den Feiertag verbringt Annabelle bei mir. Am 26. holst du sie ab, nicht wahr? Für eine Woche?«

»Ja, bis zum 1. bleiben wir im Disneyland. Dann bringe ich sie nach Hause und fliege in die Schweiz.« Lächelnd wandte er sich zu seiner Tochter. »An deinem Geburtstag bin ich wieder da.«

»Wie genau du alles geplant hast«, meinte Alex bissig. »Bist du zu Weihnachten hier? Oder hast du was anderes vor?« erkundigte sie sich kühl.

»Bleibst du nicht bei uns, Daddy?« Annabelles Mundwinkel zogen sich nach unten.

»Doch, natürlich«, versicherte er und starrte Alex wütend an. »Zu Weihnachten sind wir alle zusammen.«

Annabelle seufzte erleichtert, und Alex lehnte sich auf ihrem Stuhl zurück. Sekundenlang schloß sie die Augen und bekämpfte eine heftige Übelkeit. Sams und sogar Annabelles Gesellschaft waren manchmal ziemlich anstrengend, vor allem, wenn sie ums Überleben und ihre Würde ringen mußte.

Später brachte er das kleine Mädchen in den Kindergarten, und Alex fuhr zum Perückenladen. Sie zögerte eine Weile, bevor sie eintrat. Und dann staunte sie über die große Auswahl. Sie suchte sich zwei teure Perücken aus, die ihren eigenen Haaren glichen, einen hübschen Pagenkopf und rote Löckchen, die wie Annabelles Frisur aussahen. Nachdem sie die Rechnung mit einem Scheck bezahlt hatte, setzte sie vorsichtig eine Perücke auf, die ein bißchen länger als ihr eigenes Haar und fabelhaft gestylt war. Zu ihrem grünen Kostüm paßte der warme Kupferton ausgezeichnet. Sie schlang das Tuch um ihren Hals und fühlte sich wieder wie ein Mensch. Erstaunlich, welch einen Unterschied schöne Haare machten ... Nun bereute sie, daß sie nicht schon früher eine Perücke gekauft hatte.

»Wow!« Als sie das Büro betrat, pfiff Brock bewundernd, und Liz strahlte von einem Ohr bis zum anderen. Sie wußte, wo Alex gewesen war, und freute sich über den erfolgreichen Einkauf. Obwohl ihre Chefin immer noch blaß war, sah sie viel besser aus als am vergangenen Abend. »Waren Sie beim Friseur?« fragte Brock. Dann fiel ihm ein, was er von Liz erfahren hatte, und hätte sich am liebsten die Zunge abgebissen.

»So könnte man's nennen.«

»Diese Frisur gefällt mir.«

Plötzlich wurde sie verlegen, weil er sie so hingerissen

anstarrte. In den letzten beiden Monaten waren sie einander sehr nahegekommen, und obwohl sie ihm nur freundschaftliche Gefühle entgegenbrachte, glaubte sie manchmal, etwas anderes in seinen Augen zu lesen, und das überraschte sie.

Nach einem angenehmen, arbeitsreichen Vormittag lag sie in der Mittagspause auf der Couch und döste. Andere Leute feierten Weihnachtsparties mit Freunden, aber Alex brauchte ihre ganze Kraft für den Beruf und die Zeit, die sie mit Annabelle verbrachte.

Während des restlichen Nachmittags saß sie allein an ihrem Schreibtisch, und bevor sie nach Hause fuhr, traf sie zwei ihrer Partner. Brock erledigte wieder einige ihrer Weihnachtseinkäufe. Zu Hause traf sie Carmen an, die eifrig Geschenke einpackte. Alex fühlte sich so gräßlich unnütz, war aber zu erschöpft, um ihre Hilfe anzubieten.

An diesem Abend brachte Sam einen Weihnachtsbaum mit und blieb lange genug daheim, um ihn gemeinsam mit Annabelle zu schmücken. Dann verschwand er wieder. Deprimiert dachte Alex an die Weihnachtsfeste vor Annabelles Geburt, die einer fernen Vergangenheit angehörten, einer anderen Welt. So viel hatte sich verändert. An diesem Abend saß sie im Bett, las ihre Post und versuchte, nicht an Sam zu denken. Er hatte eine Einladung zu einer Weihnachtsparty bei Freunden auf den Nachttisch gelegt, und sie bedauerte, daß sie zu schwach war, um solche Feste zu besuchen.

Am Samstag bot sie ihre ganze Kraft auf und ging mit Annabelle zu Macy's, wo sie den Weihnachtsmann bewunderten. Als sie nach Hause kamen, fühlte sich Alex völlig erschöpft und erbrach wieder. Carmen war nicht da. Nach einer kleinen Weile lief das Kind ins Badezimmer und sah seine Mommy am Boden liegen, die Augen geschlossen, ohne Perücke. Innerhalb weniger Tage waren ihr fast alle Haare ausgefallen.

»Mommy!« schrie Annabelle und zeigte auf die Perücke, die ihre Mutter abgenommen hatte. »Deine Haare sind runtergefallen!«

Erschrocken zuckte Alex zusammen. In diesem Zustand hatte sie sich ihrer Tochter nicht zeigen wollen.

Annabelle starrte sie schluchzend an, preßte die Hände an die Schläfen, und Alex versuchte sie zu trösten. »Schätzchen, es ist nur eine Perücke. Alles okay.« Und dann las sie das Entsetzen in den Augen des Kindes, das ihre spärlichen Haarbüschel betrachtete. Kein schöner Anblick ... Vielleicht hätte sie ihren Kopf kahlrasieren sollen. »Erinnerst du dich? Ich hab dir doch gesagt, Mommys Haare würden vielleicht ausfallen. Die wachsen wieder.« Jetzt lag sie auf den Knien und umarmte ihr kleines Mädchen, das verzweifelt schluchzte. »Bitte, hör zu weinen auf – ich liebe dich ...« Sie haßte die Perücke und den Grund, warum sie nicht darauf verzichten konnte, haßte ihr verändertes Leben. Am liebsten hätte sie Sam die Schuld daran gegeben. Doch das wäre unfair gewesen. Es dauerte lange, bis sich Annabelle beruhigte.

Am Nachmittag kam Carmen ins Apartment, und das Kind war immer noch völlig aufgewühlt. Alex erzählte der Haushälterin, was geschehen war.

»Daran wird sie sich schon gewöhnen«, meinte Carmen besänftigend.

Alex trug jetzt eine ihrer kürzeren Perücken. Während das Kind schlief, beschloß sie, frische Luft zu schnappen und spazierenzugehen. In zwei Tagen war Weihnachten. Bis jetzt hatte sie das Fest kaum zur Kenntnis genommen. Alle ihre Weihnachtseinkäufe waren von Liz und Brock erledigt worden, bis auf schöne silberne Haarbürsten und Kämme für Sam, die ihr Tiffany's auf Bestellung geschickt hatte, und einen Kunstbildband, den sie schon lange für ihn verwahrte. Sie besuchte keine Parties, traf keine Freunde. Nur der Weihnachtsmann bei Macy's und der Baum, von Sam und Annabelle geschmückt, hatten sie an das Fest erinnert.

»Wollen Sie wirklich weggehen, Mrs. Parker?« fragte Carmen besorgt. »Fühlen Sie sich auch gut genug?«

»Ja. Keine Bange, ich will nur ein paar Minuten die Madison hinaufwandern.«

»Es ist eiskalt. Setzen Sie einen Hut auf.«

Lächelnd zeigte Alex auf ihre Perücke. »Den brauche ich nicht.« Sie fuhr mit dem Lift nach unten und dachte an den Heiligen Abend, den Sam bei seiner Familie verbringen wollte. In dieser Woche hatte sie ihn kaum gesehen. Vermutlich besuchte er die üblichen Parties. Er hatte sie nicht gebeten, ihn zu begleiten, weil er wußte, daß sie dazu unfähig war. Abgesehen davon gingen sie ohnehin nicht mehr gemeinsam aus. Sogar die Einladung ihrer besten Freunde zu einem Weihnachtsbummel in Greenwich Village hatte sie abgelehnt.

Hin und wieder blieb sie stehen und betrachtete die Schaufenster. Bei Ralph Lauren waren die Auslagen besonders hübsch dekoriert. Eine bildschöne junge Frau kam aus dem Laden, sprach mit englischem Akzent und lachte fröhlich. Sie trug einen kurzen schwarzen Mantel, ihre wohlgeformten langen Beine steckten in hohen schwarzen Wildlederstiefeln. Mit ihrer üppigen Zobelmütze wirkte sie sehr romantisch. Und dann drehte sie sich zu einem Mann um. Lächelnd beobachtete Alex, wie er den Kopf herabneigte und das Mädchen küßte. Diese Szene erinnerte sie an Sam und sie selbst. Vor vielen Jahren. Seltsam – er sah sogar wie Sam aus. Er trug einen gutgeschnittenen marineblauen Mantel, die Arme voller Geschenke in rotem Papier, mit goldenen Schleifen.

Wehmütig betrachtete Alex das Paar. Die beiden wirkten so jung, so verliebt, als sie sich wieder küßten. Plötzlich erkannte Alex den Mann, und ihr Atem stockte. Sam – er liebte eine andere. Seit wann? Hatte es schon begonnen, bevor sie krank geworden war? Benutzte er ihr Krebsleiden, um sich von ihr zu trennen?

Sie wollte ihren Blick von den beiden losreißen. Doch sie konnte es nicht und sah, wie er den Arm der Frau umfaßte und sie über die Straße führte, zu einem anderen Geschäft. Sie hatten Alex nicht bemerkt, und Sam ahnte nicht, daß sie nun Bescheid wußte.

Jetzt betraten sie den Laden. Tränen rollten über Alex' Wangen. In diesem Augenblick mußte sie ihre gescheiterte Ehe endgültig akzeptieren. Mit einer so schönen Frau, die vielleicht fünfundzwanzig war, konnte sie nicht mithalten. Und Sam wirkte viel jünger. Anfangs hatte sie geglaubt, er wäre ein dreißigjähriger Mann. Sie eilte die Straße entlang, ohne die Weihnachtslieder und Glockenklänge zu hören, ohne die festlich gestimmten Menschen und die geschmückten Bäume in den Schaufenstern zu sehen. Nichts von alldem nahm sie wahr – nur ihr Leben, das in Scherben zu ihren Füßen lag.

Eine halbe Stunde nachdem sie das Apartment verlassen hatte, kehrte sie zurück. Mit zitternden Händen hängte sie ihren Mantel an die Garderobe und ging ins Schlafzimmer. Sie schloß die Tür, sank aufs Bett und fragte sich, wie sie Sam jemals wieder gegenübertreten sollte. *Deshalb* hatte er seine Freiheit angestrebt. Daß er Zeit brauchte, war nur ein Vorwand gewesen. Er brauchte eine andere Frau. Und er hatte eine gefunden. Alex schleppte sich ins Bad. Aus dem Spiegel blickte ihr eine bleiche Hundertjährige entgegen. Langsam nahm sie die Perücke ab und sah, was aus ihr geworden war – ein armes, entstelltes Wesen, das an Krebs litt, eine Brust und die Haare verloren hatte. Als sie an Sams Geliebte dachte, erkannte sie die häßlichste aller Wahrheiten – sie war keine Frau mehr.

Fünfzehntes Kapitel

Am Heiligen Abend brachte er Daphne zum Flughafen. Sie wollte in London ihre Eltern und ihren kleinen Sohn besuchen. Später wollte sie Sam in Gstaad treffen. Vor ihrer Abreise hatte er ihr ein spektakuläres Diamantenarmband geschenkt und bei Fred Leighton eine herzförmige Brosche für sie gekauft. Er war schon immer großzügig gewesen. Auch für Alex hatte er ein hübsches Geschenk besorgt – eine Bulgari-Uhr, die sie sich wünschte, aber keines jener besonderen Dinge, die das Interesse und die Zuneigung des Spenders ausdrücken würden. Sie durfte sich keine falschen Hoffnungen machen.

Daß Weihnachten in diesem Jahr anders verlief, war unübersehbar. Sosehr sie sich auch bemühten, Annabelle spürte die Veränderung und weinte, nachdem sie Kekse für Santa Claus und Salz und Möhren für seine Rentiere bereitgelegt hatten. »Und wenn er mir nicht bringt, was ich haben will?« klagte sie. Alex und Sam versuchten vergeblich, sie zu trösten. Zögernd erklärte sie, vielleicht sei ihr der Weihnachtsmann böse, weil sie sich in diesem Jahr was »Schwieriges« wünschen würde. »Ich habe ihn bei Macy's gebeten, Mommy gesund zu machen, damit sie die Medizin nicht mehr nehmen muß und ihre Haare wieder wachsen.« Mit diesem Geständnis trieb sie Tränen in die Augen ihrer Mutter, die sich hastig abwandte.

Sogar Sam war tief bewegt. »Und was hat er geantwortet?« fragte er heiser.

»So was könnte nur der liebe Gott – nicht Santa Claus.«

»Da hat er recht, Prinzessin«, sagte Sam leise, während Alex ihre Nase putzte und an der Perücke zupfte. Diesmal trug sie eine lange. »Aber Mommy wird's bald bessergehen, und dann wachsen ihre Haare nach.« Da Alex ihm nichts von ihrem Haarausfall erzählt hatte, war er ziemlich überrascht. Er lebte in einer völlig anderen Welt als seine Familie. Im letzten Monat hatte er sich nur für Daphne interessiert und gar nicht wissen wollen, was zu Hause geschah. Nicht einmal die Ereignisse im Büro erregten seine Aufmerksamkeit. Larry und Tom hänselten ihn manchmal, und Simon schien das Liebesglück seiner Kusine wohlwollend zu betrachten.

Aber Larry hatte erwähnt, er würde ebenso wie seine Frau Frances zutiefst bedauern, was Alex zugestoßen sei. Dabei deutete er an, die Eheprobleme würden ihr wohl kaum helfen. Wegen der offenkundigen Affäre mit Daphne ließen sich die ehelichen Schwierigkeiten nicht verbergen. Sam bereute nichts und glaubte, seine Partner wären nur neidisch. Auf den Gedanken, sie könnten sein Verhalten während Alex' qualvoller Chemotherapie schäbig finden, kam er gar nicht.

Schließlich beruhigte sich Annabelle, und ihre Eltern brachten sie gemeinsam ins Bett. Als Alex merkte, wie sehr sich das Kind darüber freute, krampfte sich ihr Herz zusammen. Danach kehrten sie in die Küche zurück. »Ich wußte nicht, daß dir die Haare ausfallen«, bemerkte Sam verlegen und nahm sich ein Weihnachtsplätzchen. In diesem Jahr gab es nicht viele. Weniger Kekse, weniger Geschenke, keine festliche Stimmung. Sogar der Weihnachtsbaum war kleiner. Sie hatten auch keine Weihnachtskarten verschickt. Wegen ihrer Krankheit war Alex zu müde dafür gewesen, und ihr Mann kümmerte sich nicht um solche Dinge. Außerdem hatte sie nicht gewußt, wie sie die Karten unterschreiben sollte. »Von Alex.« Oder: »Von Alex – und vielleicht Sam.«

»Ich dachte, davon willst du nichts wissen«, erwiderte sie und versuchte, die Frau zu vergessen, mit der sie ihn am Vortag gesehen hatte. Am schmerzlichsten fand sie die Erkenntnis, daß es offensichtlich keine belanglose Affäre war. Die beiden hatten wie ein Ehepaar gewirkt.

»Sicher wird dein Haar nachwachsen«, meinte er hilflos. In ihrer Nähe fühlte er sich immer unzulänglich und unwohl.

»Mein Haar werde ich zurückbekommen – meine Ehe nicht«, seufzte sie. Gewiß, sie hatten beschlossen, vorerst nicht darüber zu sprechen. Doch sie konnte sich nicht an diese Vereinbarung halten.

»Bist du sicher?« Er schaute in ihre Augen und wartete auf eine Antwort.

»Du nicht? Irgendwie gewinne ich den Eindruck, du hättest dich schon entschieden.« Zu dieser Vermutung war sie gelangt, als sie ihn mit der Engländerin vor dem Ralph-Lauren-Laden beobachtet hatte.

»Da irrst du dich. Die Erinnerung an die schönen Zeiten läßt sich nicht so leicht verdrängen.«

»Allzulange liegen sie noch nicht zurück. Oder vielleicht bist du schon länger unglücklich als ich.«

»Unglücklich? Dieses Wort trifft nicht zu. Seit du krank wurdest, bin ich verwirrt, weil du dich so verändert hast.«

Es klang nicht wie eine Anklage, eher wie eine Feststellung. Damit rechtfertigte er sein Verhalten. Die neue Situation war seine Fahrkarte in die Freiheit.

»Auch du hast dich verändert. Solche Dinge hinterlassen bleibende Spuren. Der lange, mühsame Kampf ums Überleben wird mich für immer prägen.«

Zum erstenmal zeigte er Mitgefühl. »Das alles muß schrecklich sein.« In letzter Zeit ist er netter geworden, dachte sie. Wahrscheinlich hat ihn die Liebe zu der jungen Frau etwas milder gestimmt. »Du hast viel durchgemacht.«

»Und mir steht noch einiges bevor«, entgegnete sie wehmütig. »Um es genau auszudrücken – viereinhalb Monate.«

»Was wird danach geschehen?«

»Dann muß ich abwarten, ob der Krebs wieder auftaucht. Angeblich stehen meine Chancen gut. Das liegt an der Art meines Tumors. Natürlich könnte die Chemotherapie meine Genesung begünstigen. Man lebt eben einfach weiter und versucht, nicht dran zu denken. In der Hilfsgruppe traf ich Frauen, die den Krebs schon sehr lange überlebt haben und sich nur einmal im Jahr daran erinnern, wenn sie zur Routineuntersuchung gehen. Ich wäre auch gern soweit. Im Augenblick habe ich gräßliche Angst.« Zum erstenmal seit Monaten führte sie ein richtiges Gespräch mit Sam, und sie fand es erstaunlich, daß er über ihr Problem reden wollte. Wer immer die Engländerin sein mochte, sie hatte ihn in einen Menschen zurückverwandelt. Aber Alex verspürte keine Dankbarkeit, nur Eifersucht, Wut und Trauer.

»Wenn der Krebs wieder auftritt, mußt du eben erneut

dagegen kämpfen«, bemerkte er und versuchte, ermutigend zu lächeln.

»Vermutlich wär's sinnlos«, antwortete sie leichthin und wünschte, sie könnte die Perücke abnehmen. Ihre Kopfhaut juckte. Abe sie wagte nicht, ihrem Mann zu zeigen, wie sie jetzt aussah. »Von seltenen Ausnahmen abgesehen, überlebt man die Rückkehr eines Krebsleidens nicht, und deshalb wird's beim ersten Mal so aggressiv behandelt.«

Nun verstand er die Situation besser und erschrak. Früher hatte sie keine so unverblümten Worte gebraucht. Oder er war nicht bereit gewesen, ihr zuzuhören. Als er sie jetzt betrachtete, empfand er Mitleid und eine gewisse Zärtlichkeit, die mit der Erinnerung an die Vergangenheit zusammenhing. Sonst nichts. Sein Herz hatte er Daphne geschenkt. »Was wirst du tun, wenn ich mit Annabelle verreise?« fragte er, um das beklemmende Thema zu wechseln.

»Nicht viel. Schlafen, ausruhen, arbeiten. Neuerdings ist mein gesellschaftliches Leben nicht besonders abwechslungsreich. Meine geringen Kräfte investiere ich in die Stunden, die ich mit Annabelle verbringe, und meinen Job.«

»Warum fährst du nicht weg? Das würde dir guttun. Oder kannst du keinen Urlaub nehmen?«

»Doch. Jeden Monat nach der Behandlung habe ich zwei Wochen frei. Aber ich bleibe lieber hier.« Sie hatte bereits beschlossen, Brocks Einladung abzulehnen. Trotz der engen Zusammenarbeit kannte sie ihn kaum. Außerdem wollte sie nicht verreisen. In ihrer Wohnung, in ihrem eigenen Bett fühlte sie sich wohler – und in der Nähe ihrer

Ärztin sicherer, falls Probleme auftauchten. Seit einiger Zeit war sie sehr introvertiert und von einer vertrauten Umgebung abhängig. In ihrem jetzigen Leben gab es so viele beängstigende Dinge, und sie mochte keine neue Welt kennenlernen.

»Also wirst du ganz allein sein. Der Gedanke bedrückt mich.« Seltsam – nach Daphnes Abreise fühlte er sich plötzlich wieder für Alex verantwortlich. Eine unsichtbare Macht schien ihn zu ihr zurückzutreiben, und das mißfiel ihm. Glücklicherweise würde er am zweiten Feiertag mit Annabelle ins Disneyland fliegen.

»Unsinn, ich komme schon zurecht. Ich will wirklich nicht wegfahren, und da ich im Büro genug zu tun habe, werde ich mich nicht langweilen.«

»Aber es gibt mehr im Leben als immer nur Arbeit.«

»Tatsächlich, Sam?«

Ohne zu antworten, verließ er die Küche. Spürte sie seine Liebe zu einer anderen Frau? Oder hatte ihr jemand von Daphne erzählt? Das bezweifelte er. Sie war zu sehr mit sich selbst beschäftigt, um in seinem Privatleben herumzuschnüffeln, und sie konnte keinen Verdacht geschöpft haben.

In einem versperrten Schrank lagen die Weihnachtsgeschenke für Annabelle. Kurz vor neun legten sie alle unter den Baum, dann zogen sie sich in ihre getrennten Zimmer zurück, wie zwei Fremde. Alex las noch eine Weile. Um Mitternacht hörte sie das Telefon klingeln und ließ Sam an den Apparat gehen. Niemand würde sie zu dieser späten Stunde anrufen.

Soeben in London angekommen, hatte Daphne bereits Sehnsucht nach ihm. Er fand es wundervoll, mit ihr zu reden, und der Klang ihrer Stimme machte ihm wieder einmal bewußt, wie tief ihn Alex' Nähe deprimierte. Seit einigen Wochen war sie wirklich keine angenehme Gesellschaft. Sie erweckte den Eindruck, sie hätte mit dem Leben abgeschlossen. Alles an ihr schien zu sterben – ihre Seele, ihr Haar, ihre Ehe. Und obwohl er sich sagte, er müsse ihr beistehen, gelang es ihm nicht.

»Darling, du fehlst mir so«, beteuerte Daphne. »Wie soll ich diese Tage ohne dich ertragen? Mein Gott, hier ist es furchtbar kalt.« Sie hatte die eisige Londoner Winterluft vergessen, und in ihrer Wohnung funktionierte die Heizung nicht. Nun saß sie fröstelnd vor dem Kamin und vermißte Sam, der sie wärmen würde.

»Hör auf!« stöhnte er, von heißer Begierde erfaßt. »Oder ich steige in die nächste Concorde.«

»Ich wünschte, du würdest es tun.« Aber es war unmöglich. Beide mußten ihre elterlichen Pflichten erfüllen. »O Sam, das halte ich nicht aus.«

Schließlich legten sie auf, und er kehrte ins Bett zurück. Sein ganzer Körper sehnte sich nach Daphne. Seit dem Erntedankfest hatte sie sein Leben völlig verändert. Eine solche Frau war ihm nie zuvor begegnet. Nicht einmal Alex in Topform hatte ihn mit einer so wilden Leidenschaft beglückt.

Am Weihnachtsmorgen erwachte Annabelle schon um sechs. Für sie war es ein langer, wundervoller Tag, den auch ihre Eltern genossen – zumindest am Anfang. Entzückt packte das Kind seine Geschenke aus, und Alex' großzügige Gaben rührten Sam. Die Bulgari-Uhr gefiel ihr, aber sie verstand die deutliche Botschaft, die ihr in der Seele weh tat – von jetzt an würde er ihr keine persönlichen Geschenke mehr überreichen. Davon abgesehen, verbrachten sie einen angenehmen Feiertag. Sie schaffte es zu ihrer eigenen Verblüffung, ein Roastbeef zu braten und ihre Übelkeit zu verbergen. Wenigstens ging es ihr nicht so schlecht wie am Tag des Erntedankfests. Nach der Mahlzeit legte sie sich hin, und später setzte sie ihre kurze Lockenperücke auf. Nun sei sie Annabelles Zwillingsschwester, behauptete sie. Sam raffte sich sogar zu einem Kompliment auf.

In ihrem roten Pullover und der schwarzen Wildlederhose sah sie erstaunlich hübsch aus. Ihr Gesicht war runder geworden. Sie hatte infolge der Chemotherapie etwas zugenommen, besaß aber immer noch eine gute Figur.

Am Nachmittag gingen sie spazieren und fuhren in einem Taxi zum Rockefeller Center, um die Schlittschuhläufer zu beobachten – ein Anblick, der Sam viel zu lebhaft an Daphne erinnerte. Weil Alex müde war, kehrten sie bald nach Hause zurück. Offensichtlich verkraftete sie keine ausgedehnten Aktivitäten, und er mußte sie sogar zu ihrem Bett führen. Ihre Gelenke schmerzten. Vor lauter Erschöpfung konnte sie keinen Schritt ohne seine Hilfe tun.

»Ist Mommy wieder krank?« fragte Annabelle beunruhigt.

»Nein«, erwiderte er in entschiedenem Ton, hin- und hergerissen zwischen Mitleid und Ärger über den Kummer, den Alex dem armen Kind bereitete.

»Wird's ihr gutgehen, wenn wir in Florida sind?«

»Natürlich. Carmen kümmert sich um sie.«

Mit dieser Antwort gab sich Annabelle zufrieden.

Später stand Alex auf und packte einen Koffer für ihre

Tochter. Es machte ihr Spaß, die hübschen kleinen Sachen zusammenzusuchen. Aber plötzlich wurde sie von einer fast panischen Angst erfaßt. Würde sie eines Tages nicht mehr für ihr Kind sorgen können? Würde es dann bei Sam leben? Wenn sie auch Annabelle verlor... Allein schon dieser Gedanke schwächte sie wieder, und sie mußte sich setzen. Sie zitterte am ganzen Körper. Nach einer Weile riß sie sich zusammen und verstaute die restlichen Kleidungsstücke im Koffer. Nein, das durfte nicht geschehen. Niemals würde sie Annabelle ihrem Mann und seiner Geliebten überlassen. Von diesem Entschluß beflügelt, zwang sie sich, abends mit ihrer Familie zu essen, trotz des anstrengenden Tages. Dann sank sie todmüde ins Bett und schlief, bis der Wecker schrillte.

Sie half ihrer Tochter, sich anzuziehen, wünschte ihr einen schönen Urlaub und bat sie, mal anzurufen. Sicher würde sie sich gut mit Daddy amüsieren und vielleicht sogar schwimmen gehen.

Ganz fest drückte sie Annabelle an sich, als müßte sie befüchten, sie nie wiederzusehen. Das Kind spürte die Panik seiner Mutter, begann zu weinen und umschlang ihren Hals. Instinktiv fühlte es Mommys Verzweiflung und innere Einsamkeit. »Ich hab dich lieb!« rief Annabelle mit tränenerstickter Stimme, bevor sie mit ihrem Vater in den Lift stieg, und Sam warf Alex jenen ärgerlichen Blick zu, an den sie sich längst gewöhnt hatte.

»Sicher wird's ihr gutgehen», beruhigte er das kleine Mädchen, während sie mit ihrem Gepäck nach unten fuhren, und verbarg seinen Zorn. Warum mußte sich Alex dermaßen an Annabelle klammern und ihr Angst einjagen? Damit weckte sie erneut jene Ressentiments, die ihn seit Oktober und seit dem Tod seiner Mutter gepeinigt hatten. Ein Taxi brachte sie zum La-Guardia-Flughafen.

Nach dem schmerzlichen Abschied stand Alex in ihrem Schlafzimmer und fühlte sich im Stich gelassen. In den letzten beiden Tagen hatte sie Sam öfter gesehen als im ganzen vergangenen Monat. Einerseits war es erfreulich gewesen, andererseits qualvoll. Diese gemeinsamen Stunden hatten sie gezwungen, etwas zu betrachten, das ihr nicht mehr gehörte, und Erinnerungen an ihr einstiges Glück heraufbeschworen. Obwohl er sie so bitter enttäuschte, liebte sie ihn immer noch.

Jetzt mußte sie diese selbstzerstörerischen Emotionen verdrängen. Nachdem sie ihn zusammen mit der Engländerin beobachtet hatte, wußte sie, wie sinnlos es war, irgendwelche Hoffnungen zu hegen. Bei diesem Gedanken empfand sie sogar eine gewisse Erleichterung, weil er die Stadt verlassen hatte.

Sie spülte das Frühstücksgeschirr und machte das Bett ihrer Tochter. An diesem Tag würde Carmen nicht zu ihr kommen. Alex hatte ihr erzählt, in Annabelles Abwesenheit würde sie vorerst keine Hilfe brauchen. Eine Zeitlang wanderte sie durch die Wohnung, dann beschloß sie, sich anzukleiden. Sie wollte frische Luft schnappen, doch sie besann sich anders, weil sie an jenen Spaziergang dachte, bei dem sie Sam und seine Geliebte gesehen hatte. Da es nichts zu tun gab, wollte sie den Tag lieber im Bett verbringen. Aber sie würde wenigstens duschen. Sie ging ins Bad, nahm die Perücke ab und blickte in den Spiegel. Soeben waren ihr die letzten Haare ausgefallen. Ihr Kopf war völlig kahl. Ein dünnes rotes Büschel steckte in der Perücke, die im Waschbecken gelandet war.

Mit bebenden Händen zog sie das Nachthemd aus, betrachtete wieder ihr Spiegelbild und stellte sich vor, wie sie auf Sam wirken würde – mit kahlem Schädel und der häßlichen Narbe. Über die linke Seite ihrer Rippen spannte sich flaches weißes Fleisch, ohne Brustwarze. Nicht einmal wie ein Mann sah sie aus, sondern wie ein Neutrum, ohne Haare, ohne Busen. Irgendwie glich sie einer jener Schaufensterpuppen, die an der Wand lehnten, wenn eine Auslage neu dekoriert wurde.

Überwältigt von dem Gefühl ihrer Einsamkeit, begann sie zu weinen. Sam hatte sie bereits verlassen. Vielleicht würde sie auch Annabelle verlieren. Alles, was sie liebte, wurde ihr genommen. Jetzt blieb ihr noch die Arbeit. Aber nicht einmal ihren Beruf konnte sie so ausüben, wie sie es wünschte. Sie ähnelte einem verletzten Vogel, der sterbend umherhinkte, seines Gefieders beraubt. Wie häßlich sie sich vorkam, so schwach und nutzlos... Wäre es nicht einfacher, den Tod anzustreben, alles aufzugeben, bevor sie noch mehr verlor? Bevor Sam ihr erklärte, er würde sich scheiden lassen, um das Mädchen zu heiraten? Bevor Annabelle ihre Stiefmutter liebgewann? Warum sollte sie auf diese Qualen warten?

Schluchzend starrte sie in den Spiegel. Als sie das Telefon läuten hörte, ging sie nicht an den Apparat. Die Verzweiflung beschwor einen heftigen Brechreiz herauf. Kraftlos kniete sie nieder und erbrach, bis sie nur noch Galle ausspuckte. Danach blieb sie eine Zeitlang am Boden liegen, ehe sie sich ins Bett schleppte. Den ganzen Tag aß sie nichts. Sam und Annabelle riefen nicht an. Natürlich, sie amüsierten sich in Disneyland und dachten nicht an sie. Sie waren in eine Welt voller Sonnenschein geflogen, während sie allein in den dunklen Schatten ihrer Winterstimmung lag. Unter der Decke verkrochen, weinte sie, bis der Abend dämmerte, bis die Leere in ihrem Magen sie erneut ins Bad trieb.

Es war ein endloser Tag, von Galle und Tränen ausgefüllt. Und immer wieder sah sie das kahlköpfige Gespenst im Spiegel, obwohl sie sich nicht einmal die Mühe machte, das Licht anzuknipsen.

Irgendwann fing das Telefon wieder zu klingeln an. Aber sie meldete sich noch immer nicht. Sie war zu krank, zu unglücklich, zu lebensmüde, um mit irgend jemandem zu reden. Und Annabelle brauchte sie nicht mehr. Sie hatte jetzt Sam. Niemand brauchte sie, weil sie ein Nichts war, ein Niemand, nicht einmal eine Frau.

Unentwegt läutete das Telefon. Sie lag tränenüberströmt im Bett und wünschte, es würde aufhören. Aber es verstummte nicht. Schließlich nahm sie den Hörer ab, ohne sich zu melden.

»Hallo?«

Sie kannte die Stimme, vermochte aber nicht klar zu denken.

»Hallo, Alex?«

»Ja«, flüsterte sie verwirrt. »Wer ist da?«

»Brock Stevens.« Ihre Antwort hatte so schwach geklungen, daß er erschrak. Verschlechterte sich ihr Zustand? Wurde sie einer zusätzlichen Behandlung unterzogen?

»Hi, Brock«, erwiderte sie tonlos. »Wo sind Sie?« Das interessierte sie nicht, aber sie mußte irgend etwas sagen.

»In Connecticut, bei Freunden. Ich wollte noch mal fragen, ob Sie nach Vermont kommen? Morgen fahre ich hin.«

Sie lächelte. Wie lieb er war – und so dumm... Wozu brauchte er eine sterbende Freundin? Wenn er ihr zu helfen versuchte, vergeudete er nur seine Zeit.

»Das geht nicht. Ich muß arbeiten.«

»In dieser Woche muß niemand arbeiten. Außerdem haben wir alle wichtigen Dinge erledigt.«

»Okay«, seufzte sie, von neuer Übelkeit erfaßt. »Ich habe gelogen. Trotzdem kann ich nicht wegfahren.«

»Ist Ihre kleine Tochter bei Ihnen?« So leicht gab er sich nicht geschlagen. Die Abwechslung und die frische Luft würden ihr guttun. Davon war auch Liz überzeugt.

»Nein, Annabelle ist in Florida, mit ihrem Vater. Danach fliegt er wahrscheinlich zu seiner Freundin«, fügte sie gedankenlos hinzu. Vom Wasser- und Nahrungsmangel fühlte sie sich ein wenig schwindelig.

»Hat er das gesagt?« fragte Brock ärgerlich. Offensichtlich war Sam Parker ein Narr und ein Ekel, der eine Frau wie Alex gar nicht verdiente. Aber darauf konnte er sie trotz der freundschaftlichen Beziehung nicht hinweisen.

»Am Tag vor dem Heiligen Abend sah ich die beiden. Sie ist sehr jung und *sehr* hübsch.« Jetzt hörte sich ihre Stimme so an, als wäre sie betrunken, und seine Sorge wuchs. »Und sie hat sicher zwei Brüste. Sam haßt alles, was unvollkommen ist.«

»Sind Sie okay, Alex?« Er schaute auf seine Uhr und überlegte, wie lange er brauchen würde, um nach New York zu fahren. Oder sollte er Liz anrufen? In dieser Verfassung durfte Alex nicht allein bleiben. Womöglich würde sie irgendwas Verrücktes tun.

»Ja«, log sie, die Augen geschlossen, um das Schwindelgefühl zu bekämpfen. »Heute sind meine restlichen Haare ausgefallen, und jetzt kommt mir mein Kopf zivilisierter vor.«

»Ruhen Sie sich aus. In einer Stunde rufe ich noch einmal an. Einverstanden?«

»Natürlich«, murmelte sie schläfrig, legte auf und vergaß ihn. Alles wollte sie vergessen. Wenn sie sechs Tage lang hungerte, würde sie vielleicht sterben, bevor Annabelle nach Hause kam. Sicher wäre das viel einfacher, als sich von der Chemotherapie umbringen zu lassen. Im Halbschlaf hörte sie ein Geräusch, eine Alarmglocke oder eine Klingel, und versuchte, es zu ignorieren. Aber es verstummte nicht. Plötzlich hämmerte jemand gegen die Tür. Alex schlüpfte resignierend in ihren Morgenmantel, spähte durchs Guckloch und erkannte Brock Stevens. Vor lauter Überraschung ließ sie ihn herein, ohne zu zögern. Und dann starrten sie sich an. Sie trug ihren beigen Morgenmantel, er einen dicken Pullover, einen Parka, eine Kordhose und schwere Stiefel. An seiner Kleidung hing der Geruch frischer Winterluft.

»Ich habe mir solche Sorgen um Sie gemacht.«

»Warum?« Sie schwankte ein wenig. Aber er kannte sie gut genug, um zu wissen, daß sie nicht getrunken hatte. Sie war nur geschwächt. Vermutlich hatte sie nichts gegessen. Er folgte ihr ins Wohnzimmer. Dort sah sie sich in einem Spiegel. Sie hatte vergessen, die Perücke aufzusetzen. »Scheiße!« stöhnte sie. Wie ein verlegenes Kind schaute sie zu Brock auf.

»Jetzt sehen Sie aus wie Sinéad O'Connor, nur besser.«

»Leider kann ich nicht singen.«

»Ich auch nicht.« Eigentlich sieht sie eher wie Audrey

Hepburn aus, dachte er. Sogar ohne Haare ist sie schön. Eine schlichte, schmucklose Schönheit, die nur von ihrem Gesicht ausgeht, ein exquisites Geschöpf aus einer anderen Welt. Nun kam ihre besondere Ausstrahlung, die ihm stets aufgefallen war, noch deutlicher zum Vorschein. »Was ist passiert, Alex?« Irgend etwas mußte geschehen sein, denn sie erweckte den Eindruck, als wolle sie sich hinlegen und sterben. Das hatte er schon am Telefon gespürt.

»Keine Ahnung... Heute morgen sah ich mich im Spiegel. Annabelle war gerade abgereist, und mir wurde wieder schlecht... Diesem Kampf bin ich nicht mehr gewachsen. Sam und diese andere Frau... All die Probleme sind einfach zuviel für mich...«

»Und deshalb wollen Sie aufgeben?« stieß er hervor, und sie zuckte erschrocken zusammen.

»Immerhin habe ich das Recht, meine eigenen Entscheidungen zu treffen«, erwiderte sie brüsk.

»Tatsächlich? Selbst wenn Sie keine kleine Tochter hätten – Sie sind sich selbst verpflichtet, ganz zu schweigen von den Menschen, die Sie lieben. Alex, Sie *müssen* kämpfen. Gewiß, es wird Ihnen schwerfallen. Aber Sie dürfen sich nicht einfach hinlegen und sterben, nur weil Sie zu viele Probleme haben.«

»Und warum nicht?« Ihre Stimme klang fremd, wie aus einem Geisterreich.

»Weil ich's sage. Haben Sie gegessen?« Erwartungsgemäß schüttelte sie den Kopf. »Ziehen Sie sich an. Ich werde was kochen.«

»Aber ich bin nicht hungrig.«

»Das ist mir egal. Diesen Unsinn höre ich mir nicht länger an.« Er packte ihre Schultern und schüttelte sie sanft.

»Was man Ihnen angetan hat oder was Sie im Augenblick von Ihrem Leben halten, kümmert mich nicht. Obwohl Sie nur mehr eine Brust und keine Haare haben, ist es Ihre verdammte Pflicht, um Ihr Leben zu kämpfen, weil es ein kostbares Geschenk ist. Wir alle brauchen Sie. Wenn Ihnen Ihr Spiegelbild mißfällt, denken Sie dran, daß sich Ihr Wesen nicht geändert hat. Alles andere ist nur äußerer Schein. Sie sind dieselbe Frau wie eh und je. Vergessen Sie das nicht.«

Verwundert hatte sie ihm zugehört. Sie ging wortlos ins Bad. Nachdem sie aus ihrem Morgenmantel und dem Nachthemd geschlüpft war, trat sie wieder vor den Spiegel und sah dieselbe Frau wie am Morgen, den verletzten Vogel, die Gestalt mit der häßlichen Narbe und dem kahlen Kopf. Trotzdem gab sie Brock recht – sie mußte kämpfen, für das, was sie gewesen war und immer sein würde. Sie hatte ihre Brust und ihre Haare verloren, aber nicht sich selbst. Das konnte ihr Sam nicht nehmen. Sie stellte sich unter die Dusche, und als das warme Wasser über ihren Körper strömte, weinte sie wieder. Danach zog sie Jeans und einen Pullover an, schüttelte ihre letzten Haare aus der kurzen Perücke, die sie ins Waschbecken geworfen hatte, setzte sie auf und schlenderte barfuß in die Küche.

»Für mich müssen Sie keine Perücke tragen«, meinte Brock lächelnd, »es sei denn, Sie fühlen sich besser damit.«

»Ohne dieses Ding komme ich mir unheimlich vor«, gestand sie.

Inzwischen hatte er Rühreier und Kartoffeln gebraten und ein paar Scheiben Brot getoastet. Die Kartoffeln waren ihr zuviel. Aber sie zwang sich, die Rühreier und etwas Brot zu essen. Mehr wollte sie sich nicht zumuten, sonst würde sie die restliche Nacht im Bad verbringen. Ihr Magen rebellierte immer wieder. Vielleicht hatte Sam recht, und ihre Übelkeit wurde tatsächlich von seelischen Problemen verursacht.

Während sie in ihren Rühreiern herumstocherte, erzählte sie, wie begeistert Annabelle von den Geschenken gewesen war.

»Mir hat's Spaß gemacht, die Sachen zu kaufen. Ich mag Kinder.«

»Warum sind Sie dann nicht verheiratet?«

»Weil mir die Kanzlei Bartlett & Paskin keine Zeit dazu läßt«, erwiderte er grinsend.

»In Zukunft werde ich Sie nicht mehr mit soviel Arbeit überhäufen.« Als er den Tisch abräumte, protestierte sie: »Das müssen Sie nicht tun, Brock. Ich kümmere mich später darum.«

»Klar, warum nicht? In Ihrem Zustand können Sie Berge versetzen. Haben Sie noch mal über Vermont nachgedacht? Es geht nicht um meine Gesundheit, sondern um Ihre.« Eindringlich schaute er in ihre Augen, und wie so oft war sie dankbar für seine Freundschaft.

»Darauf würde ich lieber verzichten.«

»Aber ich nicht. Auch Liz glaubt, die Reise würde Ihnen guttun.«

»Ist das eine Verschwörung?« fragte sie, belustigt und gerührt zugleich. »Was ich selber denke, interessiert niemanden?«

»Ehrlich gesagt, nein.«

»Gibt's keine richtige Frau, mit der Sie die Woche verbringen könnten?«

»Sie sind eine richtige Frau«, versicherte er.

Entschieden schüttelte sie den Kopf und zeigte auf ihre Perücke. »Lassen Sie sich nicht von diesem komischen Ding täuschen. Ich bin zu müde zum Skilaufen, zu alt für einen Flirt, zu krank, um mich zu amüsieren, und außerdem verheiratet.«

»Offensichtlich nicht mehr lange«, entgegnete er unverblümt, aber sie lachte.

»Das haben Sie sehr nett formuliert. Drücken wir's mal so aus – ich bin gebrauchte Ware, falls Sie ernsthafte Absichten hegen.«

Er stimmte in ihr Gelächter ein. »Vorerst nicht. Aber wenn's Ihnen Spaß macht, dürfen Sie gern was anderes glauben. Ich lade Sie ein, weil ich Ihr Freund bin, weil dieses blasse Gesicht ein wenig Sonnenschein braucht, weil Sie vor dem Kaminfeuer sitzen und heiße Schokolade trinken und nachts tief und fest schlafen sollen – bei einem Menschen, der Sie mag, nicht mutterseelenallein in diesem Apartment.«

»Klingt gut für einen Jungen in Ihrem Alter.«

»Es *ist* gut. Und was die Pflege alter Damen betrifft, habe ich genug Erfahrungen gesammelt. Immerhin mußte ich meine hochbetagte Schwester betreuen.«

»Richten Sie ihr mein Beileid aus. Es ist wirklich schwer, Ihnen zu widerstehen.«

»Deshalb bin ich hergekommen«, erklärte er lächelnd, und sie fand ihn wieder einmal sehr liebenswert.

»Und ich dachte, um sich kostenlos den Bauch vollzuschlagen.«

»Das auch. Aber vor allem, um Sie zu dieser Reise nach Vermont zu überreden.«

»Offenbar war es in Connecticut ziemlich langweilig«, neckte sie ihn.

»O ja. Nun, begleiten Sie mich?«

»Habe ich eine Wahl? Allmählich fürchte ich, Sie würden mich notfalls über Ihre Schulter werfen und davonschleppen.«

»Vielleicht, wenn Sie mir nicht gehorchen.«

»O Brock, Sie sind wirklich verrückt. Soll ich Ihr Auto vollkotzen und Ihnen in Vermont mit meinem Elend auf die Nerven fallen?«

»Daran bin ich gewöhnt. Ich wüßte gar nicht, was ich ohne diese amüsanten Zwischenfälle anfangen sollte.«

»Jetzt steht's endgültig fest – Sie sind wahnsinnig.«

»Und Sie sind hinreißend. Wissen Sie noch immer nicht, wozu Freunde da sind?«

»Um Weihnachtseinkäufe zu erledigen, einer kranken Frau die ganze Arbeit abzunehmen und ihren geschundenen Körper vom Badezimmerboden aufzuheben, wenn ihr schlecht ist.« Eigentlich waren Ehemänner dazu da. Aber ihrer hatte versagt.

»Halten Sie einfach den Mund, und packen Sie Ihren Koffer, sonst bringen Sie mich in Verlegenheit.«

»*Sie,* Brock? Unmöglich!«

»Um acht hole ich Sie ab. Oder ist das zu früh?« fragte er besorgt.

»Nein. Wollen Sie mich tatsächlich einladen? Wenn Sie in Vermont ein Mädchen kennenlernen …«

»Das Haus ist groß genug. Und wenn ich mich anderweitig vergnügen will, sperre ich Sie in Ihrem Zimmer ein.«

Lachend begleitete sie ihn zur Wohnungstür. Sie konnte

kaum glauben, daß er sie tatsächlich umgestimmt hatte. Aber plötzlich freute sie sich auf die Reise. Viereinhalb qualvolle Monate lagen vor ihr, die sie jetzt mit anderen Augen sah. An diesem Abend hatte Brock ihre Seele gerettet. Sie wollte nehmen, was er ihr gab, und sich ans Leben klammern.

Sechzehntes Kapitel

Nicht einmal vor ihrer Krankheit war Alex so glücklich gewesen wie in Vermont. Sie hatte Sam und Annabelle angerufen, um die beiden über ihre geänderten Pläne zu informieren. »Kannst du dir das wirklich zumuten?« fragte er überrascht. »Wer kümmert sich um dich?«

»Ein Freund und Kollege. Keine Bange, ich bin okay. Am Neujahrstag sehen wir uns in New York.« Obwohl sie ihm die Telefonnummer in Vermont gegeben hatte, meldete er sich kein einziges Mal.

Das Haus war schlicht, aber gemütlich, mit vier Schlafzimmern und einer Art Schlafsaal. Weil Brock darauf bestand, bezog sie den größten Raum im Oberstock, und er quartierte sich im Erdgeschoß ein, damit er sie nicht störte. Wie alte Freunde saßen sie beisammen, lasen und lösten Kreuzworträtsel. Einmal veranstalteten sie sogar eine Schneeballschlacht. Sie unternahmen lange Spaziergänge. Eines Morgens versuchte Alex, Ski zu fahren. Dazu fehlte ihr allerdings die Kraft. Aber sie fühlte sich so gesund wie schon lange nicht mehr. Nur einen einzigen schlimmen Tag verbrachte sie im Bett, und am Abend ging es ihr besser. Kurz nach der Ankunft hatte Brock einen alten Schlitten in der Garage gefunden. Um zu verhindern, daß sie sich überanstrengte, zog er sie geduldig durch den Schnee.

Jeden Abend kochte er für sie. Als sie ihm vorschlug,

mit Freunden auszugehen, behauptete er lachend, dazu sei er zu müde und er finde Alex' Gesellschaft viel angenehmer. Einmal dinierten sie im Chez Henri, was sie in vollen Zügen genossen. Gegen Ende der Woche fühlte sie sich großartig. Aber die angenehme Phase näherte sich dem Ende. Bald würde sie sich wieder einer Behandlung unterziehen müssen.

Alex und Brock waren die besten Freunde geworden. Manchmal beobachtete sie ihn beim Skifahren. Sie zeigte ihm hübsche Mädchen und meinte, er solle sich lieber mit ihnen amüsieren, statt seine Zeit einer kranken Frau zu opfern.

»Um Himmels willen, die sind höchstens vierzehn! Willst du mich ins Gefängnis bringen?«

»Unsinn, die sind mindestens fünfundzwanzig«, protestierte sie belustigt.

»Trotzdem interessieren sie mich kein bißchen.« Nicht einmal die Dreißigjährigen gefielen ihm. Er war glücklich mit Alex, doch er trat ihr nie zu nahe, um sie nicht in Verlegenheit zu stürzen. Immer wieder sprachen sie über Sam. Sie gestand, wie verzweifelt sie gewesen war, als sie ihn mit seiner Geliebten gesehen hatte.

»An deiner Stelle hätte ich ihn umgebracht – oder sie«, erwiderte Brock, aber sie schüttelte den Kopf.

»Jetzt ist's vorbei. Außerdem kann sie nichts dafür. Es ist einfach passiert. Und wenn ich in den Spiegel schaue, versteh ich's.«

»Scheiße!« Jedesmal, wenn sie solche Dinge sagte, ärgerte er sich maßlos. »Wenn *er* krank wäre oder ein Bein verloren hätte – würdest du ihm den Laufpaß geben?«

»Nein. Wir sind eben grundverschieden. Vielleicht ist

die selbstlose Liebe ein Symbol der Weiblichkeit. Wahrscheinlich würden sich die meisten Ehemänner wie Sam verhalten. Liz' Mann war die große Ausnahme – auch wenn's anfangs gewisse Schwierigkeiten gab.«

»Großer Gott, ein Mann darf seine Ehe nicht zerstören, nur weil seine Frau eine Brust und ihre Haare verloren hat«, stieß Brock erbost hervor. »Wie kannst du das akzeptieren?«

Sie lächelte philosophisch. Immerhin war sie zehn Jahre älter als er. »Im Augenblick bleibt mir nichts anderes übrig. So einfach ist das. Sam hat den Laden geschlossen und macht seine Geschäfte woanders.«

»Und du gibst alles auf?« Ihre Resignation schockierte ihn.

»Was schlägst du denn vor? Soll ich das Mädchen erschießen?«

»Nein – lieber *ihn*. Das würde er verdienen.«

»Brock, du bist ein unverbesserlicher Romantiker«, warf sie ihm vor.

»Und du bist eine hoffnungslose Romantikerin.«

»Wie auch immer, ich werde Sam nicht zurückgewinnen. Er haßt Krankheiten und entstellte Körper, und er erträgt meinen Anblick nicht. Kurz nach der Operation sah er mich ein einziges Mal und fiel fast in Ohnmacht. Ich ekle ihn an. Sicher ist das keine Grundlage für eine glückliche Ehe.«

»Gib's endlich zu – der Kerl ist ein Feigling.«

»Vielleicht, und sehr anspruchsvoll, was Frauen betrifft. Diese Engländerin ist wirklich bildschön. Altersmäßig würde sie gut zu dir passen. Willst du sie nicht verführen und Sam Konkurrenz machen?«

Lieber würde er Alex verführen. Doch dies war der falsche Augenblick für ein solches Geständnis, und er wollte die Freundschaft, die ihm soviel bedeutete, nicht aufs Spiel setzen.

Den Silvesterabend verbrachten sie im Haus, sahen fern, aßen Popcorn und redeten von ihren Zukunftsträumen. Sie wünschte ihm eine nette Ehefrau, und er wünschte ihr Gesundheit und jedes Glück, das sie erhoffte. Um Mitternacht sangen sie »Auld Lang Syne« in perfekter Harmonie. Dann ging Alex ins Bett und dachte, wie kostbar und selten gute Freunde waren.

Am nächsten Morgen vor der Abreise waren beide traurig. Aber Alex sah viel besser aus als bei der Ankunft. Eine subtile Veränderung war mit ihr vorgegangen. Sie besaß nun soviel Kampfgeist wie schon lange nicht mehr – fest entschlossen, den Krebs zu besiegen.

Während der Heimfahrt sprach sie kaum und dachte an das Wiedersehen mit Sam. Er würde nur eine Nacht im Apartment verbringen und am 2. Januar nach Europa fliegen – vermutlich, um seine Freundin zu treffen. Hin und wieder fragte Brock, ob sie okay sei, was sie bejahte. Doch sie war still und in sich gekehrt, starrte nachdenklich vor sich hin. Um sie zu trösten, hielt er eine Zeitlang ihre Hand fest. Am späten Nachmittag erreichten sie New York. Nur widerstrebend fuhr Alex zu ihrer Wohnung. Sie blieb noch eine Weile im Auto sitzen, schaute ihn an und wußte nicht, wie sie ihm danken sollte. »Weißt du, daß du mir mein Leben zurückgegeben hast? Es war wundervoll.«

»Für mich auch.« Sanft berührte er ihre Wange. »Erlaube niemandem, dein Selbstwertgefühl zu zerstören. Du bist die großartigste Frau, die ich kenne.« Bei diesen Worten glänzten Tränen in seinen Augen, und Alex war tief gerührt. Wie leicht es ihm fiel, ihr Herz zu bewegen …

»Ich mag dich, das weißt du. Und du hast den Verstand verloren. Wenn hier jemand großartig ist, dann bist *du's*. Eines Tages wirst du ein phantastischer Ehemann sein und deine Frau sehr glücklich machen.«

»Am besten warte ich auf Annabelle«, erwiderte er mit jenem Grinsen, das sie so liebte und ihn fünfzehn Jahre verjüngte.

»Oh, dann ist sie zu beneiden. Nochmals vielen Dank, Brock.« Sie küßte seine Wange, und der Pförtner trug ihren Koffer ins Haus.

Als Sam und Annabelle eintrafen, fanden sie, Alex würde fabelhaft aussehen. Lachend und gähnend erzählte das Kind Geschichten vom Disneyland und schlief ein, sobald sein Kopf das Kissen berührte.

»Offenbar habt ihr euch gut amüsiert.« Alex lächelte ihren Mann an, und er bemerkte die Veränderung. Hatte sie Frieden mit sich selbst geschlossen? War sie nun bereit, die Situation zu akzeptieren?

»O ja. Annabelles Gesellschaft war ein reines Vergnügen, und ich bringe sie nur ungern zurück.«

»In dieser letzten Woche hat sie mir sehr gefehlt.« Keiner der beiden erklärte, er habe den anderen vermißt. Sie erweckten nicht einmal mehr den Anschein, eine Ehe zu führen.

Am Abend packte er seinen Koffer, und am nächsten Morgen brach er auf, während seine Familie frühstückte. Er versprach, von der Schweiz aus anzurufen, und Annabelle erinnerte ihn an ihren Geburtstag, vor dem er zurückkehren wollte. Nachdem er gegangen war, schaute sie Alex erstaunt an und verkündete, er habe vergessen, Mommy einen Abschiedskuß zu geben. Diesmal fragte sie nicht, warum. Sogar dem Kind fiel die Veränderung auf, aber es schien sich damit abzufinden.

Die restliche Woche verging wie im Flug. Freitags brachte Alex ihre Tochter in die Ballettschule. Sie verbrachten ein ruhiges Wochenende. Und am Montag fing der Alptraum wieder an. Nach der intravenösen Behandlung fühlte sie sich elender denn je. Die erste Infusion des Monats machte ihr immer besonders zu schaffen, vor allem in Verbindung mit den Cytoxan-Pillen. Als sie ins Büro zurückkehrte, glaubte sie zu sterben. Wenig später fuhr sie heim, und Annabelle beobachtete schockiert, wie ihre Mutter erbrach. Von wilden Krämpfen geschüttelt, lag Alex im Bad, ohne Perücke.

Am nächsten Morgen ging sie zur Arbeit. Der Tag erschien ihr endlos. Um fünf schleppte sie sich nach Hause, wo sie eine tränenüberströmte Carmen antraf. Alex konnte ihr nur einen spanischen Wortschwall entlocken. Aber sobald sie ihre Tochter sah, erkannte sie den Grund der Verzweiflung. Annabelle hatte sich die schönen roten Locken abgeschnitten, um wie ihre Mommy auszusehen.

»O Baby, warum hast du das getan?« klagte Alex, der Erschöpfung nahe. Wie sollte sie's Sam erklären?

»Weil ich so wie du sein will«, gestand Annabelle und begann, schuldbewußt zu schluchzen. Der Zustand ihrer Mutter verwirrte sie. Außerdem litt sie unter Daddys Abwesenheit.

Geduldig versuchte Alex, ihr die Therapie zu erklären, nicht zum erstenmal, und las ihr »Mommy wird wieder gesund« vor. Doch das nützte nicht viel. Sie war zu schwach, um in überzeugendem Ton zu sprechen, und in ihrer Aufregung verstand Annabelle kaum ein Wort. Sogar die Kindergärtnerin rief an und teilte mit, das kleine Mädchen würde schwere Zeiten durchmachen und dauernd über die Krankheit seiner Mutter reden. Vorsichtig deutete die Frau an, Annabelle würde Mrs. Parkers Tod fürchten. Aber Alex fühlte sich außerstande, ihrem Liebling zu helfen, und Sam stand weder seiner Frau noch seiner Tochter bei.

Und was am allerschlimmsten war – mit jedem Monat hatten sich die Nebenwirkungen der Chemotherapie verstärkt. Gegen Ende der Woche konnte sie nicht ins Büro gehen. Trotzdem mußte sie die Geburtstagsparty ihres Kindes organisieren. Das war sehr wichtig, denn Annabelle brauchte endlich wieder die beruhigende Atmosphäre der Normalität und vertrauter familiärer Ereignisse. Schon seit Wochen freute sie sich auf das Fest.

Wieder einmal besorgte Liz einen Großteil der Geschenke und die Dekorationen. Aber am Morgen des großen Tages schickte die Konditorei den falschen Kuchen, und Alex hatte vergessen, den Clown zu bestellen. Annabelles beste Freundin und drei weitere kleine Gäste litten an Grippe. Obwohl Carmen ihr Bestes tat, entwickelte sich die Party zur Katastrophe, wurde bald beendet, und Alex weinte beinahe, als sie die Enttäuschung in den Augen ihrer Tochter sah.

Am Vorabend war Sam aus Europa zurückgekommen, vom Jet-lag geplagt, mißgelaunt und kein bißchen erfreut über seine Heimkehr. Beim Anblick der spärlichen Stoppelhaare auf Annabelles Kopf verlor er die Beherrschung.

»Wie konntest du das zulassen, Alex?« schrie er. »Warum bist du ohne Perücke vor ihr herumgelaufen?«

»Großer Gott, Sam, ich mußte mich übergeben und lag am Boden. Und weil ich krank bin, kann ich mich nicht dauernd drum kümmern, wie ich aussehe.«

Von ihren Eltern unbeachtet, hörte Annabelle angstvoll zu.

»Dann sollte sie nicht mehr bei dir wohnen«, meinte er anklagend.

Entrüstet schlug sie ihm ins Gesicht. Das Kind begann laut zu schluchzen, wurde aber immer noch ignoriert. »Sag so was nie wieder!« fauchte Alex. »Sie bleibt hier!«

»In deinem Zustand kannst du nicht für sie sorgen!« brüllte er, und Annabelle warf sich in die Arme ihrer Mutter.

»Natürlich kann ich's, du Hurensohn! Und wenn du mich daran hindern willst, kriegst du den größten Verleumdungsprozeß des Jahrhunderts an den Hals. Ist das klar?« Zitternd umklammerte sie ihre Tochter.

Sam starrte sie wütend an. »Trag wenigstens deine Perücke!« Angesichts ihrer Drohung und der weinenden Annabelle, die sich nicht von ihrer Mommy trennen wollte, gab er klein bei.

Warum mußten die Eltern dauernd streiten? Das verstand Annabelle nicht. War es ihre Schuld? Aber was hatte sie verbrochen?

Sobald sie ins Bett gegangen war, verließ ihr Vater das Apartment.

Am nächsten Tag führte er ein ernsthaftes Gespräch mit Alex. Der heftige Kampf am vergangenen Abend, vor Annabelles Augen, hatte sie beide erschüttert. Nun erwartete sie, er würde ihr erklären, er könne nicht länger hier wohnen. Aber zu ihrer Überraschung kündigte er an, er würde erst nach ihrer Therapie ausziehen. Nachdem Annabelle ihre Haare abgeschnitten hatte, fand er, daß er sie im Auge behalten mußte, wenn ihre Mutter zu schwach war, um sie zu betreuen.

»Ich brauche kein Kindermädchen, Sam. Vielleicht wär's besser, du würdest sofort verschwinden.«

»Nein«, erwiderte er entschieden, »ich gehe erst im Mai, wenn deine Chemotherapie beendet ist.«

»Hab ich richtig gehört? Du bleibst wegen meiner Behandlung hier?«

»Annabelles wegen – falls du zu krank bist, um deine Mutterpflichten zu erfüllen.«

»Ich bin beeindruckt. Und was dann, Sam?« Würde er seine Freundin heiraten? Und wer war sie? Aber er behielt seine Geheimnisse für sich.

»Das weiß ich noch nicht.«

Mühelos erriet sie, was er beabsichtigte. Er sah so attraktiv aus, so jung und verliebt. Trotzdem wollte er noch vier Monate bei seiner Frau ausharren. »Glaubst du, daß du's erträgst?«

»Ja, wenn du's kannst. Natürlich werde ich nicht die ganze Zeit dasein. Wenn Annabelle mich braucht, bin ich verfügbar.«

»Danke«, antwortete sie widerstrebend. Einerseits wünschte sie, er würde ausziehen, andererseits freute sie sich über seinen Entschluß hierzubleiben. Sie wußte nicht, was schlimmer war. Nun würde sich das Ende hinauszögern. Am Scheitern der Ehe gab es nichts mehr zu rütteln. Im Grunde hat er mich ohnehin schon verlassen, dachte sie.

Am nächsten Tag erzählte sie Brock von der Vereinbarung, der das kaum glauben konnte. Für Annabelle sei es die beste Lösung, meinte er, für ihre Eltern sicher eine Qual.

Genauso dachte auch Daphne. Wie ein enttäuschtes Kind runzelte sie die Stirn, als Sam erklärte, was er plante. »Und ich hatte gehofft, du würdest zu mir ziehen.«

Sie waren so glücklich in Europa gewesen, hatten wunderbare Tage in Gstaad verbracht und sich unentwegt geliebt. In Paris überhäufte er sie mit Geschenken, ging mit ihr zu Cartier und Van Cleef, Hermès und Dior, Chanel und Givenchy und in alle kleinen Boutiquen, die ihr gefielen. Aber im Grunde wollte sie nur Sam, wenn sie auch verstand, warum er vorerst nicht bei ihr wohnen wollte. Außerdem war ihr Apartment zu klein für zwei Personen. Im Mai, nach Alex' Chemotherapie, würde er eine größere Wohnung kaufen.

»So lange dauert's nicht mehr«, versuchte er Daphne zu trösten. Die meisten Nächte würde er bei ihr verbringen. Er hätte sie gern mit Annabelle bekannt gemacht, fürchtete jedoch, seine Tochter zu verwirren. Obendrein könnte sie ihre Mutter informieren. Aber wie Daphne bereits gestanden hatte, war sie ohnehin nicht besonders kinderlieb. Um so mehr interessierte sie sich für Sex. Immer und überall. In Paris hatten sie sich sogar in den Umkleidekabinen bei Dior und Givenchy geliebt. Sie war wild und leidenschaftlich, völlig unbeschwert, und sie gab ihm seine Jugend zurück.

Eines Nachmittags im Februar sah Alex die beiden wieder. Sie kamen gerade von einer Schmuckausstellung bei Christie's, wo demnächst eine Versteigerung stattfinden sollte. Sam hatte ein Angebot für einen Smaragdring hinterlegt, den er seiner Liebsten kaufen wollte. Fast täglich überraschte er sie mit Geschenken. Es machte ihm großen Spaß, sie zu verwöhnen. Alex beobachtete, wie sie die Park Avenue entlangschlenderten und nur Augen füreinander hatten. Bedrückt starrte sie ihnen nach.

In dieser Zeit war sie oft deprimiert – weil Annabelle dauernd fragte, warum Daddy so oft wegging, und sich bitter beklagte, weil Alex ständig neue Ausreden für ihn erfinden mußte – und sie den Anblick ihres Körpers immer noch haßte – und weil ihre Haare nicht nachwuchsen. Dr. Webbers Vorschlag, die Wiederherstellung ihrer Brust zu planen, heiterte sie nicht besonders auf. Seit der Amputation waren genug Monate verstrichen. Aber Alex zögerte. Gewiß, sie schaute nicht gern in den Spiegel, doch sie hatte sich daran gewöhnt. Seltsamerweise war es Brock, mit dem sie darüber diskutierte. Zu ihrer Verwunderung plädierte er für eine Operation. Es gab kein Thema, das sie *nicht* erörterten. Er erschien ihr wie ein liebevoller, fürsorglicher Bruder.

»Was macht's schon aus, ob ich eine oder zwei Titten habe? Wen interessiert das?« fragte sie kampflustig, als sie während einer angenehmeren Phase zwischen zwei Behandlungen im Le Relais zu Mittag aßen.

»*Dich* sollte es interessieren. Oder willst du bis zum Ende deiner Tage wie eine Nonne leben?«

»Warum nicht? Schwarz steht mir, und ich müßte nicht einmal meinen Kopf kahlrasieren.« Feixend zeigte sie auf eine ihrer längeren, glamouröseren Perücken, und er schnitt eine Grimasse.

»Du bist unmöglich! Hör mal auf, ich mein's ernst. Irgendwann wirst du Wert darauf legen.«

»Nein, ich bleibe lieber ein Freak. Und wenn mich jemand wirklich liebt – würde er von mir verlangen, die Tortur dieser Operation zu ertragen? Verdammt, hier geht's nicht um Sam. Für ihn müßte ich mir zwei neue Titten anschaffen, um mit seiner britischen Nutte zu konkurrieren.«

»Darauf kommt's nicht an. Du solltest dich um deiner selbst willen dazu entschließen. Danach geht's dir sicher besser, und du wirst dich nicht mehr ärgern, wenn du vor dem Spiegel stehst.«

»Würdest du eine Frau lieben, die nur eine Brust hat?« fragte sie unverblümt.

»Das würde mir eine Menge Zeit ersparen«, scherzte er, »denn ich müßte mich nicht dauernd zwischen zwei Brüsten entscheiden.« Dann versicherte er ernst: »Natürlich würde ich eine Frau mit nur einer Brust lieben. Aber ich bin ein ungewöhnlicher Mann – und jünger als du. Die Kerle in deinem Alter nehmen solche Äußerlichkeiten sehr wichtig und begeistern sich nur für perfekte Körper.«

»Ja, wie Sam.« Viel zu deutlich erinnerte sie sich an jenen Augenblick, wo ihr Mann die Narbe gesehen hatte. »Also brauche ich eine neue Brust oder einen jüngeren Mann«, fügte sie lächelnd hinzu.

»Du hast die Wahl«, erwiderte er und freute sich über ihre gute Laune. Nun liebte er sie schon so lange – und er fand nie den richtigen Moment, um ihr seine Gefühle zu gestehen.

»Falls ich mich für eine künstliche Brust entscheide – würde sich die Mühe überhaupt lohnen? Sogar meine Ärztin sagt, diese Operation tut verdammt weh, und ich glaube, die ganze Prozedur ist widerlich. Man schneidet da und dort ein Stückchen Haut raus, flickt alles zusammen und stopft ein Implantat drunter. Großer Gott, warum male ich mir nicht einfach eine neue Brust, wenn ich jemanden kennenlerne, der mir gefällt? Dann kann ich mir die Form und die Größe und die Farbe aussuchen.«

Lachend schleuderte er seine Serviette auf ihren Schoß. »Du bist verrückt.«

»Kannst du mir das verübeln? Immerhin habe ich nicht nur meine Brust, sondern auch meinen Ehemann verloren. Ein paar Wochen nach meiner Amputation rannte der Kerl davon und suchte sich ein Mädchen mit einem wunderschönen, vollkommenen Busen.«

»Trotzdem solltest du's tun.«

»Lieber lasse ich mein Gesicht liften – oder meine Nase korrigieren.«

»Gehen wir wieder ins Büro, bevor du dir einredest, deine Ohren müßten verschönert werden.« Er genoß ihre Gesellschaft, arbeitete gern mit ihr zusammen, und er mochte Annabelle. Ein paarmal war er ihr begegnet, wenn er Alex einige schriftliche Unterlagen ins Apartment gebracht hatte. Ihre Tochter fand ihn lustig, und es machte ihr Spaß, mit ihm zu spielen. Einmal war er mit ihr eislaufen gegangen, als Alex an heftiger Übelkeit und Carmen an einer schweren Grippe gelitten hatte. Sam war an jenem Tag unauffindbar gewesen.

Auf dem Rückweg zum Büro besprachen sie ihre neuesten Fälle. Alex hatte vier Monate lang keine Prozesse übernommen. Nun überlegte sie, ob sie wieder einen Klienten vor Gericht verteidigen sollte. Wenn Brock ihr half, würde sie's vermutlich schaffen. Der Gedanke war verlockend. Aber vielleicht würde sie nicht ihr Bestes geben können, und der Mandant hatte ein Recht auf Spitzenleistungen. Sie müßte hart arbeiten und gleichzeitig die Chemotherapie verkraften. Schließlich übertrug sie den Fall vorsichtshalber doch ihrem Partner Matthew Billings.

Im März lud Brock sie wieder nach Vermont ein, während Sam und Annabelle über ein Wochenende verreisten. Alex versuchte Ski zu laufen, und diesmal klappte es etwas besser. Inzwischen war sie zu Kräften gekommen, und die Chemotherapie würde nur mehr acht Wochen dauern. Sie sehnte das Ende der Behandlung herbei, aber es bedeutete auch, daß Sam ausziehen und wahrscheinlich seine Freundin heiraten würde. Offensichtlich hegte er ernsthafte Absichten. Er sprach nie darüber und gab ausweichende Antworten, wenn Alex vorsichtige Fragen stellte, obwohl sich seine außereheliche Beziehung nicht mehr verheimlichen ließ.

Für Alex würde in zwei Monaten ein neues Leben beginnen. Nach dem Ende der Chemotherapie wollte sie wieder Prozesse übernehmen. Und was würde sie sonst tun? Plötzlich fürchtete sie sich vor der Einsamkeit, obwohl Brock immer wieder versicherte, das Schlimmste sei überstanden.

Das betonte er auch erneut, als sie eines Tages vom Sessellift in Sugarbush zum Haus zurückwanderten. Nachdenklich schaute sie ihn an und gab ihm recht. Es war schrecklich gewesen, die Chemotherapie ohne die Hilfe ihres Ehemannes zu ertragen.

Aber Brock hatte ihr jederzeit beigestanden und sie sogar einmal in Dr. Webbers Praxis begleitet, um besser zu verstehen, was seine Freundin durchmachte. Während der ganzen Prozedur hielt er ihre Hand. Es gab nichts, was er in diesen letzten sechs Monaten *nicht* für sie getan hätte – nichts, was sie ihm verschwieg oder vorenthielt.

An diesem Abend sprachen sie noch einmal über die Wiederherstellung ihrer Brust, nachdem ausnahmsweise sie das Dinner zubereitet hatte. Sie sei eine ganz passable Köchin, meinte er, aber längst nicht so fabelhaft wie er.

»Unsinn! Kannst du ein Soufflé machen?« prahlte sie. Manchmal hänselten sie einander wie zwei übermütige Kinder.

»Klar«, log er und verkreuzte auffällig zwei Finger hinter seinem Rücken.

»Nun, ich kann's auch nicht«, gestand sie lachend. Dann erörterten sie wieder die Operation, die Dr. Webber ihr empfohlen hatte. »Irgendwie ist's mir egal, wie ich aussehe.«

»Aber das müßte dich interessieren.«

Stirnrunzelnd betrachtete sie ihren Freund. Sie schämte sich nicht vor ihm. Monatelang hatte er sie erbrechen sehen und ihren kahlen Kopf betrachtet. Warum sollte sie ihm nicht zeigen, worüber sie diskutierten? Was würde er davon halten? Sie vertraute seiner Meinung und seinem guten Herzen.

»Möchtest du's sehen?« fragte sie beiläufig wie ein Kind, das sich erbot, vor seinen Spielkameraden die Hose runterzulassen. Sekundenlang fühlte sie sich etwas unsicher, und sie lachte nervös.

Aber er nickte mit ernster Miene. »O ja. Ich habe mich schon oft gefragt, wie's aussieht. Sicher nicht so schlimm, wie du's beschrieben hast.«

»Sehr schlimm«, warnte sie ihn. »Vor allem die Narbe...« Wenigstens erschien ihr der Anblick nicht

mehr ganz so gräßlich wie im Oktober. Kurz entschlossen zog sie den Pullover über den Kopf, öffnete langsam die Bluse und zog sie aus. Dann hielt sie inne, bevor sie das Thermo-Unterhemd ablegte. Irgendwie erinnerten ihre Gesten an einen respektablen Striptease. Sie trug keinen BH. Mit nacktem Oberkörper stand sie vor ihm.

Zuerst schaute er in ihre Augen und las darin die Erlaubnis, alles zu betrachten, was sie zuvor verborgen hatte. Sein Herz flog ihr entgegen. Wie jung und zauberhaft sie wirkte – und so verletzlich, die eine Brust noch immer hoch angesetzt und fest, die andere, als wäre sie mit einem Säbel abgeschnitten worden. Ohne lange zu überlegen, nahm er sie in die Arme. Auf andere Weise konnte er ihr nicht zeigen, was er empfand, und er liebte sie lange genug, um seine Gefühle zu bekunden. »Du bist so schön«, flüsterte er in ihr Haar, »so perfekt und tapfer. Einfach großartig.« Sanft schob er sie von sich, damit er ihr Gesicht sehen konnte.

»Obwohl ich nur eine Brust habe?« Mit einem scheuen Lächeln erinnerte sie ihn an den Zweck der Übung. Seine Reaktion hatte sie nicht erwartet. Womit sie gerechnet hatte, wußte sie nicht genau. Aber seine Zärtlichkeit überraschte und rührte sie.

»So, wie du bist, liebe ich dich«, beteuerte er, zog sie wieder an sich und spürte ihre Wärme. »Du hattest recht. Wenn man jemanden wirklich liebt, kommt's auf eine Brust mehr oder weniger nicht an.«

Das Vertrauen zwischen ihnen war grenzenlos und etwas ganz Besonderes.

»Warum sagst du so etwas?« fragte sie leise. »Du solltest doch nur deine objektive Meinung äußern.« In diesem

Moment wurde ihr seine Anziehungskraft bewußt. Nach der monatelangen keuschen Freundschaft war sie nicht auf diese sinnlichen Emotionen vorbereitet.

»Gerade habe ich dir meine objektive Meinung verraten«, entgegnete er, und seine Lippen glitten über ihre Wange. »Du bist wunderschön, und ich kann meine Finger nicht von dir lassen.« Und dann küßte er sie mit verhaltener Leidenschaft. Eine Hand liebkoste ihre Brust, die andere berührte vorsichtig ihre Narbe, strich über ihren Bauch und ihren Rücken. Als er sie noch fester an sich preßte, stockte ihr Atem, und sein Kuß bezeugte ein wachsendes Verlangen.

»Brock – was tun wir da...«, stammelte sie, kaum fähig, klar zu denken. »Was... Oh...« Leise stöhnte sie, während er den Reißverschluß ihrer Jeans öffnete und den Hosenbund langsam nach unten streifte.

Ohne nachzudenken, stieg sie aus ihren Jeans. Er streichelte ihre Hüften, ihre Schenkel, wagte noch intimere Zärtlichkeiten, und sie befreite ihn von seinen Kleidern. Wenig später standen sie nackt voreinander, in dem gemütlichen Haus, in das er sie bereits zum zweitenmal geführt hatte. Er sank mit ihr auf die Couch vor dem knisternden Kaminfeuer. Mit heißen Lippen erforschte er ihren ganzen Körper, küßte ihre Brust, die Narbe. Aufreizend ließ er seine Zunge nach unten wandern, und sie bäumte sich lustvoll auf.

»O Brock... O Brock...« Was da geschah, konnte sie kaum fassen. Er war ihr Freund – und plötzlich viel mehr, ein Teil ihrer Welt, ihres Lebens, ihres Körpers.

Begierig und erwartungsvoll drang er in sie ein, endlich am Ziel seiner Sehnsucht. Sie bewegten sich harmonisch im flackernden Widerschein der Flammen. Manchmal flog ein Funke empor. Als sie gemeinsam den Höhepunkt erreichten, schrien sie leise auf und erschauerten. Dann lagen sie sich schweigend und auch erstaunt in den Armen. Schon seit vielen Monaten hatte er Alex begehrt und nie geahnt, was er empfinden würde, wenn sich sein Traum eines Tages in Wirklichkeit verwandeln sollte. Ganz langsam waren sie zusammengewachsen, wie zwei Bäume, die ihre Zweige und Wurzeln ineinanderschlagen, bis sie sich eng und untrennbar verflochten hatten.

»Oh, mein Gott, was ist passiert?« Sie lächelte, schaute ihn durch gesenkte Wimpern an, und er küßte sie wieder, immer noch mit ihr verschmolzen.

»Soll ich's dir erklären? Davon weißt du nichts, aber ich hab's mir schon lange gewünscht und diesen Moment herbeigesehnt, weil ich dich über alles liebe.«

»Und wo war ich die ganze Zeit?« fragte sie gleichzeitig verblüfft, zufrieden und glücklich. Er war so sensitiv, so gut und unglaublich sexy. Nach der monatelangen Freundschaft fiel es ihr leicht, ihn zu lieben. Der Übergang war sanft und machtvoll zugleich gewesen. Sie fühlte sich nun für immer mit ihm verbunden. »Wie konnte mir entgehen, was du empfunden hast?« Sie kam sich schrecklich albern vor.

»Nun ja, du warst dauernd mit deinem Brechreiz beschäftigt.«

»Offensichtlich. Ich bin froh, daß ich mich ausgezogen habe.« Plötzlich mußte sie über ihre Naivität lachen. Nie hätte sie gedacht, daß sie einen Liebesakt heraufbeschwören würde. Jetzt fand sie es wundervoll. Kein einziges Mal hatte sie versucht, ihre Narbe zu verbergen. Behutsam zog er ihr die Perücke vom Kopf und warf sie beiseite. Vor ihm mußte sie nichts verstecken. »Also brauche ich keine künstliche Brust, weil ich einen jüngeren Mann gekriegt habe«, bemerkte sie lächelnd. Dann begann sie sich unverzüglich Sorgen zu machen. »Weißt du eigentlich, wie alt ich bin, du junger Narr? *Zehn* Jahre älter als du. Beinahe könnte ich deine Mutter sein.«

»Unsinn! Du benimmst dich wie eine Zwölfjährige. Und ohne mich wärst du verloren«, fügte er hinzu, ohne auch nur im mindesten arrogant zu wirken. Nur ehrlich.

»Zufällig stimmt das. Trotzdem bin ich älter als du.«

»Das beeindruckt mich nicht.«

»Überleg doch mal. Wenn du neunzig bist, werde ich hundert sein.«

»Dann kneife ich eben die Augen zu, wenn ich dich liebe.«

»Und wenn du keine Haare mehr hast, leihe ich dir meine Perücke.«

»Sehr gut.« Er griff danach, setzte sie auf, und Alex brach in lautes Gelächter aus.

Beim nächsten Kuß spürte sie erneut seine wachsende Erregung, ein Verlangen, das nur ihr Körper zu stillen vermochte. Sie liebten sich wieder, in der Wärme des Kaminfeuers. Danach fürchtete er, Alex zu überanstrengen, holte eine Decke von seinem Bett und wickelte sie darin ein. Sie schlief in seinen Armen ein. Glücklich hielt er sie fest. Er würde sie niemals gehen lassen. Viel zu lange hatte er auf diesen Augenblick gewartet. Nackt, vertrauensvoll und arglos war sie in seine Arme gesunken. Nun würde er alles tun, um seine Liebe zu beschützen. Endlich gehörte sie ihm, nicht mehr Sam.

Siebzehntes Kapitel

Nach dem Wochenende begleitete er sie zur Chemotherapie und saß still in ihrer Nähe, während sie untersucht und intravenös behandelt wurde. Die Röntgen- und Ultraschallaufnahmen zeigten keine beunruhigenden Veränderungen. Nur noch sieben Wochen … Dr. Webber war sehr zufrieden mit ihrer Patientin, bezog auch Brock in die Diskussion über die Therapie ein und schien sie für ein Paar zu halten.

»Irgendwie ist das unheimlich«, meinte Alex, als sie im Taxi zum Büro zurückfuhren. An Brocks Schulter gelehnt, spürte sie die Vorboten der gewohnten Übelkeit. Aber an seiner Seite war sie entspannt und kein bißchen verlegen.

»Was?«

»Unsere Beziehung.« Lächelnd zupfte sie an ihrer Perücke, die ein wenig verrutscht war. »Die Leute behandeln uns wie ein Ehepaar. Hast du's schon gemerkt? Gestern, im Lebensmittelladen von Sugarbush, dachte der Verkäufer, du wärst mein Mann. Und Dr. Webber benahm sich genauso. Sieht denn niemand, daß ich beinahe deine Mutter sein könnte?« Verwundert runzelte sie die Stirn. Erst seit drei Tagen waren sie intim, und es erschien ihrer Umwelt ebenso natürlich wie ihnen selbst.

»Das fällt den Leuten eben nicht auf, Mom«, erwiderte er und küßte ihre Nasenspitze.

»Amüsier dich lieber mit gesunden Vierzehnjährigen.«

»Kümmere dich um deinen eigenen Kram.«

Im Büro hielten sie ihr Verhältnis geheim. Partner und Assistenten durften keine engeren Beziehungen untereinander eingehen oder heiraten, sonst mußte der eine oder der andere die Firma verlassen. Das war in allen Anwaltskanzleien üblich, und als der Jüngere würde Brock seinen Job verlieren, wenn die Wahrheit ans Licht kam.

Da das Auto in einem Verkehrsstau steckenblieb, verzögerte sich die Fahrt. Drei Häuserblocks vom Ziel entfernt setzte die Wirkung der Chemotherapie ein. Sie mußten anhalten, und Alex erbrach über einem Kanalgitter in der Park Avenue, während Brock ihren Kopf festhielt, vor den Augen zahlreicher Passanten. Sosehr sie sich auch schämte, sie konnte es nicht verhindern. Sogar der Taxifahrer empfand Mitleid. Offensichtlich war sie nicht betrunken, sondern ernsthaft erkrankt. Brock bat ihn, zu warten und den Taxameter laufen zu lassen.

Nach einer halben Stunde fuhren sie weiter. Brock wollte Alex nach Hause bringen, aber sie bestand darauf, ins Büro zu gehen.

»Um Himmels willen, sei nicht so dumm! Du mußt dich ausruhen.«

»Und was soll aus meinen Akten werden?« Trotz ihres Elends lächelte sie ihn an. »Glaub bloß nicht, du könntest mich herumkommandieren, nur weil ich dich liebe.«

»Das würde ich niemals wagen.« Er bezahlte den Taxifahrer, und als er sie zu ihrem Büro führte, mußte er sie stützen. Aber niemand schöpfte Verdacht, denn die Mitarbeiter glaubten, er würde ihr nur helfen, so wie in all den Monaten.

Liz servierte ihr eine Tasse Tee. Danach verbrachte Alex eine Stunde auf dem Boden des Badezimmers. Brock hielt wieder ihren Kopf fest und leistete ihr zwischendurch Gesellschaft. Sobald sie sich besser fühlte, begann sie die neuen Fälle zu erörtern. »So was Blödes! Jetzt halten wir schon hier drin Besprechungen ab statt an meinem Schreibtisch.«

»Nicht mehr lange.« Dr. Webbers Diagnose zufolge war der Krebs verschwunden.

Um fünf begleitete er sie nach Hause, dann kehrte er ins Büro zurück und arbeitete bis neun. Bevor er ging, rief er Alex an. Sam war nicht daheim, und Brock fragte, ob er sie besuchen dürfe.

»Wenn du's verkraftest...«

»Klar, ich kann's kaum erwarten, dich endlich wiederzusehen.«

Was in Vermont geschehen war, beglückte sie. Die brutalen Nebenwirkungen der Chemotherapie gestatteten ihnen jetzt allerdings nicht, ihre junge Liebe zu genießen. Aber Alex erinnerte sich nur zu gern an die wunderbaren Stunden in dem kleinen Haus, die ihr wie ein Traum erschienen – bis Brock eine halbe Stunde später ihr Apartment betrat. Zärtlich küßte er sie und überreichte ihr einen Blumenstrauß.

Über ihrem Nachthemd trug sie einen Morgenmantel, der auseinanderfiel, während Brock sie liebkoste. Sie hatte vor seiner Ankunft eine Perücke aufgesetzt. Nun hänselte er sie und meinte, seinetwegen müsse sie sich nicht mit falschen Haaren schmücken. »Ohne dieses Ding siehst du viel verführerischer aus.«

»Du bist verrückt.«

»Nach dir«, flüsterte er, brachte sie ins Bett und küßte sie wieder. Dann ging er in die Küche, füllte eine Vase mit Wasser und stellte die Blumen hinein. Alex war nicht mehr so blaß wie am Nachmittag. Er setzte sich auf den Bettrand, unterhielt sich mit ihr und streichelte ihren Körper. »Was für ein Glückspilz ich bin...« Monatelang hatte er sie heimlich geliebt, mit allen Fasern seines Herzens bestrebt, ihr zu helfen und sie vor Sam zu schützen. Und nun war sie aus eigenem Antrieb zu ihm gekommen. Offenbar meinte es das Schicksal gut mit ihm.

»Dummer Junge!« seufzte sie lächelnd. Aber sie wußte, daß er kein Junge war, sondern ein ganzer Mann. Manchmal vergaß sie sogar den Altersunterschied, weil sie sich in seiner Nähe so sicher und geborgen fühlte.

»Wo ist Sam?« fragte er beiläufig.

»Wieder in London. Annabelle und ich sehen ihn kaum. Allem Anschein nach sucht er schon eine neue Bleibe, weil er doch nach meiner Chemotherapie ausziehen will. Letzte Woche rief ein Immobilienmakler wegen eines Penthouse-Apartments in der Fifth an. Ich glaube, dort wird Sam mit seiner Herzallerliebsten einen Haushalt gründen.« Obwohl sie in gleichmütigem Ton sprach, war die Erinnerung an den Betrug ihres Mannes immer noch schmerzlich.

»Reichst du die Scheidung ein?«

»Noch nicht. Damit hat's keine Eile. Es würde auch gar keinen Unterschied machen, da wir ohnehin getrennte Wege gehen.«

Brock fand das Thema wichtig. Trotzdem wollte er sie vorerst nicht drängen, so inständig er sich auch wünschte, mit ihr zusammenzuleben. Sam sollte endlich von der

Bildfläche verschwinden. Bis elf blieb er bei ihr. Dann löschte er alle Lampen und verließ die Wohnung.

Am nächsten Abend kochte er für Mutter und Tochter, und danach sah er gemeinsam mit Alex ein paar Akten durch. Als er sie diesmal ins Bett brachte, konnte er seine Leidenschaft nur mühsam bezähmen. Sie erschien ihm so schön und reizvoll. Aber sie fühlte sich noch immer ziemlich schwach, und sie wollten es außerdem nicht riskieren, Annabelle zu wecken. Vorhin hatte sie mit ihm gespielt, ohne zu ahnen, was ihn mit ihrer Mommy verband. Sie dachte, er wäre eine guter Freund.

Am Wochenende ging es seiner Liebsten wieder besser. Carmen paßte auf das Kind auf, und Alex verbrachte den Tag bei Brock. Stundenlang blieben sie im Bett. Seine erotischen Fähigkeiten bereiteten ihr immer neue Überraschungen. Hemmungslos und völlig unbefangen genossen sie ihre Lust. Es gab nichts zu befürchten, nichts zu verbergen. Am Sonntag besuchten sie mit Annabelle den Zoo. Sie aßen in einem gemütlichen Restaurant zu Mittag. Dann führten sie das kleine Mädchen zu einem Spielplatz und beobachteten, wie es mit den anderen Kindern umhertollte. Wie ganz normale Eltern saßen sie auf einer Bank.

»Du solltest dir wirklich eine jüngere Frau suchen«, meinte Alex – keineswegs im Brustton der Überzeugung. Viel zu lebhaft erinnerte sie sich an den Samstag. Die Trennung von Brock würde ihr schwerfallen. Beinahe war sie süchtig nach seiner Zärtlichkeit, Herzensgüte und Leidenschaft. »Und du müßtest Vater werden.«

»Kannst du keine Kinder mehr kriegen?« fragte er leichthin. Darum sorgte er sich nicht. Er mochte Annabelle, und eine Adoption würde ihn nicht stören.

»Wahrscheinlich nicht. Nach der Geburt meiner Tochter habe ich mich vergeblich um eine weitere Schwangerschaft bemüht. Keine Ahnung, warum's nicht geklappt hat. Und Dr. Webber hat mir erklärt, die Hälfte der Frauen in meinem Alter, die sich einer Chemotherapie unterziehen müssen, seien danach steril. Außerdem darf ich fünf Jahre lang nicht schwanger werden, und dann wäre ich zu alt. Du verdienst was Besseres, Brock.«

»Das sage ich mir auch immer wieder«, alberte er, und sie stieß ihn mit ihrem Ellbogen an.

»Ich mein's ernst.«

»Für mich spielt's keine Rolle, ob ich eigene Kinder großziehen werde oder nicht. Was hältst du von einer Adoption?« fragte er interessiert.

»Daran habe ich nie gedacht. Aber vielleicht wär's okay. Glaubst du wirklich, du würdest es nie bereuen, wenn du keine leiblichen Kinder hast? Ein eigenes Baby ist einfach wunderbar«, fügte sie hinzu und warf einen kurzen Blick zu Annabelle hinüber. »Das wurde mir erst bewußt, als sie auf der Welt war, und ich erkannte, was ich in all den Jahren versäumt hatte. Jetzt wünschte ich, mir wäre schon früher klargeworden, wieviel die Mutterschaft bedeutet.«

»Dafür ließ dir deine Karriere keine Zeit. Und ich verstehe noch immer nicht, wie du's schaffst, Beruf und Mutterpflichten unter einen Hut zu bringen.«

»Man kann's mit einem Drahtseilakt vergleichen. Dauernd muß man Prioritäten setzen, und manchmal bringt man alles durcheinander. Glücklicherweise scheint's meistens zu funktionieren. Annabelle ist ein gutes Kind, und ich versuche möglichst viel mit ihr zu unternehmen. Auch

Sam kommt gut mit ihr zurecht – wenn er da ist.« Aber bis jetzt hatte Brock nichts über Sam gehört, was ihn beeindruckte. Abends gingen sie zu dritt in eine Imbißstube an der Eighty-fourth Street, wo Brock das Kind mit komischen Geschichten und lustigen Pantomimen amüsierte. Am nächsten Tag begleitete er Alex wieder zu Dr. Webber. Seit sie zusammengehörten, ließ er sie nicht mehr allein hingehen. Und dann begann alles wieder von vorn – der Brechreiz, die Erschöpfung, gefolgt von zwei oder drei unangenehmen Wochen, bis zum nächstenmal. Aber nun schien die Zeit erstaunlich schnell zu verfliegen.

Wann immer es möglich war, genossen sie ihre Liebe – in Alex' Apartment, wenn Sam – wie so oft – nicht daheim war, oder bei Brock, während Carmen für Annabelle sorgte. Einmal ließen sie sich sogar in dem kleinen Bad neben dem Büro hinreißen. Danach knöpfte Brock sein Hemd falsch zu, die Krawatte saß schief, und Alex konnte ihren Lachreiz kaum bezwingen. Wie zwei Kinder vergnügten sie sich. Und sie verdienten ihr Glück. Dafür hatte Alex einen hohen Preis bezahlt und Brock endlos lange auf die Erfüllung seiner Liebe gewartet.

Bald mochte ihn Carmen ebensogern wie Annabelle. Sie grollte Sam, der ihre Arbeitgeberin in den letzten Monaten schlecht behandelt hatte, und war froh, sie wieder glücklich zu sehen. Auch Liz hatte die beiden inzwischen durchschaut und freute sich mit ihnen, gab aber vor, nichts zu bemerken.

Jetzt arbeiteten sie öfter denn je zusammen und fragten einander bei allen Fällen, die sie vorbereiteten, um Rat. Sie bildeten ein perfektes, erfolgreiches Team. Tagsüber verging kaum eine Stunde, die sie nicht gemeinsam verbrachten. Das störte sie keineswegs, im Gegenteil.

Sogar Sam bemerkte, daß Alex sich verändert hatte. Sie wirkte viel fröhlicher, und wenn sie zusammen frühstückten, was selten vorkam, unterhielt sie sich angeregt mit ihm. Offenbar war sie ihm nicht mehr böse.

Eines Morgens gegen Ende April, während Carmen mit Annabelle zum Kindergarten ging, fragte Alex, wann er ausziehen würde. Sie hatten gerade gefrühstückt und lasen die Zeitung.

»Willst du mich loswerden?« fragte er leicht verwirrt.

»Nein«, erwiderte sie mit einem wehmütigen Lächeln. »Aber die Immobilienmakler rufen dauernd an. Eigentlich müßtest du inzwischen was gefunden haben. So viele Eigentumswohnungen kann's in New York doch gar nicht geben.«

Auch Daphne lag ihm ständig mit diesem Thema in den Ohren. Sie hatte sich lange genug geduldet. Nun wollte sie ihn endlich ganz für sich allein haben. Wenn er nach Hause ging, hatte er ihr gegenüber ein schlechtes Gewissen. Und wenn er bei ihr übernachtete, dachte er schuldbewußt an seine Frau. »Bis jetzt habe ich nichts gefunden«, entgegnete er kühl. »Ich gebe dir rechtzeitig Bescheid. Außerdem ist deine Therapie noch nicht beendet.«

Konnte er sich nicht zu einem endgültigen Entschluß durchringen? Natürlich würde es ihm schwerfallen, seine Tochter zu verlassen.

»In vier Wochen hab ich's überstanden«, erklärte sie, sichtlich erleichtert. Die vergangenen fünf Monate waren die längsten ihres Lebens gewesen. Jeden Tag schmiedete sie mit Brock Pläne für die Zeit danach, wenn sie sich besser fühlen würde. Schon jetzt gingen sie öfter ins Kino, und sie waren bei einer Premiere im Theater gewesen. Bald wollte sie die Oper mit ihm besuchen. Dafür fehlte ihr vorerst noch die Kraft. Sie überlegte, ob sie für die nächste Saison Abonnements beantragen sollten. »Was wirst du im Sommer machen, Sam?« fragte sie leichthin. »Oder hast du das auch noch nicht entschieden?«

»Ich – eh – das weiß ich noch nicht. Vielleicht fliege ich für ein oder zwei Monate nach Europa.« Obwohl er sich so vage ausdrückte, kannte er Daphnes Herzenswunsch – sie wollte ihren Urlaub in Südfrankreich verbringen, und Simon hatte ihnen empfohlen, eine komfortable Yacht zu chartern. Natürlich war das alles viel luxuriöser als der übliche Sommer auf Long Island oder Ferien in Maine. Aber Sam konnte sich's leisten, und es würde ihm sicher Spaß machen. Nachdem er Daphnes Geduld so lange auf die Probe gestellt hatte, war er ihr einiges schuldig.

»Für einen oder *zwei* Monate?« wiederholte Alex erstaunt. »Offenbar geht das Geschäft prächtig.«

»Ja, dank Simon.«

»Nimmst du Annabelle mit?«

»Eine Zeitlang hätte ich sie gern bei mir. Und sie würde die Reise zweifellos genießen.« Daphne beabsichtigte, eine Woche mit ihrem Sohn zu verbringen, wovon sie nicht sonderlich begeistert war.

Unbehaglich überlegte Alex, ob seine Freundin gut für Annabelle sorgen würde. Dieses Problem mußte vor dem Sommer gelöst werden.

»Bis jetzt weiß sie noch nicht, daß du ausziehen willst, und sie wird sicher darunter leiden.« Auch den Eltern würde die Trennung schwerfallen. Eine siebzehnjährige Ehe konnte man nicht so leicht ad acta legen.

»Sie wird wütend auf mich sein«, meinte Sam unglücklich und hoffte, seine Tochter würde sich gut mit Daphne verstehen und die Situation etwas vereinfachen. Aber wer sollte die junge, schöne, lebenslustige Daphne *nicht* mögen?

»Irgendwie wird sie's schon überstehen.« In diesem Jahr hatten sie viel schlimmere Schwierigkeiten bewältigt. Nun mußte sich Annabelle keine so großen Sorgen mehr um ihre Mutter machen.

»Du siehst jetzt viel besser aus«, meinte Sam und musterte das Gesicht seiner Frau. Allmählich schienen ihre Lebensgeister wieder zu erwachen. Diese Erkenntnis erleichterte und erschwerte ihm zugleich den Abschied. Schon jetzt fürchtete er, daß er Alex vermissen würde.

»Ja, mir geht's gut«, bestätigte sie. Manchmal haderte sie im stillen immer noch mit ihm. Sie war eifersüchtig auf seine Freundin. Neulich hatte sie die beiden wieder gesehen, in einem Restaurant. Davon wußte er nichts.

Auf der Fahrt ins Büro ging ihm Alex nicht aus dem Sinn. Wie glücklich waren sie gewesen, wieviel hatten sie gemeinsam unternommen ... Sie war schön und klug, und er schätzte ihre Ehrlichkeit, ihre Integrität. Früher hatte er ihr lebhaftes Temperament geliebt. Jetzt wirkte sie viel ruhiger. Sicher hatte sich ihr Wesen nicht verändert, und was er einmal bewundert hatte, würde wieder zum Vorschein kommen. Aber sie erschien ihm wie eine Fremde. Unwillkürlich fragte er sich, wer die Schuld daran trug.

»Wie ernst du heute dreinschaust«, tadelte Daphne, als sie ihn in seinem Büro besuchte.

»Ich denke nur nach. Nun müssen wir wirklich bald eine Wohnung finden.« Um das alte Leben zu vergessen, von Annabelle abgesehen, mußte er ein neues beginnen. Es war höchste Zeit, seine Tochter mit Daphne bekannt zu machen. Wenn das Kind seiner Mutter davon erzählte, würde es keine Rolle mehr spielen. Alex mußte längst gespürt haben, daß er eine andere Frau liebte. »Hast du in der letzten Woche ein Apartment besichtigt, das dir gefällt?« fragte er hoffnungsvoll. Sie hatten schon so viele Wohnungen gesehen, aber überall kleinere oder größere Mängel festgestellt, und die meisten mußten aufwendig renoviert werden.

»Entweder gibt's zu viele Schlafzimmer«, klagte Daphne, »oder die Aussicht ist gräßlich und der Verkehrslärm zu stark.« Sie bestand auf einem Kamin, die Fenster mußten zum Central Park oder zum Fluß hinausgehen. Bis zu einer Million wollte Sam für sein neues Heim bezahlen. Nach all den erfolgreichen Deals war das kein Problem.

Wie Alex bereits erklärt hatte, verlangte sie nichts von ihm, nur den Unterhalt für Annabelle. Sie war wirklich fair, obwohl sie ihm als Anwältin erhebliche Schwierigkeiten bereiten könnte. Und was sie sich in diesen letzten Monaten gewünscht hatte, vermochte er ihr ohnehin nicht zu geben.

»Schau nicht so trübsinnig drein!« Lächelnd versperrte Daphne die Bürotür, setzte sich auf seinen Schoß und schmiegte sich an ihn. Nun wußte er, wie albern seine Skrupel gewesen waren. Die Zukunft würde ihm viel besser gefallen als die Vergangenheit. Erwartungsgemäß spürte er nur nackte Haut, als er eine Hand unter ihre Bluse schob. Sie trug nicht mal einen Slip, und das erregte ihn maßlos. Hin und wieder zog sie einen Strumpfgürtel und Seidenstrümpfe an. Aber auf Höschen verzichtete sie schon lange.

»Habe ich heute morgen irgendwelche Termine, Miss Belrose?« fragte er und küßte sie. Mit flinken, geschickten Fingern öffnete sie den Reißverschluß seiner Hose und begann ihn zu liebkosen.

»Ich glaube nicht, Mr. Parker«, antwortete sie mit kultiviertem britischem Akzent. »Oh, warten Sie – einen Augenblick – ja...« Sie runzelte die Stirn und erweckte den Eindruck, sie würde angestrengt nachdenken. Dann begann sie ihn mit ihren warmen Lippen zu befriedigen, und er sank stöhnend in den Sessel zurück. Dieser »Termin« dauerte nicht lange, verlief aber sehr erfreulich. Ein paar Minuten später verließ sie das Büro und merkte nicht, daß ihr Minirock ein bißchen verrutscht war.

Achzehntes Kapitel

Ein letztes Mal stach die Nadel in Alex' Arm. Brock saß neben ihr, und sie weinte, von Gefühlen überwältigt. Nun mußte sie noch sechs Cytoxan-Tabletten nehmen, dann war alles überstanden. Wie die Röntgenaufnahmen ihres Brustkorbs, der Bluttest und eine Mammographie bekundeten, war sie gesund. Mit Brocks Hilfe hatte sie die gräßliche Chemotherapie erfolgreich verkraftet.

Sie verabschiedete sich von Dr. Webber, die ihre Patientin erst in einem halben Jahr wieder untersuchen würde. Trotz ihrer Übelkeit strahlte Alex vor Freude, als sie an Brocks Seite die Praxis verließ. Vor der Haustür blieben sie stehen und schauten sich erleichtert an. »Wie wollen wir's feiern?« fragte er.

»Da hätte ich eine Idee«, erwiderte sie in aufreizendem Ton. Aber sie wußten beide, daß sie sich in einer Stunde übergeben würde – und danach hoffentlich nie wieder.

Sie verbrachten einen ruhigen Nachmittag im Büro. Diesmal fand sie den Brechreiz nicht so schlimm. Sogar ihr Körper schien zu merken, daß er die letzte Attacke ertragen hatte.

Nachts lag sie in Brocks Armen – hinter ihrer verschlossenen Schlafzimmertür, falls Annabelle erwachte. Inzwischen hatten sie ihre Enthaltsamkeit in Alex' Apartment aufgegeben. Wenn Sam um zehn nicht daheim war, würde er nicht mehr kommen.

»Was machen wir jetzt?« fragte Brock. Sie wollte ein Sommerhaus mieten. Einer ihrer Partner hatte ihr ein Cottage in East Hampton angeboten, was ihr sehr verlockend erschien. Natürlich durfte er wegen der strengen Firmenregeln nicht erfahren, daß Brock bei ihr wohnen würde. »Ich möchte mit dir verreisen, Alex.«

»Wohin?« Bis jetzt war die gemeinsame Zukunft nur ein Traum gewesen.

»Paris – Venedig – Rom – San Francisco ...«

»O ja!« stimmte sie entzückt zu. Ein Jahr lang hatte sie keinen Urlaub gemacht. »Im nächsten Monat stehen keine Prozesse an. Also können wir für ein paar Tage verschwinden.«

»Abgemacht! Wirst du das Haus in East Hampton mieten?«

»Ich glaube schon.« Plötzlich schmiedete sie wieder Pläne und freute sich ihres Lebens.

In den folgenden Wochen hatte sie viel zu tun, weil sie mehrere Gerichtsverhandlungen vorbereiten mußte, die im Herbst stattfinden würden. Fast unbemerkt kam und ging der letzte Cytoxan-Tag. Und danach fühlte sie sich allmählich wieder wie die alte Alex Parker. Ende Mai wollten sie nach San Francisco fliegen, und vorher mußte sie Annabelle schonend beibringen, daß ihr Vater ausziehen würde.

Endlich hatte er ein Penthouse gefunden, das ihm gefiel und in der Nähe seiner jetzigen Wohnung lag. Die Fenster des Salons boten eine spektakuläre Aussicht. Außerdem gab es einen hübschen Speiseraum, drei Schlafzimmer, ein

Dienstbotenquartier und eine Küche, die aus *House and Garden* zu stammen schien.

Das Penthouse kostete ein Vermögen, aber Daphne flehte wie ein kleines Mädchen, das sich eine neue Puppe wünschte: »Bitte, bitte, nehmen wir's!« Natürlich brachte er's nicht übers Herz, sie zu enttäuschen, und er wußte die Vorzüge seines neuen Heims trotz des hohen Preises zu schätzen – vor allem das schöne Schlafzimmer für Annabelle. Im zweiten Gästezimmer könnte Daphnes Sohn wohnen, meinte er, doch sie zog es vor, Andrew in England zu besuchen. Einem Fünfjährigen dürfe man die weite Reise nicht zumuten, behauptete sie, und sie würde die Anwesenheit seines langweiligen Kindermädchens nicht ertragen. Jedesmal, wenn Sam ihr vorschlug, Andrew nach New York zu holen, fand sie neue Ausreden. Er fragte sich allmählich, ob sie eine verwöhnte Egoistin war oder keine Mutterinstinkte besaß. Vielleicht beides. Aber das störte ihn nicht. Er mußte sich ohnehin auf Annabelle konzentrieren.

Am Abend vor dem Erinnerungstag zum Gedächtnis gefallener Soldaten kamen Alex und Sam früher nach Hause und informierten ihre Tochter über die neue Situation.

»Daddy geht *fort*?« fragte sie entsetzt und begann zu schluchzen.

»Nur drei Häuserblocks weiter.« Er wollte sie umarmen, aber sie stieß ihn weg.

»Warum?« Was hatte sie verbrochen? Wieso tat er ihr das an? Sie verstand es nicht, und beide Eltern kämpften mit den Tränen, als sie ihr Kind zu trösten versuchten.

»Schätzchen, Mommy und ich halten's für besser, wenn

ich nicht mehr hier wohne«, erklärte Sam. »In letzter Zeit war ich sowieso kaum zu Hause. Ich muß oft verreisen. Und wir meinen...« Wie sollte er einer Vierjährigen klarmachen, was er selber kaum faßte? »Mommy und ich glauben, wir wären glücklich, wenn jeder sein eigenes Apartment hätte. Natürlich kannst du mich jederzeit besuchen oder ein Wochenende bei mir verbringen. Wenn du magst, fliegen wir wieder mal ins Disneyland.«

Aber sie war die Tochter ihrer Mutter und ließ sich nicht bestechen. »Ich will nicht ins Disneyland, ich will nirgendwohin.« Und dann erfolgte der befürchtete Frontalangriff. »Liebst du uns nicht mehr?«

»Ich liebe dich sogar sehr«, würgte er hervor.

»Liebst du Mommy nicht mehr? Bist du immer noch böse, weil sie krank war?«

Ja, hätte die richtige Antwort lauten müssen. Aber so ehrlich war er nicht. »Nein. Und ich liebe sie immer noch. Trotzdem wollen wir nicht verheiratet bleiben. Von jetzt an werden wir getrennt leben.«

»Laßt ihr euch scheiden?« fragte Annabelle schockiert. Im Kindergarten hatte sie gräßliche Geschichten gehört. Libby Weinsteins Eltern waren geschieden. Vor kurzem hatte die Mutter wieder geheiratet und Zwillinge bekommen. Das gefiel Libby gar nicht.

»Nein, wir lassen uns nicht scheiden«, erwiderte Sam entschieden, und Alex musterte ihn erstaunt. Schreckte er vor diesem endgültigen Schritt zurück? Nun, es eilte nicht, und sie konnten Annabelle vorerst ein wenig beruhigen. »Wir wohnen nur in verschiedenen Apartments.«

»Das will ich nicht!« Annabelle starrte ihn erbost an, dann wandte sie sich zu ihrer Mutter. »Daran bist *du* schuld. Weil du krank warst. Das hat ihn geärgert, und jetzt zieht er aus. Warum mußtest du so gemein sein, Mommy?« Schluchzend rannte sie in ihr Zimmer, warf die Tür zu und sank aufs Bett. Die Eltern versuchten erfolglos, mit ihr weiterzureden.

Nach einer Weile beschloß Alex, das Kind vorerst in Ruhe zu lassen. Resignierend ging sie in die Küche. Sam stand neben dem Tisch und schaute sie zerknirscht an. Noch nie war er so verzweifelt gewesen.

»Wie üblich bin *ich* an allem schuld«, seufzte sie.

Er schüttelte den Kopf. »In der nächsten Zeit wird sie *mich* hassen. Aber wir können beide nichts dafür. Es ist eben passiert.«

»Bald wird sie darüber hinwegkommen«, meinte Alex ohne Überzeugungskraft, »wenn sie merkt, daß du in ihrer Nähe bleibst und sie oft genug triffst. Du mußt dich eben um sie bemühen.«

»Offensichtlich«, entgegnete er, verärgert über die Lektion. »Ich werde sie so oft zu mir holen, wie du's erlaubst.«

»Wann immer du willst«, versprach sie großzügig, fühlte sich aber so unbehaglich, als würden sie Erbsen zählen. Dann erinnerte sie sich an ihre Absicht, mit Brock nach San Francisco zu fliegen. »Wie ist's an diesem Wochenende?« Sam hatte erklärt, er würde am morgigen Feiertag mit Annabelle in die Hamptons fahren. Dort hatte er für vier Tage ein Haus gemietet.

»Ich würde sie gern mitnehmen – wenn sie dazu bereit ist.«

»Was sollte sie dagegen haben? Sie ist *mir* böse, nicht dir.« Alex kehrte zu ihrer Tochter zurück, die nicht mehr weinte, aber sichtlich verzweifelt auf ihrem Bett lag. »Tut mir leid, Baby. Ich weiß, es ist schwierig für dich. Aber Daddy liebt dich immer noch, und ihr werdet euch oft sehen.«

»Bringst du mich in die Ballettschule?« Verwirrt überlegte Annabelle, mit wem sie dies oder jenes unternehmen würde. Einer Vierjährigen fiel es schwer, die Situation zu verstehen. Auch für die dreiundvierzigjährige Alex war's nicht einfach. Und Sam hatte bereits seinen fünfzigjährigen Geburtstag gefeiert.

»Klar, jeden Freitag. Jetzt bin ich gesund. Ich muß keine Medizin mehr nehmen.«

»*Gar* keine mehr?« fragte das Kind mißtrauisch, und Alex lächelte.

»Gar keine«, bestätigte sie.

»Werden deine Haare wieder wachsen?«

»Ich glaube schon.«

»Wann?«

»Bald. Dann sind wir wieder Zwillinge.«

»Wirst du nicht sterben?« Das war die heikelste aller Fragen.

»Nein«, versicherte Alex. Im Augenblick erschien es ihr wichtiger, Annabelle einigermaßen zu besänftigen, als wahrheitsgemäß zu antworten. Trotz der erfreulichen Befunde gab es keine Garantien. »Nun geht's mir viel besser.«

»Gut.« Zögernd erwiderte Annabelle das Lächeln ihrer Mutter und schien ihr den Verlust des Vaters zu verzeihen. »Warum geht Daddy trotzdem weg?«

Wie ließ sich das erklären? »Weil er sich woanders glücklicher fühlt.«

»Ist er nicht glücklich bei uns?«

»Jetzt nicht mehr. Mit dir schon. Aber nicht mit mir.«

»Ich hab dir doch gesagt, er ärgert sich über dich!« schimpfte Annabelle. »Hättest du bloß auf mich gehört!«

Da mußte Alex trotz allem lachen. Bald würde sich alles zum Guten wenden. Sie hatten die Krise überstanden.

Sie ging wieder zu Sam, der einen Koffer im Gästezimmer packte. Die meisten seiner Sachen verwahrte er noch hier, aber er hatte angekündigt, er würde in zwei Wochen ausziehen. Bis das Penthouse renoviert war, würde er im Carlyle wohnen. Er wollte sich nicht bei Daphne einquartieren, und Annabelle würde es sicher Spaß machen, ihn in dem großen Hotel zu besuchen.

»Inzwischen sind die Tränen versiegt«, erklärte Alex. »Aber sie ist immer noch ganz durcheinander.«

»Am Freitag hole ich sie vom Kindergarten ab und fahre mit ihr nach Southampton. Wenn's dir recht ist, bringe ich sie am Montag abend zurück.«

»Okay.« Alex nickte und erkannte, daß nun ein ganz neuer Lebensabschnitt begann. Obwohl Sam während der letzten sechs Monate nach Belieben gekommen und gegangen war, konnte man die Trennung erst jetzt als offiziell bezeichnen. Sie hatten Annabelle informiert und würden sich zwar nicht scheiden lassen, aber in verschiedenen Apartments wohnen. Eine neue Welt...

»Armes kleines Ding«, meinte Brock mitfühlend, als Alex an diesem Abend erzählte, was geschehen war. »Wie soll Annabelle verstehen, was nicht einmal die Erwachsenen begreifen?«

»Sie gibt mir die Schuld und behauptet, wenn ich nicht krank geworden wäre, hätte sich ihr Daddy nicht so über uns geärgert. Irgendwie hat sie recht. Aber ich glaube, das Ende hat sich schon früher unter der Oberfläche abgezeichnet. Wahrscheinlich war meine Ehe nicht so perfekt, wie ich dachte. Sonst hätten wir uns nicht so schnell auseinandergelebt.«

»Was du durchgemacht hast, würde viele Beziehungen belasten.«

»Ja, gewiß.« Und dann fiel ihr etwas ein. »Ich möchte deine Schwester kennenlernen.«

Statt zu antworten, nickte er nur, und sie wurde abgelenkt, weil sie ihre Pläne für Fire Island besprachen. Sie wollten in einem originellen alten Hotel in The Pines wohnen. Und wie sie aus Erfahrung wußte, ließ man alle Probleme hinter sich, sobald man an Bord der Fähre ging und die Salzluft im Gesicht spürte. Genau das brauchte sie jetzt.

Auch Sam wünschte sich ein erholsames Wochenende. Er holte Annabelle vom Kindergarten ab, brachte ihren Koffer mit, und sie aßen in einem Restaurant zu Mittag, bevor Daphne sich hinzugesellen würde. Zuerst wollte er mit seiner Tochter allein sein, um sie auf die veränderte Situation vorzubereiten. Verwirrt starrte sie ihn an. Eine andere Frau in seinem Leben? Das konnte sie sich nicht vorstellen. »Und sie kommt an diesem Wochenende mit uns?« fragte sie verständnislos. »Warum?«

»Oh...« Mühsam suchte er nach einer Erklärung und kam sich plötzlich albern vor. »Damit sie mir hilft, dich gut zu unterhalten.« Das war eine idiotische Antwort, und er wußte es.

»So wie Carmen?«

Er lachte nervös. »Nein, du Dummchen, wie eine Freundin.«

»Meinst du wie Brock?« Das konnte sie halbwegs nachvollziehen, und er stürzte sich sofort auf dieses Stichwort.

»Genau. Daphne arbeitet bei mir im Büro, so wie Brock mit Mommy.« Von den anderen Übereinstimmungen ahnte er nichts. »Sie ist meine Freundin, und sie verbringt das Wochenende mit uns.«

»Wirst du mit ihr arbeiten, so wie Mummy mit Brock?«

»Vielleicht – aber eigentlich wollen wir nur Spaß haben und mit dir spielen.«

»Okay.« Wenigstens war sie bereit, Daphne kennenzulernen.

Aber seine Geliebte hatte ganz andere Pläne. »Warum um Himmels willen hast du kein Kindermädchen mitgebracht?« Ungläubig starrte sie ihn an, als er sie in ihrer Wohnung abholte. Inzwischen saß Annabelle unten im Wagen. Er hatte den Schlüssel abgezogen und warf immer wieder einen Blick durchs Fenster. »Mit einem so kleinen Kind können wir nirgendwo hingehen. Also sitzen wir die ganze Zeit im Haus fest.«

Diese Seite ihres Wesens kannte er noch nicht. »Tut mir leid, Darling«, entschuldigte er sich und ergriff ihren Koffer. »Daran habe ich nicht gedacht.« Wenn er mit Alex und Annabelle verreist war, hatten sie sich immer allein um ihre Tochter gekümmert. Das war nie ein Problem gewesen. Andererseits durfte er von Daphne nicht verlangen, die gleichen Gefühle für das kleine Mädchen aufzubringen wie ihre Eltern. »Nächstes Mal nehme ich Carmen mit, das verspreche ich.« Er küßte sie, und ihr Unmut ließ ein wenig nach. Sie trug ein blaues Baumwollkleid mit Trägern. Durch den dünnen Stoff sah er ihre Brüste. Wie üblich hatte sie auf einen BH verzichtet. »Sicher wirst du Annabelle liebgewinnen«, beteuerte er, während sie nach unten gingen. »Sie ist zauberhaft.«

Leider benahm sie sich nicht zauberhaft und musterte Daphne mit unverhohlenem Mißtrauen. Auf der Fahrt nach Long Island bestand das Gespräch aus unangenehmen Fragen, verlegenen Antworten und kleinen Lügen. Bei der Ankunft im Sommerhaus schwitzte Sam und versuchte, seine Nervosität zu verbergen. Er brachte Daphnes Gepäck in das Zimmer neben seinem, und Annabelle wurde auf der anderen Seite des Flurs einquartiert.

Angesichts dieses Arrangements lachte Daphne. »Meinst du das ernst, Sam? Sie ist erst vier Jahre alt. Wie soll sie denn merken, daß wir im selben Bett liegen?«

Was Annabelle ihrer Mutter erzählen würde, interessierte Daphne nicht – im Gegensatz zu Sam. »Laß deine Sachen da drin. Sie braucht nicht zu wissen, wo wir schlafen.«

»Und wenn sie einen Alptraum hat?« Auf diesen Gedanken war er nicht gekommen. Aber Daphne hatte mit ihrem Sohn einschlägige Erfahrungen gemacht.

»Dann gehen wir zu ihr.«

»Willst du sie ans Bett fesseln?«

»Schon gut, schon gut«, erwiderte er unbehaglich.

Sogar Sam mußte zugeben, daß Annabelle sich den ganzen Nachmittag unmöglich benahm. Sie aß zu viele Süßigkeiten, saß zu lange ohne Strohhut in der Sonne. Und dann erbrach sie ihr Abendessen auf Daphnes Knie.

»Charmant«, bemerkte Daphne sarkastisch, während

Sam die Bescherung wegzuwischen suchte. »So führt sich mein Sohn auch immer auf, und ich erkläre ihm dauernd, wie widerlich das ist.«

»Meiner Mommy ist's die ganze Zeit schlecht«, verteidigte sich Annabelle und starrte sie erbost an. Diese Frau war nicht ihre Freundin und würde auch nie eine werden, ganz egal, was Daddy sagte. Mit dem lieben netten Brock konnte man die eklige Daphne gar nicht vergleichen. Ständig faßte sie Daddy an und küßte ihn. Das hatte Annabelle gesehen. »Meine Mommy ist sehr tapfer«, betonte sie, als Sam ihr das Kleid auszog und ins Waschbecken warf. Dann berührte er ihre Stirn, um festzustellen, ob sie Fieber hatte. Aber sie fühlte sich kühl an. »Sie war sehr krank, und Daddy hat sich drüber geärgert. Jetzt zieht er in ein neues Apartment.«

»Das weiß ich, Darling, ich auch«, verkündete Daphne, bevor Sam eingreifen konnte. »Ich werde bei ihm wohnen.«

»*Wirklich?*« rief Annabelle entsetzt und stürmte unverzüglich in ihr Zimmer.

Sobald sie verschwunden war, knöpfte Daphne die Träger ihres Kleids auf und streifte es über die Hüften nach unten. Splitternackt stand sie vor Sam. »Sie hat mich angekotzt.«

»Tut mir leid. Das alles war wohl ein bißchen zuviel für sie.«

»Offensichtlich. Jetzt geht's ihr wieder gut. Mach dir keine Sorgen.« Sie küßte ihn.

Nur widerstrebend schob er sie beiseite. »Zieh dir lieber was an. Ich muß mich jetzt um Annabelle kümmern.«

»Laß sie doch in ihrem eigenen Saft schmoren. Sie muß

sich dran gewöhnen. Außerdem darf man kleine Kinder nicht so verhätscheln.«

Meinte sie das ernst? Hatte sie gar nichts für Kinder übrig? Mußte ihr Sohn deshalb in England leben?

»Gleich bin ich wieder da.« Er eilte nach oben und fragte sich, wie lange der Kampf andauern würde. Verzweifelt weinte Annabelle in seinen Armen, bis sie einschlief, und Sam fühlte sich elend. Er wünschte, Daphne und seine Tochter würden einander lieben lernen oder sich wenigstens vertragen, weil ihm beide sehr viel bedeuteten.

Als Annabelle am nächsten Morgen um sechs erwachte, lag er natürlich noch im Bett, neben der nackten Daphne. Er hatte vergessen, seine Geliebte zu bitten, vorsichtshalber ein Nachthemd anzuziehen. Lautlos schlich Annabelle ins Zimmer und starrte die beiden sprachlos an. Auch Sam war unbekleidet. Verlegen schlug er seiner Tochter vor, unten zu warten.

Daphne war empört, weil sie schon so früh geweckt wurde, und ihre schlechte Laune hielt den ganzen Vormittag an. Unentwegt lagen sich die beiden »Mädchen« in den Haaren, bis Sam dem Zwist ein Ende bereitete und mit Annabelle zum Strand wanderte. Später kehrten sie ins Haus zurück, um Daphne abzuholen und mit ihr essen zu gehen.

»Kommt sie mit?« fauchte sie.

»Um Himmels willen, was soll ich denn mit ihr machen? Sie kann nicht allein hier bleiben.«

»Das würde sie nicht umbringen. Immerhin ist sie kein Baby mehr. Ich muß schon sagen, in Amerika werden die Kinder wirklich furchtbar verwöhnt. Dauernd stehen sie im Mittelpunkt. Glaub mir, das schadet ihnen. Deine Tochter sollte wie ein richtiges Kind behandelt werden. Wenn sie daheim wäre, in der Obhut einer Betreuerin, statt überall mitgeschleppt zu werden, würde sie sich viel wohler fühlen. Vielleicht kann sich ihre Mutter nicht von ihr trennen, weil sie so ein armseliges Leben führt – schön und gut. Aber von mir darfst du so was nicht verlangen. Meinen Sohn wirst du höchstens fünf Tage im Jahr sehen. Und ich habe nicht vor, Annabelles Kindermädchen zu spielen.«

Zum erstenmal seit sechs Monaten enttäuschte sie ihn. War in ihrer Jugend irgend etwas geschehen, das diese heftige Abneigung gegen Kinder hervorgerufen hatte? Das erschien ihm unvorstellbar. Aber mehr oder weniger hatte sie ihn schon am Anfang der Beziehung davor gewarnt, und er konnte nur hoffen, sie würde sich ändern.

Schließlich gingen sie zu dritt in ein Restaurant, und der Lunch entwickelte sich prompt zur Katastrophe. Unverwandt starrte Annabelle auf ihren Teller und aß keinen Bissen. Sie hatte Daphnes unfreundliche Worte gehört, haßte sie und sehnte sich nach ihrer Mommy. Das erklärte sie ihrem Daddy auf dem Rückweg zum Haus, aber er entgegnete unglücklich, Mommy sei übers Wochenende verreist. Für den Abend engagierte er einen Babysitter, ein sechzehnjähriges Mädchen aus der Nachbarschaft, und besuchte mit Daphne den Countryclub in Conscience Point. Dort aßen sie zu Abend und tanzten. Allmählich besserte sich Daphnes Laune. In dieser Nacht bat er sie, ein Nachthemd anzuziehen. Lachend schüttelte sie den Kopf und verkündete, sie würde gar keins besitzen.

Auch der nächste Tag verlief unerfreulich, und alle drei atmeten erleichtert auf, als sie nach New York zurückfuhren.

Alex wartete in ihrem Apartment, und Daphne blieb im Auto, während Sam seine Tochter nach oben brachte.

»War's lustig?« fragte Alex lächelnd. Sie trug Jeans, ein weißes Hemd und rote Espandrillos. Wie hübsch sie aussieht mit ihren sonnengebräunten Wangen, dachte Sam, nach all den leidvollen Monaten...

Annabelles Miene ließ keinen Zweifel am Mißerfolg dieses Wochenendes. Die Augen voller Tränen, schaute sie zu ihrer Mutter auf.

»Nun ja, wir hatten ein paar Anpassungsschwierigkeiten«, gestand Sam. »Vielleicht war's nicht richtig von mir, meine Freundin mitzubringen. Tut mir leid.«

Bestürzt runzelte Alex die Stirn. Was war geschehen?

»Ich hasse sie!« kreischte Annabelle.

»Nein, du haßt niemanden«, widersprach Alex und schaute Sam an. Das mußte ja ein großartiges Wochenende gewesen sein. Was hatte die Engländerin getan, um Annabelles Abneigung zu erregen? Wahrscheinlich nichts, abgesehen von ihrer Beziehung zu Sam, dachte Alex fairerweise. »Du mußt nett zu Daddys Freunden sein, Schätzchen.«

Aber ihre Tochter ließ sich nicht beirren. »Die ganze Zeit ist sie nackt herumgelaufen. Das war widerlich. Und sie hat bei Daddy geschlafen.« Ohne sich von ihrem Vater zu verabschieden, lief sie in ihr Zimmer.

Erstaunt über diese mangelnde Diskretion, wandte sich Alex zu Sam. »Du solltest mit deiner Freundin reden. In Annabelles Gegenwart dürfte sie sich nicht so freizügig benehmen.«

»Ja, ich weiß«, gab er betrübt zu. »Tut mir leid. Es war ein Alptraum. Um die Wahrheit zu gestehen, sie haben sich beide unmöglich aufgeführt.«

Alex empfand kein Mitleid. Wäre sie nicht um Annabelle besorgt gewesen, hätte sie die Situation sogar amüsant gefunden. »Falls du mit dieser Frau zusammenleben wirst, mußt du an den Tagen, die Annabelle bei dir verbringt, eben entsprechende Maßnahmen ergreifen.« Zum erstenmal erwähnte sie das heikle Thema. Aber es war Annabelle gewesen, die es angeschnitten hatte. »Für so was ist unsere Tochter noch zu jung.«

»Natürlich. Und ich bin zu alt. Aber das kriege ich schon hin. Übrigens, am Freitag hat sie sich übergeben.«

»Dann hattet ihr ja wirklich einen Riesenspaß.« Alex' Gelächter erinnerte ihn an alte Zeiten. Plötzlich wurde auch ihm die Komik der Situation bewußt.

Er ging zu Annabelle, um ihr einen Abschiedskuß zu geben. Aber sie schaute ihn nicht einmal an. Sie grollte ihrem Daddy und der ganzen Welt, und die Ereignisse der letzten Tage erschreckten sie zutiefst. Also warf er ihr nur eine Kußhand zu, winkte seiner Frau und rannte nach unten zu Daphne.

»Bist du nun wieder glücklich, Liebling?« fragte sie, als er sich ans Steuer gesetzt hatte, und rückte näher zu ihm. Doch der Mißerfolg des Wochenendes deprimierte ihn, und Alex' Anblick stimmte ihn immer noch traurig. Beide wurden von den Geistern der Vergangenheit heimgesucht, die sie vergessen wollten.

»Tut mir leid, daß es nicht geklappt hat.«

»Nur keine Bange, deine Tochter wird sich schon beruhigen«, meinte Daphne zuversichtlich und begann, über das Penthouse zu reden.

Aber im Juli, nach seiner Übersiedlung ins Carlyle, spitzte sich die Lage zu. Daphne wohnte mehr oder weniger bei ihm. Mit wachsendem Entsetzen erkannte Annabelle, was für eine wichtige Rolle diese Frau in Daddys Leben spielte. »Ich hasse sie!« verkündete sie jedesmal, wenn sie zu ihrer Mutter zurückkehrte.

»Nein«, widersprach Alex energisch.

»Doch!«

Sam zeigte ihr das Penthouse, das sie ebenfalls haßte. Nur die Limonade und die Schokoladenkekse im Carlyle gefielen ihr. Unterdessen versuchte er, die Sommerferien zu organisieren. Er hatte die Yacht und ein Haus in Cap d'Antibes gemietet, und Alex wollte ihm das Kind für einige Zeit anvertrauen.

Aber Daphne protestierte heftig dagegen. Auf keinen Fall würde sie sich in Europa mit Annabelle belasten, erklärte sie, nicht einmal, wenn er ein Kindermädchen engagierte.

»Großer Gott, sie ist meine Tochter.« Daphnes Verhalten erschütterte und verletzte ihn. Das hatte er nicht von der Frau erwartet, mit der er zusammenlebte. Und eine sechswöchige Trennung von Annabelle erschien ihm viel zu lang.

»Okay. Dann bring sie mit, wenn sie achtzehn ist. Auf der Yacht und in einem Haus an der Côte d'Azur hat sie nichts verloren. Stell dir vor, sie fällt über Bord! Ich habe wirklich keine Lust, die ganze Zeit auf sie aufzupassen. Ich nehme meinen Sohn ja auch nicht mit.« Sie wollte Andrew nur für eine Woche in London sehen und erweckte den Eindruck, damit würde sie sich schon ein unermeßlich großes Opfer auferlegen.

Jeden Tag stritten sie über dieses Thema. Sam gab nicht nach. Schließlich war es Annabelle, die eine Entscheidung herbeiführte. Sie weigerte sich, Daddy und Daphne nach Europa zu begleiten und Mommy zu verlassen.

Zunächst würden sie eine Woche in London bleiben, zwei in Cap d'Antibes und drei auf der Yacht, um vor der französischen, italienischen und griechischen Küste zu kreuzen. Alex fand das himmlisch, ihre Tochter nicht.

»Vielleicht ist sie noch zu jung dafür, Sam«, meinte Alex. »Nächstes Jahr denkt sie wahrscheinlich anders darüber.« Dann würde er bereits mit der Engländerin verheiratet sein, und Annabelle mußte sich wohl oder übel an ihre Stiefmutter gewöhnen. Seltsamerweise hatte er Alex noch immer nicht um die Scheidung gebeten. Aber sie vermutete, er würde nach den Ferien die nötigen Schritte in die Wege leiten. Offenbar wollte er nicht den Anschein erwecken, er würde sie drängen. Sie hatte sich inzwischen mit ihrer gescheiterten Ehe abgefunden, die nie so glamourös gewesen war wie seine Beziehung zu Daphne. Früher hätte er nie erwogen, nach Südfrankreich zu fliegen oder eine Yacht zu mieten.

»Was wirst du mit Annabelle machen?« fragte er bedrückt. Wie sollte er die lange Trennung von seiner Tochter ertragen?

»Ich habe ein Haus in East Hampton gemietet. Dort werden wir den Sommer verbringen. Unter der Woche bleibt Carmen bei ihr, und ich werde mir jeden Freitag frei nehmen.«

Dagegen sei nichts einzuwenden, erwiderte er, und Annabelle strahlte vor Freude, als sie von den geänderten Plänen erfuhr.

»Ich muß nicht mit Daddy und Daphne verreisen?« fragte sie ungläubig. »Hurra!«

Ihr Jubel kränkte ihn. Abends kehrte er ins Carlyle zurück und ließ seinen Unmut an Daphne aus.

»Hör doch auf, Trübsal zu blasen!« wies sie ihn zurecht und schenkte ihm ein Glas Cristal ein. »Sie ist doch noch ein Kind. In Südfrankreich würde es ihr sicher nicht gefallen. Und wir müßten uns dauernd um sie sorgen. Das wären keine richtigen Ferien.« Nachdem sich das unangenehme Thema erledigt hatte, war sie die Freundlichkeit in Person. »Was möchtest du heute abend unternehmen? Gehen wir aus, oder bleiben wir hier?« Für sie war das Leben eine einzige Party – oder eine Orgie.

»Eigentlich müßte ich zur Abwechslung mal arbeiten«, seufzte er. In letzter Zeit hatte er den ganzen Papierkram seinen Partnern überlassen. Gemeinsam mit Simon kümmerte er sich um die neuen Klienten, verreiste alle paar Tage und versuchte, sein verändertes Leben in Ordnung zu bringen. Nun meldete sich sein Gewissen, weil er sich kaum noch mit den alltäglichen Ereignissen in der Firma befaßte.

»O nein!« jammerte Daphne. »Amüsieren wir uns lieber.«

Bevor er einen Vorschlag machen konnte, setzte sie sich rittlings auf seinen Schoß und zog ihren Rock hoch. Damit hatte sie genau den richtigen Zeitvertreib gefunden. Er warf sie auf die Couch. Wenige Sekunden später drang er in sie ein, mit einer rücksichtslosen Vehemenz, die er ihr normalerweise nicht zumutete. Einerseits zürnte er ihr, andererseits liebte er sie. Er war enttäuscht und verletzt – und überwältigt von einer Leidenschaft, die ihn manchmal an den Rand des Wahnsinns trieb.

Neunzehntes Kapitel

Ende Juni bezogen Alex und Brock ihr schlichtes, aber komfortables Sommerhaus, in dem sie sich sofort wohl fühlten. An den Fenstern hingen blauweiß karierte Vorhänge, Sisalteppiche bedeckten die Böden. Die große, gemütliche Küche war mit portugiesischen Kacheln gefliest, und Annabelle konnte in einem hübschen Garten spielen. Auch sie fand das Haus wundervoll.

Brocks Anwesenheit schien sie nicht zu überraschen. Natürlich verhielt sich das Paar viel diskreter als Sam und Daphne. Brock bewohnte »offiziell« ein Gästezimmer im Erdgeschoß. Jeden Morgen schlich er nach unten, bevor Annabelle erwachte. Aber einmal vergaß er's und wurde beinahe ertappt. Hastig schlüpfte er in seine Jeans und behauptete, er müsse die Wasserhähne in Mommys Bad reparieren.

Niemals wurde Annabelle ausgeschlossen, wenn sie etwas unternahmen. Alex erholte sich erstaunlich schnell von den letzten Nachwirkungen der Chemotherapie. Längst waren ihre alte Energie und die angeborene Lebensfreude zurückgekehrt. Mitte Juli sorgte sie für eine große Überraschung, als sie eines Morgens ohne Perücke herunterkam. Auf ihrem Kopf wuchsen kurze, seidige Löckchen.

»Wie hübsch du bist, Mommy! Genau wie ich!« Kichernd lief Annabelle in den Garten, und Brock lächelte Alex an.

Seine Frage warf sie fast vom Stuhl. »Wann heiraten wir, Mrs. Parker?«

Zögernd erwiderte sie sein Lächeln. Sie liebte ihn sehr. Trotzdem widerstrebte es ihr, an eine gemeinsame Zukunft zu denken – aus verschiedenen Gründen. »Sam hat mich noch gar nicht um die Scheidung gebeten.«

»Warum wartest du darauf? Schlag's ihm doch vor, wenn er wieder in New York ist.«

»Das wäre dir gegenüber unfair, Brock. Jetzt geht's mir gut. Aber wenn später wieder was passiert...« Er hatte bereits seine Fähigkeit bewiesen, mit ihrer Krankheit umzugehen. Doch das spielte keine Rolle. »Das kann ich dir nicht antun. Du verdienst was Besseres.«

»Unsinn!« rief er ärgerlich. »Willst du die nächsten fünf Jahre herumsitzen und abwarten, was geschehen wird? Du mußt weiterleben und die Dinge so nehmen, wie sie kommen.« Beschwörend ergriff er ihre Hand. »Alex, ich möchte dich heiraten, Annabelle ein guter Vater sein und für euch beide sorgen. Jetzt – in diesem Herbst, nicht irgendwann, nach einer halben Ewigkeit.«

»Nichts würde mich glücklicher machen.« Aber sie war zehn Jahre älter als er, und sie hatte an Krebs gelitten. »Was würde deine Schwester dazu sagen?« Alex kannte sie noch immer nicht, doch sie wußte, wie nahe sich die Geschwister standen. Das entnahm sie den wenigen Informationen, die sie von ihm erhalten hatte. »Wäre sie einverstanden? Du solltest ein junges Mädchen heiraten, das dir Kinder schenken kann und dich nicht mit Problemen belastet.«

»Zweifellos würde mir meine Schwester raten zu tun, was mir richtig erscheint. Und du bist die Richtige für mich, Alex, ich mein's ernst. Sobald Sam aus Europa zurückkommt, mußt du die Scheidung verlangen, und wenn alles erledigt ist, heiraten wir.«

»Ich liebe dich.« Zärtlich lächelte sie ihn an. Dann schauten sie aus dem Fenster und beobachteten Annabelle, die im Garten spielte. Brocks Bereitschaft, ihr Leben mit seinem unter allen Umständen zu verbinden, rührte ihr Herz. Was sie ihm auch nicht verschwieg.

»Deshalb will ich dich ja heiraten, und ich lasse nicht locker, bis du ja sagst.«

»Was wird aus deinem Job?«

»In diesem Jahr habe ich zwei gute Angebote bekommen. Wahrscheinlich würde ich in einer anderen Kanzlei sogar schneller reüssieren. Aber bevor ich mich entscheide, werde ich mit unseren Seniorpartnern reden. Vielleicht machen sie in unserem Fall eine Ausnahme und erlauben uns, trotz der Heirat weiterhin zusammenzuarbeiten, weil du krank warst und immer noch meine Hilfe brauchst.«

»Ja, das wäre möglich. Immerhin sind wir ein gutes Team. Und nächstes Jahr sollst du zum Partner befördert werden.«

»Okay, wir reden mit den Leuten – nachdem du die Scheidung eingereicht hast.«

»Noch habe ich deinen Antrag nicht angenommen«, mahnte sie, aber sie lächelte liebevoll.

»Bald wirst du dich dazu entschließen«, prophezeite er und behielt recht.

Am Wochenende erklärte sie sich bereit, mit Sam über

die Scheidung zu sprechen und Brocks Frau zu werden. »Ich muß verrückt sein«, seufzte sie, »wo ich doch doppelt so alt bin wie du…«

»Nur zehn Jahre älter. Das zählt nicht. Außerdem siehst du jünger aus als ich«, fügte er wahrheitsgemäß hinzu.

Seit sie auf Long Island wohnten, waren die Jahre von ihr abgefallen. Die Chemotherapie übte keine Wirkung mehr aus, Alex' Haar wuchs dichter denn je, und sie hatte die überschüssigen Pfunde verloren. Jetzt sah sie wieder so aus wie vor ihrer Erkrankung, vielleicht sogar noch besser. An den Wochenenden spielten sie am Strand wie die Kinder, jeden Morgen ging sie erholt und entspannt mit Brock ins Büro. Carmen kam immer Sonntag abends ins Sommerhaus, damit sie rechtzeitig in die Stadt zurückkehren konnten. Donnerstags verließen sie die Kanzlei möglichst früh und fuhren nach Long Island. Die meisten Anwälte nahmen sich im Sommer die Freitage frei, und die Kanzleien schlossen schon am Donnerstagmittag, so wie viele New Yorker Firmen.

Jedes Wochenende wartete Annabelle ungeduldig auf ihre Mommy und Brock. Während der Arbeitstage schliefen sie in Alex' Apartment oder in seinem, je nachdem, wo sie's gerade bequemer fanden. Es war ein ungetrübter Sommer.

Ein paarmal rief Sam seine Tochter an, aus London oder Cap d' Antibes, und er schickte ihr viele Ansichtskarten. Er fragte nie, ob er mit Alex sprechen könne. Aber am Telefon wollte sie ohnehin nicht mit ihm über die Scheidung reden. Inzwischen hegte sie keine Zweifel mehr. Brock hatte sie restlos überzeugt und genug getan, um seine aufrichtige Liebe zu beweisen. Eines Tages lagen sie am Strand. Er betrachtete ihren Körper im Badeanzug, neigte sich zu ihr und küßte sie. »Wie schön du bist…«

Annabelle spielte in der Nähe. Aber die Aussicht auf ein »Mittagsschläfchen« im Haus war verlockend.

»Und du bist blind.« Alex blinzelte in die Sonne. Als er ihre Brust berührte, spürte sie ein wohliges Prickeln.

»Nun sollten wir bald zu einem plastischen Chirurgen gehen.«

»Warum?« Dieses Thema war ihr immer noch unangenehm. Vor Brock schämte sie sich zwar nicht, aber sie litt unter ihrem Aussehen, obwohl sie diesen Kummer zu verdrängen suchte. Meistens trug sie eine Prothese.

»Weil's wichtig ist.«

»Soll ich mich liften lassen?«

»Sei nicht so dumm! Du bist zu jung, um dich zu verstecken. Eigentlich müßtest du ständig nackt rumlaufen«, scherzte er, um ihr die Befangenheit zu nehmen.

»Wie Sams kleine englische Nutte?«

»Denk nicht an sie. Du weißt, wie ich's meine. Sprich doch mit einem Doktor. Er wird dir erklären, was auf dich zukommt. Am besten bringst du's möglichst schnell hinter dich, und dann hast du für immer zwei Brüste.«

»Aber es tut verdammt weh.«

»Wieso weißt du das?«

»Weil in der Hilfsgruppe mehrere Frauen erzählt haben, wie qualvoll diese Operation ist. Und Dr. Webber hat's auch gesagt.«

»Bist du wirklich so feige?« appellierte er an ihren Stolz.

Immer wieder schnitt er das Thema an. Er nannte ihr sogar den Namen eines renommierten plastischen Chirurgen, den ihm ein befreundeter Arzt empfohlen hatte.

»Ich habe einen Termin für dich vereinbart«, verkündete er eines Nachmittags im Büro.

Entrüstet starrte sie ihn an. »Über meinen Kopf hinweg?« Sie stritten eine halbe Stunde lang. »Nein, ich gehe nicht hin.«

»Doch. Ich begleite dich. Sprich wenigstens mit ihm. Das kann nichts schaden.«

Am Tag des Termins war sie immer noch wütend. Aber letzten Endes gab sie sich geschlagen und staunte über den gewaltigen Unterschied zwischen dem plastischen Chirurgen und Dr. Herman, der sich kühl und methodisch mit Fakten oder unbestreitbaren Gefahren befaßte und sie gnadenlos eingeschüchtert hatte. Hingegen bemühte sich dieser freundliche Doktor, ihr Selbstvertrauen zu stärken. Er war klein, korpulent und sanftmütig, und er besaß einen unerschütterlichen Humor. Schon nach wenigen Minuten brachte er sie zum Lachen. Behutsam kam er auf das Thema des Eingriffs zu sprechen, untersuchte ihre verbliebene Brust und die Narbe, dann meinte er, am Erfolg einer Operation sei kaum zu zweifeln. Man könne sich für ein Implantat oder eine Gewebserweiterung entscheiden, die zwei Monate lang die wöchentliche Injektion einer Salzlösung erfordern würde.

Alex fand die schnellere Prozedur des Implantats erstrebenswerter. Aber sie war noch immer skeptisch. Diese Operation sei teuer und nicht schmerzlos, betonte er, würde sich jedoch in ihrem Alter lohnen. »Sicher wollen Sie nicht für den Rest Ihres Lebens so aussehen, Mrs. Parker, und Sie werden mit Ihrer neuen Brust sehr zufrieden sein.« Die künstliche Brustwarze würde man aus Gewebeteilen der gesunden herstellen, erläuterte er, und mit einer Tätowierung ergänzen. Das alles erschien ihr immer noch gräßlich, obwohl er sein Bestes tat, um sie zu ermutigen.

Als sie abends mit Brock im Bett lag, fragte sie, ob er großen Wert auf die Operation legen würde.

»Natürlich nicht. Aber *dir* müßte was dran liegen. Ich liebe dich auch mit einer Brust.«

Zwei Wochen lang dachte sie darüber nach. Dann verblüffte sie ihn eines Sonntagmorgens. »Ich mach's«, verkündete sie und setzte sich wieder an den Frühstückstisch, nachdem sie das Geschirr weggeräumt hatte.

»Was?« murmelte er, ohne von seiner Zeitung aufzublicken.

»Am Montag rufe ich Dr. Greenspan an«, erwiderte sie, entschlossen und nervös zugleich.

Abrupt hob er den Kopf. »Wirklich?« rief er freudestrahlend, neigte sich zu ihr und küßte sie.

Am Montag morgen hielt sie ihr Wort und teilte dem Chirurgen mit, sie habe sich für das Implantat entschieden. Obwohl sie sich immer noch vor dem Eingriff und den Schmerzen fürchtete, stand ihr Entschluß fest. Am nächsten Wochenende sei ein Termin abgesagt und somit frei geworden, erklärte er. Sie würde vier Tage im Krankenhaus verbringen müssen, dann könne sie wieder arbeiten. Eine Zeitlang würde sie starke Schmerzen verspüren – schlimmere als nach der Brustamputation, gab er zu, aber die Chemotherapie sei sicher noch unangenehmer gewesen.

Sie nahm sich den Donnerstag frei und bat Carmen, das Wochenende in East Hampton bei Annabelle zu verbringen. Da sie das Kind nicht beunruhigen wollte, verschwieg sie ihm die bevorstehende Operation und behauptete, sie müsse aus beruflichen Gründen verreisen.

Ihrer Haushälterin erzählte sie die Wahrheit. Ebenso wie Liz fand auch Carmen, das wäre eine großartige Idee. Alle freuten sich darüber – nur Alex nicht. In der Nacht zum Donnerstag lag sie neben Brock im Bett, tat kein Auge zu und bereute ihre Entscheidung.

Um sieben Uhr morgens begleitete er sie in Lenox Hill. Eine Krankenschwester und ein Anästhesist erklärten ihnen die Prozedur. Dann mußte Alex ein Nachthemd anziehen. Sobald ihr eine Infusion verabreicht wurde, begann sie unkontrolliert zu weinen, von Erinnerungen an die Brustamputation und die Chemotherapie überwältigt. Dr. Greenspan verordnete ihr eine Valium-Injektion. »Hier sollen sich alle wohl fühlen«, bemerkte er lächelnd und wandte sich zu Brock. »Wollen Sie auch eine Beruhigungsspritze?«

»Dazu könnten Sie mich fast überreden.«

Während Alex auf einer Bahre zum OP gerollt wurde, lag sie bereits im Halbschlaf. Nervös wanderte Brock durch die Korridore. Fünf Stunden später kam Dr. Greenspan zu ihm und berichtete zufrieden, der Eingriff sei kompliziert gewesen, aber reibungslos verlaufen. »Sicher wird ihr das Ergebnis gefallen.« Wegen ihres kleinen Busens habe er außer dem Implantat nur wenige Gewebeteile eingesetzt, um die gewünschte Form zu erreichen. Da die Gefahr einer Abstoßung des Implantats bestehe, müsse die weitere Entwicklung sorgsam beobachtet werden. Alex würde einer Kontrollgruppe angehören, die Daten über Silicon-Implantate liefere. »In ein oder zwei Monaten nehmen wir einige kleine Korrekturen vor.« Während einer örtlichen Betäubung sollte die endgültige Form der Brustwarze und die Tätowierung gestaltet werden. »Das kriegen wir schon hin.«

Es dauerte weitere zwei Stunden, bis Alex aus dem Erholungsraum in ihr Zimmer gebracht wurde. »Hi«, begrüßte sie Brock, immer noch benommen. »Wie ist's gelaufen?«

»Jetzt hast du wieder einen phantastischen Busen«, beteuerte er, obwohl er noch gar nichts gesehen hatte.

Die nächsten vier Tage, die sie in der Klinik verbringen mußte, erschienen ihr noch schlimmer als befürchtet. Am Montag ging sie wieder ins Büro, immer noch von Schmerzen gepeinigt. Aber wenigstens mußte sie nicht mehr mit tödlichen Gefahren rechnen. Der Verband war sehr unbequem. Trotzdem konnte sie einen Großteil ihrer Arbeit erledigen, und da die meisten Partner im Urlaub waren, mußte sie keine neugierigen Fragen beantworten. Über den dicken Bandagen trug sie eins von Brocks Hemden. Zu Mittag blieb sie im Büro. Brock holte ihr einen Lunch aus einer Imbißstube. Abends gingen sie in sein Apartment.

Eine Woche nach der Operation, am Donnerstag, wurden ihr die Bandagen abgenommen und die Fäden gezogen. Dann kehrte sie mit Brock nach East Hampton zurück. So vorsichtig wie möglich umarmte sie ihre jubelnde Tochter. Als Annabelle das schmerzverzerrte Gesicht ihrer Mutter bemerkte, fragte sie besorgt: »Hast du dir weh getan, Mommy?« Auch sie wurde von bösen Erinnerungen verfolgt, und Alex wollte ihr keine Angst einjagen.

»Nein, mir geht's gut.«

»Bist du wieder krank?«

Alex nahm das Kind in die Arme und spürte, wie es am ganzen Körper zitterte. »Nein, wirklich nicht.« Weil sie erkannte, daß sie eine Erklärung abgeben mußte, berichtete sie, vor zehn Monaten sei ein Teil ihrer Brust entfernt worden. Jetzt habe man das wieder in Ordnung gebracht.

Abends rief Sam an, und Annabelle verkündete, Mommy habe ihre Brust zurückbekommen. Das hielt sie für eine gute Neuigkeit. Aber damit erschreckte sie ihren Vater, denn er glaubte, sie hätte Alex' Prothese gesehen. Auf den Gedanken, sie könnte sich einer Operation unterzogen haben, kam er nicht. Außerdem wollte er nicht mit ihr reden, weil Daphne neben ihm stand.

Inzwischen kreuzten sie im Mittelmeer. Einige von Daphnes extravaganten englischen Freunden waren an Bord der Yacht gekommen. Hin und wieder gingen sie an Land, um in luxuriösen Villen Parties zu feiern. In ein paar Tagen würden sie Sardinien erreichen.

Brock erinnerte Alex immer wieder an ihr Versprechen, mit Sam über die Scheidung zu reden, wenn er aus Europa zurückkehren würde.

»Ja, ich weiß«, antwortete sie lächelnd und küßte ihn. »Reg dich nicht auf. Ich rufe dich an, sobald er wieder in New York ist.« Falls sie im Herbst die Scheidung einreichte, konnte sie Brock im Frühling heiraten. Diesem Tag fieberte er ungeduldig entgegen. Angesichts seines jugendlichen Überschwangs fühlte sie sich manchmal steinalt. Aber sie liebte sein Temperament. Meistens spürte sie den Altersunterschied nicht. Wenn er ihr ein bißchen unreif vorkam, versuchte sie's zu ignorieren. Da sie verschiedene Erfahrungen gemacht hatten, vertraten sie nicht immer denselben Standpunkt.

Viel zu schnell ging der Sommer vorüber. Der Abschied von Europa fiel Daphne sehr schwer. Nur Sam zuliebe flog sie nach New York zurück. Sie gestand ihm, sie habe Heimweh nach London und fühle sich in den Staaten nicht wohl. Aber sie hoffte, das neue Apartment würde sie aufheitern. Er versprach ihr, in Zukunft öfter mit ihr zu verreisen. Wenn er seine Klienten im Ausland besuchen würde, sollte sie ihn stets begleiten. Mit aller Macht wollte er Daphne glücklich machen. Ihretwegen würde er seine Geschäfte auch weiterhin vernachlässigen. Nachdem sie monatelang auf die Erfüllung ihrer Liebe gewartet hatte, war sie jetzt sehr anspruchsvoll und bestrebt, ihren Willen immer und überall durchzusetzen.

Voller Bedauern blickten Alex und Brock dem Ende des Sommers entgegen. Sie hatten das Haus in East Hampton bis zum Tag der Arbeit gemietet. Schon am ersten Wochenende nach seiner Heimkehr holte Sam seine Tochter nach Bridgehampton, wo er bei Freunden wohnen würde. Da er sechseinhalb Wochen auf Annabelles Gesellschaft verzichtet hatte, erlaubte ihm Daphne großmütig, das Kind mitzunehmen.

»Glaubst du, Annabelle wird sich diesmal besser mit Sams Freundin vertragen, Brock?« fragte Alex unbehaglich.

Als Sam seine Tochter am Sonntag nachmittag nach East Hampton zurückbrachte, spürte Alex sofort, daß etwas geschehen war. Er wechselte kaum zwei Worte mit ihr und stieg ins Auto, bevor sie eine Gelegenheit fand, mit ihm über die Scheidung zu sprechen.

»Was ist passiert, Annabelle?« fragte sie.

»Das weiß ich nicht. Daddy hat die ganze Zeit telefoniert und die Leute angeschrien. Und Daphne hat gesagt, sie fliegt nach London zurück, wenn er nicht netter zu ihr ist. Darüber würde ich mich sehr freuen. Ich meine, sie ist doch so dumm und gemein.«

Offensichtlich war irgend etwas schiefgelaufen. Aber Alex wurde aus Annabelles Bericht nicht schlau.

Am nächsten Morgen fuhr sie mit Brock in einem Taxi zum Büro. Erschrocken starrte sie die Titelseite einer Zeitung an. Fotos von Sam und Larry und Tom, wegen Veruntreuung und anderer schwerwiegender Vergehen angeklagt...

»Heilige Scheiße!« stöhnte sie und reichte Brock die Zeitung. Unglaublich! Sam war immer ehrlich gewesen.

»Wow!« Brock stieß einen leisen Pfiff aus, während er den Artikel überflog. Auch Simon wurde erwähnt, aber man hatte ihn nicht angeklagt. »Kein Wunder, daß er gestern so aufgeregt war.« Er wandte sich zu Alex, die fassungslos den Kopf schüttelte.

Was für Dummheiten hatte Sam in den letzten Monaten gemacht? Wenn er verurteilt wurde, konnte er zwanzig oder dreißig Jahre im Gefängnis verbringen. Zum Teufel, was war geschehen? »Wenn wir im Büro sind, rufe ich ihn an.«

Aber Liz teilte ihr mit, er habe bereits zweimal versucht, sie zu erreichen. Alex eilte in ihr Büro und schloß die Tür. Nachdem sie Sams Nummer gewählt hatte, meldete er sich sofort. »Danke, daß du zurückrufst.« Seine Stimme klang ziemlich nervös.

»Was ist los?« fragte sie zutiefst bestürzt. Und sie hatte geglaubt, sie würde ihn kennen.

»Das weiß ich nicht genau. Jedenfalls brauche ich einen

Anwalt.« Er hatte einen sehr guten Rechtsbeistand, der sich aber nicht mit Strafsachen befaßte.

»Sam, ich bin keine Strafverteidigerin.« Wie war er nur auf die schiefe Bahn geraten? Hatte seine Freundin damit zu tun? Daß er dieses Desaster seinem neuen Partner Simon verdankte, bezweifelte Alex keine Sekunde lang.

»Aber du bist vor Gericht zugelassen. Und du kannst mich zumindest beraten. Darf ich zu dir kommen? Bitte, Alex!« flehte er.

Nach siebzehnjähriger Ehe fühlte sie sich verpflichtet, ihn wenigstens anzuhören. Und in gewisser Weise liebte sie ihn immer noch, trotz allem. »Mal sehen, was ich tun kann. Natürlich werde ich dich an einen Strafverteidiger verweisen. Mit meiner mangelhaften Sachkenntnis würde ich dir nur schaden. Ich möchte dir helfen, aber bevor ich eine Entscheidung treffe, muß ich wissen, was passiert ist. Wann willst du kommen?«

»Jetzt?« schlug er vor, weil er die innere Anspannung nicht länger ertrug.

Es war zehn. Ihren nächsten Termin hatte sie erst um halb zwei. »Okay.« Der Papierkram konnte warten.

Nachdem sie Brock informiert hatte, meinte er: »Vielleicht solltest du ihn sofort zu einem Strafverteidiger schicken.«

»Ich will erst mal mit ihm reden. Würdest du dich zu uns setzen?« Das war eine seltsame Bitte. Aber es ging nicht um private, sondern um berufliche Dinge, und sie schätzte Brocks Meinung.

»Wenn du willst... Darf ich ihm die Nase einschlagen, wenn er seine Story erzählt hat?« fragte er grinsend. Es würde ihn nicht stören, einen Bastard wie Sam Parker für zwanzig Jahre hinter Gittern zu sehen. Nur Alex zuliebe würde er ihm zuhören. Ob er geneigt war, dem Mann zu helfen, wußte er noch nicht.

»Sobald er seine Rechnung bezahlt hat«, scherzte sie und lächelte ihn an. Jetzt gehörte sie zu Brock, nicht mehr zu Sam – ganz egal, welche Probleme ihren Mann bedrückten.

»Vergiß nicht, ihm die Einemilliondollar-Frage zu stellen.«

Zwanzig Minuten später erschien Sam, aschfahl unter der Sonnenbräune, die Augen dunkel umschattet. Als er sich zu Alex und Brock an den Konferenztisch setzte, zitterten seine Hände. Während des Urlaubs in Europa war sein Ruf ruiniert, sein Leben zerstört worden.

»Macht's dir was aus, wenn Brock dabei ist?« fragte Alex.

Er war nicht sonderlich begeistert, erhob aber keine Einwände. Wenn sie glaubte, es wäre nützlich... In dieser Situation brauche er jede Hilfe, die er nur kriegen könne, erklärte er, dankte ihr für die Zeit, die sie ihm opfern würde, und betonte, er habe ihre juristischen Fähigkeiten stets bewundert. Sie wechselten einen kurzen Blick, spürten die alte Vertrautheit. Immerhin hatten sie sich sehr lange gekannt und geliebt. So etwas vergaß man nicht so leicht.

In knappen Worten erzählte er, was er wußte. Simon hatte kriminelle Klienten in die Firma eingeschleust, deren Kontoauszüge aus diversen europäischen Banken gefälscht waren, und dann mit gewaltigen Summen jongliert – nach einem System, das Sam noch nicht durchschaute. Jedenfalls hatte der Engländer die Firma betrogen, seriöse Kunden bestohlen und Geld aus unsauberen europäischen Quellen gewaschen. Mit diesen Machenschaften mußte er sich monatelang bereichert haben. Ohne Alex zu beschuldigen, gab Sam zu, in jener Zeit habe er sich wegen ihrer Krankheit und der ehelichen Probleme zu wenig ums Geschäft gekümmert. Daß ihn auch die Affäre mit Daphne abgelenkt hatte, wollte er erst gestehen, wenn es sich nicht mehr vermeiden ließ. Er erwähnte aber, er sei nicht sicher, ob Simon seine Kusine als Köder benutzt habe. Unbehaglich schaute er Alex an.

Erst im Frühling waren ihm verschiedene Unregelmäßigkeiten aufgefallen. Als er seine Partner darauf hinwies, versicherten sie, alles sei in bester Ordnung, und er glaubte ihnen – weil er ihnen glauben *wollte*. Seltsamerweise habe Alex ihn zu jenem Zeitpunkt an ihre Bedenken gegen Simons Partnerschaft erinnert, gestand er. Weil er stur und dumm gewesen sei, habe er den Mann entschieden verteidigt.

»Jetzt komme ich mir wie der letzte Idiot vor«, seufzte er. »Du hattest recht, Alex – Simon ist ein mieser Betrüger. Und ich fand auch noch heraus, daß Larry und Tom unter einer Decke mit ihm stecken. Nicht von Anfang an. Aber im Februar kamen sie ihm anscheinend auf die Schliche, und er bezahlte sie für ihr Schweigen. Jeder bekam eine Million Dollar auf ein Schweizer Nummernkonto. Seither haben sie sich an seinen Gaunereien beteiligt. Ich kann einfach nicht glauben, wie blind ich war. Oder ich wollte nichts wahrhaben. Simon verhinderte sogar, daß ich ihnen im Weg stand, während sie ihre schlimmsten Deals abwickelten. Nur deshalb drängte er mich, in Europa Urlaub zu machen und die Yacht zu chartern. Wie ein Narr bin ich in seine Falle getappt.« Mit Daphnes Hilfe … »In meiner

Abwesenheit schöpfte ein Bankbeamter Verdacht und zeigte uns bei der Securities and Exchange Commission und beim FBI an. Diese Behörden verständigten die Staatsanwaltschaft. Da brach das ganze Kartenhaus zusammen. Als ich in London mit einem von Simons früheren Partnern sprach, merkte ich, daß was faul war. Wahrscheinlich glaubte er, ich wäre eingeweiht, und so erzählte er mir einige Geschichten. Danach rief ich Tom und Larry an und fragte sie, was da los sei. Offensichtlich wagten sie nicht, Simon zu entlarven. Während ich mich in Südfrankreich aufhielt, heimsten sie mit ein paar üblen Geschäften, die sie in meinem Namen abschlossen, zwanzig Millionen ein. Und jetzt sitze ich mit den drei Schurken in der Scheiße.« Verzweifelt senkte er den Kopf. Alles, was er aufgebaut hatte, war zerstört worden.

»Wie konntest du die dunklen Geschäfte arrangieren, wenn du nicht da warst?« wandte Alex ein. »Dieses Argument müßte dich entlasten.«

»Leider bilden die erwähnten Details nur die Spitze des Eisbergs. Es ist noch viel ärger. Ich rief von Europa aus täglich in der Firma an, und sie schickten mir scheinbar astreine Papiere, die ich unterschrieb. Deshalb trage ich die gleiche Verantwortung wie meine betrügerischen Partner. Als ich letzte Woche in New York eintraf, stellte ich ein paar Fragen, wurde mißtrauisch und begann, an der Oberfläche zu kratzen. Du ahnst nicht, was da zum Vorschein kam. Nun ist die Firma erledigt – mein Lebenswerk ...« In seinen Augen glänzten Tränen. »Für eine Million pro Kopf haben mich die beiden miesen Kerle verkauft. Und jetzt werden wir alle im Knast landen, dank Simon.« Mühsam rang er nach Fassung.

Alex' Mitleid hielt sich in Grenzen. Im Grunde verdiente er seine Misere. Trotz seiner warnenden Instinkte hatte er Simon vertraut und sich geweigert, die drohende Katastrophe zu registrieren.

»Sieht's sehr schlimm aus?« fragte er beklommen.

»Ja, das ist zu befürchten. Ich habe mir Notizen gemacht, und ich möchte den Fall mit einem meiner Partner besprechen. Natürlich will ich dir helfen. Aber so leicht wirst du dich da nicht herausreden können. Du trägst eine zu große Verantwortung, und das Gericht wird dir wohl kaum abnehmen, daß du nichts von alldem wußtest – selbst wenn du wirklich ahnungslos warst.«

»Glaubst du mir?«

»Bis zu einem gewissen Grad. Du wolltest nicht wissen, was da vorging. Und du hast es geschehen lassen, ohne einzugreifen.« Diesen Standpunkt vertrat auch Brock.

»Was soll ich tun?«

»Erzähl die Wahrheit, vor allem deinen Anwälten. Sag ihnen alles, was du weißt. Das ist deine einzige Rettung. Was passiert mit Simon?«

»Heute nachmittag wird er angeklagt.«

»Und seine Kusine? Welche Rolle spielt sie bei diesen Gaunereien?« Abgesehen von unserer Ehe, die sie zerstört hat, fügte Alex in Gedanken hinzu. Zweifellos war er von gerissenen Profis hereingelegt worden.

Er wich ihrem Blick aus. »Keine Ahnung. Sie behauptet, sie habe nichts gewußt. Vielleicht fiel ihr irgendwas auf, und sie beschloß, sich rauszuhalten.« Unbehaglich strich er sich das Haar aus der Stirn. Für diese Affäre bezahlte er einen hohen Preis.

Obwohl er wie ein Narr in sein Unglück gerannt war,

blieb Alex bei ihrem Entschluß, ihm zu helfen. Wie konnte sie den Mann im Stich lassen, mit dem sie so viele Jahre geteilt hatte? Sie rief Phillip Smith an – einen ihrer Seniorpartner, auf Steuerbetrug und Veruntreuung spezialisiert –, und er versprach, sofort in den Konferenzraum zu kommen.

»Du willst doch nicht gehen? fragte Sam kleinlaut, und Brock hätte ihn am liebsten geohrfeigt. Alex gehörte nicht mehr zu ihrem Mann, und er hatte ihr wahrlich genug angetan. Trotzdem fühlte sie sich immer noch mit ihm verbunden, nicht zuletzt wegen der gemeinsamen Tochter.

»Da ich keine Expertin auf diesem Gebiet bin, würde ich dir nichts nützen, Sam«, erwiderte sie. Außerdem wollte sie sich nicht allzu intensiv mit dem Fall befassen.

»Aber – als Beisitzerin ... Bitte, Alex!«

Brock wandte sich angewidert ab. Das konnte er nicht mehr mit ansehen. Sam appellierte gerade schamlos an ihre Loyalität.

»Mal sehen, was Phillip Smith meint, wenn du mit ihm gesprochen hast.« Brock hörte den sanften Klang ihrer Stimme, und sein Zorn wuchs.

»Alex, ich brauche dich!« flehte Sam, während der Seniorpartner eintrat. In diesem Augenblick wurde Brock telefonisch in sein Büro gerufen.

Alex machte Sam mit Smith bekannt, der ihnen gegenüber Platz nahm. Dann gab sie ihm ihre Notizen. Er überflog die wenigen Zeilen, runzelte die Stirn und nickte.

»Jetzt lasse ich Sie mit meinem Mann allein«, sagte sie, stand auf und wandte sich zu Sam. Mutlos und zusammengesunken saß er da.

»Geh nicht!« bat er. Als er zu ihr aufschaute, glich er einem verängstigten Kind.

Plötzlich erinnerte sie sich, wie allein und verzweifelt sie nach ihrer Krebserkrankung gewesen war, wie beharrlich er sich geweigert hatte, ihr zu helfen. Statt dessen hatte er sich mit Daphne amüsiert und seine Firma von Kriminellen ruinieren lassen. »Später komme ich zurück.« Er durfte nicht zu abhängig von ihr werden. Womöglich würde der komplizierte Fall zu einer monate- oder sogar jahrelangen Gerichtsverhandlung führen, und Alex wollte keine übermäßige Verpflichtung eingehen.

In ihrem Büro traf sie Brock an, der erbost umherstapfte. »Dieser winselnde Hurensohn!« fauchte er und starrte sie an, als wäre sie an allem schuld. »Ein Jahr lang hat er sich nicht um dich gekümmert, und jetzt taucht er auf und jammert dich an. Laß ihn doch ins Gefängnis wandern! Das würde ihm guttun. Einfach phantastisch! Seine Nutte und ihr Vetter hängen ihm eine saftige Klage an, und nun bittet er dich unter Tränen, ihn zu retten!«

»Beruhige dich, Brock. Er ist immer noch mein Mann.«

»Hoffentlich nicht mehr lange! Dieser verdammte Idiot! Da sitzt er in seinem sündteuren Anzug mit seiner Zehntausenddollaruhr, soeben von einer Yacht an der südfranzösischen Küste zurückgekehrt, und kann's nicht fassen, daß seine Partner allesamt Gauner sind und ihn in ihren Sumpf reingezogen haben. Mich überrascht das gar nicht. Ich glaube sogar, er hat von Anfang an mit dringesteckt.«

»Daran zweifle ich«, entgegnete sie in mildem Ton und setzte sich an ihren Schreibtisch, während er umherrannte und ihren Mann haßte. »Wahrscheinlich hat er seine Affäre mit diesem Mädchen genossen, seine Augen vor den Tatsachen verschlossen und sich reinlegen lassen. Das entschuldigt ihn natürlich nicht.«

»Jedenfalls verdient er seine Strafe.«

»Ja, vielleicht.«

Nachdem der Klient, der sie um halb zwei aufgesucht hatte, eine Dreiviertelstunde später gegangen war, sprach Sam immer noch mit Phillip Smith. Alex wurde schließlich wieder in den Konferenzraum gebeten. Diesmal nahm sie Brock nicht mit. Es wäre besser gewesen, sie hätte auch am Vormittag auf seine Begleitung verzichtet. Von ihrem Liebhaber durfte sie keine Objektivität erwarten.

»Nun?« fragte sie, setzte sich an den Tisch und erinnerte Sam an die Ärztin, die eine Diagnose stellte, leidenschaftslos und professionell. Er bemerkte, daß sie ihre gute Figur zurückgewonnen hatte. Doch dann konzentrierte er sich wieder auf seine Probleme.

»Leider sieht's nicht gut aus«, antwortete Phillip Smith, der niemals ein Blatt vor den Mund nahm. Nach seiner Ansicht mußte Sam mit einer Anklageerhebung rechnen, und was vor dem Großen Geschworenengericht geschehen würde, war nicht vorauszusehen. Vermutlich würde man Sams Aussage nicht glauben und ihn verurteilen. Zu seinen Gunsten sprach die Tatsache, daß er nichts von den Betrügereien gewußt hatte, was allerdings bewiesen werden mußte. Wenn man seinen Fall von der Anklage gegen seine Partner trennte und auf seine besondere Situation hinwies, würde er vielleicht die Sympathien der Jury gewinnen. Seine Frau war an Krebs erkrankt, und vor lauter Kummer hatte er seine Geschäfte vernachlässigt.

Wegen seines ungerechtfertigten Vertrauens zu seinen Partnern war er zu ihrer Schachfigur geworden.

Juristisch betrachtet, gab es an dieser Verteidigungsstrategie nichts zu rütteln. Aber Alex fand es unfair, daß ihre Krankheit als Vorwand dienen sollte, nachdem Sam so wenig für sie getan hatte.

»Glauben Sie, das könnte klappen, Alex?« fragte Phillip. Wie er wußte, lebten die Parkers getrennt, und er wollte die Reaktion der Kollegin beobachten.

»Eventuell«, antwortete sie vorsichtig. »Wenn man diese Erklärung nicht zu genau unter die Lupe nimmt. Vielen Leuten sind unsere ehelichen Probleme und Sams mangelnde Hilfsbereitschaft nicht entgangen.« Ihre ehrlichen Worte ließen Sam zusammenzucken, aber er konnte ihr nicht widersprechen.

»Also ist einem gewissen Personenkreis bekannt, daß er Ihnen seine Hilfe versagt hat?«

»Ich hab's nicht in alle Welt hinausposaunt. Jedenfalls war Sam damals anderweitig ›beschäftigt‹.« Sie schaute ihrem Mann direkt in die Augen, und was sie hinzufügte, traf ihn völlig unvorbereitet. »Seit dem letzten Herbst – oder zumindest seit der Vorweihnachtszeit, ist er mit einer anderen Frau liiert.« Verblüfft starrte er sie an. Er hatte nicht gewußt, wie lange sie schon über Daphne informiert war.

»Stimmt das, Mr. Parker?« fragte Phillip Smith kühl, und Sam blieb nichts anderes übrig, als die Wahrheit zu gestehen.

»Ja. Es handelt sich um Simons Kusine, die ich erwähnt habe – Daphne Belrose.«

»Ist sie in den Fall verwickelt?«

»Vorläufig noch nicht. Aber sie wird sich wohl kaum heraushalten können. Übrigens hat sie beschlossen, nach England zurückzukehren, sobald sie sich bedroht fühlt.«

»Damit würde sie sich nur verdächtig machen«, betonte Phillip. »Außerdem könnte die amerikanische Justiz ihre Auslieferung verlangen. In welcher Beziehung stehen Sie jetzt zu ihr?«

»Ich lebe mit ihr zusammen«, antwortete Sam und fühlte sich wie ein Vollidiot. »Zumindest war sie heute morgen noch in meinem Apartment.«

Seufzend nickte Phillip. »Ich verstehe. Nun muß ich mich erst mal mit den Einzelheiten befassen. Warten wir die Reaktion des Großen Geschworenengerichts ab. Wann müssen Sie aussagen?«

»In zwei Tagen.«

»Dann haben wir genug Zeit, um die Verteidigung zu planen«, meinte Phillip. Offensichtlich mißfiel ihm der Fall, und er schien keine große Sympathien für Sam zu hegen. Aber Alex zuliebe wollte er sein Bestes für den Mann tun. Ehe er den Konferenzraum verließ, erklärte er Sam, er würde ihn am nächsten Morgen anrufen.

Die beiden blieben am Tisch sitzen. »Tut mir leid«, begann Sam mit belegter Stimme, »ich konnte nicht ahnen, wie lange du's schon weißt.«

Darüber wollte sie nicht mit ihm reden. Es war ohnehin sinnlos. Trotz der engen Verbindung, die immer noch bestand, und des gemeinsamen Kindes hatte die Ehe ein Ende gefunden. »Und ich bedaure, daß du in diese schreckliche Situation geraten bist. Hoffentlich wird Phillip dir helfen.«

»Ja, das hoffe ich auch.« Unglücklich schaute er sie an.

»Ich hätte dich gar nicht da reinziehen dürfen. Verzeih mir. Das hast du nicht verdient.«

»Weißt du, was du verdient hättest?« fragte sie liebenswürdig. »Einen Tritt in den Hintern.«

»Ohne jeden Zweifel«, gab er schuldbewußt zu. »Wann hast du von meiner Beziehung zu Daphne erfahren?«

»Kurz vor Weihnachten sah ich euch vor dem Ralph-Lauren-Laden turteln. Für mich war das sehr schmerzlich, vor allem, weil ich damals genug andere Sorgen hatte.«

Bedrückt erwiderte er ihren Blick und wünschte, er könnte die Zeit zurückdrehen. Dafür war es zu spät. »Ich glaube, als ich von deiner Krankheit erfuhr, verlor ich den Verstand. Dauernd mußte ich an meine Mutter denken, deren Tod meinen Vater ins Verderben gestürzt hatte. Und ich fürchtete, du würdest mir das auch antun. Es war verrückt – genauso wie meine Affäre mit Daphne. Wahrscheinlich sank ich nur in ihre Arme, um mich vor der Realität zu verstecken. Und jetzt weiß ich nicht, was ich von ihr halten soll. Ich habe das Gefühl, ich kenne sie gar nicht richtig.« Aber er kannte Alex, und er wußte, wie tief er sie verletzt hatte. Bei dieser Erkenntnis haßte er sich selbst. Sein Leben lang würde er darunter leiden.

»Vielleicht war das alles unser Schicksal, Sam«, meinte sie philosophisch. Nun ließ sich nichts mehr ändern. Wenigstens war er wieder zur Vernunft gekommen.

»Ich nehme an, du willst die Scheidung einreichen.«

Weil sie seine Verletzlichkeit spürte, seine Angst vor der Zukunft, wollte sie ihn nicht drängen. »Darüber reden wir, wenn dein Problem gelöst ist.« Zuviel auf einmal durfte sie ihm nicht zumuten. Obwohl Brock ihre Scheidung herbeisehnte, würden ein bis zwei Monate mehr oder weniger keine Rolle spielen.

»Du hättest wirklich was anderes verdient als mein unmögliches Verhalten, Alex«, seufzte er und wollte noch mehr sagen. Es wäre unfair gewesen, ihre Großzügigkeit auszunutzen.

Diesem Kommentar konnte sie nicht widersprechen. Aber jetzt verstand sie seine Handlungsweise etwas besser. Zum Glück hatte Brock ihr geholfen, die schweren Zeiten zu überstehen. »Vielleicht hattest du keine Wahl und warst machtlos gegen deine Gefühle.«

»Ich hätte mich zusammenreißen müssen. Was für ein verdammter Narr ich war!«

»Verlier nicht den Mut, Sam«, bat sie sanft. »Irgendwie wirst du aus diesem Schlamassel herauskommen. Im Grunde bist du ein anständiger Mann, und Phillip ist ein ausgezeichneter Anwalt.«

»Und du bist die beste aller Anwältinnen – und eine wunderbare Freundin.« Wieder einmal kämpfte er mit den Tränen, als sie aufstanden.

»Danke, Sam«, erwiderte sie lächelnd. »Ich werde mich regelmäßig über die Entwicklung der Dinge informieren. Ruf an, wenn du mich brauchst.«

»Gib Annabelle einen Kuß von mir. Am Wochenende würde ich sie gern sehen – wenn ich noch nicht im Gefängnis sitze«, fügte er wehmütig hinzu.

»Sicher nicht, Sam. Bis bald.« Sie kehrte in ihr Büro zurück, wo sie von Brock erwartet wurde. Er wanderte immer noch nervös umher. Wie er von Liz erfahren hatte, war sie bei Sam und Phillip Smith im Konferenzraum gewesen. »Hast du's ihm gesagt?«

»Mehr oder weniger. Er meinte, ich würde vermutlich die Scheidung einreichen, und ich schlug ihm vor, darüber zu reden, wenn seine Probleme gelöst sind.«

»*Was?* Warum hast du ihm nicht erklärt, daß du dich sofort scheiden lassen willst?« Brock starrte sie wütend an, und sie fühlte sich auf einmal todmüde. Was für eine dramatische Situation – die geplante Scheidung, Sams verzweifelte Lage... Und was würde Annabelle durchmachen, wenn ihr Vater im Gefängnis landete?

»Weil's egal ist, ob ich die Scheidung jetzt oder ein paar Wochen später einreiche. Nimm doch ein bißchen Rücksicht auf Sam! Immerhin soll er wegen Veruntreuung und schweren Betrugs vor Gericht gestellt werden. Es wäre herzlos, wenn ich ihn auch noch mit einer Scheidungsklage belasten würde.«

»Und wieviel Mitgefühl hat er *dir* gezeigt? Erinnerst du dich daran?« schrie er. Normalerweise verlor er nicht so leicht die Beherrschung. In diesem Augenblick kam er ihr wie ein ungebärdiges Kind vor. Aber darauf wies sie ihn nicht hin.

»Daran erinnere ich mich sehr gut. Trotzdem möchte ich Gnade vor Recht ergehen lassen. Meine Ehe ist beendet, und es spielt keine Rolle, wann ich die Scheidungsurkunde in der Hand halte.«

»Und wenn ihm seine Nutte davonläuft? Wenn er wieder an deine Tür klopft? Was dann? Glaubst du, ich hätte nicht bemerkt, wie er dich heute ansah?«

»Um Himmels willen, hör auf! Das ist lächerlich.« Alex weigerte sich, das Thema noch länger zu erörtern. Erbost kehrte er in sein Büro zurück und ließ sich erst wieder blicken, als sie die Kanzlei um sieben Uhr verließen. Er war immer noch schlecht gelaunt und schmollte während des ganzen Dinners. So hatte er sich noch nie benommen. Stundenlang mußte sie auf ihn einreden, bis er sich endlich beruhigte.

Im Penthouse an der Fifth Avenue herrschte eine noch unangenehmere Atmosphäre. Daphne knallte Türen, zerbrach Gläser, warf mit Gegenständen um sich, und Sam beobachtete sie mit wachsendem Entsetzen.

»Wie kannst du es wagen, mich zu beschuldigen, du Bastard?« kreischte sie. »Glaubst du wirklich, ich hätte dich ›geködert‹? Niemals würde ich so tief sinken. Was für ein billiger Trick, deine Gaunereien *mir* anzulasten! Bilde dir bloß nicht ein, du würdest damit durchkommen! Simon hat versprochen, einen Anwalt für mich zu engagieren, falls ich wirklich einen brauche. Aber das werde ich gar nicht abwarten. Bevor ich hier herumsitze und womöglich mit dir im Gefängnis lande, fliege ich lieber nach London.«

»So, wie du dich jetzt aufführst, wärst du ohnehin eine schlechte Gesellschaft, Darling.« Angewidert betrachtete er die Scherben am Boden. »Was würdest du denn an meiner Stelle denken? Monatelang umgarnst du mich mit deinen Reizen – die ich übrigens bemerkenswert finde –, und inzwischen ruiniert Simon meine Firma. Ich bezweifle, daß du keine Ahnung davon hattest, obwohl ich's gern glauben würde. Übrigens, meine Frau weiß schon lange über uns Bescheid und hat's mit keinem Wort erwähnt. Dafür bewundere ich sie. Obwohl sie mein niederträchtiges Verhalten ertragen mußte, während sie ihre qualvolle Chemotherapie ertrug und sich die Seele aus dem Leib kotzte, machte sie mir keine Vorwürfe. Eine echte Lady.«

Im Gegensatz zu Miss Daphne Belrose, fügte er in Gedanken hinzu.

»Und warum gehst du nicht zu ihr zurück?« Daphne sank in einen schwarzen Ledersessel und schlug aufreizend die langen Beine übereinander. Aber er hatte oft genug gesehen, daß sie kein Höschen trug, und es faszinierte ihn nicht mehr. Der Bann war gebrochen.

»Weil sie nichts mehr von mir wissen will. Und ich kann's verstehen. Deshalb werde ich sie in Ruhe lassen. Das bin ich ihr schuldig.«

»Vielleicht habt ihr einander verdient, Mr. und Mrs. Perfect. Und was dich betrifft – vermutlich bist du zu gut für diese Welt. In der Reinheit deines Herzens konntest du natürlich nicht ahnen, mit welchen Methoden Simon seine Millionen gescheffelt hat. Wie naiv bist du eigentlich, Sam? Oder – um es prägnanter auszudrücken – wie dumm? Erzähl mir bloß nicht, du hättest nichts gewußt! Ich half ihm wirklich nicht, dich reinzulegen. Aber – um Himmels willen, sogar ich habe ihn durchschaut!«

»Ja, leider war ich dumm genug, unter deinen Rock zu kriechen, statt auf meine Firma aufzupassen. Du hast einen blinden Narren aus mir gemacht, meine Liebe, und deshalb verdiene ich die Katastrophe, die sich jetzt abspielt.«

»Gar nichts spielt sich ab«, entgegnete sie spöttisch. »Es ist schon vorbei, und du bist erledigt.«

»Allerdings. Dank Simon.«

»Nach dem Prozeß wirst du froh sein, wenn dich jemand als Verkäufer einstellt.«

»Und du, Daphne?« fragte er sarkastisch. »Wirst du mein Abendessen kochen, wenn ich von meinem armseligen Job nach Hause komme?« Er schaute sie verächtlich an. Endlich hatte er ihr wahres Wesen erkannt.

»Wohl kaum«, erwiderte sie und spreizte die Beine, um ihm zu zeigen, was ihm so begehrenswert erschienen war. Und deshalb habe ich mein Leben zerstört, dachte er. Das ist's wirklich nicht wert gewesen. »Ich will zu neuen Ufern aufbrechen. Aber es hat Spaß gemacht, nicht wahr, Sam?«

»O ja.«

Langsam stand sie auf, ging zu ihm und griff unter sein Hemd. Ihre Finger glitten über seine Brust, zu seinem Hosenbund hinab. Aber ehe sie noch tiefer wandern konnten, packte er ihr Handgelenk. Das einzige, was sie jemals verbunden hatte, war zügelloser Sex. Und dafür bezahlte er einen zu hohen Preis.

»Wirst du mich vermissen?« flüsterte sie und schmiegte sich an ihn, als wollte sie beweisen, daß sie ihn immer noch umgarnen konnte. Doch das ließ er nicht zu.

»*Dich* werde ich nicht vermissen«, erwiderte er wehmütig, »nur eine Illusion.« Er hatte das wirkliche Leben mit einem leeren Traum vertauscht und dabei Alex verloren – eine bittere Erkenntnis.

Herausfordernd küßte sie ihn, bis sie sein pulsierendes Verlangen spürte, und er erwiderte den Kuß mit dem letzten Rest seiner Leidenschaft. Dann schob er sie von sich und dachte, daß er wohl niemals erfahren würde, ob sie an seinem Ruin mitgewirkt hatte. Auch das war eine qualvolle Erkenntnis.

»Nur noch ein einziges Mal«, bat sie mit ihrer heiseren, verführerischen Stimme. Er bedeutete ihr viel zuviel. Das hatte sie nicht geplant. Normalerweise bevorzugte sie kurze, belanglose Affären. Aber die Beziehung mit Sam war ihr unter die Haut gegangen.

Wortlos schüttelte er den Kopf, floh aus dem Penthouse und schlenderte durch den Park, um in aller Ruhe nachzudenken. Als er zweieinhalb Stunden später zurückkehrte, war Daphne verschwunden und das Apartment so leer wie sein Herz. Alle seine großzügigen Geschenke hatte sie mitgenommen und nichts zurückgelassen, nur Erinnerungen und Fragen. In den Elfuhrnachrichten wurde verlautbart, das Große Geschworenengericht habe gegen Simon Barrymore wegen Veruntreuung und Betrugs in sechzehn Fällen Anklage erhoben. Seine Kusine und mutmaßliche Komplizin Daphne Belrose, die gerade in einer Maschine nach London saß, wurde nicht erwähnt.

Zwanzigstes Kapitel

Sams Auftritt vor dem Großen Geschworenengericht dauerte den ganzen Tag und nahm ein vorhersehbares Ende. In neun Fällen mußte sich Samuel Livingston Parker verantworten, jeder seiner beiden langjährigen Partner in dreizehn, Simon Barrymore in sechzehn. Alex hatte ihren Mann nicht zu der Anhörung begleitete. Aber sie rief ihn nach einer Besprechung mit Phillip Smith an. »Tut mir leid, Sam.« Nun würde er für einen Freispruch kämpfen oder Verhandlungen zwischen der Staatsanwaltschaft und der Verteidung anstreben müssen, in der Hoffnung, die Anklagepunkte zu reduzieren.

Am 19. November sollte der Prozeß beginnen. Also hatten sie drei Monate Zeit, um die Verteidigung vorzubereiten. Phillip engagierte die drei besten Anwälte der Kanzlei Bartlett & Paskin, eine andere Firma vertrat Larry und Tom. Und ein Jurist, von dem Alex nie gehört hatte, würde Simon verteidigen.

»Und deine Freundin?« fragte sie in beiläufigem Ton. »Wie hat sie sich da rauslaviert?«

»Mit unverdientem Glück, nehme ich an.«

»Sicher ist sie maßlos erleichtert«, bemerkte Alex kühl.

»Keine Ahnung. Vorgestern abend flog sie nach London.«

»Sie hat begriffen, daß die schönen Zeiten vorbei sind.«

Das war ihm ebenfalls klargeworden. In der Finanzwelt standen die Erfolge auf tönernen Füßen. Mit dem großen Geld und den heißen Deals entschwand auch das Renommee, vor allem nach einem Skandal wie diesem. Noch hatte er's nicht ausprobiert, aber er hegte keinen Zweifel – wenn er La Grenouille oder Le Cirque oder die Four Seasons anriefe, würde man bestenfalls um halb sechs oder halb zwölf einen Platz für ihn reservieren und seinen Tisch in die Küche stellen. Der Champagner floß nur so lange wie das Geld.

Und nächstes Jahr würde man den Namen Sam Parker nicht mehr kennen. Seltsam – er hatte sich stets eingeredet, seine Prominenz würde ihm nichts bedeuten. Aber jetzt erkannte er, welch großen Wert er darauf legte. Sein Name war Dreck, sein Ruf ruiniert, und er fühlte sich elend. Plötzlich verstand er, wie schmerzlich Alex unter dem Verlust ihrer Brust, ihrer Weiblichkeit, ihrer Sexualität und Fruchtbarkeit gelitten haben mußte. Sie hatte sich nicht mehr als Frau betrachtet. Und statt ihr beizustehen, hatte er sich mit einer anderen eingelassen. Was für ein Schuft ich bin, dachte er reumütig, ein Nichts... Samt seiner gehobenen Position und seinem Ansehen glaubte er auch seine Männlichkeit zu verlieren.

»Phillip stellt ein Team für dich zusammen«, versuchte sie ihn am Telefon zu ermutigen. Daß sie ihm nicht zu grollen schien, bedrückte ihn noch mehr. Würde sie ihn hassen, wäre die Situation vielleicht erträglicher. Aber sie trug ihm offenbar nichts nach und fügte sich in ihr grausames Schicksal. Wie sie das schaffte, wußte er nicht. Natürlich ahnte er nichts von ihrer Beziehung zu Brock. Darüber sprach sie nicht, und wenn Annabelle den Assistenten erwähnte, entstand nur der Eindruck, er wäre ein guter Freund.

»Wirst du diesem Team angehören?« fragte Sam, obwohl es ihm peinlich war, seine Frau darum zu bitten. Aber er fühlte sich so unsicher und verängstigt wie ein kleiner Junge. Er wußte nicht einmal, was er bis zum Prozeß mit sich anfangen sollte. In der Firma gab's nichts mehr zu tun. Sie sollte geschlossen werden, die laufenden Geschäfte waren bereits abgebrochen, die Aktivposten eingefroren. So gut er es vermochte, versuchte er, die Klienten mittels seines Privatvermögens zu entschädigen, doch er konnte unmöglich für den enormen Gesamtverlust aufkommen. Nachdem er in seiner Blindheit mitgeholfen hatte, die Katastrophe heraufzubeschwören, litt er unter schrecklichen Gewissensqualen und glaubte manchmal sogar, er würde eine Gefängnisstrafe verdienen. Das erwähnte er, bevor Alex eine Gelegenheit fand, seine Frage zu beantworten.

»Noch ist deine Schuld nicht erwiesen. Und – nein, ich gehöre dem Team nicht an, aber ich werde die Ereignisse sozusagen hinter den Kulissen verfolgen.«

Mehr durfte er nicht verlangen. »Danke. In ein oder zwei Wochen schließen wir die Firma. Die Mitarbeiter sind schon davongelaufen.« Innerhalb von drei Tagen hatten alle gekündigt. Niemand wollte mit Betrügern in Verbindung gebracht werden. »Danach bereiten wir uns auf den Prozeß vor. Übrigens, ich will das Penthouse verkaufen. Ich brauche es nicht mehr.« Eigentlich hatte er's nur für Daphne gekauft. »Und, ehrlich gesagt, ich bin auf das Geld angewiesen. Außerdem möchte ich verhindern, daß du dich mit meinen Vermögenswerten herumschlagen mußt, wenn ich im Gefängnis lande. Ich ziehe wieder ins Carlyle.«

»Darüber wird sich Annabelle freuen.« Alex versuchte erneut, ihn zu ermutigen, doch das war ein schwieriges Unterfangen. Bis auf die Haut würde man ihn ausziehen, all seine Sünden, Dummheiten und Fehlschläge entblößen. Und danach würde er der Gnade von zwölf rechtschaffenen Männern und Frauen ausgeliefert sein, die über seine Zukunft entscheiden mußten. Keine erfreulichen Aussichten ... Und dann erinnerte sie sich an den Tag der Arbeit. »Willst du Annabelle an diesem Wochenende zu dir nehmen – trotz allem?«

«Ja, sehr gern.« Diesmal würde er mit seiner Tochter allein sein und nicht mehr gegen Daphnes Widerstand kämpfen müssen. Wahrscheinlich würden sie nicht wegfahren. Er wollte einfach nur Annabelles Gesellschaft genießen.

Carmen brachte sie in die Stadt. Als er das Kind abholte, war Alex nicht zu Hause. Unter der Woche hatte er sie in der Kanzlei nicht mehr getroffen, obwohl sie wußte, daß er mehrmals im Konferenzraum gewesen war, um mit Phillip Smith zu sprechen. Offiziell hielt sie sich aus dem Fall heraus, aber sie beobachtete das Geschehen aus der Ferne.

Am Freitag nachmittag fuhr sie mit Brock nach East Hampton. Er ärgerte sich immer noch, weil sie die Scheidung hinauszögerte, und sie fand sein Verhalten unvernünftig und kindisch. Beim Dinner stritten sie wieder. Zum erstenmal in ihrer fünfmonatigen Beziehung gingen sie unversöhnt schlafen. Aber am Morgen nahm er sie in die Arme und entschuldigte sich. »Tut mir leid, ich bin ein Idiot. Es ist nur – er macht mir angst.«

»Sam?« fragte sie erstaunt. »Wieso, um Himmels willen? Er hat genug eigene Probleme. Warum fühlst du dich von ihm bedroht?«

»Eure gemeinsame Vergangenheit, Annabelle… Wenn er sich in diesen letzten Monaten auch wie ein Hurensohn benommen hat, er ist immer noch dein Mann. Und siebzehn Ehejahre bedeuten sehr viel. Wie soll ich dagegen ankämpfen?«

Diese Frage war schwer zu beantworten. Aber sie liebte ihn, und das wollte sie ihm versichern. »Sorg dich nicht«, bat sie und strich ihm das Haar aus dem Gesicht wie einem Kind. Manchmal fühlte sie sich um Lichtjahre älter, andererseits fand sie seine überschwenglichen Emotionen rührend, und in gewissen Dingen hatte er recht. Die langjährige Ehe würde sie stets mit Sam verbinden. Doch sie hatte auch mit Brock eine gemeinsame Vergangenheit – eine Vergangenheit voll unglaublicher Güte, die sie nicht ignorieren konnte. »Nach dem Prozeß werde ich alles in Ordnung bringen. Vorher wäre es nicht richtig. Immerhin ist er bis zum Ende meiner Chemotherapie bei mir geblieben – so schwer's ihm auch gefallen ist. Manchmal muß man sich eben an gewisse Anstandsregeln halten.«

Erleichtert erwiderte er ihr Lächeln und drückte sie an sich. »Ich hoffe nur, dein Anstand wird dich nicht veranlassen, an deiner Ehe festzuhalten. Sonst könnte *ich* meine Manieren vergessen und ihn erwürgen.« Lachend schüttelte sie den Kopf. Was für gräßliche Worte – aus dem Mund eines so sanftmütigen Mannes…

Sie verlebten ein erholsames Wochenende am Strand. Nur widerstrebend packten sie am Montag ihre Sachen.

Brock hatte einen Kombi gemietet, um das Gepäck nach New York zu transportieren, und sie erreichten Alex' Apartment, als Sam gerade seine Tochter zurückbrachte. Von Daphnes Gegenwart erlöst, wirkte Annabelle fröhlich und zufrieden. Diesmal war es Sam, der die Stirn runzelte. Wieso holte Alex' Assistent ihre Koffer aus dem Wagen? Offenbar hatte sich die Freundschaft vertieft.

»Kann ich dir helfen, Alex?« fragte Sam und trug einen Karton in die Eingangshalle. Plötzlich fühlte er sich in seinem einstigen Heim wie ein Fremder. Er gehörte nicht mehr hierher. Brock begegnete ihm überaus höflich, und Alex war sehr nett. Aber als er Annabelle zwischen den beiden sah, schienen die drei eine Einheit zu bilden, die ihn ausschloß.

Kurz danach verabschiedete er sich, sichtlich deprimiert, und Brock grinste zufrieden. Die Botschaft war deutlich genug gewesen – *Jetzt gehören wir zusammen* –, und Sam hatte sie verstanden.

Einundzwanzigstes Kapitel

Nach dem Tag der Arbeit ging Annabelle wieder in den Kindergarten. Für Alex und Brock begann der gewohnte Alltag. Inzwischen arbeitete sie so intensiv wie früher und trat fast täglich im Gerichtssaal auf. Brock half ihr immer noch, mußte sich aber auch mit seinen eigenen Fällen befassen. Jetzt waren sie nicht mehr so oft zusammen wie zur Zeit der Chemotherapie, was beide bedauerten.

Einige Partner gratulierten Alex, weil sie während ihrer Krankheit so tapfer durchgehalten hatte. Mittlerweile war sie eine Legende in der Kanzlei geworden. Und obwohl sie nach wie vor mit Brock zusammenarbeitete, blieb ihre intime Beziehung ein Geheimnis. Jeden Abend verbrachte er bei Alex, und meistens schlief er auch in ihrem Bett. Aber er behielt sein eigenes Apartment, weil sie meinten, es wäre nicht gut für Annabelle, wenn sie zusammenwohnten. Und so zwang er sich in manchen Nächten, aufzustehen und nach Hause zu gehen. Das mißfiel ihm ebenso wie ihr. Die Wochenenden verbrachte er im Gästezimmer. Beide sehnten Alex' Scheidung herbei, weil sie ihr gemeinsames Leben in Ordnung bringen wollten – wenn auch nur, um nachts durchzuschlafen, wie Brock sich ausdrückte. Da Annabelle ihn sehr gern mochte, hätte es ihr wahrscheinlich gar nichts ausgemacht, wenn er in ihr Heim gezogen wäre.

Im Oktober arbeitete Phillip Smiths Team, das Sam ab dem 19. November verteidigen sollte, jeden Tag bis in die Nacht hinein. Wie alle Beteiligten wußten, würde es äußerst schwierig sein, den komplizierten Prozeß zu gewinnen. Auch Sam machte sich keine Illusionen. Die Firma war inzwischen geschlossen worden. Insgesamt hatten Larry, Tom und Simon die Klienten um neunundzwanzig Millionen Dollar betrogen. Die Summe hätte noch höher ausfallen können. Aber Sam versuchte die Verluste in Grenzen zu halten und löste möglichst viele Versicherungspolicen auf, damit er die Leute entschädigen konnte. Darum bemühte er sich nicht im Interesse der Verteidigungsstrategie, sondern einfach nur, weil es seinem Wesen entsprach – dem Charakter des alten Sam, in den er sich allmählich zurückverwandelte. Er wurde etwas ruhiger. Aber wenn Alex ihn bei seinen Besprechungen mit Phillip sah, wirkte er angespannt und nervös. Die Angst vor dem Gefängnis war ihm anzumerken. Sein Verteidiger betonte auch regelmäßig, es sei fast unmöglich, ihn davor zu bewahren.

Ende Oktober wollte die Staatsanwaltschaft die Angeklagten veranlassen, sich schuldig zu bekennen. Obwohl man ihnen Strafmilderung zusicherte, war keiner dazu bereit – Sam schon gar nicht, dessen Verteidigung auf dem Argument basierte, er wäre zwar unvorsichtig gewesen, hätte aber niemandem mit Absicht schaden wollen.

»Meinst du, das klappt, Alex?« fragte Brock an einem Wochenende, während sie Annabelle auf dem Spielplatz beobachteten.

»Da bin ich mir nicht sicher. Hoffentlich … Aber wenn ich in der Jury säße und Sam würde mir erzählen, er hätte nichts von den Gaunereien seiner Partner gemerkt und sich unterdessen mit einer Mitarbeiterin amüsiert, würde ich mich kaputtlachen und ihn ins Gefängnis schicken.«

»So seh ich's auch«, bemerkte Brock, immer noch der Ansicht, Sam würde eine harte Strafe verdienen. Jedesmal, wenn er Alex darauf hinwies, widersprach sie ihm.

»Man kann einen Mann nicht einsperren, nur weil er seine Frau während ihrer Chemotherapie mies behandelt hat. Deshalb ist er doch kein Verbrecher, sondern nur ein Arschloch. Hier geht's um wissentlichen oder unwissentlichen Betrug – nicht um mich.«

»Natürlich hat er's gemerkt. Aber er *wollte* es nicht wissen. Anfangs hatte er doch selber den Eindruck gewonnen, Simon wäre nicht astrein.«

»Ja, und später hat er ihn vehement verteidigt. Es war einfach zu schön, mit anzusehen, wie die Firma im Geld schwamm. Vielleicht redete er sich deshalb ein, alles sei okay. Er war naiv. Aber das ist kein Verbrechen.«

»Er hätte die Deals gründlicher überprüfen müssen.«

»Ja, aber da kam ihm sein Liebesleben dazwischen.«

»Jedenfalls wird's ein Sensationsprozeß«, prophezeite Brock und behielt recht.

Schon mehrere Tage vor dem ersten Verhandlungstag machte der Fall Schlagzeilen, und in der Finanzbranche wurde gewettet, wer ins Gefängnis wandern würde und wer nicht. Fast alle Eingeweihten erwarteten, der aalglatte Simon würde sich irgendwie herauslavieren. Während er auf den Prozeß wartete, wickelte er neue zwielichtige Deals mit europäischen Klienten ab. Offenbar gab es nichts, was ihn stoppen konnte. Die meisten Leute glaubten, Larry und Tom würden mehrere Jahre hinter Gittern verbringen. Aber Sam galt als unbekannte Größe. Was seine Schuld oder Unschuld betraf, schieden sich die Geister. Jahrelang hatte er einen ausgezeichneten Ruf genossen. Viele alte Hasen in der Wall Street glaubten seiner Version, die jüngeren Experten fanden wie Brock, er hätte die Betrügereien bemerken müssen – und sicher auch davon gewußt.

Von Anfang an verfolgte Alex den Prozeß, beobachtete die Geschworenen und diskutierte während der Verhandlungspausen mit Sam im Flur. Vier Anwälte vertraten ihn, die anderen Angeklagten wurden von insgesamt fünf verteidigt. Im Gerichtssaal drängten sich Reporter und Fotografen.

Alex hatte Brock gebeten, sie zu begleiten. Das lehnte er ab – immer noch verärgert über ihren Entschluß, Sam erst nach der Urteilsverkündung um die Scheidung zu bitten, und schrecklich eifersüchtig, was sie verblüffte und zugleich rührte.

Am dritten Tag begann der eigentliche Prozeß. Wachsende Spannung erfüllte den Saal. Zuvor hatte der Richter den sorgfältig ausgewählten Geschworenen ausführlich erklärt, es handle sich um komplizierte finanzielle Transaktionen. Er war ein hervorragender Jurist, und Alex hatte nur gute Erfahrungen mit ihm gemacht. Doch das bedeutete gar nichts. Die Fakten sprachen gegen Sam, es sei denn, er konnte die Geschworenen von seiner Unschuld überzeugen. Wenn er auch stets ein ehrlicher Mann gewesen war, in diesem Fall mußte die Wahrheit ziemlich unglaubwürdig wirken.

Drei Wochen lang wurden Zeugen vernommen. Ohne große Beachtung zu finden, ging das Erntedankfest vorüber. Alex und Brock brieten einen Truthahn in seiner Wohnung, Annabelle aß mit Sam im Carlyle. Aber er war nicht in Feiertagsstimmung. Und Alex erinnerte sich zwangsläufig an das Erntedankfest im Vorjahr, an seine extreme Reaktion auf ihr Krebsleiden, die letztlich das Faß zum Überlaufen gebracht hatte. Auch Sam dachte an jenes Trauma, nach dem er zum erstenmal in Daphnes Bett gelandet war. Wieder einmal wünschte er inständig, er könnte die Zeit zurückdrehen.

Nach dem Erntedankfest erschien er wieder im Gerichtssaal, sehr distinguiert in seinem dunklen Anzug. Voller Mitleid fragte Alex, wie er sich fühle.

»Danke, daß du gekommen bist«, flüsterte er, und sie nickte. In seinen Augen las sie unverhohlene Zukunftsangst. Aber er war anscheinend bereit, sein Schicksal hinzunehmen, wie immer der Prozeß auch ausgehen mochte. Er wußte bereits, daß er im Fall eines Schuldspruchs dreißig Tage Zeit finden würde, um seine persönlichen Angelegenheiten zu regeln, bevor nach Weihnachten das Strafmaß verkündet würde. Dieser deprimierende Gedanke beschäftigte ihn, als der Richter mit seinem Hammer auf den Tisch klopfte und um Ruhe im Saal bat.

In der zweiten Dezemberwoche wurde der Prozeß abgeschlossen. Sam trat in den Zeugenstand. Seine emotional gefärbte Aussage klang sehr bewegend. Ein- oder zweimal mußte er sich unterbrechen, wenn ihn seine Gefühle überwältigten – was die Reporter begierig zur Kenntnis nahmen. Alex glaubte nach wie vor an seine Unschuld im Sinne der Anklage. Nur zu gut wußte sie, welch alptraumhafte Monate sie beide erlitten hatten. Manchmal waren sie nicht bei klarem Verstand gewesen, und die

Affäre mit Daphne mußte Sams Gehirn zusätzlich benebelt haben. Zu ihrer eigenen Überraschung hörte sie ihm leidenschaftslos zu. Sie wollte einfach nicht an die Gefahr einer Gefängnisstrafe denken. Und sie gestand sich nicht einmal ein, daß sie ihn einmal geliebt hatte, weil es zu schmerzlich gewesen wäre. Danach wandten sich seine vier Anwälte an die Geschworenen, teilweise mit sehr eindringlichen Worten. Phillip wies noch einmal auf die Fakten hin und hob Sams Aussage hervor – von der Krankheit seiner Frau und seiner Liebesaffäre verwirrt, habe er sich eingeredet, in der Firma sei alles in Ordnung. Jedenfalls habe er die Gaunereien nicht wahrgenommen und niemanden *wissentlich* betrogen.

Die Beratungen der Geschworenen dauerten fünf Tage. Schließlich fällten sie ihr Urteil. Sam und seine Partner saßen bleich und sichtlich nervös an ihren Tischen. Als die Geschworenen den Saal betraten, wurden die Angeklagten aufgefordert, sich zu erheben. Alex beobachtete, wie Simon eine verächtliche Miene aufzusetzen versuchte. Aber damit täuschte er niemanden, weil er leichenblaß aussah. Auch Larry und Tom konnten ihre Angst nicht verhehlen. Alex bemitleidete nur Sam und die arme, kleine Annabelle. Was würde sie empfinden, wenn ihr Daddy ins Gefängnis gehen mußte? Im Kindergarten war sie von altklugen Spielkameraden auf diese Möglichkeit hingewiesen worden. Die Eltern hatten versucht, ihr die Situation in einfachen Worten zu erklären. Trotzdem war sie völlig verwirrt.

Mit klarer Stimme verlas die Sprecherin der Geschworenen das Urteil. Tom, Larry und Simon wurden in allen Punkten der Anklage schuldig gesprochen. Im Gerichtssaal herrschte wachsende Unruhe, und der Richter mußte mehrmals mit seinem Hammer auf den Tisch klopfen.

Auch Sam wurde schuldig gesprochen. Wie festgewurzelt saß Alex da und starrte ihn an. Er stand reglos hinter seinem Tisch und hörte dem Richter zu, der erklärte, in dreißig Tagen würde er das Strafmaß verkünden. In der Zwischenzeit dürften die Verurteilten den Staat nicht verlassen. Jeder mußte eine Kaution von fünfhunderttausend Dollar hinterlegen. Sobald er die Sitzung geschlossen hatte, brach ein Tumult aus. Überall flammten Blitzlichter auf, und Alex mußte sich mühsam einen Weg zu Sam und Phillip bahnen.

In Sams Augen glänzten Tränen. Offenbar hatte er einen Schock erlitten. Larrys und Toms Ehefrauen schluchzten herzzerreißend, und Simon hatte den Saal bereits zusammen mit seinem Anwalt verlassen.

»Tut mir leid, Sam«, sagte sie leise, während sie fotografiert wurden.

»Gehen wir«, bat er verzweifelt. Sie fragte Phillip, ob er mit seinem Mandanten sprechen wolle. Wortlos schüttelte er den Kopf. Das Urteil hatte ihn bitter enttäuscht. Jetzt konnten sie nur noch versuchen, das Strafmaß zu verringern. Aber Sam würde zweifellos ins Gefängnis wandern.

Als sie mit ihrem Mann den Saal verließ, wurden ihnen unentwegt Kameras und Mikrophone vors Gesicht gehalten. Endlich saßen sie in einem Taxi.

»Bist du okay?« fragte Alex. Er sah so elend aus, daß sie befürchtete, er hätte eine Herzattacke oder einen Schlaganfall erlitten.

»Keine Ahnung… Ich bin wie betäubt. Immer wieder

sage ich mir, damit hätte ich rechnen müssen... Fahren wir zum Carlyle.«

Am Eingang des Hotels warteten bereits mehrere Reporter. Alex und Sam fuhren zum anderen Eingang an der Madison Avenue und hasteten unbehelligt hinein. In seiner Suite rief er den Zimmerservice an und bestellte Getränke – Scotch für sich selbst, Kaffee für Alex.

»O Sam, ich weiß nicht, was ich sagen soll«, gestand sie. Die Worte fehlten ihr, und sie empfand nur tiefe Trauer – um ihn und Annabelle, die ihren Vater verlieren würde, vielleicht für zwanzig Jahre. Bis zur Verkündung des Strafmaßes würden sie schwere Zeiten durchmachen. Irgendwie mußten sie's überstehen. »Kann ich irgendwas für dich tun?« fragte sie hilflos.

»Paß gut auf Annabelle auf.« Plötzlich brach er in Tränen aus. Minutenlang saß er schluchzend auf dem Sofa, das Gesicht in den Händen vergraben, und Alex legte einen Arm um seine Schultern. Als der Zimmerservice an die Tür klopfte, unterschrieb sie die Rechnung, trug das Tablett selbst zum Tisch und reichte ihrem Mann den Scotch. Dankbar nahm er das Glas entgegen und entschuldigte sich für seine mangelnde Selbstbeherrschung.

»Schon gut, Sam, sei nicht albern«, erwiderte sie sanft.

Er nippte an seinem Drink und schaute sie an. »So ähnlich mußt du dich damals gefühlt haben, als dir die Brust abgenommen wurde.«

»Ja«, bestätigte sie und lächelte wehmütig. »Aber ich würde lieber noch eine Chemotherapie ertragen, statt ins Gefängnis zu wandern.«

Zynisch verzog er die Lippen. »Vor diese Wahl wird man mich wohl kaum stellen.«

»Glaub mir, die Therapie würde dir nicht gefallen.«

»Daran werde ich denken.« Wieder einmal bereute er, wie schmählich er sie im Stich gelassen hatte. »O Gott, du warst so krank, und ich wollte nichts davon wissen, weil ich's nicht aushielt. Ich ließ mir sogar von Daphne einreden, *ich* sei zu bedauern – nicht du.« Jeden Tag dankte er dem Himmel für die Genesung seiner Frau.

»Hast du von ihr gehört?«

Er schüttelte den Kopf. »Kein Wort. Wahrscheinlich hat sie längst eine neue Affäre. Sie wird immer auf die Füße fallen, wo sie auch sein mag.« Nach einer kurzen Pause schaute er ihr in die Augen. »Warum leistest du mir eigentlich Gesellschaft? Dazu bist du nicht verpflichtet.«

»Weil ich dich sehr lange geliebt habe. Und es fällt mir schwer, das zu vergessen.« Jetzt fürchtete sie nicht mehr, er könnte sie verletzen. Sie hatten sich zu weit voneinander entfernt.

»Aber du solltest es bald vergessen. In dreißig Tagen. Übrigens, ich werde noch vorher die Scheidung einreichen. Dann kann dein junger Freund und Kollege endlich aufatmen. Wann immer er mich sieht, drohen mich seine Blicke zu erdolchen. Sag ihm, er braucht mich nicht mehr zu fürchten.« Statt zu antworten, lächelte sie nur. Also hatte er erraten, in welcher Beziehung sie zu Brock stand. Jetzt gab es keine Geheimnisse mehr zwischen ihnen. »Ist er nicht ein bißchen zu jung für dich?« In Sams Stimme schwang eine gewisse Eifersucht mit, und das erinnerte sie an Brock. Wie dumm die beiden waren...

»Das sage ich ihm jeden Tag. Aber er ist unglaublich stur. Während der Chemotherapie hat er sich rührend um mich gekümmert. Er hielt mir sogar den Kopf, wenn ich mich im Büro übergab. Unsere Beziehung begann erst sehr viel später.«

»Sicher ist er ein guter Mann«, gab Sam fairerweise zu, »und ich wünschte, ich wäre so anständig gewesen wie er.« Deprimiert zuckte er die Achseln. «Aber vielleicht ist's sogar besser, daß ich dich damals im Stich ließ. Sonst würde dich meine Verurteilung viel härter treffen. Du brauchst deine Freiheit.«

»Aber du auch.«

»Erklär das mal dem Richter«, entgegnete er und stand auf. Er hatte kein Recht, sie noch länger festzuhalten, und ihre Nähe erinnerte ihn viel zu schmerzlich an seine schweren Verluste. »Sag Annabelle, ich hole sie morgen ab. In diesem Monat will ich möglichst viel mit ihr unternehmen.« Im letzten Monat seiner Freiheit... Auch mit Alex hätte er gern einen Teil dieser Zeit verbracht, aber darum durfte er sie nicht bitten.

Bedrückt fuhr sie am Abend nach Hause. Brock rief an und erklärte, er habe die Urteilsverkündung in den TV-Nachrichten gesehen. Nun würde er noch eine Weile im Büro arbeiten und später zu ihr kommen.

Als er dann erschien, ärgerte sie sich, weil ihn der Schuldspruch mit sichtlicher Genugtuung erfüllte. Sam verdiene nichts Besseres, nachdem er sein Leben vermasselt habe, behauptete Brock.

»Zwanzig Jahre Gefängnis – ich glaube, das ist in diesem Fall ein bißchen happig«, entgegnete Alex. »Wer zum Teufel hat denn noch nie im Leben Fehler gemacht? Sicher, er war egoistisch, naiv und zu vertrauensselig. Aber deshalb verdient er's nicht, alles zu verlieren. Und warum muß die unschuldige Annabelle unter der ganzen Misere leiden? Sie braucht ihren Vater.«

»Daran hätte er denken sollen, bevor er sich mit Simon einließ. Verdammt, Alex, der miese Charakter dieses Kerls war doch offensichtlich. Das hast du selber gesagt«, betonte er, und sie konnte ihm nicht widersprechen.

Am nächsten Tag holte Sam seine Tochter ab, nach wie vor blaß und verzweifelt. Brock behandelte ihn ziemlich ruppig, was Alex überflüssig fand. Sobald sie allein waren, machte sie ihm Vorwürfe. »Er hat schon genug am Hals. Also mußt du ihn nicht noch zusätzlich mit deinem unhöflichen Benehmen nerven.«

»Ich war nicht unhöflich, sondern kühl, und das ist ein großer Unterschied.«

»O nein, du warst eklig«, erwiderte sie und fühlte sich wie eine Mutter, die ihr Kind tadelt. »So was könnte jedem passieren. Sam ließ sich von extravaganten Typen mitreißen, die ihn schamlos ausnutzten. Wärst du dagegen immun?«

Energisch bestritt er, daß er jemals in eine solche Situation geraten würde. »Warum verteidigst du ihn?« fragte er in plötzlicher Besorgnis und starrte sie an wie ein Staatsanwalt eine Angeklagte. »Liebst du ihn immer noch?«

»Natürlich nicht – aber ich mag ihn«, antwortete sie ehrlich, »und bedaure, was geschehen ist.«

»Glaubst du wirklich nicht, daß er seine Strafe verdient?«

»Nein. Nachdem seine Dummheit so vielen Leuten geschadet hat, verdient er den Verlust seiner Position und seines Ansehens, aber keine Gefängnisstrafe.«

»Du bist zu weichherzig«, meinte er und nahm sie in die

Arme. »Vielleicht liebe ich dich gerade deshalb.« Er drückte sie so fest an sich, daß sie kaum Luft bekam. »Für mich zählt nur eins – ich will dich nicht verlieren. Ich höre, wie du über Sam redest, ich lese in deinen Augen, was du für ihn empfindest. Selbst wenn du's leugnest – die Vergangenheit ist noch nicht vorbei und begraben. In deinem Herzen lebt er weiter. Wahrscheinlich ist das nach achtzehn Ehejahren normal. Und außerdem habt ihr eine kleine Tochter... Jedenfalls möchte ich dich nicht verlieren«, wiederholte er und küßte sie.

Als sie wieder atmen konnte, strich sie lächelnd mit einem Finger über seine Lippen. »Du wirst mich nicht verlieren, weil ich dich liebe.«

»Aber ihn liebst du auch«, gab er zu bedenken, und diesmal widersprach sie nur halbherzig.

»Mag sein. So genau weiß ich's nicht. Ich liebe ihn nicht im romantischen Sinn – nur das, was einmal war, was wir in so vielen Jahren teilten. Und dann brach alles auseinander. Das ist so schwer zu verstehen.« Jetzt würden sie zusammen mit Annabelle eine Familie bilden, trotz der Scheidung – durch ein unzerreißbares Band vereint, selbst wenn die Liebe erloschen war. »Ich fühle seine Verzweiflung, ich erkenne, was die ganze Zeit in ihm vorging... Wie soll ich's dir erklären? Nur weil sich die Dinge zwischen uns geändert haben, muß ich ihn nicht hassen.«

»Haben sie sich wirklich geändert?«

»Allerdings. Ich bin nicht mehr seine Frau. Nach allem, was geschehen ist, gibt es kein Zurück, nur die Zukunft.« Mit Brock... Aber *seine* Frau bin ich auch nicht – im Augenblick gehöre ich zu *keinem* Mann, dachte sie. Zum erstenmal seit Jahren war sie auf sich allein gestellt. Und das gefiel ihr trotz der Einsamkeit, die sie eine Zeitlang gequält hatte. Nun genoß sie das Beste aus beiden Welten, ihre Eigenständigkeit und das Zusammensein mit Brock, den sie liebte.

»Sag's mir, wenn sich was ändert«, bat er und beobachtete ihr Gesicht. Was er darin las, beruhigte ihn nur teilweise. Er spürte den Konflikt ihrer Gefühle. Einerseits liebte sie ihn, andererseits litt sie mit Sam. Und sie wollte es jedem recht machen, auch Annabelle – keine leichte Aufgabe.

»Red keinen Unsinn!« schimpfte sie. »Nichts wird sich ändern. Aber auf Sam kommen schwere Zeiten zu, und ich möchte ihm helfen.«

»Warum? Hat er *dir* in diesen letzten Monaten geholfen? Wieso kümmerst du dich um ihn?«

»Um der Vergangenheit willen.«

Eine solche gemeinsame Vergangenheit mit Alex wünschte er sich – jenes alte, gefestigte Band, das sie immer noch an Sam fesselte. »Er soll dir bloß nicht *zu* leid tun«, mahnte er und küßte sie wieder. »Oh, mein Engel, ich brauche dich …«

»Und ich dich«, flüsterte sie.

An diesem Vormittag liebten sie sich in dem Bett, das sie nie mehr mit Sam teilen würde. Was sie Brock versichert hatte, war die reine Wahrheit, und sie glaubte ganz fest daran. Die Vergangenheit konnte nicht zu neuem Leben erwachen, nur die Zukunft zählte.

Aber Brock starrte immer wieder nachdenklich vor sich hin. Am späten Nachmittag holte sie ihre Tochter im Carlyle ab, während er im Gristede's fürs Dinner einkaufte. Sam erweckte den Eindruck, er hätte die Konsequenzen des Urteils erst jetzt erkannt, und er war einer Panik nahe. Alles würde er verlieren – seine Freiheit, die Früchte seines Erfolgs, seine Frau, sein Kind. Der lässige Sarkasmus, den er nach dem ersten Schrecken am Vortag gezeigt hatte, den Scotch in der Hand, war verflogen. In Annabelles Gesellschaft erkannte er das ganze Ausmaß seines Verlustes. Und Alex' Anblick vertiefte seinen Kummer.

Am Nachmittag hatte er Annabelle erzählt, in letzter Zeit sei einiges schiefgelaufen. Was das bedeutete, verstand sie nicht. Er hatte ihr verschwiegen, daß er eine Gefängnisstrafe absitzen mußte. Das wollte er ihr erst später erklären, irgendwann in den neunundzwanzig Tagen, die ihm noch blieben.

»Habt ihr euch gut amüsiert?« fragte Alex lächelnd.

»O ja, wir sind eislaufen gegangen«, berichtete Sam. Dann schickte er Annabelle ins Nebenzimmer, wo sie ihre Puppe und ihren Pullover holen sollte. »Tut mir leid, daß dein Freund heute morgen so verärgert war. Wahrscheinlich regt er sich meinetwegen auf.«

Sie nickte und suchte nach Worten. Wie immer entschied sie sich für die Wahrheit. »Brock hat Angst vor unserer gemeinsamen Vergangenheit, Sam. Und ich kann's ihm nicht verübeln. Siebzehn Jahre – das ist eine lange Zeit. Es fällt mir schwer, einem Außenstehenden begreiflich zu machen, was uns immer noch verbindet, und er fürchtet, die Loyalität könnte stärker sein als die Liebe – was reiner Unsinn ist.«

»Tatsächlich?« Er schaute ihr in die Augen, sah die Seele einer Frau, die er tief verletzt hatte, und erinnerte sich wehmütig an seine glückliche Ehe. »Ist es nur Loyalität?« fragte er nachdenklich. »Das bedaure ich. Aber nach allem, was ich dir antat, muß ich wohl froh über deine loyalen Gefühle sein.«

»Bitte – nicht, Sam ...«

»Warum nicht? Vielleicht sollte ich gewisse Dinge sagen, falls ich später keine Gelegenheit mehr dazu finde.« Sie verstand, was ihn bewegte. Doch sie konnte ihm nicht helfen. Sie würde für ihn dasein und Mitleid empfinden. Mehr vermochte sie ihm nicht zu geben, denn jener andere Teil ihres Lebens gehörte Brock. »Ich liebe dich immer noch«, beteuerte er, und sein Geständnis krampfte ihr das Herz zusammen.

In diesem Augenblick sprang das Kind ins Zimmer, die Puppe und den Pullover unter den Armen. Alex wandte sich von Sam ab und wünschte, er hätte geschwiegen. Jetzt hatte er kein Recht mehr, so mit ihr zu reden. Ihre Hände zitterten, als sie Annabelle den Pullover und den Mantel anzog und ihr die Strickmütze aufsetzte.

Angespannt wartete Sam auf eine Antwort. Aber Alex begann erst zu sprechen, während sie Annabelle folgten, die zum Lift vorausrannte. »Mach's uns nicht noch schwerer, Sam. Tu uns nicht schon wieder weh.« Wenn er mit ihren Emotionen spielte, würde er sie alle nur verletzen – seine Frau, seine Tochter und Brock, sogar sich selbst.

»Glaub mir, ich möchte dir nicht weh tun.« Plötzlich wollte er ihr so vieles erklären. Er blieb stehen und hielt ihren Arm fest. »Vielleicht sollte ich mich zusammennehmen und den Mund halten, um dich nicht unnötig zu belasten – gerade jetzt, wo ich bald im Gefängnis landen werde. Aber ich denke, es wäre ein größerer Fehler, dich gehen zu lassen, ohne dir zu sagen, daß ich dich liebe. Ich weiß, ich habe kein Recht auf dich. Verdammt, ich fühle mich nicht einmal mehr wie ein Mann. Alles, was meine Identität ausmachte, ist verschwunden – Geld, Erfolg, meine Position. So ähnlich muß dir zumute gewesen sein, als du deine Brust verloren hast. Aber deine Weiblichkeit hängt nicht von einer Brust, meine Männlichkeit nicht von der Firma ab. Was wir sind, liegt in unseren Herzen, in unseren Seelen. Warum habe ich das früher nicht verstanden? Inzwischen bin ich klüger geworden – leider zu spät. Könnte ich doch die Zeit um ein Jahr zurückdrehen und die Probleme meistern …«

»Das geht nicht, Sam.« Sekundenlang schloß sie die Augen, um seinem kummervollen Blick auszuweichen. »Sprich nicht so mit mir … Für uns gibt es kein Zurück. Ich darf Brock nicht enttäuschen.« Erst an diesem Morgen hatte sie ihm versichert, nichts würde sich ändern.

»Was willst du bloß mit ihm anfangen?« fragte Sam ärgerlich. »Gewiß, er ist ein netter Junge, und er war gut zu dir. Aber wie wird eure Beziehung in zehn Jahren aussehen? Was kann er dir geben?«

»Er hat mir schon genug gegeben. Jetzt muß ich mich revanchieren.«

»Nur weil er soviel für dich getan hat, opferst du ihm dein Leben? Alex, ich weiß, was ich *nicht* für dich getan habe, läßt sich nie mehr nachholen. Aber ich liebe dich. Du bist immer noch meine Frau. Und ich habe dich immer geliebt, sogar in meiner verrücktesten Phase. Einerseits wollte ich dir nicht davonlaufen, andererseits war ich unfähig, bei dir zu leben. Ich floh vor dir, vor dem Geist meiner Mutter, vor der Realität. Und ich mußte mein Verlangen nach dieser Frau befriedigen. Das war natürlich nicht richtig. Irgendwie trieb sie mich zum Wahnsinn. Auch du hast mich verrückt gemacht …«

Bevor er ins Gefängnis ging, mußte er ihr sein Herz ausschütten. Dafür hatte sie Verständnis, obwohl sie es unfair fand, weil er an einem Band zog, das noch nicht ganz zerrissen war – an einem Teil ihres Herzens, der immer noch ihm gehörte und zu heftig schmerzte. »Gehen wir einfach auseinander, Sam«, erwiderte sie tonlos und schaute zu Annabelle hinüber, die beim Lift wartete. »Blick nicht zurück, trauere nicht um die Vergangenheit – es wäre sinnlos.«

»Ja, vielleicht. Aber wie sollen wir nach achtzehn Jahren einfach auseinandergehen? Fällt's dir so leicht? Empfindest du wirklich nur loyale Gefühle für mich? Daran zweifle ich.«

Alex auch. Plötzlich stieg heiße Wut in ihr auf. Warum behelligte er sie mit der Beichte seiner Sünden? Warum mußte er seine Seele offenbaren? Nach allem, was er ihr angetan hatte, wollte er sie jetzt – fünf Minuten vor zwölf – zurückerobern. »Was verlangst du von mir, Sam? Versuchst du mir das Geständnis abzuringen, ich würde dich lieben, damit du deine Gefängnisstrafe besser verkraftest? Laß mich gehen, gib uns beide frei. Damit wirst du mir und dir selbst helfen. Zieh einen Schlußstrich.«

»Das kann ich nicht.« Die ganze Nacht hatte er wach gelegen, an seine Frau und das Urteil gedacht. Nun wußte er, daß er die Trennung nicht ertragen würde, und es drängte ihn, Alex zu küssen. »Ich liebe dich.«

»Und ich liebe dich, Sam«, flüsterte sie bedrückt. Brock hatte es früher erkannt als sie selbst. »Trotzdem ist es zu spät.« Die Lifttüren glitten auseinander, und Annabelle winkte ihr. »Tu uns das nicht an …« Als er mich Daphnes wegen verließ, war's viel einfacher, dachte sie. Damals hatte sein Entschluß festgestanden. Jetzt wirkte er so unsicher, so niedergeschlagen, und sie wußte nicht mehr, was sie ihm noch schuldete.

»Tut mir leid, Alex. Kann ich dich manchmal sehen?« Verzweifelt starrte er zur offenen Liftkabine.

»Nein – unmöglich …« Entschieden schüttelte sie den Kopf und stieg mit ihrer Tochter in den Aufzug. Das durfte sie weder Brock noch sich selber zumuten.

Sam schaute sie an, bis sich die Lifttüren schlossen. Auf dem Heimweg versuchte sie alles zu vergessen, was er gesagt hatte, und nur noch an Brock zu denken. Mit bebenden Fingern umklammerte sie die Hand ihrer Tochter.

»Ist Daddy böse auf dich?« Verwirrt schaute Annabelle in der kalten Winterluft zu ihr auf. Passanten eilten vorbei, um Weihnachtseinkäufe zu erledigen.

»Nein, Schätzchen.« Warum mußten Kinder immer das Falsche sagen?

»Er sah so traurig aus.«

»Weil du weggegangen bist. Aber er ist wirklich nicht böse.« Nur unglücklich. Und sehr dumm.

Erleichtert atmete sie auf, als sie das Apartment betrat und Brock wiedersah. Aus der Küche wehten köstliche Düfte. Er bereitete gerade eine Spaghettisauce zu, toastete Knoblauchbrot, und Alex hatte versprochen, die Nudeln zu kochen und den Salat zu machen. Zum Nachtisch wollte sie Eiscreme mit heißen Himbeeren servieren.

»Alles okay?« fragte er, half ihr aus dem Mantel und wärmte ihre zitternden Hände.

»Ja.« Lächelnd schlang sie die Arme um seinen Hals und verdrängte die Erinnerung an Sam.

Aber später, als sie neben Brock im Bett lag und sich ganz fest an ihn klammerte, schienen Sams Worte wie Geister heranzuschweben.

Zweiundzwanzigstes Kapitel

Am Weihnachtstag zog Annabelle für eine Woche zu ihrem Vater. Alex wollte ihn nicht sehen, begleitete sie nur in die Hotelhalle und ließ sie allein im Lift nach oben fahren. Seit jener erschütternden Begegnung hatte sie nichts mehr von ihm gehört und nahm an, er wäre zur Vernunft gekommen.

Der Heilige Abend war wundervoll gewesen. Die Woche zwischen Weihnachten und Neujahr verbrachte sie mit Brock in Vermont. Sie fuhr Ski und fühlte sich großartig. Inzwischen war ihr Haar gewachsen, und sie trug einen stilvollen Pagenkopf, den Brock sehr sexy fand.

Nach ein paar Tagen begann sie ihren Mann zu vergessen. Sie liebte Brock, und es war albern gewesen, sich Sorgen zu machen. In Vermont erhielt sie die Nachricht, Sam habe kurz nach Weihnachten die Scheidung eingereicht. Also ist er tatsächlich vernünftig geworden, dachte sie erleichtert. Beiden fiel es schwer, die Vergangenheit zu begraben, aber es mußte geschehen.

Alex und Brock beschlossen, im Juni zu heiraten, in aller Stille. Zuvor mußten sie ihre Pläne mit den Partnern von Bartlett & Paskin besprechen. Während sie am Silvesterabend vor dem Kaminfeuer lagen, träumte sie von Flitterwochen in Europa. »Das läßt sich machen«, meinte er. Gerade hatten sie sich geliebt.

Sie erwiderte seinen Blick und lächelte. Wenn er sie so anschaute, unschuldig und vertrauensvoll wie ein Kind, erschien er ihr besonders liebenswert.

Am Neujahrstag fuhren sie nach New York zurück. Zuerst brachten sie das Gepäck in Alex' Apartment, dann ging sie, immer noch im Skianzug, zum Carlyle, um Annabelle abzuholen. Als sie Sam von der Rezeption aus anrief, bat er sie, für ein paar Minuten nach oben zu kommen. Sie zögerte, sagte sich aber, es könne nicht schaden. Immerhin hatte er während ihrer Abwesenheit die Scheidung eingereicht, also war ihm klargeworden, was sie wollte.

Aber sein blasses, trauriges Gesicht erschreckte sie und beschwor wieder all die Gefühle herauf, die sie verdrängt hatte. Annabelle schien nicht zu merken, was er durchmachte, und erzählte, es sei so lustig mit Daddy gewesen.

»Oh, das freut mich, Schätzchen.« Alex umarmte ihre Tochter und begegnete Sams sehnsüchtigem Blick.

Während Annabelle im Nebenraum ihre Sachen packte, flüsterte er: »Ich hab dich vermißt.«

»Red keinen Unsinn«, erwiderte sie und dankte ihm, weil er die Scheidung eingereicht hatte.

»Wenigstens das war ich dir schuldig«, entgegnete er unglücklich. »Ich schulde dir noch viel mehr. Und ich werde dir niemals alles zurückzahlen können. Nicht einmal, wenn ich den Rest meines Lebens mit dir verbringen würde...« Jetzt fand er viel Zeit, um nachzudenken. Immer wieder, in wachsendem Entsetzen, erinnerte er sich, wie bitter er sie enttäuscht hatte.

»Bitte, sei nicht albern, Sam.« Um die angespannte Atmosphäre zu lockern, sprach sie betont beiläufig. »Das alles ist vorbei. Nur die Zukunft zählt.«

»Wirklich?« Er ging zu ihr, und sie wünschte, Annabelle würde ihre Sachen schneller packen. Sollte sie ihr helfen? Nein, sie wollte Sams Schlafzimmer nicht betreten. Plötzlich stand er viel zu dicht vor ihr. In seinen Augen las sie alles, was sie vor so vielen Jahren zu ihm hingezogen hatte – Liebe und Zärtlichkeit und Güte. Jetzt glich er wieder dem Mann, der er einmal gewesen war, und er brauchte sie so dringend. Aber sie hatte sich verändert. Oder doch nicht? »Alex…« Wie sehnsüchtig er ihren Namen aussprach… Ehe sie ihn daran hindern konnte, nahm er sie in die Arme und küßte sie sanft auf die Lippen. Sie versuchte, sich loszureißen. Aber er drückte sie noch fester an sich.

Und dann wußte sie nicht mehr, warum sie seinen Liebkosungen entrinnen wollte. Es kam ihr so vor, als hätte sich nichts verändert, als wären sie durch die Jahre zurückgewandert und sie würde zu ihm gehören. Doch in der nächsten Sekunde erinnerte sie sich an Brock. Sie gehörte nicht mehr zu Sam, und sie durfte ihm nicht erlauben, sie zu küssen. Warum war sie in seine Hotelsuite gegangen? Dieser Gedanke weckte heftige Schuldgefühle. »Nicht!« flüsterte sie atemlos und befreite sich aus seinen Armen. Sie war wie betäubt. Verzweifelt, die Augen voller Tränen, schaute sie ihn an. »Sam, ich kann nicht…«

Nun machte er sich Vorwürfe, weil er die Situation ausgenutzt hatte. Warum nahm er sich das Recht dazu? In wenigen Tagen würde er ins Gefängnis wandern, für viele Jahre. Deshalb war er zur Scheidung bereit – und aus vielen anderen Gründen, die er bei jenem Kuß vergessen hatte. »Tut mir leid, Alex… Ich hätte mich beherrschen müssen.« Jetzt sah er genauso schuldbewußt aus, wie sie sich fühlte. So liebenswert, so verwundbar und verängstigt – und schmerzhaft vertraut.

»Versuch dich etwas besser zu benehmen«, bat sie und lächelte wehmütig. »Ich weiß, das fällt dir schwer.« Natürlich hätte sie Zorn und Entrüstung empfinden müssen. Doch das gelang ihr nicht. »Wirst du dich trotzdem bemühen?«

Er nickte verlegen und grinste. In diesem Augenblick kehrte Annabelle aus dem Nebenraum zurück, mit ihrem winzigen Koffer und einem Beutel voller Weihnachtsgeschenke, die sie von ihrem Vater bekommen hatte. Über ihren Kopf hinweg wechselten sie einen Blick, und in Alex' Augen lag eine stumme Bitte. Sam begleitete seine Frau und seine Tochter nach unten. Während Annabelle mit ihrer Mutter zur Tür ging, drehte sie sich ein halbes dutzendmal um und winkte ihm. Aber Alex schaute nicht zurück. Sie fürchtete die Gefühle, die sein Anblick schüren würde – die noch nicht erloschen waren, obwohl sie es geglaubt hatte. Diesen Emotionen durfte sie nicht nachgeben. Wie konnte sie zwei Männer lieben? Sie hatte ihre Zukunft in Brocks Hände gelegt.

Sobald sie ihr Apartment betrat, warf sie sich in Brocks Arme. »Was ist denn los?« Entzückt erwiderte er ihre leidenschaftlichen Küsse. Der Urlaub in Vermont hatte die Liebe noch vertieft.

An diesem Abend kochten sie gemeinsam das Dinner. Danach half sie Annabelle, ihre Sachen auszupacken, und Brock brachte die Küche in Ordnung, dabei hörte er Stereomusik. Ein paar Stunden später, als Annabelle schon im Bett lag und Brock gerade duschte, rief Sam an. Sie saß im Arbeitszimmer. Soeben hatte sie an ihn gedacht, und der Klang seiner Stimme ließ sie zusammenzucken. Hatte er ihre Gedanken aus der Ferne gelesen?

»Ja?« fragte sie, von Gewissensbissen gequält. Beinahe gewann sie den Eindruck, sie hätte eine heimliche Liebesaffäre mit ihrem Mann.

»Sag mir die Wahrheit, Alex. Wenn du mich nicht mehr liebst, lasse ich dich gehen – was immer ich auch für dich empfinde.« In seinen Worten schwang eine neue Zuversicht mit. Vielleicht hatte der Kuß sein Selbstvertrauen gestärkt.

»Ich liebe dich nicht mehr«, erwiderte sie ohne Überzeugungskraft, und er lachte wie jener fröhliche junge Mann, den sie vor so vielen Jahren kennengelernt hatte.

»Lügnerin!«

»Sam, ich mein's ernst.«

»Und warum hast du meinen Kuß erwidert?«

Unwillkürlich lächelte sie. »Hör auf mit dem Unsinn! Ich kann keine Komplikationen gebrauchen.«

»In ein paar Wochen sitze ich im Gefängnis, dann hast du's hinter dir. Ich will dich sehen.«

»Heute nachmittag hast du mich lange genug gesehen«, entgegnete sie in einem entschiedenen Ton, der nicht zu ihren Gefühlen paßte. Seine Stimme berührte einen empfindsamen Teil ihres Herzens. Und das durfte sie nicht gestatten.

»Alex, du weißt, was ich meine. Gehst du mit mir essen?«

»Nein.«

»Bitte...« Das Wort klang so verführerisch, daß sie fast geschrien hätte.

»Laß mich in Ruhe!«

Eine Zeitlang versuchte er, sie umzustimmen. Aber sie blieb bei ihrem Entschluß, und ein paar Minuten später legte sie auf. Brock kam ins Schlafzimmer, ohne zu ahnen, daß sie telefoniert hatte.

Am nächsten Tag rief Sam im Büro an. »Was willst du?« seufzte sie.

»Nur einen Abend in deiner Gesellschaft. Danach werde ich dich nicht mehr belästigen.«

»Was versprichst du dir davon?«

»Es würde mir sehr viel bedeuten.«

Schließlich erklärte sie sich bereit, ihn zu treffen. Ein einziges Mal. Hinter Brocks Rücken. Schweren Herzens belog sie ihn. Das Rendezvous fand an einem Abend statt, den er mit Mandanten verbrachte, und Carmen kümmerte sich um Annabelle.

»Mußtest du heimlich aus der Wohnung schleichen?« scherzte Sam.

»Bilde dir bloß nicht zuviel ein!« erwiderte sie, ohne ihr Unbehagen zu verbergen.

»Tut mir leid.«

Sie besuchten ein kleines Restaurant in den East Eighties, bestellten Pasta und Wein, und Alex fühlte sich in die Vergangenheit zurückversetzt. In solchen Lokalen hatten sie damals ihre junge Liebe genossen. Jetzt war alles anders geworden. Kein Ende, kein Anfang.

Nach dem Dinner wanderten sie langsam durch die Straßen, beschworen alte Erinnerungen herauf, die sie jahrelang vergessen hatten. Als würden sie in alten Fotoalben blättern. Vor einer roten Ampel blieben sie stehen. Sam küßte sie in der kalten Winterluft. Und sie haßte sich selbst, weil sie den Kuß erwiderte.

Schweigend gingen sie weiter. In einem Hauseingang zog er sie wieder an sich.

»Das hättest du vor einem Jahr nicht einmal für eine Million Dollar getan«, sagte sie bitter.

»O Alex, ich war so dumm …« Stöhnend preßte er sie an seine Brust, und sie ließ es geschehen. Sie entsann sich, wie einsam sie gewesen war, wie dringend sie ihn gebraucht hätte – wie sehr sie ihn liebte. Und wie tief sie verletzt worden war. Sie hatte gedacht, davon würde sie sich niemals erholen. Und jetzt schien diese schreckliche Zeit in weite Ferne zu rücken. Es kam ihr viel realer vor, in Sams Nähe zu sein, und wichtiger. Vielleicht bedeutete Verzeihen einfach nur Vergessen.

»In diesem letzten Jahr habe ich viel gelernt«, erklärte sie nachdenklich, in seine Arme geschmiegt.

»Zum Beispiel?«

»Daß man sich auf niemanden verlassen darf und aus eigener Kraft überleben muß. Letzten Endes blieb ich aus reinem Selbsterhaltungstrieb am Leben – weil ich mich weigerte zu sterben. Daran solltest du im Gefängnis denken.«

»Wie das sein wird, kann ich mir noch gar nicht vorstellen.« Lächelnd schaute er in ihre Augen. »Vielen Dank, Alex. Du hast mir erlaubt, dich zu umarmen und zu küssen – statt mir einen Schuh auf den Kopf zu schlagen und die Polizei zu rufen.«

Inzwischen hatte sie den letzten Rest ihres Widerstands aufgegeben. »Ich werde dich vermissen.«

»Warum? Du hast doch Annabelle und den Wunderknaben«, fügte er sarkastisch hinzu, und sie lachte. Nach einer Weile setzten sie ihren Weg fort.

»Er kümmert sich rührend um Annabelle.«

»Wie nett... Ist er auch gut zu dir?«

»Sehr.«

»Das freut mich für dich.« Aber er log, und sie wußte es.

»Paß auf dich auf«, bat sie, als sie in die Seventy-sixth Street bogen und das Carlyle ansteuerten. Sie wohnte nur einen halben Häuserblock entfernt, und sie wollte lieber allein nach Hause gehen.

»Okay, ich will's versuchen. Ich habe keine Ahnung, wohin sie mich bringen werden. Wahrscheinlich nach Leavenworth. Ich hoffe, da ist's wenigstens zivilisiert.«

»Vielleicht wird Phillip in letzter Minute ein Wunder vollbringen.« Aber der Anwalt bezweifelte, daß er seinem Mandanten die Gefängnisstrafe ersparen konnte. Möglicherweise würde er ihm nach den ersten Monaten zu einem angenehmeren Strafvollzug verhelfen, in einem der sogenannten »Countryclub«-Gefängnisse.

Vor dem Eingang des Carlyle fragte Sam, ob sie mit ihm nach oben gehen würde. Aber sie schüttelte den Kopf, weil sie weder ihm noch ihren eigenen Gefühlen traute. Er fügte sich in sein Schicksal, doch er bestand darauf, sie nach Hause zu begleiten. Zum Abschied küßte sie seine Wange und dankte ihm für den netten Abend. Langsam ging sie zum Lift. Es gab so viel zu bedenken, so viele widersprüchliche Emotionen zu ergründen.

Brock fragte nicht, wo sie den Abend verbracht hatte. Aber am nächsten Morgen herrschte eine seltsame Atmosphäre im Büro – so als wüßte er Bescheid und wollte einer Diskussion ausweichen. Beim Lunch ertrug er es nicht länger. »Gestern bist du mit ihm ausgegangen, nicht wahr?«

»Mit wem?« Ihr Herz begann schneller zu schlagen, und sie verabscheute ihre Heuchelei.

»Mit deinem Mann«, antwortete er kühl. Sein Instinkt betrog ihn fast nie.

»Sam?« Um Zeit zu gewinnen, biß sie in ihr Sandwich. Sie durfte Brock nicht belügen. Aber sie fürchtete seine Eifersucht und ihre eigenen Gefühle. Und was am allerschlimmsten war – sie liebte beide Männer. Ihre Vergangenheit gehörte Sam, das letzte Jahr hatte sie mit Brock geteilt. Und was schuldete sie sich selbst? Diese Frage konnte sie nicht beantworten. »Er lud mich zum Essen ein, weil er über Annabelle reden wollte. Und ich dachte, es würde dich nicht stören.« Schon wieder belog sie ihn, und er merkte es natürlich. Sie war so verwirrt und versuchte erfolglos, Sam zu hassen.

»Warum hast du mir's verschwiegen?« Unglücklich runzelte er die Stirn.

»Weil ich Angst hatte, du würdest böse sein«, gestand sie. »Und ich wollte ihn sehen.«

»Warum?«

»Bald muß er ins Gefängnis. Er tut mir leid.«

»Hat er dich geküßt?« Seine Eifersucht ließ ihn beinahe frösteln.

»Hör auf, Brock!«

Aber er erlaubte ihr nicht, der Frage auszuweichen. »Nun?«

»Welche Rolle spielt das?«

»Eine sehr große, zumindest für mich.«

War er ihnen am vergangenen Abend gefolgt? Nein, das glaubte sie nicht. »Okay, wir haben uns geküßt. Na und? Mehr ist nicht passiert.«

»Dieser Hurensohn!« fauchte er, sprang auf und rannte in ihrem Büro herum. »Kurz bevor er im Knast landet, versucht er dich wieder einzufangen. Was will er? Daß du zwanzig Jahre lang auf ihn wartest? Großartig! Merkst du denn nicht, wie egoistisch er ist?«

»Schon gut, du hast ja recht. Aber er ist auch ein Mensch, verwirrt und verängstigt. Und auf seine Weise liebt er mich.«

»Liebst du ihn auch?«

»Ich war achtzehn Jahre mit ihm verheiratet. Eine so lange Zeit hinterläßt Spuren. Und wenn's nur freundschaftliche Gefühle sind. Wahrscheinlich will er Frieden mit mir schließen, bevor er seine Gefängnisstrafe antritt, alte Wunden heilen und seine Angelegenheiten ordnen. Das ist alles. Immerhin hat er die Scheidung eingereicht.«

»Und wenn er nicht ins Gefängnis geht?«

»Du weißt doch, daß ihm nichts anderes übrigbleibt. Er hat keine Chance.«

»Und wenn doch? Würdest du zu ihm zurückkehren?«

Was für eine schwierige Frage... »Wenn ich ihn wirklich liebte, würde ich bei ihm bleiben, ganz egal, ob er im Gefängnis sitzt oder nicht. Aber ich bin mit *dir* zusammen, Brock. Das hat doch was zu bedeuten, oder?«

»Ja. Aber er wird dir schreiben und dich bitten, ihn zu besuchen. Alex, du liebst ihn immer noch. Warum willst du der Wahrheit nicht ins Auge blicken?«

Warum mußte er so grausam sein? Er wollte immer alles oder nichts. So einfach funktionierte das Leben nicht. »Es dauert lange, bis alte Wunden heilen, Brock. Hab Geduld mit mir.«

»Gib doch endlich zu, was du empfindest! Ich glaube, du willst dich nicht scheiden lassen.«

»Wieso wirst du nicht endlich erwachsen und hörst auf, mich zu bedrängen?«

»Weil ich dich liebe.« Plötzlich schimmerten Tränen in seinen Augen. Sie bedeutete ihm mehr als alles auf der Welt. Aber es ließ sich nicht leugnen, daß sie Sam immer noch liebte, und er wußte nicht, wie sie sich verhalten würde.

Verzweifelt warf sie sich in seine Arme, und beide weinten. Irgendwie mußte sie ihm erklären, sie würde Zeit brauchen, um ihre gescheiterte Ehe zu verwinden. Vorerst fehlte ihr die Kraft dazu. Und so wechselte sie das Thema. Sie begann, über seine Schwester zu sprechen. Erstaunt beobachtete sie, wie er blaß wurde. »Was ist los?«

Statt zu antworten, schüttelte er nur den Kopf. Aber dann erkannte er, daß er ihr endlich die Wahrheit erzählen mußte. Besonders schmerzlich war jener Augenblick gewesen, wo sie erklärt hatte, sie würde seine Schwester gern zur Hochzeit einladen. »Sie ist tot. Seit zehn Jahren. Nach der Brustamputation konnte sie die Chemotherapie nicht ertragen. Deshalb beendete sie die Behandlung – und starb. Der Krebs hatte schon vor der Operation Metastasen im ganzen Körper gebildet. Und so gab sie den Kampf auf.« Neue Tränen stiegen ihm in die Augen. In stummer Verwunderung starrte sie ihn an. Um ihr die Chemotherapie zu erleichtern, hatte er behauptet, seine Schwester wäre genesen. »Es dauerte ein Jahr, bis sie endlich erlöst wurde. Damals war ich einundzwanzig Jahre alt. Ich pflegte sie und wollte ihren Lebensmut wecken. Aber sie war zu krank und zu schwach. Und ihr Mann rührte keinen Finger für sie, ein echter Bastard, genau wie

Sam«, fügte er ostentativ hinzu. »Sechs Monate nach ihrem Tod heiratete er wieder. Sie war erst zweiunddreißig. Und so schön ...« Tränen erstickten seine Stimme.

Erschüttert nahm sie ihn in die Arme. »O Gott, es tut mir leid. Warum hast du's mir nicht gesagt?« Wie schmerzlich mußten seine Erinnerungen während jener Zeit gewesen sein, wo er ihr so beharrlich Mut gemacht hatte ...

»Weil du um dein Leben kämpfen solltest«, erwiderte er und wischte die Tränen von seinen Wangen. In gewisser Weise hatte er in seinen Bemühungen um Alex eine zweite Chance gesehen, seine Schwester zu retten. »Deshalb bat ich dich immer wieder, die Chemotherapie zu verkraften. Der Gedanke, ich könnte noch eine geliebte Frau verlieren, war zu schrecklich. Hättest du vom Tod meiner Schwester gewußt, wärst du vielleicht nicht bereit gewesen, all die Qualen auf dich zu nehmen.«

»Trotzdem hättest du mir die Wahrheit sagen müssen.« Sie gab ihm ein Papiertaschentuch, und er putzte sich die Nase. Gab's noch andere Dinge, die er ihr verschwieg? Immerhin hatte seine Lüge einen guten Zweck verfolgt.

Eine Zeitlang starrte er vor sich hin. Dann gestand er: »Wenn ich dich verlieren müßte – das würde ich nicht ertragen. Sam liebt dich immer noch. Das las ich in seinen Augen.«

Und ich liebe ihn auch, dachte Alex. Das ließ sich nicht ändern. Aber es war zu spät. Bald würde sie ihn nicht mehr sehen und mit ihren Gefühlen kämpfen müssen. Dann würde es nur mehr böse Erinnerungen geben – und gute an die Zeit vor ihrer Krankheit. Das waren allerdings die Erinnerungen, die Brock fürchtete.

Am nächsten Morgen traf sie Vorbereitungen für Annabelles Geburtstagsparty. Auch Sam war eingeladen, und sie hoffte, Brock würde nicht ausrasten. Letzten Endes beschloß Sam, auf das Fest zu verzichten, um keine Komplikationen heraufzubeschwören. Alex stimmte ihm zu, obwohl Annabelle enttäuscht war.

»Wie alt werde ich sein, wenn ich meine Gefängnisstrafe abgesessen habe?« bemerkte er beiläufig, als er ihr einen kurzen Besuch abstattete und ein Stück vom Geburtstagskuchen aß. Sein Zynismus irritierte sie. Manchmal neigte er zu makabrem Humor. Aber seit dem gemeinsamen Dinner wirkte er etwas zuversichtlicher.

»Hoffentlich hundert – viel zu alt, um dich an meine Existenz zu erinnern ...«

»Damit würde ich an deiner Stelle nicht rechnen. Gehst du nächste Woche noch einmal mit mir essen? Bevor ich hinter Gittern verschwinde, möchte ich noch einiges mit dir besprechen – zum Beispiel Annabelles Zukunft. Ich habe Geld für ihren Unterhalt und ihre Ausbildung beiseite gelegt.« Inzwischen hatte er das Penthouse verkauft und mit einem Teil der Summe die Anwälte bezahlt. Der Rest sollte für seine Tochter verwendet werden.

»Kann ich dir trauen?« fragte sie, und er lachte. Viel heikler war die Frage, ob sie sich selber trauen durfte. Sie fand ihn immer noch attraktiv. Aber sie hatte sich geschworen, keine Schwäche mehr zu zeigen. Jetzt gehörte sie zu Brock.

»Nimm doch einen Leibwächter mit – vielleicht deinen Wunderknaben.«

»Hör endlich auf, ihn so zu nennen! Er heißt Brock.« Wenigstens könnte er den Mann respektieren, dem ich so viel verdanke, dachte sie.

»Tut mir leid, ich wußte nicht, daß du in diesem Punkt so empfindlich bist.« Seufzend berührte er ihren Arm. »Ist er Annabelles künftiger Stiefvater?«

»Ja, ich glaube schon.« Trotz der Schwierigkeiten, die ihre Beziehung zu Brock in letzter Zeit belasteten, stand ihr Entschluß fest. Alles würde sich wieder normalisieren, sobald Sam aus ihrem Leben verschwunden war. *Verschwunden.* Wie sie dieses Wort verabscheute... Für immer verschwunden.

»Nun, gehst du mit mir essen?«

»Ich will's versuchen.«

»Viel Zeit habe ich nicht mehr, Alex. Halt mich nicht hin. Montag abend im Carlyle?«

»Okay.«

»Danke.«

Als sie Brock von diesem geplanten Dinner mit Sam erzählte, bekam er einen Wutanfall.

»Um Himmels willen, führ dich nicht so auf!« zischte sie. »Ich hätte dich auch belügen können.«

»Warum will er dich sehen?«

»Weil er mir Geld für Annabelles Unterhalt geben will. Genügt dir diese Erklärung?«

»Sag ihm, er soll dir einen Scheck schicken.«

»Nein«, widersprach sie ärgerlich. Seine Eifersucht zerrte an ihren Nerven. »Sei nicht so kindisch! Was ist schon dabei, wenn ich mit meinem Exmann essen gehe?« Wütend warf sie die Schlafzimmertür hinter sich zu. Als sie etwas später herauskam, war Brock in seine eigene Wohnung geflüchtet. Ausnahmsweise empfand sie kein Bedauern. Warum setzte er sie ständig unter Druck?

Am Montag abend erschien sie pünktlich in Sams Hotelsuite. Er wirkte sehr seriös in einem dunkelgrauen Anzug mit weißem Hemd und marineblauer Hermès-Krawatte. Diesen Nachmittag hatte er mit seinen Anwälten verbracht, aber er war ihr in der Kanzlei nicht begegnet.

»Wie ist's heute gelaufen?« fragte sie leichthin, setzte sich auf die Couch und musterte sein müdes Gesicht. In letzter Zeit sah er älter aus. Kein Wunder. Nach allem, was er durchgemacht hatte…

»Nicht besonders gut. Phillip Smith rechnet mit einer jahrelangen Gefängnisstrafe. Und damit wären wir beim Grund deines Besuchs.« Er legte zwei Schecks auf den Tisch. »Letzten Monat bekam ich 1,8 Millionen für das Penthouse. Nachdem ich Miss Daphne Belroses Schulden und die Anwaltshonorare bezahlt habe, bleiben 1,5 Millionen übrig. Ich gebe dir fünfhunderttausend für Annabelle. Vielleicht solltest du damit ein Treuhandkonto eröffnen. Fünfhunderttausend behalte ich – für den Fall, daß ich jemals wieder aus dem Gefängnis entlassen werde. Die restlichen fünfhunderttausend sind für dich bestimmt, eine Art Abfindung, wenn du's so nennen willst. Natürlich verdienst du viel mehr. Aber das ist alles, was ich noch besitze. Wie du weißt, mußte ich die betrogenen Klienten entschädigen, zumindest teilweise.«

»Großer Gott, ich will doch kein Geld von dir, Sam!« erwiderte sie bestürzt.

»Es steht dir zu.«

»Warum? Weil ich mit dir verheiratet bin? Verdammt, dafür müßte ich wirklich mehr bekommen«, seufzte sie, und er lachte.

»Schon gut, behalt die fünfhunderttausend. Oder gib sie Annabelle.« Doch er war mit keinem dieser beiden

Vorschläge einverstanden, und sie beschloß, das Geld für ihn zu verwenden. Sie brauchte es nicht, weil sie genug verdiente und keine allzu großen Ansprüche hatte.

Danach bestellte er das Dinner. Ein Steak für sich selbst, gedünsteten Fisch für Alex. Nach ihrer Gewichtszunahme während der Chemotherapie legte sie immer noch großen Wert auf ihre Diät. Wie alte Freunde unterhielten sie sich über verschiedene Dinge und vermieden das Thema seiner Gefängnisstrafe. Nun war sie froh, daß sie seine Einladung angenommen hatte. Der Abend verlief harmonisch. Während der letzten beiden Wochen hatte er seine innere Ruhe wiedergefunden. Er bedrängte sie nicht mehr, und er rührte sie nicht an, bis er ihr in den Mantel half. »Gute Nacht – und danke, daß du gekommen bist.« Er neigte sich hinab, küßte sie, und sie erstarrte. Immer wieder staunte sie über ihre Unfähigkeit, ihm zu widerstehen. Die vertrauten Gefühle wirkten fast hypnotisch.

»Jetzt sollte ich gehen«, flüsterte sie. Aber sie schlang die Arme um seinen Hals und erwiderte seine Küsse. Nur um der alten Zeiten willen, redete sie sich ein. Sonst hat's nichts zu bedeuten …

»Warum willst du gehen?« fragte er, und sie lächelte.

»Darüber denke ich gerade nach.« Wie seltsam, Gewissensbisse zu verspüren, wenn sie ihren Mann umarmte … Aber Brock machte immer so ein Aufhebens. Natürlich war's nicht richtig, Sam zu küssen. Sie würden sich scheiden lassen. Und sie war an Brock gebunden.

»Ich liebe dich«, beteuerte er.

Plötzlich wich sie zurück. Sie würde ihm nicht mehr erlauben, ihr weh zu tun. Aber er zog sie wieder an sich. Diesmal küßte er sie nicht mehr so sanft wie zuvor. In zwei

Tagen würde er seine Gefängnisstrafe antreten – und Alex nie mehr in den Armen halten. Entschlossen knöpfte er ihren Mantel auf, streifte ihn von ihren Schultern und warf ihn auf einen Sessel. In diesem Augenblick erkannte sie, daß jeder Widerstand sinnlos war. Behutsam strich er über ihre rechte Brust, spürte die vertraute Rundung, die seine Tochter genährt hatte. Die linke Seite wagte er nicht zu berühren. Versehentlich tat er es doch und hob verwirrt die Brauen.

Angesichts seiner Verblüffung lachte sie leise. »Alles ist wieder nachgewachsen.«

»Warum hast du's mir nicht gesagt?« Wie naturgetreu sich ihre neue Brust anfühlte… Wann hatte sie sich operieren lassen?

»Weil's dich nichts angeht«, wisperte sie. Ihre Erregung wuchs, obwohl sie sich dagegen wehrte. Und er begehrte sie so verzweifelt, nicht nur um alter Zeiten willen.

Langsam kleideten sie einander aus, und Alex empfand eine seltsame Angst. Doch die Anziehungskraft war unwiderstehlich.

»Wie schön du bist…« Sam knöpfte ihre Bluse auf, ließ ihren Rock zu Boden gleiten.

Was tue ich da, fragte sie sich. Bin ich verrückt geworden? Aber er würde für lange Zeit fortgehen. Auf diese Weise wollte sie sich verabschieden, ihn wissen lassen, wie sehr sie ihn liebte. Es gab keine Zukunft. Nur diesen Augenblick.

»Sam, ich liebe dich.«

»Und ich liebe dich – so heiß, so innig…« In seiner Begierde konnte er kaum sprechen. Ein letztes Mal wollte er mit ihr verschmelzen. Danach würde er sie für immer gehen lassen. Er hatte kein Recht, ihr Leben zu zerstören. Er hatte ihr schon genug angetan. Aber dieses letzte Geschenk mußte sie ihm geben. Und wie ihre Küsse verrieten, begehrte sie ihn mit gleicher Glut.

Als sie sich an ihn klammerte, dachte sie nur noch an das Glück, das sie jahrelang in seinen Armen genossen hatte – an nichts anderes. Eine sonderbare, erlösende Zufriedenheit begleitete den Liebesakt. Wochenlang hatte sie sich danach gesehnt und dagegen gekämpft. Sanfte Leidenschaft, Trost, Verzeihen… Sie umfingen sich wie zwei Menschen, die von Anfang an und für immer füreinander bestimmt waren. Danach lagen sie still beisammen und wußten, es würde nie wieder geschehen. Doch sie würden sich stets daran erinnern.

»Wie sehr ich dich liebe…«, wisperte sie.

»Und ich dich. Immer werde ich dich lieben. Weil ich ein so verdammter Narr war, habe ich meine Lektion zu spät gelernt. Hoffentlich bist du klüger als ich, Al. Du darfst dein Leben nicht so vermasseln wie ich.«

»Das hast du nicht getan.«

»Wie kannst du das sagen? Du weißt doch, wo ich übermorgen landen werde. O Gott, was für ein Idiot ich war!« Stöhnend drehte er sich auf den Rücken und wünschte, er könnte noch einmal von vorn beginnen. Alex neigte sich über ihn, küßte ihn, und er las unendliche Zärtlichkeit in ihren Augen. Was für ein glücklicher Mann Brock Stevens ist, dachte er. Ich verdiene sie nicht. Wird er sie glücklich machen? Er ist so jung. Aber vielleicht nicht so dumm wie ich…

Sie wagte nicht, bei ihm zu bleiben. Wenn Annabelle erwachte, würde sie sich fürchten. Und wenn Brock anrief, würde er den Verstand verlieren. Er wußte, daß sie Sam besuchte. »Jetzt muß ich wirklich gehen.«

»Verrückt, nicht wahr? Wir sind verheiratet und können nicht einmal eine Nacht miteinander verbringen.« Welch eine Ironie... Dann richtete er sich auf und schaute ernst in ihre Augen. »Eins muß ich dir noch sagen. Was ich dir angetan habe, werde ich mir nie verzeihen. Als du so krank warst und meine Hilfe brauchtest, bin ich einfach weggelaufen. Jetzt würde ich mich anders verhalten.«

»Schon gut, ich weiß, wie verängstigt du warst. Und ich verstehe, was damals in dir vorging.« Seltsam, wie leicht es ihr plötzlich fiel, ihm zu vergeben... Brock wäre wütend, wenn er das wüßte, dachte sie. Aber diese Nacht gehört nicht ihm, sondern Sam und mir. Eine kostbare Nacht.

Einen Arm um ihre Schultern gelegt, begleitete er sie nach Hause. Vor dem Eingang küßten sie sich wieder, und sie hätte ihn gern gebeten, mit ihr hinaufzugehen. Doch sie durften sich nicht länger an die Vergangenheit klammern. Wenigstens würden sie schöne Erinnerungen in die Zukunft mitnehmen.

»Danke für alles«, flüsterte sie. »Bis morgen.« Am nächsten Tag würde er sich von seinem Kind verabschieden. Ihr graute schon jetzt vor dieser Szene. In ihrer Tasche steckte der Scheck für Annabelle. Der andere, der für sie selbst bestimmt war, lag immer noch auf dem Tisch im Carlyle. Doch das hatte er nicht bemerkt.

»Alex, ich liebe dich«, versicherte er ein letztes Mal und sah sie ins Haus gehen. Während er zum Hotel zurückkehrte, rannen Tränen über seine Wangen. Würde sich das Leben überhaupt noch lohnen, nachdem er Alex verloren hatte – und alles andere?

Allein in ihrem Bett, dachte Alex an den wundervollen Liebesakt. Wie in alten Zeiten. Nur noch schöner. Im letzten Jahr hatten sie beide viel gelernt, über die Liebe und das Verzeihen. Hoffentlich würde Sam irgendwann ein neues Leben beginnen. Dabei konnte sie ihm nicht helfen. Dafür war sie Brock zuviel schuldig. Und sosehr sie Sam auch liebte – sie mußte sich mit der Trennung abfinden.

Dreiundzwanzigstes Kapitel

Am nächsten Tag fand ein tränenreicher Abschied statt. Sogar Carmen weinte. Sam erklärte seiner Tochter, er habe mit bösen Männern zusammengearbeitet und nicht auf ihre Missetaten geachtet. Deshalb seien einige Leute um viel Geld betrogen worden, und nun müsse er ins Gefängnis gehen, um alles wieder in Ordnung zu bringen.

Genausogut hätte er behaupten können, er würde eine lange Reise unternehmen. Doch er wollte nicht lügen. Eines Tages würde sie ihn besuchen, fügte er hinzu, aber das Gefängnis sei kein schöner Ort und er finde es besser, wenn sie beim nächsten Wiedersehen ein bißchen älter wäre. »Sei ein braves Mädchen, kümmere dich um Mommy und vergiß niemals, wie sehr ich dich liebe.« Er nahm sie ganz fest in die Arme, und sie schluchzte noch lauter, verwirrt und untröstlich. Was zwanzig oder dreißig Jahre bedeuteten, vermochte sie sich nicht vorzustellen. Auch den Erwachsenen erschien dieser Zeitraum wie eine Ewigkeit.

Alex begleitete ihn zum Lift und legte ihre Arme um seinen Hals. Am Vortag hatte sie Brock gebeten, erst abends in ihr Apartment zu kommen. Kurz nachdem Sam gegangen war, rief sie ihn noch einmal im Carlyle an. »Bist du okay?« fragte sie besorgt.

»Ja – wenn ich auch dachte, ich könnte mich niemals

von euch losreißen.« Aber er hatte es geschafft, und es war wie ein schmerzhafter Tod gewesen.

»Morgen sehen wir uns vor Gericht.« Die Versuchung, die Nacht bei ihm zu verbringen, war groß. Aber danach würde ihnen die Trennung noch schwerer fallen, und es hatte keinen Sinn, die Qual zu verlängern.

Als Brock am Abend zu ihr kam, war sie immer noch aufgeregt. Inzwischen hatte sich Annabelle in den Schlaf geweint. Alex saß am Küchentisch und brachte keinen Bissen hinunter.

»Wenn das alles vorbei ist, werde ich drei Kreuze machen«, seufzte Brock.

»Ich auch«, erwiderte sie bissig. »Die Situation gefällt niemandem – nicht einmal Sam.« Warum zeigte er nicht ein bißchen mehr Verständnis? Jetzt hatte er doch nichts mehr von ihrem Mann zu befürchten.

»Vergiß nicht, daß er sich selber in diese Lage gebracht hat.«

»Das stimmt nicht ganz. Offensichtlich übersiehst du gewisse Fakten.«

»Gib's doch zu, Alex! Der Kerl ist ein Gauner, ganz egal, ob du mit ihm verheiratet bist oder nicht.«

Beinahe hätte sie ihn angeschrien. In seiner Angst, sie zu verlieren, sehnte er den Augenblick herbei, wo sich die Gefängnistore hinter Sam schließen würden. Manchmal haßte sie ihn dafür. Sie stritten so lange und so erbittert, daß er lieber in seinem eigenen Apartment schlafen wollte. Bevor er ging, entbrannte eine neue heftige Diskussion über Alex' Absicht, am nächsten Morgen den Gerichtssaal aufzusuchen. »Ich will dabeisein, wenn das Strafmaß verkündet wird.«

»Kommt dir das so vor, als würdest du einen zum Tode Verurteilten zur Guillotine begleiten?« spottete er. Nach einer kurzen Pause fragte er: »Und wenn er gar nicht ins Gefängnis muß? Wird er dann in dein Leben zurückkehren?«

»Warum nervst du mich ständig mit dieser Frage? Davon bist du geradezu besessen. Wie soll ich wissen, was passieren wird?«

»Du liebst ihn immer noch.«

»Hör endlich auf!« schrie sie, ohne zu bedenken, daß sie Annabelle und Carmen wecken könnte, die im Gästezimmer übernachtete. »Ich liebe *dich*! Nur mit deiner Hilfe habe ich dieses schreckliche Jahr überstanden. Ohne dich wäre ich gestorben. Genügt dir das nicht? Muß ich meine ganze Vergangenheit auslöschen, nur um zu beweisen, wie sehr ich dich liebe? Sam ist der Vater meiner Tochter, der Mann, den ich geheiratet habe. Sicher, er hat mich tief verletzt. Aber das ist jetzt vorbei. Außerdem geht er ohnehin fort. Was geschehen würde, wenn er hierbliebe, weiß ich nicht. Und es spielt auch keine Rolle, weil man ihn ins Gefängnis schicken wird.«

»Ich kann dir sagen, was andernfalls passieren wird.«

Verzweifelt schüttelte sie den Kopf. »Willst du unsere Beziehung mit aller Macht zerstören? Bitte, tu's nicht...« Jetzt weinte sie – um Brock und sich selbst, um Sam und Annabelle, um alle, die gelitten hatten.

»Wenn er nicht zu einer Gefängnisstrafe verurteilt wird, gehe ich nach Illinois zurück.«

Wie verzweifelt mußte er sein, wenn er solche Pläne geschmiedet hatte, ohne mit ihr darüber zu reden... »Warum?«

»Weil ich nicht hierher gehöre. So lausig er sich auch benommen hat – du gehörst zu *ihm*. Das weiß ich.« Alex schwieg, denn sie konnte die Wahrheit nicht leugnen. »Damals habe ich meine Heimat wegen meiner Schwester verlassen. Du hast mir geholfen, ihren Tod und die Gewissensqualen zu verwinden, die mich jahrelang verfolgten. Nachdem sie die Chemotherapie abgebrochen hatte, fühlte ich mich dafür verantwortlich. Ich hätte sie zwingen müssen, die Behandlung fortzusetzen.« Jetzt sprach er in ruhigem Ton, wirkte fast abgeklärt und so reif, wie sie ihn noch nie empfunden hatte.

»Brock, ich verdanke dir mein Leben.«

»Nein, dir selber. Du gibst nicht so leicht auf, und du hältst an allem fest, was du besitzt. Deshalb liebst du Sam immer noch.«

Auch diesmal protestierte sie nicht. »Gewiß, ich habe um meine Genesung gekämpft. Aber ohne dich hätte ich's nicht geschafft.«

»Doch, ganz sicher. Ich werde dich immer lieben.«

»O Brock, das klingt wie ein Abschied.«

Er zuckte die Achseln. »Vielleicht sollte ich so oder so fortgehen«, meinte er müde und resignierend. Nicht einmal die Chemotherapie hatte ihn so stark belastet wie die letzten drei Monate.

»Nein! Glaub mir, Sam muß ins Gefängnis. Er hat keine Chance.« Mit diesen Worten versuchte sie ihn zu ermutigen und stimmte ihn damit nur noch trauriger.

»Trotzdem wirst du ihn immer lieben.«

»Ja«, gab sie endlich zu, »aber er ist meine Vergangenheit, und du bist meine Zukunft. Du mußt entscheiden, ob du mit meiner Liebe zu Sam leben kannst.«

Statt zu antworten, nickte er nur. Als er das Apartment verließ, hatte sie das sonderbare Gefühl, er würde nicht zurückkommen und ihre Beziehung zu Sam niemals akzeptieren. Er wünschte, sie würde ihren Mann hassen. Das konnte sie nicht. Wenn Brock ihre Vergangenheit nicht hinnahm, mußte er sich von ihr trennen.

Vielleicht bildete der Altersunterschied von zehn Jahren letzten Endes doch eine unüberbrückbare Kluft. Wurde ihm das allmählich bewußt? Zweifellos – sonst würde er nicht die Rückkehr nach Illinois planen. Gewissermaßen hatten sie einander geheilt, und jetzt war die gemeinsame Zeit beendet. Ein trauriger Gedanke. Aber in diesem letzten Jahr hatte sie gelernt, sich mit so vielen Dingen abzufinden. Wenn es sein mußte, konnte sie auch allein leben. Seltsam – wahrscheinlich würde sie ihre beiden Männer gleichzeitig verlieren.

In dieser Nacht dachte sie nicht an Brock, sondern an Sam, der nun ihre ganze Kraft brauchte – Sam, der für immer ein Teil ihrer Seele war. Als sie das erkannte, wurde sie von einem beglückenden inneren Frieden erfüllt. In ihrem Herzen hatte sie's längst gespürt. Nur ihr Verstand hatte sich dagegen gesträubt.

Um sechs Uhr stieg sie aus dem Bett, um sieben zog sie ein schwarzes Kostüm an. Sie verriet Annabelle nicht, wohin sie ging, aber Carmen wußte es.

Ernst und schweigsam saß Alex am Frühstückstisch. Dann brach sie zeitig genug auf, um das Gericht noch vor Sam zu erreichen und ihm mit ihrer Nähe Trost zu spenden.

Bei ihrer Ankunft war der Saal schon voll besetzt. Der Richter hatte soeben von Simon Barrymores Flucht in der letzten Nacht erfahren. Erbost ließ er einen Haftbefehl ausstellen, dann befaßte er sich mit der Tagesordnung. Larry und Tom wurden zu einer Geldstrafe von jeweils einer Million Dollar und zehn Jahren Gefängnis verurteilt, was das Publikum zu gellenden Zwischenrufen veranlaßte. In wachsendem Ärger schwang der Richter seinen Hammer und forderte Sam auf, sich zu erheben.

Erstaunlich ruhig und gelassen gehorchte der Verurteilte. Ein Raunen ging durch den Saal. Von Anfang an hatte man den Unterschied zwischen seinen Straftaten und den anderen erkannt. Er war bis zuletzt bei seiner Aussage geblieben, er habe nichts von den Betrügereien gewußt, während die Schuld seiner Partner stets festgestanden hatte.

Mit schmalen Augen musterte ihn der Richter, bevor er langsam und bedächtig zu sprechen begann. »Samuel Livingston Parker, hiermit verurteile ich Sie zu einer Geldstrafe von fünfhunderttausend Dollar und zehn Jahren Gefängnis.« Die Menge johlte, alle anwesenden Fotografen stürmten zu Sam. »Ruhe!« rief der Richter. Krachend landete der Hammer auf dem Tisch.

Sam schloß sekundenlang die Augen, und Alex fühlte sich elend.

»... zu zehn Jahren Gefängnis«, wiederholte der Richter, »mit zehnjähriger Bewährung. Das Gericht empfiehlt Ihnen, sich einen anderen Job zu suchen, Mr. Parker. Arbeiten Sie als Hundefänger oder sonstwas. Aber halten Sie sich vom Risikokapital und von der Wall Street fern.«

Sam starrte ihn an, und Alex blinzelte ungläubig. Zehn Jahre mit Bewährung – er war frei... Glücklicherweise hatte der kluge, erfahrene Richter erkannt, daß Sam unwissentlich Schuld auf sich geladen hatte.

Und dann brach das absolute Chaos im Saal aus. Hastig ergriffen der Richter und seine Beamten die Flucht.

Während Tom und Larry abgeführt wurden, schüttelten sich Sams Anwälte die Hände. Wie betäubt stand er inmitten eines Blitzlichtgewitters. Es dauerte zwanzig Minuten, bis sich Alex zu ihm durchgekämpft hatte. Strahlend lächelte sie ihn an und dachte an den Scheck, der in seinem Hotelzimmer auf dem Tisch lag. Dieses Geld konnte er jetzt gut gebrauchen – falls die Kaution, die er wiederbekommen würde, schon anderweitig verplant war.

Bevor sie mit ihm sprach, gratulierte sie Phillip Smith und den anderen Verteidigern. Unsicher erwiderte Sam ihr Lächeln. »Was für eine Überraschung, nicht wahr?«

»Ja, ich bin fast vom Stuhl gefallen.«

Er grinste und fühlte sich wie neugeboren. »Arme Annabelle! Für nichts und wieder nichts mußte sie das alles durchmachen. Holen wir sie vom Kindergarten ab? Und vorher müßten wir miteinander reden – in aller Ruhe.«

»Wie wär's mit deinem Hotel?« flüsterte sie ihm ins Ohr.

»Okay, fahr schon mal hin. In einer halben Stunde komme ich nach.«

Dann folgte er Phillip Smith aus dem Saal, und sie überlegte, ob sie Brock anrufen sollte. Aber was würde sie ihm sagen? Er hatte die Ereignisse und die damit verbundenen Komplikationen vorausgeahnt. Jetzt konnte sie ihm nicht mehr versprechen, ihre Zukunft mit ihm zu verbringen. Sam war plötzlich in ihr Leben zurückgekehrt.

Träumerisch dachte sie an das Glück in seinen Armen,

das sie erst vor zwei Tagen genossen und das so viele wunderbare Erinnerungen geweckt hatte. Durfte sie ihm jetzt vertrauen? Würde er für sie dasein, wenn sie wieder einmal seine Hilfe brauchte? Er hatte sein Versagen bitter bereut. Aber war er gegen neue Fehlschläge gefeit? Es gab keine Garantien, nur Wünsche und Hoffnungen – und tiefes Leid, wenn sie enttäuscht wurden.

Von widersprüchlichen Gefühlen bewegt, stieg sie in ein Taxi und fuhr zum Carlyle. Sam wartete bereits vor dem Eingang. Offenbar hatte er seine Geschäfte mit Phillip in Lichtgeschwindigkeit abgewickelt, voller Sehnsucht nach seiner Frau.

Der Hotelportier öffnete ihr den Wagenschlag, und dann stand sie vor Sam. Ein Blick in seine Augen genügte ihr, um endgültig zu erkennen, daß Brock recht hatte – sie liebten sich. So einfach war das.

Für eine Weile hatte Sam die Regeln vergessen – sie nicht. *In guten wie in schlechten Tagen*. Das galt immer noch. »Hallo, Sam.«

Er ergriff ihre Hand und führte sie ins Hotel, konnte sein Glück kaum fassen, empfand tiefe Demut. Plötzlich war er frei – und Alex an seiner Seite. »Gehen wir nach oben?« fragte er zögernd.

»Ja«, stimmte sie zu und lächelte. Nun fingen sie noch einmal von vorn an, und die Zukunft war ungewiß. Während sie im Lift neben ihm stand, fragte sie sich, wie sie die Scherben der Vergangenheit zusammenfügen würden. Und was sollte sie Brock sagen? Aber er wußte ohnehin Bescheid. An diesem Morgen würde er seine Koffer packen. Sie hatten sich schon am letzten Abend verabschiedet – ohne zu ahnen, was geschehen würde.

Als sie ihrem Mann zu seiner Tür folgte, schienen alle Sorgen von ihr abzufallen. Er zog seinen Schlüssel hervor und wandte sich zu ihr. In seinem Lächeln lagen Wehmut und Lebensweisheit, aus bitteren Erfahrungen gewonnen – und ein Versprechen.

Er drehte den Schlüssel im Schloß herum und öffnete die Tür, nahm Alex auf die Arme und trug sie über die Schwelle. Eine zweite Hochzeit, eine zweite Chance, ein seltenes und kostbares Geschenk…